UNIVERSALE
ECONOMICA
FELTRINELLI

Opere di Simonetta Agnello Hornby in Feltrinelli:

LA SAGA DEI SORCI
Caffè amaro (2016)
Piano nobile (2020)
Punto pieno (2021)

ALTRI ROMANZI
La Mennulara (2002; nuova edizione accresciuta, 2019)
La zia marchesa (2004)
Boccamurata (2007)
Vento scomposto (2009)
La monaca (2010)
Il veleno dell'oleandro (2013)

NARRAZIONI AUTOBIOGRAFICHE
Via XX Settembre (2013)
Nessuno può volare (2017)

SAGGISTICA
La cucina del buon gusto (con Maria Rosario Lazzati, 2012)
Il male che si deve raccontare (con Marina Calloni, 2013)

GRAPHIC NOVEL
La Mennulara (con Massimo Fenati, 2018)

SIMONETTA
AGNELLO HORNBY
Piano nobile

Prima edizione ne "I Narratori" ottobre 2020
Prima edizione nell'"Universale Economica" gennaio 2022

Stampa Elcograf S.p.a. – Stabilimento di Cles (TN)

ISBN 978-88-07-89606-4

Per le citazioni:

pp. 34-35: *Si maritau Rosa*, canzone popolare siciliana di autore anonimo;
p. 63: Giovanni D'Anzi e Michele Galdieri, *Ma l'amore no*, 1942;
p. 66: Jules Massenet *Manon*, libretto di Henri Meilhac e Philippe Gille, 1884;
pp. 144 e 339: Gioachino Rossini, *Il barbiere di Siviglia*, libretto di Cesare Sterbini, 1816;
pp. 147 e 166: Tommaso De Filippis, Mario Cosentino, *Chi siete*, 1917;
p. 172: Federico Nietzsche, *Così parlò Zarathustra*, Fratelli Bocca Editori, Milano-Torino-Roma 1910;
p. 203: Mario Consiglio, Mario Panzeri, *Maramao perché sei morto?*, 1939; Alfredo Bracchi, Giovanni D'Anzi, *Tu, musica divina*, 1940;
p. 224: Sammy Fain, Irving Kahal, *I'll be seeing you*, 1938; Gabriel Ruiz, *Amor, 1943*, testo spagnolo originale di Ricardo López Méndez; testo inglese di Sunny Skylar;
p. 225: Mack Gordon, Harry Warren, *The Chattanooga Choo Choo*, 1941;
p. 229: Irving Berlin, *The Piccolino*, 1935;
p. 260: Walt Whitman, *O Tan-Faced Prairie Boy*, in *Leaves of Grass*, 1855; traduzione di Alberto Rollo;
p. 262: Jack London, *White Fang*, 1906;
p. 277: Rosina Trubia, *Sta terra nun fa pi mia*, 1928;
p. 304: George G. Byron, *Mazeppa*, 1819; traduzione di Alberto Rollo;
pp. 314-315: Giuseppe Verdi, *Il trovatore*, libretto di Salvatore Cammarano e Leone Emanuele Bardare, 1853.

Piano nobile

Parte prima
GIUGNO 1942

1.
Dice Enrico Sorci

La luce. La luce. Voglio più luce. Cerco dentro questa stanza tutto ciò che mi è familiare. Non mi era mai parsa tanto grande questa stanza. È come se il soffitto a cassettoni si fosse sollevato, sembra la volta ogivale di una cappella: altissimo. La dormeuse ai piedi del letto si allontana, e così le due poltrone e il comò. Anche il tempo si allarga, non capisco dalla luce che entra dai balconi se è giorno o sera. La strada, qui sotto, potrebbe essere una piazza, e non la via che attraversa longitudinalmente la città. E il mio letto sembra una parete su cui sto immobile come un geco. Ascolto il mio respiro affannato e il fiatare dei pensieri che arrivano da lontano e che il respiro accelera, incendia, incatena alla luce.

Elio mi ha letto le prime pagine dei quotidiani per giorni e giorni. Lui legge e io ascolto. Per dirgli di smettere devo fargli segno, perché ci sente poco, ma è una consolazione averlo accanto al letto, seduto in pizzo allo sgabello che si è portato dall'anticucina, mentre regge quasi con fatica i fogli grandi della stampa. Ci passa quel po' di mondo che si può conoscere, per quelle pagine: siamo in guerra, la stampa è irreggimentata, pura propaganda, ma si citano nomi stranieri, generali, politici, luoghi, e sarebbe tutto solo noia se non li sentissi uscire dalle labbra sottili di Elio, ognuno irto di difficoltà, nomi stranieri che lui pronuncia a modo suo, non sempre azzeccandoci, con la voce forte di chi è debole d'orecchio. I giornali sono passati da quattro pagine a due, le notizie mascherate, incerte.

Elio dice Churchill, dice Rommel, dice Montgomery, e ogni volta che il nome gli esce in qualche modo dalla bocca leva contento gli occhi verso di me, poi incespica sui russi, Aleksandr Vasilevskij, Georgij Žukov, che gli si fermano in gola. Per non parlare dei nipponici, oscuri fonemi che tuttavia tornano e tornano perché dall'anno scorso sono i protagonisti assoluti – Pearl Harbor, detto da lui, diventa un arabeggiante Pellàibbor –, e si rilassa su nomi che addirittura potrebbero suonare italici, come Sebastopoli, Stalingrado, ma figurano rari nella prosa di questa guerra. Mussolini dice di tener duro in Africa mentre gli inglesi avanzano verso Tripoli. Siamo in mezzo al disastro. Solo quattro anni fa certi nomi erano esotici, ora sembra che tutto il mondo ci precipiti in casa, amici e nemici, senza più sapere chi siano gli uni e chi gli altri. Elio legge diligente e spegne con la sua voce forte ma pacata i toni reboanti di una nazione che continua a credersi un impero e di un impero che sembra uscito da un'operetta fin-de-siècle. Elio, caro Elio, non smettere di leggere, anche quando il mio sguardo si perde.

Vedo ancora bene. Vedo i muri con la carta da parati a ramages – oro, amaranto e verde, nello stile moderno che mi piace tanto – e le spesse tende dei balconi che riprendono il disegno; carta e tessuto che ricevemmo direttamente dalla ditta Liberty di Londra. L'ordinazione l'avevo fatta su consiglio di Babs Farrar, cognata del segretario dei Whitaker. Non potevo non frequentarli i Whitaker, imprenditori vinicoli inglesi a Palermo da generazioni. Ma Babs era Babs, avanzava con tutto il biondo dei suoi capelli nel corridoio di casa Whitaker e mi riceveva. I primi tempi si limitava a farmi strada, a seconda delle occasioni, nel salotto grande o nello studio di Pip, ma poi cominciò a guardarmi con occhi diversi, e io pure, e così ne sortì una cosuzza, una cosuzza breve, ma bastò a rallentare il suo passo nel corridoio, a farla uscire in una risatina lunga e compiaciuta, a farla muovere verso mete che non erano né lo studio né il salotto. Babs, meravigliosa Babs, che pareva venuta giù da certi grandi quadri a soggetto storico che allora andavano per la maggiore, con fimmine pietose, eroiche, scarmigliate e grondanti di abbondanti capigliature e mantelli e pellicce. Babs era una Ginevra larga di petto e di sorrisi, un trionfo di forme così rare nell'isola di Albione. La nostra cosuzza breve si trasformò in vera amicizia duratura e continuammo a frequentarci anche al di là di Pip Whitaker. Con le inglesi non era difficile.

I Whitaker si erano costruiti a fine Ottocento una bellissima villa con giardino, Villa Malfitano. Noi Sorci avevamo il nostro palazzo settecentesco, ma i palazzi evocano gloria e autorità soltanto se delle pietre ci prendiamo cura, come mi disse mio padre quando mi fece venire a Palermo per occuparmi dei lavori di restauro. Anche per questo ho voluto aggiungere alle nostre proprietà un palazzo nuovo: ho buttato giù e ricostruito un caseggiato all'Albergheria, congegnato secondo un disegno che privilegiasse accessibilità e utilità rispetto al tradizionale bisogno di rappresentare.

Era una grande Palermo quella che conobbi allora con gli occhi di un diciassettenne che tutto aveva da apprendere. Il porto era un movimento costante di bastimenti e di genti, vi si parlavano tutte le lingue, vi si scaricavano merci con gran schianti metallici, roteare di gru, stridere di carri, tonfi di sacchi e cordame. Era una città dove veniva voglia di vivere e di conoscere. Come lo stile degli arredi, anche lo stile di vita chiedeva aggiustamenti, trasformazioni.

Tolta la concessione alla tappezzeria britannica, l'arredamento della mia camera è siciliano, dalla mobilia ai quadri. I paesaggi campestri e le marine sono opera di Francesco Lojacono, Antonino Leto e Michele Catti, appassionati della nostra isola e validissimi pittori, di cui divenni amico in gioventù.

Per mia moglie Rosaria era scandaloso appendere paesaggi in camera da letto. Credeva – così le era stato insegnato, così aveva visto in tutte le camere da letto di famiglie rispettabili – che dovessero esserci soltanto quadri di santi, oltre al crocifisso.

Mi impuntai, e le proposi un compromesso: lei avrebbe appeso santi, crocifissi e la Vergine Maria sulla parete del capezzale e su quella accanto al suo lato del letto, io avrei avuto mano libera su quella di fronte. Era docile, la mia Rosaria, e col tempo imparava.

Le piacque assai il dipinto a olio di Monte Pellegrino all'alba, visto dal mare di Sant'Erasmo. La luce mattutina spuntava dietro le montagne, sorvolava la piana di Palermo e colpiva la cima di Monte Pellegrino, lasciando intatte, sulle falde basse, le ombre della notte, azzurre, blu e viola; poi scivolava dalla cima del promontorio su mare e cielo, colorandoli di un rosa struggente, come se fossero un tutt'uno.

Rosaria mia, non ti dissi mai che il giovane Michele Catti, così sedotto dai morbidi colori della natura, così capace di restituirli, era un grande bevitore e morì anzitempo alcolizzato. Ti avrebbe sconvolto quella notizia, e non avresti più saputo apprezzare la purezza del dipinto.

Questa camera era il tuo regno. Per me, dopo la tua morte, ventidue anni fa, divenne l'ultimo avamposto della mia vita mortale. Nella morte ti rispettai più di prima; da allora non portai altre fimmine sul nostro letto – lo facevo d'estate, quando tu rimanevi in campagna e io di tanto in tanto mi allontanavo. Adesso, entreranno qui soltanto le tre che mi hanno offerto conforto negli anni senza di te; una è figlia mia.

I miei occhi perciano tempo e spazio. Sento tutti i rumori. Io sono io; e io sono il palazzo. E io sono *la famiglia*. Per quanto ancora? Avverto un'impalpabile presenza, una mano che si allunga dentro di me, e mi invita all'abbandono.

"Elio! Elio!" vorrei chiamare, ma in effetti non ne ho bisogno, ed è meglio che sia così, perché tanto Elio non ci sente. Eppure avrei domande. Vorrei sapere. Più il tempo si consuma e più mi sento esposto a due tentazioni: quella di sprofondare nell'indifferenza e quella, contrapposta, di sapere, di sapere tutto, come fossi – e lo sono stato – un giovane frequentatore di barbierie e caffè dove in un quarto d'ora ti sciorinano nelle orecchie quel che bisogna e quel che non è necessario sapere.

Chi c'è di là? Che fanno? Lo so chi c'è. Lo so. La mia vita si allunga come un treno, come una strada polverosa, bianca, afosa. Una folla c'è. O forse no, non c'è ancora nessuno. Che vengano avanti adagio. Dietro la porta sento una calca, un battere di piedi. Tutti vogliono entrare. Elio non è capace di contrastare quegli occhi, quelle mani che premono. Vorrei urlare: "Aspettate il vostro turno!", "Rispettate un uomo che sta per morire!", "Vi chiamo io, se e quando voglio!", "Ubbidite! Come ho ubbidito io, da giovane, agli ordini di mio padre!".

E me lo vedo tutto intero il padre nostro, quello che sta in terra, il padre che mi aveva ordinato, figlio cadetto, di occuparmi dei restauri di palazzo Sorci, a due passi dai Quattro Canti e dalla Cattedrale. Che cosa poteva fare un ragazzo di diciassette anni? Chissà che pensava mio padre, ma qualcosa pensava, e dal suo punto di vista pensava bene. Avanzava nel salone riccamente arredato con il passo sicuro del patriarca – dalle vetrate entrava la luce dorata del tardo pomeriggio –, avanzava e io leggevo nei suoi gesti il mio imminente destino. Teneva un sigaro spento fra indice e medio, di tanto in tanto lo portava alle labbra ma senza mai accenderlo. Aveva occhi di carbone e sopracciglia cespugliose che gli salivano in fronte come neri rettili araldici. C'erano altre figure nella sala, certamente l'avvocato Tricase, nico nico, con un vestito marrone in cui sembrava svanire. Mio padre annunciò che era tempo di pensare al futuro della famiglia. L'erede era Nicola, Nicola era il maggiore, si sarebbe preso quel che gli spettava, e avrebbe dovuto sposarsi presto.

Era stata scelta per lui Mariastella Tripputi, erede della Zirritta, una fiorente miniera di zolfo, e dei terreni circostanti, oltre che di tante altre terre e tanti ex feudi comprati all'asta dei beni della Chiesa e del regno Borbone, confiscati dai

Savoia nel 1866. Nicola, il primogenito, sarebbe rimasto ad assistere chi governava terra e miniere, e io sarei venuto qui, a Palermo. Avevo completato gli studi alla Regia Scuola Agraria di San Placido Calonerò, a Messina, ero giovane e privo di idee sul mio futuro, sapevo soltanto cosa volevo, e forse i denari di mio padre non mi sarebbero bastati mai: volevo godermi la vita, da ricco. E ci stavo bene, a sovraintendere i restauri di palazzo Sorci; ero speranzoso.

Allora, alla metà degli anni settanta, Palermo si svegliava. E io pure mi svegliavo, e anche gli affari: bisognava investire, importare macchine agricole, togliere le campagne al passato, perché l'agricoltura e i nuovi macchinari agricoli con motori a nafta e perfino elettrici erano il nostro futuro, avremmo guadagnato bene dalle esportazioni in tutto il mondo, non soltanto in Europa. Non sognavo, vedevo. E godevo. "Il figlio del barone Sorci" mi chiamavano, e bastava questo ad aprirmi le porte delle fimmine dei ricottari. Venivano dalla provincia i ricottari, e si guadagnavano da vivere gestendo puttane per un'ampia clientela di benestanti. Ma le loro non erano puttane qualsiasi, ciascuno aveva le sue, una proprietà da salvaguardare, e loro facevano da compagni e magnaccia. Spesso diventavano ricottari i ragazzi di provincia venuti a studiare in città. Imparavano presto a trovare per le loro puttane la clientela migliore, uomini facoltosi ai quali si vedevano i denari in tasca. Ogni ricottaro imparava anche a tenerne una tutta per sé, un giorno la settimana: dopo aver fatto l'amore con la sua bella – perché bella doveva essere, a suo maggior decoro, segnale di dominio e di intelligenza di mercato – la portava a fare il passìo sulla Marina, tutti e due vestiti a festa, a braccetto, pavoni, abili nell'esibire i privilegi del piacere.

I ricottari imparavano il mestiere e io imparavo a farmeli amici. Frequentavo osterie e postriboli, dimentico dei lavori al palazzo, dove lasciavo il capomastro a gestire gli operai. E fu così che la malavita vide l'opportunità di penetrare nel palazzo che avrei dovuto sorvegliare, senza che me ne rendessi conto. Perché, intanto, scialavo nei bordelli. Quanta seta, quante fimmine, quanto splendore. Le maniavo tutte, quelle del Nord, quelle delle isole, quelle più abili, le vecchie e le giovani. Quanto godimento. E rivedo volgersi di scatto verso di me la smagliante Estrella. Sì, è così che faceva: si muoveva sinuosa dandomi le spalle, nel chiuso del bordello o sotto il sole del passìo, e, come mi sentisse, felino, non perdere un suo passo, non si fermava, non rallentava, si limitava a piegare il collo, calare la testa, e rialzarla a guardia delle spalle, spingendo una taliata impudica verso di me, una taliata che pareva tornare in gabbia solo quando lei accelerava l'andatura, per indurmi a seguirla.

Trovavamo sempre un posto in cui stare. Io la maniavo e la baciavo mentre ancora lei si liberava con un sospiro di lacci e ganci. Estrella. Qualcuno aveva inventato quel nome per lei, forse il suo Peppino Muzzica, e le stava benissimo. Con lei mi piaceva fare l'amore di giorno, con le finestre aperte, appena protette di mussola ricamata, vederla maestosa e accogliente, i seni pieni di luce. Nelle belle pause dei corpi la facevo cantare, perché aveva una voce gentile, intonata, e sapeva certe canzoni di campagna che si era portata nella memoria, canzoni che aprivano quei pomeriggi ad altro piacere. Ma quelli erano anche i momenti in cui la mia Estrella diceva cose che sapevo già sui lavori nel palazzo di mio padre, e altre che il suo ricottaro non gradiva che io sapessi. Finché una sera mi mise in guardia anche da lui, dal suo uomo. Io le chiusi la bocca con un bacio a lingua lunga.

Qualcuno ben più potente di Peppino Muzzica non vuole che si facciano lavori, e quel qualcuno fa esplodere nel cortile del palazzo una bomba fatta in casa.

Un'esplosione da nulla. Ma un'esplosione. Io me ne sto nel cortile contemplando il muro sgretolato, l'impalcatura di legno danneggiata, la polvere che ha coperto gli strumenti di lavoro, i disegni dell'ingegnere, le borse degli operai come un velo minaccioso. Che fare?, mi chiedo. Devo decidere, e subito. Anche se non vedo nessuno, c'è qualcuno che aspetta di capire cosa sono capace di fare, lo so. E istintivamente sento di avere una sola possibilità, l'unica che forse mi espone ma che d'altro canto è una risposta netta, senza esitazione. Metto nei polmoni più fiato che posso e ordino a tutti, a chi vedo e a chi non vedo, di riprendere immediatamente i lavori. "Ingegnere!" chiamo, e l'ingegnere compare. "Fatemi capire a che punto siamo, io non mi muovo di qui."

Più tardi ritorno da Estrella e le dico che aveva ragione.

Aveva ragione, sapeva, e ancor più sapeva il suo ricottaro Peppino. E io a mia volta imparavo a sapere che, se l'autorevolezza si costruisce sul potere, il potere si costruisce sull'esibizione di forza. Io potevo contare sulla fermezza e a quella cercavo di attenermi. Senza dimenticare che, fin quando avrebbe contato, avrei fatto valere il mio nome.

Il mio nome. Come risuona in questa stanza, come rimbalza su parati e specchiere, su poltrone e crocifissi. Il mio povero nome. Ma non sono più il barone, qui dentro. Sono Enrico. È l'Enrico che echeggia ripetuto da infinite labbra di donne, Enrico, Enrico, come lo diceva Rosaria mia, come lo dicevano le mie amanti, tante che nemmeno le ricordo più, Enrico, nient'altro che Enrico in questo silenzio visitato di tanto in tanto dalle voci che arrivano dalla strada, dai balconi.

Sto male. "Elio," dico sottovoce. Non lo sto chiamando, lo so che così non mi sente, ma ripeto "Elio". Perché, in verità, vorrei chiedere anche a Elio, ora, adesso, a che punto siamo. Invece mi lascio scivolare contro i cuscini e torno a quel tempo alto come un cielo d'estate.

Ricevo un telegramma. Poche parole. Anzi pochissime. *Vieni. Nicola è morto.*

Ma che ci fu, Nicuzzo, fratello mio?

Fatico a rendermi conto. Morto? Faccio preparare il calesse e parto.

Nicola è caduto da cavallo, mentre scendeva verso il fiume. Quel cavallo me lo ricordo bene, era figlio di uno degli stalloni napoletani portati dai piemontesi alla annuale Fiera del bestiame agricolo di Favara, alla serata finale, quella della monta delle giumente nostrane. I posti a sedere subito venduti, a cifre altissime; c'era gente che cercava di acquistarli dai fortunati che se li erano procurati e che ora li rivendevano al triplo del prezzo. Ne valeva la pena. Assistere alla monta della giumenta di mio padre era stato eccitante.

Il puledro che la cavalla partorì era tiso, sano e con un bel pelo lucido. Crescendo si rivelò forte e ubbidiente. Mio fratello lo chiamò Orlando. Avevo provato a cavalcarlo anch'io: una meraviglia. Sentivi i muscoli rispondere, sentivi il fremere di una bestia orgogliosa della propria bellezza. Nicola non si stancava di galoppare con lui. Quando lo vedevi stagliarsi in fondo alla campagna pareva un cavaliere antico, la giacca gonfia intorno al petto come una corazza, i capelli lunghi, il frustino levato in aria ma usato poco, la mano sinistra chiusa sulle briglie. Arrivato davanti alle stalle, Orlando scuoteva la testa sbuffando il fiato caldo dalle froge e batteva lo zoccolo in terra: c'era in lui un che di nobile e furioso, il suo nome gli si addiceva alla perfezione. Prima di smontare, Nicola si piegava su di lui e lo carezzava, lento lento, preciso come un pettine, devoto come un amante.

Come fu questo tradimento? Furono le balze scoscese? I cespugli di rovi? Il vento nervoso che tirava cattivo? Nicola scivolò rovinosamente giù dalla sella e continuò a rotolare sulle pietre senza riuscire a fermarsi, fino a spaccarsi la testa. Lo trovai già composto nella bara, una fascia bianca sulla fronte, il volto tumefatto nella luce fioca della stanza apparecchiata per il lutto. Fui chiamato da mio padre nello studio. Vi giungeva il gemere delle donne, attutito ma non spento dalle mura forti. Nella casa in cui si sarebbe dovuto festeggiare un matrimonio, il fresco biancore del fiore d'arancio cedette spazio alla lugubre abbondanza d'altra flora.

Mariastella Tripputi era una fimmina di stazza forte e un po' goffa, ligia agli ordini dei genitori, pronta a una risata squillante, talvolta con un non so che di ansioso nello sguardo.

"E adesso te la sposi tu," disse mio padre – pallido, cravatta nera e fascia nera cucita sulla manica sinistra della giacca – prima ancora di porgermi la mano per farsela baciare.

Non la volevo, Mariastella. Non mi piaceva, era cumannera e sguaiata. Fui costretto a calare la testa e a fidanzarmi, a prendere il posto di Nicola. Era la fine della vita "voluta da me soltanto".

Così l'avevo battezzata, la mia vita palermitana, e una volta avevo cercato di dirlo a Estrella che cosa intendevo con quel "voluta da me soltanto". Ci allungavamo nudi nel letto, l'accarezzavo e intanto spiegavo che dalla mia famiglia avrei voluto solo quel che mi spettava, perché il secolo nuovo sarebbe arrivato insieme a chi, come me, voleva fare, costruire, cambiare, a chi avrebbe avuto libertà e idee, e naturalmente denari, denari nuovi, denari non spremuti da proprietà esauste, ma fatti scaturire dal motore della modernità. Le dicevo che la mia sarebbe stata una vita voluta da me soltanto. Estrella mi baciava, mi tormentava i ricci sul petto, e intanto mi raccomandava, morbida e persuasiva, di macinare un po' di prudenza, proprio "macinare" diceva, e mi piaceva, perché sapeva di campagna, e io la vedevo uscire soffice quella farina, pulita e impalpabile, riempire sacchi, impolverarmi la faccia, imbiancarmi di prudenza.

Ora invece acconsentivo a mio padre. Possibile che fosse tutto durato così poco?

Mariastella però non era destinata a maritarsi; morì poche settimane dopo durante un'epidemia che mieté migliaia di vittime; colera, si disse, eppure chissà, forse colera non fu, di certo furono febbri, sudori, infezioni ai polmoni. E comparisti tu, Rosaria mia.

Ti si conosceva come Rosaria Lupino Stassi, cugina di Mariastella dal lato materno, ma mai ti avevo visto prima di allora. Dicevano che eri l'erede dei beni di tuo zio. Venisti accompagnata dai fratelli al "castello" – come era chiamata la nostra residenza di Sutera –, un edificio severo, alto, di pietra grigia, che ben serviva a proteggere e a osservare senza essere osservati. Vi si accedeva attraverso gli alti muri di pietre irregolari che separavano il castello dalla fattoria e dalle stalle.

Scendesti dalla carrozza badando bene a non inciampare

nel predellino. Neri neri ti accompagnavano i tuoi fratelli, che si presentarono deferenti a mio padre.

Avevo detto di sì, ancora una volta, per farlo contento. Lui ci teneva assai a concludere subito le trattative per le nozze. Nella fretta, non volle insistere sul contratto di matrimonio. Era convinto che la dote sarebbe rimasta la stessa: terre, molte, e la miniera Zirritta. Assieme alle nostre terre, quella dote avrebbe reso possibile la realizzazione del suo sogno, una ferrovia privata che dalla nostra miniera di zolfo, la Ciavula, passava alla Zirritta e finiva al caricatoio di Licata per l'imbarco diretto sulle navi.

Il progetto era all'altezza delle mie aspettative, ci vedevo quel tocco di imprenditorialità moderna che avevo vagheggiato nel mio periodo palermitano.

Nonostante tu avessi dei fratelli, sembrava talmente scontato che la dote di Mariastella sarebbe passata a te, Rosaria mia... E invece no. E invece mio padre fu fottuto alla grande. Tre giorni prima delle nostre nozze, fissate per il 30 maggio 1877, sei muli bardati a festa accompagnati da venti guardie armate lasciarono Sutera, il paese dei Lupino Stassi; ciascuno portava argenteria e monete d'oro: la tua dote – tu, innocente, niente sapevi del passato. Il risultato: niente miniera, niente terreni in dote, ma oro e argento per noi Sorci, che di quelli già ne avevamo assai.

Da allora mi imposi di fare tutto il possibile per entrare in possesso delle terre "di Mariastella", ereditate dai miei cognati. Vi sono riuscito nel 1919, ma soltanto in parte, costringendo Cola, il nostro figlio maggiore di trentanove anni, a sposare tua nipote, Margherita Lupino Stassi, di quindici anni più giovane. Margherita non portò miniere, ma qualche podere, una quota in una fabbrica di ghiaccio a Sutera e la speranza che mio cognato Gaspare, il tuo fratello maggiore, scapolo, lasciasse la sua quota di Zirritta ai figli di Margherita e Cola. Ma anche quello non avvenne.

Ne abbiamo viste assai, Rosaria, nella nostra vita. Adesso mi sembra di sentirti correre... ma no, non è possibile, non puoi essere tu. Mai ti ho sentita affrettare il passo. Eppure, dentro questo letto in cui hanno parola solo la mia immobilità e il senso della fine, ci sono attimi in cui l'esistenza si mette a correre all'indietro e poi di nuovo avanti, ma rapida, come vedere una pellicola riavvolta dentro il proiettore, e allora anche tu corri. Ma dove corri, Rosaria? Rimani. Resta. Avrei tanto bisogno di te. Te lo dico così come mi viene. Avrei tanto bisogno di te. In vita mai te lo dissi, e forse ti avrei fatto felice.

Ho bisogno di Elio – questo sì –, e lui c'è, è di là. La porta di fronte al letto dà sul corridoio di servizio che va a finire nelle cucine. Elio l'ha lasciata socchiusa, ma un po' di corrente l'ha scostata. Riesco a vedere sin dentro la cucina.

L'ho fatta aprire io la porta che dà su quel corridoio lungo, prima non c'era, l'ho voluta perché mi piace che mi venga portato il caffè a letto, bollente, ogni mattina. Soltanto il personale di servizio è autorizzato a percorrere quel corridoio.

Nel nostro palazzo ci sono quattro appartamenti per i figli maschi – Cola, Ludovico, Filippo e Andrea –, oltre al piano nobile dove vivo io e dove vivrà Cola, il futuro capofamiglia, con sua moglie Margherita e i loro figli. Anche negli appartamenti del palazzo nuovo – quello che ho fatto costruire io, dove adesso vivono le mie figlie femmine Maria Teresa, Anna e Lia e le rispettive famiglie, con il riscaldamento centrale, i magazzini sotterranei e i garage per le automobili – ho voluto un collegamento diretto fra la camera da letto padronale e le stanze di lavoro. Che accorrano le cammarere, quando è necessario. E quando non è necessario, che se ne stiano pure di là a pipitiare, nel loro nido, perché le voci di chi si prende cura di noi suonano sempre, da quella distanza, amabili e intonate al nostro stato.

La luce dalla cucina è forte. Sollevo il capo dal cuscino e mi sembra di vedere sul tavolone, pronte da cuocere, otto ruote di pasta al forno, ciascuna da capovolgere, quando sarà dorata e fumante, su un piatto d'argento. È la prima portata. I Sorci saranno divisi in due stanze da pranzo, come sempre:

quella grande per gli adulti e quella piccola per i giovani. Fra i miei discendenti e le mie sorelle saranno in tutto una quarantina. Siamo tanti. Siamo troppi. Siamo Sorci.

Sei morta a sessant'anni, Rosaria mia, e soltanto allora il tuo valore è emerso come una statua perfettamente conservata dal fondo del mare, rivelando la sua bellezza.

Non ti ho mai amata. Ero giovane quando ci sposammo. Avevo in mente le ragazze dei ricottari, avevo in mente Estrella e il piacere che mi dava guardarla, maniarla, averla. Solo a pensarci mi si indebolivano le gambe, come se il desiderio asciugasse il sangue e lo incanalasse tutto nell'immaginazione, nella memoria. E se non era Estrella, erano le altre. Non credevo nell'amore.

A te mancava l'umido sapore della sensualità, ma non eri neppure legno, ti lasciavi prendere con una sorta di gratitudine, forse un poco ti piaceva, e forse persino accompagnavi la nostra intimità con qualche ingenua fantasia. Tu comunque sapevi che mi piacevano le fimmine, sapevi che mi accoppiavo con quelle che lavoravano in casa nostra – cameriere, lavandaie, sarte e perfino sguattere – e che adocchiavo anche le fimmine di persone con cui avevo rapporti di lavoro e di affari, talvolta addirittura le mogli degli amici. Non c'era giorno che non cercassi sfogo, compimento. Tu lo sapevi, tu le vedevi certe tue cameriere muoversi per casa quando non era tempo, rispondere a una chiamata di cui non avevi consapevolezza, e forse ti sarebbe piaciuto seguirle, interrogarle. Chiedere: "Dove andate?". Sapevi anche che ti avrebbero detto la verità: "Vado dal barone". Te l'avrebbero detto per devozione. Io le aspettavo, e per lo più mi limitavo a dire: "Spogliati". La giovane di turno si spogliava, chi timida timida, chi sperando, chi semplicemente ubbidendo. Erano umili, rassegnate. Tutte tranne una, che per qualche aspetto mi rammentava Estrella. Non le chiesi mai come si chiamasse, ma le chiesi di cavalcarmi e lo fece con sin troppa perizia. Sguattere, sarte e lavandaie le andavo a cercare io e le prendevo senza cerimonie, svelto – che quello mi bastava.

Ebbi anche alcune amanti che appartenevano all'aristocrazia. C'era qualche difficoltà in più, nell'approccio, nel dove e nel quando, ma francamente le fimmine erano tutte uguali per me. Mia sorella Sara, quando si rese conto che non ero insensibile alle dame più arrendevoli della nostra classe, si premurò con delicatezza di farmi capire che potevo prendere, se volevo, quella, ma che avrei fatto meglio a scansare quell'altra, pericolosa. La saggia Sara si preoccupava anche di proteggerti, Rosaria, e lo faceva davvero per te, non per me. Malgrado questa cornice protettiva, le fimmine furono sempre tante. Non ne portai mai dentro quando c'eri tu, ma di quelle di casa approfittavo regolarmente, senza scrupoli.

Lo sapevano tutti, e non ero il solo, né al castello di Sutera, né nella tenuta di Bruccoleri, né nel palazzotto di Camagni, né a Palermo.

Credo di averle rispettate, queste fimmine – a modo mio, si capisce. Pagavo aborti e talvolta davo denari per mantenere i bastardi, che erano pochi, mentre le madri non lavoravano.

Anche tu eri fimmina, anche da te prendevo quel che potevo, di piacere, e forse te ne davo. Mi ricevevi con timida passione. Prendendoti, talvolta pensavo a Estrella, a come voleva guidarmi dentro di lei, a come mi chiudeva dentro le sue gambe puntandomi i piedi contro i glutei perché spingessi più forte, a come si muoveva contro di me, sotto di me. Estrella era la misura della passione. Di tanto in tanto scendevo a farle visita, e lei felice mi si gettava fra le braccia dopo aver chiuso con cura la porta del suo basso lindo e ordinato, pieno di ninnoli e cuscini. Le raccontavo anche di te, perché lei mi domandava, con autentica curiosità, senza malizia, senza morbosità: "Ma tua moglie preferisce la cassata o un bello cannolo fresco?", "Vero è che le perle di tua moglie sono lunghe come quelle della regina?". C'era un geranio alla finestra, e mentre raccontavo di te ti vedevo specchiata in quel geranio fiorito, ti sentivo presente, anche tu ben lontana dallo spiare, distante dallo spirito maligno della moglie tradita.

Adesso, Rosaria, mi rendo conto di averti sottovalutato. Dopo la tua morte ho capito che avevi virtù da me ignorate, come la generosità verso quelle fimmine di casa, e anche la forza con cui desti sostegno a Carmela, la prima moglie di nostro figlio Filippo, a cui lui alzava le mani. Sapevo che eri una madre affettuosa con tutti i figli, ma non avevo capito che, a differenza di me, tu davvero non facevi preferenze tra loro.

Ti ero infedele, ma ho anche cercato di farti godere la vita. Abbiamo fatto bei viaggi in Italia, pochi ma li abbiamo fatti; ti accompagnavo a fare compere nei negozi di abbigliamento femminile e nelle gioiellerie, e non ti dissi mai che mi annoiavo a morte.

Sento cocente la vergogna per le figlie femmine che destinai a morire. Tu te lo aspettavi, e io ero stato chiaro: noi Sorci volevamo figli maschi, erano necessari. Tu avevi capito. Ti spuntarono le lacrime. "Almeno fatemi tenere tre fimminedde," mi implorasti. Mi sembrasti pietosa, e acconsentii. Ne nacquero sei, e tu stessa scegliesti per le tre neonate indesiderate il "panno freddo".

Dalla tua prima gravidanza nacque Maria Teresa. Aveva i nostri occhi a mandorla e i capelli chiari di mia madre. Me ne innamorai.

Un anno dopo venne un'altra femmina, Marianna: non era il maschio che ci serviva.

Mi ero allontanato da te, per lasciarti sola. Me l'avevi chiesto tu, prima della nascita: "Semmai venisse 'na fimminedda, vorrei accompagnarla io fino alla soglia del Paradiso a cui è destinata". Io me ne andai nell'anticamera per prendere le chiavi della cappella, ma poi cambiai idea; mi sentivo un vigliacco. Rimasi dietro la porta, sbirciavo nella tua camera. La mammana, in disparte, recitava le sue litanie, l'occhio attento su di te e sulla picciridda.

Tu, adagiata sui cuscini, una cerata bianca sulle gambe, stringevi la nica tra le braccia, avvolta nel panno freddo e umido. L'annacavi e mormoravi una nenia. Le avevi dato il dito mignolo da succhiare; quella, non trovando sustanza, piagnucolava. Te la stringevi al petto e con l'indice le carezzavi guance e nascaredda. Gradualmente il succhiare perdeva forza, e così anche 'u curuzzu d'a nica si preparava a morire.

L'attesa divenne insopportabile. Uscii dall'anticamera e salii in terrazza, solo. Mi davo pugni sulla testa, maledicendomi.

Marianna, Maria Concetta e Mariangela: fosti tu a volerle mandare in Paradiso col nome della Vergine, a pregare per noi. Adesso sono nella cappella di famiglia, nei loro loculi, con tutti gli onori. Mi è pesato far morire la mia carne, ma così doveva essere. Le femmine non portavano denari. Maritarle costava. I poveri non potevano darci a mangiare e i ricchi non volevano mantenerle o spendere denari per la dote.

L'alternativa, per nobili e benestanti, era mettere le femmine nei monasteri, magari quelli fondati dalla propria famiglia. Ma anche quello aveva un costo, la vita monastica poteva essere dolorosa: erano sepolte vive. I Savoia poi, appena conquistata la Sicilia, soppressero gli ordini religiosi. Tutti. Dall'oggi al domani, masculi e fimmine furono buttati fuori da conventi e monasteri: una libertà tragica, in quanto i "liberi" erano incapaci di adattarsi alla vita civile e non furono ben accolti nelle famiglie di origine. L'abolizione dei monasteri e l'usucapione dei beni della Chiesa nel 1866 rinvigorirono ed estesero ai ricchi l'usanza del panno freddo, ben radicata tra i poveri.

Tante volte, troppe, gli atti più immondi e nefandi vengono presentati come azioni necessarie per il bene di chi sopravvive.

Adesso, Rosaria, ti chiedo perdono. E con questo ti congedo. Comunque ci sei. Questa camera è stata anche la tua. Qui c'è spazio anche per te. Qui dove ti sei spenta.

Quando viene in visita mia sorella Sara, cerco di farmi raccontare novità di parenti e amici, ma lei è accorta, preferisce, se proprio è costretta, raccontare un imbroglio risolto, e non ancora caldo di possibili sviluppi. Nostra cugina Beatrice Benso, zitella e monaca di casa, non è da meno e con l'altra mia sorella, Rachele, mi riferisce della vita cittadina senza mai tradire la verità, ma tenendosi sempre lontana dalle insinuazioni maligne, dal curtigghio. Beatrice è preoccupata per la guerra, sa che Palermo non passerà indenne. Allestisce rifugi in magazzini abbandonati, raccoglie cibi conservabili, fa incetta di coperte, abiti, biancheria. Quando si muovono insieme, Sara, Rachele e Beatrice, ispirano autorevolezza. Nessuno ha parole malevole per loro. E io stesso apprezzo che siano tre donne della famiglia a insegnare ai maschi cosa si deve fare e come dev'essere fatto. Le Tre Sagge, le chiamiamo.

Mi sento premere sul petto, a volte premere forte come se un maglio calasse su di me, a strapparmi forze e respiro, a volte, come adesso, più dolcemente. Forse è la grazia del perdono che ho chiesto a Rosaria ad alleggerire questo peso. A quanti dovrei chiedere perdono. Ma non posso, perché sarebbe una menzogna, che solo Cristo in croce l'ha fatto per noi tutti in una volta sola, e cristiano sono per nascita ma non per educazione. E il male che mi porto nelle viscere è già pena che mi ha dato il Cielo. Chissà come cominciò 'stu male, chissà che mi sta facendo, di dentro. Com'è che si riceve il male che consuma? E com'è che me lo chiedo soltanto ora che ha quasi finito il suo lavoro? L'avessi interrogato quando non c'era! Ma il male non vuole essere indovinato. Viene e non va, e se va mi porta via.

Rosaria l'ho vista impallidire, rimpiccolire, stranire tutta, come tornasse bambina, o bambola, o canuzza, nica nica, tutta pelle, tutta occhi, e quando gliele posammo sul petto, tutta mani, così sottili, così smembrate, che neppure un bacio avrebbero tollerato.

La tradivo sì, ma pure la viziavo, spiavo i suoi desideri e mi dava piacere soddisfarli. Le permettevo di comprare tutto quello che voleva, nei migliori negozi di Palermo, e, quando viaggiavamo, nelle altre città dove tutto pareva più ricco, più nuovo, più elegante.

Era bello arrivare in una città e sentire come bastava poco per conquistare l'attenzione di Rosaria. A Napoli ci perdemmo in via dei Tribunali alla ricerca di piccoli negozi di anticaglie, salimmo al Museo di Capodimonte e lei non volle la carrozza per il ritorno in città: scendemmo fino alla Sanità per tortuose vie di case modeste o poverissime. "Signurì," la chiamavano i ragazzini che ci seguivano a frotte indovinandoci forestieri: lei sapeva che alla Sanità si facevano i migliori guanti d'Europa, che qui si servivano industriali e case reali. Volle entrare nelle botteghe, malgrado il forte odore di cuoio, volle palpare con le dita la pelle che da rigida si faceva morbida come seta, fece provviste, comprò molte paia di guanti che una fanciulla scarmigliata confezionò con arte dentro una scatola di cartone, utilizzando carta velina e nastri. Riguadagnammo il ponte che scavalca il rione e continuammo ancora a piedi, "Se non ti siddìa, Enrico," ripeteva.

Nel 1896 arrivammo in bastimento a Genova e da lì proseguimmo in carrozza verso Milano. Alloggiammo all'hotel de Milan, dove Giuseppe Verdi soleva occupare – tutti lo sapevano in città – la stanza 105: nessuno ci poteva dormire, come se fosse attiva una prenotazione perpetua. Ma questa notizia non la incuriosì, così come, il 28 marzo, godette la bella gente che occupava il teatro alla Scala, ma non l'opera che veniva rappresentata per la prima volta, *Andrea Chénier* di Umberto Giordano. Io riandavo all'aria del tenore *Un dì all'azzurro spazio*, e lei mi prendeva il braccio, procedendo per via Manzoni verso il vicino albergo dove avremmo cenato. In via Manzoni si fermò davanti alle vetrine di Frette, Premiata Fabbrica di Telerie, Tovaglierie, Tende, dove tornammo il giorno seguente. Passò in rassegna tutte le meraviglie del negozio, e senza timidezza interrogò, esaminò, esplorò. Fece molti acquisti che le furono spediti in Sicilia, ma comunque ci lasciò il cuore. Già da tre anni E. Frette & C., con sede nella lombarda Monza, vendeva anche per corrispondenza e Rosaria – tornata a casa – cominciò a ordinare dal catalogo. La sera, a letto, prima di prendere il libro di preghiere, ne spulciava le duecento pagine chiedendomi delucidazioni sul testo, ma mai la mia opinione sulla merce che sceglieva. Era cosa sua, sua soltanto, e me n'era grata.

Era rassicurata dalla "Avvertenza importantissima" in fondo al catalogo: *I prezzi sono fissi qualunque sia l'ammontare dell'ordinazione. Le condizioni di pagamento sono invariabili e inderogabili, in omaggio al giusto principio della nostra casa: di agire sempre in egual modo verso tutti i nostri clienti indistintamente, nell'intento di evitare ogni increscioso reclamo per disparità di trattamento.*

Ogni volta, prima di completare l'ordine, mi chiedeva: "Secondo te l'‘Avvertenza importantissima' ancora valida è?". Al mio "sì" faceva una smorfia, poi però si illuminava in un sorriso e diceva: "Una bella lezione di onestà, da parte del signor Frette. È raro il prezzo fisso, da noialtri".

Edmond Frette divenne il suo fornitore preferito per le uniformi del personale di casa e il corredo da tavola e da cucina. La merce arrivava sempre puntuale alla stazione ferroviaria, il giorno concordato, e io pagavo compiaciuto le lunghissime liste di acquisto, certo della qualità dei prodotti e soprattutto della cuntintizza di mia moglie. Rosaria sapeva che le tovaglie satinate, damascate (la specialità di Frette) e di Fiandra sopportavano le lavate più energiche, che i fazzoletti di batista finissima erano resistenti e che la raffinata biancheria personale da donna era indistruttibile. Ed era generosa: per le fimmine di casa comprava anche biancheria e le incoraggiava a scegliere roba per il corredo.

Tovaglie, lenzuola, asciugamani, camicie da notte, fazzoletti, uniformi, corsetti, mutandoni, sottovesti, camicette arrivavano dalla Lombardia dentro scatoloni profumati o nei bauli. Rosaria aveva scoperto che la Sicilia era diventata la regione d'Italia meglio collegata dalla ferrovia, anche se lei su un treno non ci era ancora salita. Preferiva viaggiare per nave, in carrozza e, quando fu possibile, in automobile. La prossimità con estranei nello scompartimento la intimoriva. Una volta le proposi di affittare un vagone tutto per noi, che ci portasse da Palermo a Sutera, ma non ci fu verso. Lei così mite e accomodante, le poche volte che si impuntava sul fare o non fare qualcosa diventava ostinata – e alla fine vinceva sempre.

Gli acquisti per corrispondenza erano, come il buon cibo, una passione che ci univa: eravamo entrambi avidi di comprare. Io ero avventuroso e onnivoro, ma mi interessavano soprattutto i macchinari moderni: dalle trebbiatrici meccaniche alla macchina per scrivere, alle macchine elettriche per la cucina, all'illuminazione domestica a gas, e poi l'elettricità. Lei si entusiasmava solo per la biancheria. E a poco a poco quegli acquisti smisero di essere soltanto un conforto, divennero una specie di ossessione. Rosaria comprava più biancheria del necessario, tant'è che dovetti far costruire nuovi armadi.

Oggi le cinque stanze interne che si aprono sul corridoio hanno le pareti interamente coperte di armadi: le prime due erano i nostri spogliatoi; nella terza stanza veniva conservata la biancheria da letto, da bagno e da tavola; nella quarta, la più grande, biancheria intima e da camera per mia moglie e le mie figlie, ma anche uniformi e grembiuli per le cameriere, e biancheria da corredo per le figlie e da regalare. La quinta stanza, l'ultima, attigua alla cucina, è la stireria: ospita gli armadi del cambio di stagione e, in un angolo, la macchina da cucire Singer per la sarta che veniva ogni mese a rammendare.

Nella quarta stanza, il 13 dicembre, giorno di Santa Lucia, ogni anno si festeggiavano la santa e il Natale con le fimmine di casa e quelle che venivano a lavorare da noi saltuariamente: una ventina tra sarte, lavandaie, cuoche di pasticceria. Poi c'erano quelle che avevano lasciato il lavoro per maritarsi dopo aver messo da parte i denari per il corredo, e infine le "mistiche", le monache di casa: donne che, non avendo i denari per la dote richiesta dal convento, cucivano e ricamavano presso le famiglie benestanti indossando un abito monastico.

In più, oltre alle femmine Sorci – figlie, nuore e nipotine – c'eravamo noi maschi: io e i figli. Filippo allupato in mezzo a tutta quella carne, Andrea con la sua faccia lunga, Cola impettito e Ludovico perduto.

Ogni anno Rosaria faceva un'ordinazione speciale dal catalogo Frette: due bauli e svariati scatoloni che arrivavano puntualmente il 12 dicembre e il cui contenuto era tutto destinato a quelle fimmine.

Per fare spazio al centro della stanza, peraltro già grande, le sedie impilate e i tavoli erano stati spinti contro le pareti. Nei giorni precedenti la cucina si trasformava in un laboratorio di dolci: i biscotti di Natale e la cuccìa, il dolce di Santa Lucia, a base di grano condito con la prima ricotta zuccherata, pistacchi, frutta candita e cannella. Da bere, oltre alla consueta limonata e al caffè d'u parrinu – un caffè lungo aromatizzato con cacao, chiodi di garofano, zucchero e cannella –, offrivamo del marsala o dello zibibbo. Ma sulle guantiere c'erano anche i dolci di Natale acquistati nei monasteri: buccellato di fichi, mandorle caramellate, torrone, fichi secchi, scorze d'arancia candite. In ultimo, arrivato da Milano, il famoso panettone.

Era il momento di gloria di mia moglie e delle nostre figlie. Dopo che Maria Teresa aveva rotto il sigillo del primo baule sotto lo sguardo fiero e sospeso di Anna e Lia, ai lati come due ancelle, lei lo apriva con tutta la dignità di una baronessa. Sollevava il coperchio, lentamente. E allora appariva, incollata all'interno, una stampa dettagliata dell'enorme stabilimento di Concorezzo in Brianza visto dall'alto, con decine e decine di porte e finestre, e comignoli da cui uscivano sbuffi di fumo: era lì che tutta quella raffinatissima biancheria era stata confezionata. Le fimmine l'ammiravano a bocca aperta.

"Pari una chiesa!"

"Un palazzo reale!"

"La casa del Santo Padre!" strillava un'altra.

"Vaticano si chiama, la casa del papa!" correggeva pizzuta una delle monache di casa.

"Nonzi," rispustiava l'altra, "palazzo reale, dissi io! 'U re e 'a riggina ci potissiru viviri!"

Dentro il baule c'erano tovaglioli, centrini, fazzoletti, nastri, merletti, camicie da notte e camicette di cotone, di madapolam o di cretonne, sottovesti e mutandoni con bordi di pizzo.

Poi Rosaria mostrava alle donne la roba contenuta nel telaio divisorio di legno, interamente rivestito di stoffa: i regali personali. Come un mercante alla fiera, li sollevava uno per uno, girando su se stessa per mostrarli a tutto il cerchio di fimmine incantate, poi il pezzo passava di mano in mano, prima alle figlie e poi alle fimmine, perché tutte potessero palparlo, perché ciascuna potesse dire la sua. Uno alla volta, i pezzi venivano assegnati e accolti con grida di gioia.

Quando la roba del telaio era stata equamente distribuita, arrivava il momento della biancheria per il corredo. Anna e Lia sollevavano il telaio tirandolo dai nastri laterali per rivelare biancheria da letto e da tavola, asciugamani, teli di cotone e di lino, perfino strofinacci. Ognuna delle fimmine poteva scegliere tre pezzi.

Mia moglie le interpellava a una a una e Carolina, la sua cameriera personale, era svelta a sussurrarle all'orecchio se qualcuna meritava una cosuzza in più: chi aveva avuto un lutto, chi un problema di salute, chi un piccolo dispiacere.

Ludovico e Andrea partecipavano soltanto per la truzzata degli auguri, io, Cola e Filippo spesso rimanevamo fino alla fine. Era la sola occasione festiva in cui servi e padroni stavano insieme, in tempi in cui i rapporti tra le classi sociali erano tesi: i tempi dei fasci siciliani, delle rivolte dei lavoratori contro lo Stato e i politici, degli omicidi degli anarchici e della mafia. E anch'io assistevo alla scelta e alla distribuzione dei regali. Era un bel modo per conoscere le fimmine di casa, per valutare le più attraenti e disponibili: quelle da portarmi a letto. Tutte, inclusa la padrona, ne erano perfettamente consce.

Tenevo d'occhio quelle che mi interessavano, per vedere quali capi apprezzavano di più: gliene avrei fatto omaggio al momento opportuno. Da Rosaria avevo imparato che i regali provenienti dai bauli e dagli scatoloni di Frette silenziavano le fimmine di casa scontente, rendevano tollerabile un licenziamento e aiutavano a tacitare quelle messe incinte da me o dai miei figli. La biancheria, usata con sapienza, era un ottimo investimento e garantiva la mia reputazione di fimminaro generoso, con il tacito assenso di mia moglie – la pace domestica.

Sedevo in disparte e osservavo a distanza, gli occhi accesi. Ero ospite di mia moglie e non partecipavo a quella giocosa allegria. Alcune fimmine con cui mi ero trastullato in passato, proprio quelle, si divertivano a prendermi in giro. Anziché "Voscenza", mi chiamavano spavalde "signor barone", e poi, tornando alla comune lingua madre, "Ci piaci chistu a Voscenza?" dicevano le più anziane, forti dell'antica consuetudine.

Nel frattempo le altre prendevano dal tavolone camicette, camicie da notte, grembiuli, li sollevavano per ammirarli e poi, tutte accaldate, li indossavano sull'uniforme, e si pavoneggiavano camminando a braccetto con un'altra, mimando il passìo domenicale lungo il corso. Si rideva tanto.

Osservavo i seni generosi che si gonfiavano nella pettorina, i glutei prigionieri della gonna aderente, l'esagerata rotondità del sedere, gambe polpacci e caviglie. L'odore pungente e umidiccio del sudore invernale delle loro ascelle mi inebriava. Le guardavo mentre sorseggiavo un bicchierino di marsala. Tanta carne di fimmina. Tanta allegria. Tanto vuciare e tanta vitalità.

Poi, la mangiata. Erano tutte al centro della stanza, eccitate. Mi davano le spalle. Fimmine costrette dalla necessità ad andare a servizio in casa dei ricchi adesso aspettavano che dalla cucina arrivassero i carrelli di cibo caldo: panzerotti fumanti ripieni di carne e verdure saporite, spitìni di carne arrostita, cosce e ali di pollo impanate e fritte, e la frittella, uno stufato agrodolce di carciofi, piselli e fave. Un altro bendidio.

Al loro ingresso, il vucìo – squillante, rauco, stridulo – arrivava alle stelle.

Le stelle! Ma quali stelle? Mi viene in mente una cammarera. Una. Che non so nemmeno da dove arriva. Sta in uno spazio stretto tra l'armadio e la parete. Ha capelli neri, ondulati e lucidi, occhi di carbone e sopracciglia unite al centro come ali di gabbiano. Stringe tra le mani una camicia da notte bianca e una sottoveste color crema. Cerca di provarle, una alla volta, sul grembiulone, con movimenti goffi che rivelano un corpo giovane e sodo. La ragazza ci tenta e ci ritenta, suda, si accalda, infine desiste. Nessuno l'ha notata. Io la fisso. Un incrocio di sguardi, velocissimo. Penso di averla imbarazzata, adesso andrà altrove per provarsi la biancheria. Invece no. Piano piano infila la testa nella camicia da notte e la tiene sulle spalle come una larga stola, poi la fa scivolare sul corpo fino a coprire il petto. Sbottona il grembiulone e lo getta ai suoi piedi. Tengo gli occhi incollati al suo ventre teso da adolescente, alle cosce compatte, alle gambe nude ben modellate. Lei infila le braccia nelle bretelle della camicia da notte e la tira in basso, la sottana finalmente scivola su seno fianchi ventre e arriva ai piedi.

Mi sento un voyeur, sono un vecchio voyeur. La ragazza mi fissa, ma i suoi occhi non mi vogliono. Vogliono gli occhi delle altre, che si stanno abbuffando di panzerotti e spitìni e non si allontanano dal carrello. Nuda sotto la camicia da notte, la ragazza torna a guardarmi. Accenna qualcosa, come un passo di danza, e a ogni movimento la camicia sbottonata le scivola sulle spalle, e la scollatura si abbassa sui seni tondi, fino all'areola del capezzolo scuro. Una svestizione ipnotica, tutta, mi dico, a mio uso e consumo.

Le fimmine intanto hanno finito di mangiare e di gustare il marsala. Adesso cantano e ancheggiano, divise in due file, abbracciate, come se masculi non ce ne fossero. Quella balla e canticchia nel suo angolo. Per me soltanto. Si annaca, nel suo spazio protetto, si carezza le anche, il ventre, poi si leva le forcine dal tuppo e si passa le dita nelle chiome che subito si gonfiano – gli occhi scuri come quelli di una strega fissi su di me sotto le sopracciglia severe. Poi fa un passo avanti e le altre donne le si avvicinano, la includono nel ballo. Io, incollato alla parete opposta, sono ignorato.

Ma non da lei. Lei vuole farmi soffrire. Si lancia nel centro della stanza, le braccia sollevate sul capo, le mani intrecciate in alto. E prende a cantare con voce morbida da contralto: "*Si maritau Rosa, Saridda e Pippinedda, e iu ca sugnu bedda, mi vogghiu marità...*". E di nuovo: "*Si maritau Rosa, Saridda e Pippinedda, e iu ca sugnu bedda, mi vogghiu marità...*".

Le altre l'attorniano e si uniscono al canto. Rosaria, in mezzo a quell'allegria, è felice.

Mi hanno dimenticato tutte.

E ora quella fimmina che cantava sale su questo letto e avanza sulle ginocchia, nuda, verso di me, i ricci del sesso umidi e profumati, ma – cancellate dal tempo le sue fattezze – si mostra con tratti che conosco sin troppo bene. Avanza ardita, è sempre lei, è la magica Estrella, è lei che riempie di vivo corpo questa stanza. Il tuppo sciolto, si ferma a guardarmi con un sorriso carezzevole che trapassa in mestizia, e, vestita della sua sola nudità, si accuccia accanto a me, come se volesse cancellare il tempo. Io penso che lei è la donna del ricottaro e che non dovrebbe essere qui, su questo letto, in questa stanza – così penso mentre l'esuberanza del corpo suo inchioda alla decadenza il mio. Vorrei cacciarla, vorrei pregarla di non umiliare l'amante che fui, nel suo basso con il geranio alla finestra. E mentre fremo pensando che Elio possa vedermi con quella fimmina nel letto, mi pare di sentirla cantare e la voce torna a essere quella della prima apparizione. Dovrebbe bastarmi, no? Non ho avuto abbastanza? Avrebbe detto un poeta che "non basta, non basta mai" e non si capisce cosa sia che non basta.

Per lungo tempo continuammo a dividerci fra Palermo e la campagna, quella di Sutera e quella di Bruccoleri, con occasionali puntate a Camagni, dove trascorrevamo sempre il Natale. In campagna chi ha terra deve andarci, bisognava farsi vedere, bisognava far sapere che eravamo arrivati. A Palermo misuravamo la modernità; in campagna, dove pure non ne potevamo fare a meno, cercavamo di tradurla in modelli di produzione.

Dal Nord Italia non arrivava solo la biancheria Frette, arrivavano anche prodotti alimentari, perfino cibo fresco, diverso dal nostro e confezionato in modo che non si sciupasse durante il viaggio.

La latteria Ignazio Grün ci fece conoscere il burro e il latte condensato; erano conservati in scatole metalliche circolari con sopra il disegno dell'enorme stabilimento di Locate Triulzi. E l'intera famiglia era grata alla società Giovanni Buitoni e F.lli di San Sepolcro, che ci introdusse alle tagliatelle all'uovo, ai cannelloni, alla barbina e alla tapioca del Brasile, oltre che a quella di fecola indigena.

Mi appassionai poi ai vini e agli spumanti che ordinavo dai Fratelli Burgio Nobili di Napoli – fornitori della Real Casa, che vendevano anche il vermouth Chazalettes e il Martini Rosso di Torino –, e alle caramelle Fantasia, prodotte a Varese, come anche al taleggio e al gorgonzola.

Avevo abolito l'illuminazione ad acetilene e introdotto la luce elettrica a Sutera e a Bruccoleri, la tenuta preferita, alla foce del Salso, dove usavamo trascorrere la Pasqua. Compravo lampade a incandescenza e tutto il materiale elettrico necessario da Teodoro Koelliker, una ditta milanese di impianti completi di illuminazione elettrica che vendeva per corrispondenza. Ma sostenevo anche i piccoli imprenditori locali, come i fratelli Michele e Giuseppe Verderame di Licata.

Una volta, un ricottaro che si era fatto una bella posizione procurando fimmine a tutta la milizia fascista di stanza a Palermo mi propose di concedergli le case di fronte al palazzo di via delle Repentite: sarebbero state albergo e bordello di lusso. Rideva grosso e proponeva di ribattezzarlo proprio Le Repentite, che suonava bene con tutte quelle donne che avrebbe fatto arrivare dall'Italia intera. Io dissi di no, e anzi proprio in quel periodo decisi di far rimettere a posto il palazzo, per noi e per i figli maschi: c'era umidità, i bagni erano antiquati, le mattonelle del pavimento trantuliavano a ogni passo e le persiane erano tutte scrostate. Le tre femmine abitavano già nel palazzo nuovo.

Non fu contento, il ricottaro. Cominciò a sparlarmi: diceva che nelle stanze che mi ero tenuto per uso personale ci intrattenevo malefimmine. Ma lo sapevano tutti che quelle che ci portavo, benché puttane, non erano malefimmine. Non feci il risentito, anche se mi trattava da suo pari, e aspettai il momento giusto: io sono uno che incassa e poi colpisce. Forte.

Il momento giusto arrivò. Dopo l'inguacchio con la moglie di Andrea, Cola e sua moglie Margherita avevano lasciato il palazzo e si erano presi un appartamento in affitto sul Cassaro. Il ricottaro lo venne a sapere ed ebbe l'ardire di chiedermi l'appartamento di Cola: vi avrebbe ospitato "signore" che ricevevano clienti del Continente, vicini a gente di potere. Gli dissi che no, che le fottessero sopra i marmi freddi del Palazzo del Fascio, quelle signore: se avesse lanciato l'idea avrebbe fatto storia, e forse il mascellone sarebbe venuto persino lui, a godersi il suo palazzo e le sue puttane.

Nel frattempo ricevetti un'ottima offerta da un anonimo che voleva comprare in contanti le case di fronte al palazzo, proprio quelle che il ricottaro avrebbe voluto prendere in affitto. Le vendetti immediatamente, facendoci anche un buon guadagno. Adesso in quei locali c'è il bar Luce.

Stremato, sprofondo la testa nel cuscino. Ho il respiro affannoso. Sento dei rumori. Sembra lo sbuffare di un treno, ma le donne che aspetto verranno in carrozzella. Mi confondo, vaneggio.

Sono in treno. Solo. Sento lo stridio dei freni e immagino la posa dei binari, le traversine di legno ben fissate alla terra battuta, le rotaie d'acciaio che brillano al sole. Ai lati della strada ferrata, erbacce e fiori selvatici. Sulle sponde crescono rigogliosi gli ultimi invasori: eucalipti importati dall'Australia, su espressa richiesta degli italiani. Maledizione! Questi continentali non hanno ritegno, vogliono perfino piantare lungo le ferrovie arbulazzi stranieri dalle radici lunghe e invasive che assorbono il succo della terra e affamano le piante indigene.

Rosaria è morta a sessant'anni, nell'inverno del '20, due anni dopo la morte in guerra del nostro Sebastiano, l'ultimo figlio maschio, diciannovenne alto, biondo e bello come un dio. Forse voleva raggiungerlo.

La trascuravo da tempo, benché fosse passata l'epoca di Estrella, che se n'era andata – Peppino non sapeva dove, ma qualcuno l'aveva sposata e se l'era portata via. Nel '20 avevo due fimmine a disposizione: le sorelle Lucrezia e Annetta Panzi, che avevo sistemato in un appartamento all'Albergheria, non lontano da casa. Me le aveva "passate" il loro ricottaro, Ciccio Campo. Ci andavo ogni giorno e mi dividevo equamente tra le due, non avevo una preferita. Quando Annetta, la più giovane, rimase incinta decisi che avrebbe tenuto la creatura che portava in grembo. Anche se fosse nata femmina. E io non le avrei fatto mancare nulla. Fu allora che comprai per le due sorelle una piccola sartoria per signora, ben avviata, che avrebbe dato loro dignità e un modesto reddito.

Insieme a Sebastiano, morto a pochi giorni dall'armistizio, Stellina – nata il 22 marzo 1922 – è forse la figlia che ho amato di più.

Sebastiano, Sebastiano. Ah, quel ragazzo non mi abbandona mai. Nessuno parlerà più di lui. Si spegnerà come una luce troppo fioca. È un fantasma senza futuro. Guardo sul comodino la foto di mio figlio a cavallo, in divisa – fiero e compunto, negli occhi un dolce accenno di sorriso: sapeva che la fotografia era destinata a me e a sua madre.

Agli inizi della malattia che l'avrebbe portata alla tomba, Rosaria espresse il desiderio che il pittore palermitano Francesco Camarda – un artista talentuoso che avevo conosciuto come ragazzo prodigio quando frequentavo una comitiva di artisti – facesse da quella fotografia un ritratto a olio. Ne rimasi sorpreso: Rosaria non era un'amante delle arti, e certamente non dei pittori siciliani contemporanei, troppo anticonformisti per lei. Glielo feci presente, ma lei insistette e mi ricordò che agli inizi della guerra Camarda l'avevamo visto insieme, a Girgenti. Eravamo ospiti di Pietro e Maria Sala, che mostravano per la prima volta al pubblico la collezione di reperti greco-romani di famiglia esposta nei loro salotti, diventati un piccolo museo. La collezione era stata di recente arricchita da un'altra, più piccola, di gioielli antichi.

Da un anno Francesco Camarda risiedeva dai Sala per dipingere i ritratti del padre di Pietro, di zio Giovannino, di Maria e dei loro due bambini. Fu contento di rivedere me e di conoscere Rosaria, e ci accompagnò in uno dei salotti per mostrarci il ritratto della giovane padrona di casa, di cui era molto fiero.

"Si legge dal basso verso l'alto," disse. La tela era appesa sopra un cassettone Impero con piccole decorazioni di bronzo. Lo sfondo era semplice: un pavimento rosso cupo e una parete grigia, contro cui spiccava Maria, seduta su una poltroncina chiara di faggio curvato.

Le scarpette nere, a punta, avevano una fibbia d'argento e i piedi lambivano il pavimento come se la poltroncina fosse sospesa in aria. La figura elegante di Maria era vestita in diversi toni di grigio: le calze opache mettevano in evidenza le caviglie sottili, la lunga gonna scurissima le carezzava i fianchi e il ventre piatto, con una piega centrale che si apriva fino a coprire l'ampiezza del davanti. La camicetta di voile antracite, a maniche lunghe, faceva risaltare il busto e la vita snella, mentre la mantellina, nera come i capelli, creava un'ombra scura attorno alle spalle.

Tutto quel grigio era spezzato dalla spilla con tre fiori di seta in diverse tonalità di rosa che chiudeva lo scollo della camicetta: la più intensa, un delicato color pesca, era la stessa delle labbra di Maria. Il braccio destro era posato sul bracciolo, il gomito piegato quel tanto che bastava perché le dita sfiorassero in languida carezza l'altra mano, abbandonata in grembo.

L'ovale del volto, pallido e perfetto, era incorniciato dai capelli scuri morbidamente raccolti sulla nuca e illuminato da grandi occhi pensierosi, inquisitivi e tristi: chi guardava il ritratto aveva l'impressione che esigessero una risposta, e che la esigessero proprio da lui, o da lei. Camarda aveva intuito la struggente solitudine di Maria Sala, giovane sposa infelice, e l'aveva trasposta – trasfigurandola – sulla tela.

La struggente solitudine, già. Camarda, ora lo vedo qui come fosse allora. È strano, mi dico, come questa prossimità alla morte renda tutto più preciso e più netto, i profili, le facce, le rughe, le smorfie, i gesti. Troppo tardi, ma diventiamo assennati e presaghi, lettori implacabili delle umane vicende. Sono mesi che esploro la mia famiglia, numerosa come un popolo, varia come una congrega senza governo.

Questo palazzo – il palazzo di mio padre, e prima di lui di mio nonno e del mio bisnonno – e quello che ho voluto io non bastano per una famiglia come questa. La campagna è impoverita. Se penso a che dolcezza lungo il Salso, fra salici e pioppi, risalire la poca acqua su verso anfratti accesi di fiori gialli, verso gli alberi da frutto che a Pasqua sbummicavano di fiori, i peschi rosa, i meli e i ciliegi bianchissimi, i pruni, e su per tutte le soffici gobbe delle colline, ulivi a perdita d'occhio, in mezzo i giovani che potavano a calice, le foglie d'argento fino nella luce tremula dell'alba... Che ne sarà di Bruccoleri, l'elegante casina settecentesca a ferro di cavallo che guardava la valle?

Avranno delle sorprese i miei parenti. Ma intanto la guerra deve passare, e chissà come passerà e che cosa lascerà. La guerra scorsa la sentimmo da lontano, contammo i nostri morti, ma questa, questa guerra grande di cui poco si sa, dalla nostra stampa, quanto durerà?

Lo so, sono di là, arrivano, oggi arrivano tutti qui. I preparativi che ho intravisto in fondo al corridoio mi lasciano pensare che non mancherà nessuno. Elio si fa avanti con i giornali, gli faccio segno che per oggi basta, che poi lo chiamo, che stia sulla porta e impedisca a chiunque di avvicinarsi. Mi fa cenno di aver capito. Tiene i giornali sotto il braccio e così sembra un bravo scrivano, arrivato per prendere nota, per scrivere sotto dettatura. E io detterei, caro Elio. Detterei, se tu mi sentissi. Nella mia testa passa un romanzo grande come la vita. Una folla di personaggi preme, vuol farsi raccontare, ma non c'è spazio. Quel che c'era da dettare è stato dettato, ma al notaio.

Per sapere chi fosse questa famiglia mia, provai allora con Camarda. Perciò ora ritorna e aspetta che Elio se ne vada. Alla toilette di Rosaria siede, tutta capelli sciolti, la giovane Estrella, perché mai lei tradì la sua giovinezza e, con la sua, la mia. Elio esce, Camarda tace.

Quando scrissi a Camarda ricevetti subito risposta: il pittore era disponibile, il compenso elevato ma abbordabile. Solo, si doveva aspettare, perché aveva altre commissioni in corso. Rosaria ne fu felice, il progetto del ritratto la distraeva dal pensiero della malattia. Spinta dagli altri figli e dalle due nuore, andò oltre: mi suggerì di far ritrarre tutti i figli – maschi e femmine –, e anche Sebastiano, Maria ed Enrico Merlo, gli amatissimi nipoti avuti dalla primogenita Maria Teresa. Ancora una volta – era un'altra delle sue manifestazioni di testardaggine – acconsentii.

La malattia di Rosaria ebbe un decorso inaspettatamente veloce. Mentre stava male, fino all'ultimo, ripeteva: "Enrico, ti raccomando i ritratti... ognuno deve avere il suo".

Dopo la sua morte, passarono dodici anni prima che mi decidessi a riprendere contatto con Camarda. Infine lo invitai a pranzo, per esaudire l'ultimo desiderio di mia moglie. Era il giugno del 1932.

A parte Laura, la moglie di Andrea, le altre donne di casa – Margherita, la moglie di Cola; Caterina, la moglie di Ludovico; e Stefania, la moglie di Filippo – non avevano dimestichezza con artisti ed erano tutte occhi e orecchie. Filippo martellò il pittore di domande con l'evidente scopo di appurare quanto guadagnava dalla sua arte. Cola, solitamente mutanghero, lo intrattenne a lungo in una dotta conversazione sull'arte moderna, sorprendendo tutti. Ludovico e Andrea, come di consueto, parlarono poco e niente.

Dopo pranzo condussi Ciccio Camarda in terrazza, sopra i tetti. Volevo parlargli in privato e dargli l'opportunità di considerare se dipingere *en plein air*. Gli offrii uno dei miei sigari cubani e cominciammo a passeggiare lungo la balaustra perimetrale godendo il paesaggio di torri, campanili, cupole, camminatoi contro lo sfondo del cielo: a sud le montagne, a ovest il promontorio di Monte Pellegrino, a nord il mare.

"Bella questa terrazza, e bello, anzi bellissimo, anche questo palazzo. Ma ho saputo che ti sei costruito un'altra casa," disse Ciccio.

"Una casa più moderna. Con il riscaldamento centrale e stanze da bagno degne di questo nome. Ho anche fatto scavare dei magazzini sotterranei, per riempirli di provviste."

"Hai paura di una carestia? Sei ricco: con i denari tutto si trova, sempre!"

Gli rammentai che durante gli anni settanta-ottanta la gente era affamata. Il brigantaggio, dopo l'imposizione della leva da parte di Crispi, era stato molto violento. C'era violenza anche nel mondo della politica: il marchese Notarbartolo, presidente del Banco di Sicilia, era stato assassinato sul treno per Bagheria, a pochi chilometri dalla città. "Tu eri picciriddo, io no. Non voglio riviverli, quei tempi, e non voglio che i miei figli conoscano la mancanza di cibo!"

Guardavamo le imbarcazioni che solcavano il golfo, da una punta all'altra. Le vele colorate contro l'azzurro erano magnifiche. Camarda meditava, compunto.

"E poi, caro Ciccio," ripresi, "è vero che io ho denari, e che la fame non la soffrirò mai. Ma non me la sentirei di vivere satollo mentre i miei vicini sono affamati. Mi piace regalare a chi ne ha bisogno un sacchiteddu di fave, un cesto di cipolle, una lanna di olio d'oliva, un pezzo di cacio... e sento anche il dovere di farlo."

Il piroscafo da Napoli spuntava in lontananza. Maestoso, tagliava le onde blu del Tirreno per entrare in porto. Le barche dei pescatori – minuscole, a paragone – si scostavano per dargli la precedenza e poi riprendevano languide la rotta, seguendo la scia di onde spumeggianti lasciata dal piroscafo.

"Enrico, devo farti una domanda indiscreta. Non ho visto a casa tua un solo quadro contemporaneo. Dove li tieni?" chiese a un tratto Camarda.

"In camera da letto e in amministrazione, le mie stanze di lavoro." Trassi una profonda boccata dal sigaro. "Rosaria e io avevamo gusti diversi, quando si trattava di pittura. Nei salotti ho preferito avere carta da parati, applique, lampadari e specchiere, anziché i quadri che piacevano a lei."

Mi guardò attento. "Capisco. E dunque adesso vuoi riprendere il discorso dei ritratti."

"Sì, Rosaria ci teneva assai, ho perso anche troppo tempo. Ora che li hai visti e conosciuti... che ne pensi di ritrarre i miei figli e le loro mogli?" Avevo parlato di getto, come se dovessi liberarmi di un cutugno.

"Anche le mogli?"

"Lo vorranno di certo anche le mie nuore, un ritratto firmato da te." E gli puntai contro un dito accusatorio. "Sei famoso, Francesco Camarda, e giustamente!"

"Costo caro. E non posso rimandare o interrompere i lavori iniziati. Ci vorrà tempo per i ritratti."

"Non è caro per me, il tuo lavoro, e i miei figli aspetteranno."

"Posso darti il nome di un mio allievo bravissimo, e disponibile."

Spensi il sigaro sul bordo di una grasta e lo ammuttai nel terriccio, contrariato. Non ero abituato a sentirmi dire di no. Ficcai gli occhi in quelli di Camarda e mi espressi col vocione cupo e minaccioso dei frati alle prediche quaresimali: "Tu, soltanto tu, sai capire l'animo di chi ritrai! Io voglio solo il meglio! E il meglio sei tu". Aggiunsi che ricordavo perfettamente il ritratto di Maria Marra, la moglie di Pietro Sala. "Fimmina intelligente e sensuale, ma infelice, sola... Basta guardare quel ritratto per capirlo."

"Hai ragione: sola, molto sola. E determinata," ricordò Camarda. "Sono sicuro che alla fine otterrà quello che desidera... alla fine." Riprendemmo a camminare.

Camarda si rummuliava: "Capire l'animo...". Aspirò il sigaro, profondamente; fece due passi e si fermò a guardare la cupola barocca di San Giuseppe dei Teatini, col suo rivestimento di maiolica gialla e verde. Poi riprese, lento: "Sì, so capire l'animo. Hai ragione. Ma dev'essere un animo che merita di essere capito... non lo devo necessariamente amare, ma devo almeno rispettarlo, deve avere qualcosa che mi convinca, che valga la pena di essere conosciuto". Mi scrutò severo: "Ecco, è così: devo prima scavare nell'animo del soggetto, per conoscerlo, e soltanto dopo sono in grado di capire se posso riprodurlo sulla tela, per tutti".

"Lo hai fatto tante volte, fallo anche per i miei figli!" Ero lì lì per perdere la pazienza.

Camarda si tolse il sigaro di bocca. "Voglio essere franco con te, Enrico: non sono sicuro di poterle mettere a nudo, le anime dei tuoi figli e delle tue nuore."

Turbato, gli chiesi di spiegarsi meglio: Camarda aveva detto qualcosa che mi riguardava da vicino, che avevo intuito ma che mi infastidiva fosse materia a cui tornare.

"I tuoi figli li ho conosciuti soltanto oggi, dunque posso senz'altro sbagliarmi. Ma proviamo a ragionarci, magari scopriremo di essere d'accordo."

Sedemmo nelle poltroncine del gazebo. E Camarda cominciò: "Tuo figlio Cola ha occhi sofferenti: lo definirei un uomo onesto, o che desidera esserlo. Ma per quanto si affanni a nasconderla, c'è un'ombra nel suo sguardo. Forse è oppresso da pensieri che non riesce a cacciare via".

Io lo ascoltavo, ero lì, ero presente, ma al tempo stesso vagavo lontanissimo da quella terrazza. Nel cielo credevo di vedere la cornice di un quadro, e su quell'azzurro diventato tela ogni parola di Camarda si trasformava in pennellata. Vedevo salire dal basso tante cornici con un motivo di foglie stilizzate, l'oro del legno brillava sotto i raggi del sole. Le cornici erano tutte vuote.

"A tavola ho sentito che ogni giorno, dopo pranzo, Cola e Andrea fanno la stessa passeggiata," diceva intanto Camarda. "Saranno per strada, adesso. Ti sembrerà strano, ma ho anche avuto la sensazione che Cola non volesse lasciare la tavola, oggi... come se volesse prima dire a qualcuno qualcosa che però non poteva dire... o forse aspettava di sapere qualcosa da qualcuno, chi può dirlo?"

Io guardavo su, in alto, vedevo il ritratto di Cola, nell'azzurro. Era di spalle, le mani intrecciate dietro la schiena a stringere la canna da passeggio. Un uomo che nasconde il volto. Camarda lo aveva pittato preciso preciso: *Oppresso da pensieri che non riesce a cacciare via*.

"Ha una moglie cumannera," mormorai.

Durante il pranzo, anche Camarda doveva aver notato che Margherita era sempre attenta, sempre vigile, lo sguardo pizzuto che controllava tutto e tutti, specialmente il marito. E anche quando le labbra erano atteggiate a un sorriso lo sguardo era duro.

"Sua moglie sarebbe un soggetto interessante da ritrarre, vagamente disturbante. Mi ricorda le crudeli 'benefattrici' degli orfanotrofi olandesi di Frans Hals," disse Camarda pensoso. "Ma se fossi in lei, preferirei non essere ritratta da me."

Di certo si era accorto che, mentre Cola si serviva dal vassoio ovale che il cameriere gli porgeva a lato, Margherita quasi smetteva di masticare per controllare cosa esattamente si metteva sul piatto e in quale quantità. E quando lui aveva chiesto una seconda porzione di contorno, aveva detto sottovoce: "Ah, adesso ti piacciono i carciofi fritti". Alla fine del pasto, lei che aveva già assaggiato il gelo di mellone aveva strillato: "Cola, attento! C'è la zuccata, a te la zuccata non piace".

La cornice del ritratto di Margherita si andava riempiendo: il volto aveva occupato quasi tutto lo spazio, l'azzurro era visibile ormai soltanto agli angoli. I lineamenti regolari, i capelli raccolti in un severo chignon, gli occhi stretti, duri, e una smorfia che cercava senza riuscirci di farsi sorriso.

Camarda era consapevole di aver parlato troppo, ma doveva proseguire. "Enrico, non c'è amore in questa coppia. E lei non si fida di me, è sospettosa."

"Basta, hai capito tutto," lo interruppi. "Dovresti fare lo psichiatra. Come fanno i tedeschi. O forse devi continuare a fare quello che già fai, perché tu cerchi l'anima e l'anima trovi. E se il male ti chiama, al male vai. Altro che le diagnosi deliranti del professor Lombroso, che si vanta di riconoscere i criminali dalla fisionomia e dalla forma del cranio!"

Ma Camarda era perso nelle sue riflessioni ad alta voce. "Cola è un uomo gentile, calmo... è equilibrato, dunque sa come governarla, ma in lui brucia una grande passione."

"Dimmi degli altri!" ordinai prima che Camarda potesse continuare.

"Il secondo, Ludovico, ha parlato poco. Mi guardava senza interesse, non ho percepito nessun sentimento particolare da parte sua, né positivo né negativo. Era la prima volta che invitavi un pittore in casa tua, vero?"

"Sì, la prima," confermai. Lo vedevo contro il cielo il mio Ludovico, il bel volto dagli occhi spenti.

"Sarà difficile persuaderlo a rilassarsi e a mostrarmi com'è di dentro. Caterina, sua moglie, mi è piaciuta. È pratica, intelligente, pizzuta. Fa da vicepadrona, e le piace che gli estranei, come me, lo notino... Mi ha detto subito che è stata la prima nuora, che è entrata in casa vent'anni fa. Un'anima da capire. Ci riuscirei. Mi sbaglio o non appartiene alla vostra classe sociale?"

E a me sembrava di vederla, Caterina, la brava e laboriosa nuora, seduta a ricamare accanto alla finestra; non sapeva stare con le mani ferme. "Azzeccasti! Ciccio, sei un genio!" E gli diedi una pacca sulla spalla.

"Vacci piano, non sono un genio. Solo un bravo pittore. Adesso ho bisogno di te, per capire gli altri. Non offenderti se parlo veloce e da artista!" E continuò: "Caterina è intelligente, e così sua figlia. Tua nipote... Rosarietta si chiama, vero? Dolce e leale, fin troppo. E volitiva. A lei mi piacerebbe proprio fare il ritratto".

Rosarietta, la nipote amatissima, sposata da un anno. Adesso vedevo anche lei: piccola, contro un cielo alto e nuvoloso che dominava il quadro. Ma a un tratto ebbi un brutto presentimento, volevo cacciarlo via; divenni insofferente. "Passiamo a Filippo e Stefania... Di loro che cosa dici?"

"Ah, Filippo... Lui è furbo, diffidente. 'Sperto. Sì, posso fargli un ritratto. Ma non so se piacerebbe agli altri... o a lui.

Sua moglie parla poco, mi piacciono il suo volto pallido e i capelli biondissimi... Posso chiedere se è incinta? Gode di buona salute? Mangiava poco, ed è così bianca..."

Gli feci cenno di continuare. Era apparso nell'azzurro il ritratto brutalmente onesto di Filippo, pennellate forti, decise, come il ritratto d'ignoto marinaio di Antonello da Messina, custodito nel palazzo del barone di Mandralisca, a Cefalù.

Fu un'avventura quella conversazione, quanto ci ho ripensato. Forse è per questo che ora torna con la forza delle cose vissute. Forse è per questo che Camarda è qui, fantasma tra i fantasmi venuti a visitarmi. Non ho bisogno di parenti, di figli, di nipoti, nemmeno dei più cari. In queste ore che battono nel silenzio della mia storia, chi ha più diritto di presenza di quelli che non potrei chiamare e avere a lato del letto in carne e ossa? Non sono mai stato religioso, ma ho avuto amici preti. La devozione di questa città è una devozione sensuale come la mia per le fimmine e per la vita: nelle chiese ho visto figure di sante straziate dal desiderio, statue di virtù impudiche, oranti lubriche. Eppure oggi, disteso in questo letto immenso, sento la gravità della passione, del patimento, non la mia, non la rovina di questo corpo che non mi sta più addosso, quasi fosse un abito vecchio di cui liberarmi, ma la rovina del mondo. Cosa aspetta questa città che io scoprii accesa di imprese e di progetti, tanti anni fa? Che cosa è stato di quel mondo in cui mi sono riconosciuto? Mi sciolgo tornando al ragazzo che fui, calato a Palermo per lasciare spazio a mio fratello Nicola. Ma Camarda preme ancora nella memoria. Camarda, il mio pittore, l'artista chiamato a raccontare la famiglia intera. L'ignoto marinaio di Antonello ci aveva accompagnato sul crinale di una conversazione che non si era ancora consumata.

"E poi c'è Andrea, il più giovane... e il più alto. Sembra lord Byron, con quei capelli scarmigliati. Andrea ha dentro qualcosa che tiene compresso, ma gli manca la consapevolezza di Cola: tace non perché lo ha deciso ma perché non riesce a esprimersi, sembra sul punto di scoppiare. Mi piacerebbe dipingerlo all'aperto, tra gli alberi del Giardino Inglese, con le mura affucate dall'edera. E vorrei dipingerlo insieme a Cola, formano un bel contrasto quei due."

Ciccio aveva visto i miei figli soltanto una volta ed era come se li conoscesse da sempre. Andrea non sapeva stare solo. La sua vita, sin da bambino, era stata intrecciata a quella del fratello maggiore. Doveva esserci anche Cola, nel ritratto di Andrea. Basso, vestito di grigio, cravatta Regimental, cappello di feltro a falda larga, pesante orologio al polso, sempre insieme ad Andrea, nel bene e nel male, Cola che salva e Cola che distrugge, sempre presente. Non parlano, ma i loro pensieri vivi e dolorosi – ogni giorno gli stessi – si fondono.

"E le figlie femmine?" chiesi per svariare da un argomento che rischiava di diventare troppo delicato.

"Meravigliosa è la baronessa Merlo, che come sai conobbi anni fa, quando feci il ritratto a sua cognata. Non conoscevo i suoi figli, Sebastiano, Enrico e Maria... bei giovani. Sono a disposizione per ritrarli. Anche la baronessa Bianco mi piace assai, è una donna serena. Come sua figlia Sandrina, d'altronde... La tua figlia più giovane, Lia, sembra timida. Ma ha un bellissimo profilo."

Un fruscio di passi: Laura era salita quatta quatta in terrazza. Quando ci vide, arrossì. La invitammo a sedersi. Le chiesi se volesse essere ritratta. Lei ringraziò con un sorriso, ma appena possibile si allontanò.

Camarda, acuto e incisivo, aveva identificato la piaga all'interno della famiglia: il guasto interiore. Ma non lo diceva esplicitamente. Se la cavava dicendo invece che non c'era unione tra i figli maschi. E nonostante fosse stato colpito favorevolmente dalle femmine, arrivammo alla conclusione che il solo ritratto da fare era quello del figlio morto.

Adesso il ritratto di Sebastiano è lì, sulla parete della camera da letto, accanto alle immagini sacre. Non ne è stato dipinto nessun altro.

Siamo pieni di roba. Dove finirà? I bauli di Rosaria in cui nessuno ha mai messo mano. Tutto quello che ho comprato – con che voluttà, con che ansia – in più di mezzo secolo. Ho riempito i magazzini del palazzo nuovo, utilizzato soltanto in parte. La moda è morte, passa, e quel che abbiamo portato scende a valle, si perde come un rigagnolo nel mare. I miei figli. Ho fatto figliare Rosaria senza misericordia. E hanno figliato donne che quasi non ricordo. Avranno sorprese, questi parenti miei che si sono radunati qui, al piano nobile di palazzo Sorci. E mi ripeto ancora: lasciamo passare la guerra, lasciamo che il barone se ne vada.

Cosa devo aspettarmi da Cola, che vive con una moglie che non ama, che anzi disprezza, e ne ama disperatamente un'altra che non può avere, la moglie di suo fratello? Ha frequentato come me la Regia Scuola Agraria di San Placido Calonerò, la migliore dell'isola, ma non sembra interessato all'agricoltura. Del resto, il suo sogno era fare l'ingegnere. I ponti, voleva costruire. Al suo ritorno dalla guerra, aveva trentotto anni, fui io a spingerlo a prendere in moglie Margherita Lupino Stassi, parente di Rosaria, che gli portò in dote una quota della miniera Zirritta e parte delle terre di Mariastella – terre che a quel tempo avevano già perduto valore. Hanno avuto tre figli: Rico, Rosamaria e Carmela.

Quando aveva trent'anni, nel 1912, Ludovico è stato il primo a prendere moglie. Adora i marchingegni meccanici, sta più volentieri in officina che tra le sue carte, ed è dominato dalla moglie, Caterina Degli Esposti. Avida, cumannera, molto più giovane di lui, ma nuora devota e affettuosa, dopo la morte di Rosaria si sarebbe aspettata una "promozione" all'interno della famiglia e aspirava a entrare in possesso dell'argenteria dotale della suocera. "Me l'aveva promessa!" le ho sentito dire più volte.

Non si può, Caterina mia. Questo non si può fare. Devi aspettare. Anche tu avrai la tua sorpresa.

Il più 'sperto dei miei figli è Filippo, quello che si è fatto ricco e ricco è ancora. Sa dove infilarsi, nei Comuni e nella politica nazionale. È amico di Giosuè Sacerdoti, ex deputato fascista ebreo, allevato a Camagni dal padre di Maria Sala, il notaio Ignazio Marra, brava persona. Sacerdoti, adesso latitante, lo ha presentato ad alcuni faccendieri americani che conoscono "gente di rispetto". Filippo ha due figli maschi dal primo matrimonio con Carmela Schifani e una femmina dal secondo con Stefania Rizzo, che ha allevato amorevolmente gli orfanelli. Mariolina adesso ha dieci anni, è sapurita assai.

Ci avrei dovuto parlare a tu per tu, e molto spesso, con Andrea. Invece non l'ho fatto. È diventato ignorante e bigotto, e cornuto, ma ha il pregio di avermi portato in casa la mia nuora preferita, Laura de Nittis. Hanno due maschi e una femmina – Antonio, Matilde e Carlino.

Ma l'ultimo in verità, lo sappiamo tutti, è di Cola.

I miei figli, i loro figli, i figli che non so. Ma che cos'è questa catena di eventi e di sangue? Che sarebbe la mia vita senza i fantasmi che sono venuti a visitarmi in questa stanza? In questo sequestro che dura da mesi, in questa sin troppo comoda clausura, divento filosofo e visionario. Ma ci sono momenti come adesso, momenti in cui, mettendo in fila i miei figli, mi sento impiegato catastale, mi sento un gretto compilatore di caratteri. Più li guardo, più li riassumo dentro di me, più avverto che ho sommato, assemblato, senza scandagliare, senza governo, senza tenere i fili. Eppure mi ricordo l'oprante come raccoglie i suoi pupi, come li appende spenti per riprenderli vivi, ricordo il miracolo dell'antro dove li custodisce amoroso, e a volte lucida, a volte tinge, a volte lavora di colla, d'ago, di ganci, e dipinge fondali, e alza quinte, e mai si placa di verificare che i suoi personaggi abbiamo vispi i colori del volto, i costumi senza strappi. Oh, oprante gentile. Padre gentile. E io invece. Questi pupi miei. D'incerto destino. D'anima lacerata e nera. Come la vide, al primo sguardo, il poeta Camarda. Altro che galleria di ritratti.

Mi arrivano dalla strada voci alterate, mi agito, vorrei sollevarmi, vorrei chiamare Elio e afferro il portacenere di marmo. Sara dov'è? Dolce sorella. Lei sola vorrei qui. Lei, insieme a Rachele e alla cugina Beatrice, loro saprebbero portare un po' di pace in questo dissesto. Lo hanno già fatto. Non a caso sono state ribattezzate le Tre Sagge. Quando bruciano conflitti famigliari si chiamano le Tre Sagge, e loro arrivano, placide e al tempo stesso severe: hanno capito di aver avuto un ruolo, e insieme al ruolo un dono. L'ho vista fino a ieri, Sara. Mi ha preso le mani fra le sue, mi ha guardato senza pietoso rispetto, e si è limitata a chiedere: "C'è qualcosa che devo fare?". E io sapevo che quella domanda nulla aveva a che vedere con la quotidiana cura di un malato. Guardava più in là. Si era seduta sul bordo del letto con la sicurezza di chi può farlo. Portava un abito di seta che le cadeva morbido sul corpo asciutto, non aveva lasciato la borsetta di coccodrillo che le pendeva dal braccio. I capelli, raccolti in un elegante intrico di trecce biondo cenere, sembrano non aver sentito gli anni. Come me è alta, addirittura quasi imponente, ed è probabile che buona parte della sua saggezza passi anche da questa possanza fisica. Nostra sorella Rachele, che di lei non è meno saggia, appartiene al ramo materno, più delicata e gentile, ma anche più rotonda, così come, rotonda, è anche nostra cugina Beatrice. Sara mi ha chiesto: "C'è qualcosa che devo fare?" e ha aspettato la risposta, paziente, sapendo che ci sarebbe stata.

"Carlino," ho detto, "ti raccomando Carlino."

È bastato, non c'era altro da dirci, a proposito della famiglia.

Mi ha ravviato i capelli, ha chiamato quasi strillando Elio e gli ha ordinato di sbarbarmi. "Devi farlo adesso." Poi si è mossa per la stanza a inventarsi altri motivi di ordine. Non l'ho persa d'occhio un attimo, timoroso che si accorgesse, lei che ben conosce i recessi miei, dei fantasmi che erano passati e di cui, chissà, forse era rimasta traccia. Estrella alla toilette, ad esempio. Ho sentito talmente netto il pungolo della preoccupazione che mi è uscito senza volere: "Perdonala, è così giovane". Come se l'avesse vista davvero, come se fosse saggio rispondermi, ha detto: "Capisco". E ha proseguito il giro della stanza.

Quando Elio è rientrato con asciugamani, sapone e rasoio, l'ha aiutato ad apparecchiare la barbieria occasionale. Elio mi ha insaponato e la mia faccia è scomparsa dentro la nuvola bianca distesa ad arte dal pennello. Sara gli ha raccomandato di passare il rasoio con dolcezza, ma ha subito capito, posto che Elio avesse inteso il suggerimento, che non ce n'era bisogno. La saponata finiva sul taglio di giornale, a ogni colpo di rasoio, e la mia faccia tornava progressivamente visibile e allisciata.

"La guerra," ha detto Sara, lo ha detto con composta severità, senza tradire inutili ambasce, ed è stato come avesse aggredito la complessità di un'analisi. "La guerra," ha detto, e l'ha ripetuto a voce un po' più alta perché Elio sentisse.

"Accussì è, signora baronessa. La guerra, ccà, 'n Palermo," ha detto Elio, e io ho pensato che davvero sono fatti per capirsi lui e mia sorella.

Sara mi ha carezzato la guancia sbarbata, mi ha fatto bere un goccio d'acqua, ha chiesto a Elio se le evacuazioni sono ancora regolari. Lui ha risposto che non ci sono evacuazioni.

"Eh, già," ha detto lei. Mi ha baciato, mi ha stretto la spalla con una presa quasi virile e si è allontanata dal letto. Davanti alla porta ha agitato la mano, come quando eravamo bambini e dovevamo separarci per lungo tempo, con la stessa lenta pensosità.

Temo per il futuro dei Sorci, quando non ci saranno più le Tre Sagge. Allora sì, sarà l'inizio del vero declino.

"Spalancate le persiane e tirate le tende, voglio vedere chi arriva," avevo già ordinato ai camerieri stamattina, dopo la visita di padre Parisi e del dottor Vadalà. Era stato chiaro, il dottore: il mio cancro ha vinto, e si tratta di ore, non di giorni. Poi è stato chiamato da un poveraccio, il cui figlio era rimasto intrappolato sotto le macerie del bombardamento della mattina, ed è scappato via. Avevo fatto dire ai figli di arrivare verso l'una, il pranzo sarebbe stato servito all'una e mezzo; in mattinata volevo dire addio alle mie fimmine, con comodo, senza l'ansia che potessero incrociare la mia famiglia. E così è stato: la portineria aveva l'ordine di non lasciar passare nessuno.

Non sono inconsueti, divieti di questo genere: uomini nella mia posizione hanno a che fare con mafiosi, gente della malavita e politici. Io mi sono sempre sentito al di sopra di tutti loro, ma questa gentaglia gestisce il potere e non può essere ignorata: ero solito riceverli in amministrazione, o eccezionalmente in salotto, sempre in segreto ma evitando incontri furtivi in alberghi di dubbia fama o peggio.

L'addio a Stellina è stato commovente, teso, dignitoso, con lacrime agli occhi e nessun pianto. L'intera visita delle Panzi è andata bene, per come può andar bene un addio. Si sono congedate stringendo al petto il mio ultimo regalo, una borsetta di monete d'oro per ciascuna.

"Adesso sono pronto a tornare nel nulla da cui tutti proveniamo," ho detto a Elio, rientrato dopo averle accompagnate alla carrozzella che le aspettava fuori del portone.

Sono stanco, e pronto. Il quotidiano bombardamento mattutino degli aerei francesi da Tunisi ha colpito una strada non lontana; carri e bestie da soma passano dalla nostra via con quello che è stato salvato dallo scempio: valigie e sacchi pieni di vestiti, pentole, suppellettili.

Appaiono dall'incrocio con via Maqueda Ferdinando Merlo e Maria Teresa, l'amatissima figlia maggiore, con i figli. Poi arriva la famiglia di Cola, che abita poco lontano. Il vicinato è all'erta e curioso. Vecchie spuntano sui balconi, altre si nascondono dietro le tende per spiarli.

Sul balcone sopra il bar Luce, di fronte, c'è un uomo con baffi e pizzetto. Lo guardo. Lo avevo già notato. Non è un impiegato del bar, è troppo benvestito. Sarà sulla cinquantina ed è elegantissimo, probabilmente – come me e i miei figli – si serve da Pustorino, ai Quattro Canti, ma non l'ho mai incontrato prima.

Mi sento taliato. Lascio vagare lo sguardo su tutti i balconi delle case di fronte, poi torno su quello, faccia a faccia con il mio. Lo sconosciuto è sempre lì, gli occhi appizzati sul mio balcone. Su di me. Siamo alla stessa altezza. Un incrocio di sguardi, quello dello sconosciuto è intenso, sembra arrabbiato. Anch'io continuo a guardarlo, non so se per fargli abbassare gli occhi o se semplicemente sono stanco di vedere il mondo. Socchiude le palpebre, lo sconosciuto, per vederci meglio. Si scosta i capelli dalla fronte con un gesto impaziente che all'improvviso, con un brivido, sento familiare.

Quand'ero in collegio, lontano da casa, mi ero fatto crescere i capelli e anch'io mi scostavo il ciuffo così, col dorso della mano. Mi rivedo giovane in quell'estraneo e adesso non riesco a guardare altro. Lo sconosciuto sembra incollato al suo posto. Gonfio di rabbia. Io no, non sento più rabbia dentro, sto per morire, me ne accorgo dal respiro sempre più debole e faticoso. Mi è calata addosso una grande stanchezza.

C'è una lite per strada. Vorrei vedere cosa sta succedendo, purtroppo non ho più la forza di sollevare nemmeno la testa; cerco di chiamare Elio ma non mi sente. È di sicuro seduto dietro l'uscio, a portata d'orecchio – qualora avessi voce a sufficienza. E dal buco della serratura non può vedermi: io stesso avevo organizzato la disposizione dei mobili della camera in modo che nessuno, accostando l'occhio al buco, potesse vedere il letto o la dormeuse, per evitare di essere spiato mentre ero in compagnia di qualche fimmina.

Va bene così. Morire è come fare l'amore con una donna nuova, entrare in un pirtuso sconosciuto, mettere un passo dietro l'altro, abituare lo sguardo all'ignoto, e bisogna essere da soli per farlo bene.

Elio e mia sorella Sara mi conoscono come si conosce un dominatore, come si conosce un nemico ma anche una parte viva di sé. È da cinquant'anni che mi sta a fianco, Elio, ha cominciato che ne aveva venti, di me ha riempito la sua vita e io l'ho lasciato entrare nella mia, ci è entrato come è entrato nei miei palazzi: si muove con sicurezza, sa dove guardare, sa dove non fermarsi, sa chi può entrare e quando, sa tutto di me, nessuno mi scruta come lui, ma ora, ah!, ora nessuno è sordo come lui, e non dovrebbe, non dovrebbe permetterselo! E io che faccio? Per farmi sentire devo sbattere sul comodino il portacenere di marmo. Batto, batto, batto. Ed è un suono duro, da miniera, da operaio. Picchio marmo su marmo. Allora Elio entra a vedere di che cosa ho bisogno, cambia i cuscini scafazzati con altri freschi e profumati di lavanda, poi mi aiuta a tirarmi un po' su, perché io possa vedere cosa succede in strada.

Questa mattina troppe cose sono successe, anzi, questa è una giornata che è cominciata e prosegue solo come portatrice di accadimenti. Ora sono veramente inquieto. Dei miei fantasmi non c'è più traccia. Glielo ripeto a voce e a gesti: fammi vedere la strada, fammi vedere, metti lo specchio di mia moglie piegato verso l'esterno, e io così ci arrivo, sono fuori, volo come un rapace, scruto come un rapace, e succede che da un barbaglio l'immaginazione mi segua o mi preceda – all'immaginazione basta poco per sapere come va il mondo di fuori –, e così so, così presago sono di tutto.

Lui esegue, preciso. Dispone, prova, si mette nei panni miei, per misurare bene l'angolazione senza fare domande mi si stende a fianco per un attimo, chiedendo il permesso che gli do, lo fa con rispetto e premura, e per un attimo siamo due corpi in una trincea, come salme vive, come fratelli nell'impotenza. Guarda, mi guarda, si contenta di sapere che tutto funziona. Poi se ne va.

Ed ecco che vedo due uomini litigare sul marciapiede del bar Luce. Una folla di poveracci li attornia; intervengono a voci, senza prendere le parti dell'uno o dell'altro, come se fossero in un'arena. È un divertimento rischioso: non si sa mai chi tirerà fuori il coltello per primo, soprattutto in questi tempi di guerra.

Il gestore del bar Luce è uscito, li osserva, dice qualcosa ma non riesce a calmarli. Adesso interviene lo sconosciuto elegante che prima era sul balcone. Dice qualche parola e poi ascolta i due litiganti, uno alla volta. Parla di nuovo, e ora sono i due ad ascoltare, rispondono alle sue domande. Infine, con poche parole e una pacca sulla spalla per ciascuno, li manda via. Rimane sulla soglia del bar e li segue con lo sguardo mentre si allontanano. Anche in questa propensione all'ascolto, in questa capacità di mediare e ricomporre i contrasti, riconosco qualcosa di mio.

Sono stanco, fatico a respirare e mi abbandono sui cuscini; ma mi sento a disagio, qualcuno mi talia, di nuovo. L'uomo è tornato sul balcone. Li ho già visti questi occhi percianti, a cu appartennu?

Sono i tuoi occhi, Enrico Sorci, gli occhi tuoi sul volto di tuo figlio, mi dice una vocina da dentro.

I miei occhi sulla faccia di uno sconosciuto? E cu è stu scanusciuto?

Risponde la vocina: *Tu spia a cu apparteni il bar Luce.*

"Ma tu cu sì?" chiedo.

Sangue d'u baroni Sorci sugnu, risponde la vocina.

"Sette figli ho, assai semu ccà, pi' diventare otto!" commento sarcastico, poi impaurito mi chiedo: è la mia coscienza? Un vendicatore? Un giustiziere? Oppure sono io che deliro? Tremo, sudo, sussurro a fatica il nome di Elio, ma Elio non sente. L'uomo dal ciuffo continua a guardarmi. Impietoso. E rimaniamo così, io a letto e lui sul balcone, ci guardiamo. Lui rabbioso, io sdegnato. Cerco di muovermi, lo sguardo dello sconosciuto si oscura, è allarmato. Alzo la testa, ma subito ricade sul cuscino. Lo guardo pietente, gli chiedo aiuto. Quello, come se capisse, scruta quasi a cercare nella camera qualcuno in grado di aiutarmi. Ricambia lo sguardo, ansioso. Elio, Elio, dove sei? Poi spremo a fatica la forza necessaria per spingere a terra il portacenere di marmo, che cade con un tonfo.

Elio entra nella stanza. Si affanna attorno a me, mi chiede cosa è successo. Con la mano indico il balcone. Elio vi si accosta, non nota lo sconosciuto. "Nessuno c'è per strada, Voscenza può riposare tranquillo," dice rassettandomi i cuscini.

"Aspetta," dico, e lui aspetta. Trovo un fiato un po' più lungo. "Ricorda, Cola deve sedersi a tavola al mio posto. E voglio che la tavola sia apparecchiata con il servizio col bordo oro e arancio, quello con la stretta di mani dipinta nel centro... dillo a don Peppe, è un ordine del barone." Elio fa sì con la testa, lo sapeva già, di Cola. "E che sia il primo a essere informato, insieme a padre Parisi, quando sarà. Gli altri, dopo." Elio mi legge le labbra e capisce, anche di questo era già stato comandato. Non credo di poter dire altro, cerco i suoi occhi e indico la porta, faccio il gesto di chi fa girare la chiave nella toppa. "Voscenza sì," dice Elio, e a passi lenti, come se mi stesse dando il tempo di un'altra raccomandazione, se ne va. Sento lo scatto della serratura.

Solo. Eccomi qui. Allungo ancora lo sguardo verso la strada. Nello specchio entrano figure in movimento. Vorrei incrociare di nuovo gli occhi dello scanusciuto sul balcone. Non c'è nessuno. Fisso allora il ritratto di Sebastiano, e intatta mi viene incontro la sua giovinezza, la giovinezza di mio fratello Nicola, la giovinezza mia, tutta la storia che soltanto la giovinezza è capace di creare. Fantasmi, ancora fantasmi, ma questa volta fragili, trasparenti, luminosi. Dalle gambe sale un freddo confortante, come l'effetto di un balsamo. Ho gli occhi pieni di nulla.

2.
Dice Peppe Vallo

L'ho visto. E lui ha visto me. Sono sicuro che mi ha visto. Che poi vedere non è esatto. L'ho spiato. L'ho spiato per gran parte della mia vita.

Lui si è dimenticato di me.

Sono uno dei suoi bastardi. Chi mai potrebbe contarli? Li ha avuti da cammarere, mogli e figlie di contadini e impiegati – gente che al padrone non può dire di no –, o da fimmine che con la famiglia non avevano niente a che fare, quando lui era sindaco di Camagni, adocchiate per strada, in un negozio, durante una processione; chiedeva chi fossero e se le faceva portare nella sua stanza in amministrazione, al pianterreno del palazzo. Se gli piacevano, poi le pagava – poco. Anche alle gravide bastava dare dei denari, mandarle via, e dimenticarle.

Forse, era meno crudele lo *ius primae noctis* di un tempo non tanto lontano: il barone feudale che "doveva" sverginare la sposa del suo servo per motivi genetici – introdurre sangue diverso –, oltre che di potere. E aveva anche un risvolto compassionevole, dicevano i parrini: una volta sverginata la sposa, il barone non avrebbe mai saputo se l'aveva impregnata e quindi cercava di trattare tutti i servi con umanità, 'nsamai quello che faceva fustigare o mandare al capestro fosse sangue suo.

Se lui si è dimenticato di me, io di lui mai. Sempre lontani siamo stati. Io ho messo tutta la lontananza che potevo, e lui niente fece per superarla. Questa, che esiste da quando salgo nell'ufficio di Inzinna, non ha niente a che vedere con una prossimità riconquistata. L'ufficio di Inzinna l'ho voluto proprio lì perché è davanti al palazzo, e lo sapevo, eccome se lo sapevo, che il balcone guardava nella sua stanza. È una malattia.

Mimmo Inzinna tiene il bar, lo tiene bene: conosce tutti, i tavolini – dentro o fuori, secondo la stagione – sono sempre occupati. Tutti tranne il mio. "Buongiorno, avvocato," mi salutano gli avventori, e a Inzinna basta un segno ai suoi picciotti: "*Your coffee*, avvocato". Io mi siedo lì, a sentire gli affari come vanno e le chiacchiere. E i curtigghi. In questi giorni si è parlato solo del barone moribondo, delle sue fimmine, se fu cattivo o se fu buono, e del carro di famiglie che si trascina dietro.

Inzinna sa quanto ci tengo alla mia America, sa che la mia fortuna da là viene e, anche ora che sono nostri nemici, gli americani non si toccano. Se devono, che ci bombardino pure. Metteremo in ordine dopo. Qui troppa gente si fascia la testa prima di essersela rotta: in questa maniera nessuno fa niente, si sta lì ad aspettare che il colpo arrivi, invece di darsi da fare per schivarlo. E se proprio 'stu colpo è inevitabile, mentre si aspetta bisognerebbe già pensare a come organizzarsi, dopo. Per essere pronti a ricominciare. *To start over*, dicono gli americani, e io tante volte nella vita ho dovuto ricominciare, *start over and over again*. Tutta questa indolenza, tutto questo fatalismo, tutta questa rassegnazione mi fanno acchianare i nervi. I siciliani! Ah! Prigionieri del passato! Un passato di splendore e di gloria che a loro, i siciliani, non è mai veramente appartenuto. Lo splendore è sempre stato di quelli venuti da fuori. Hanno sfruttato la ricchezza della terra fertile, del bestiame docile e fecondo, del mare e del sottosuolo. Gli italiani sono stati gli ultimi, meno di cent'anni fa. E comunque sempre passato è. Mio padre forse non sarebbe contento di saperlo, ma io devo aver preso qualcosa da lui, da lui che ha sempre pensato moderno e che ha sempre adorato le macchine. E poi l'America mi ha insegnato a proiettarmi nel futuro, a non stare mai con le mani in mano, a cercare di prendermi quello che voglio anziché sperare che mi cada dal cielo.

Inzinna l'ha capito perché ci tenevo tanto a stare nel suo ufficio al primo piano, ha capito che volevo entrare dentro palazzo Sorci almeno con lo sguardo. Fu lui a chiamare, stamattina: "I so' fimmini sinn'jeru. Adesso arrivano le figlie con tutta la tribù. 'Cosa' avi a esserci, avvocato; vinissi presto".

Sono uscito dal mio studio in piazza Verdi e sono venuto al bar Luce. Camminando in via Maqueda ho lanciato uno sguardo dentro le vetrine di Pustorino: a Palermo si vestono qui tutti i masculi che possono permetterselo, quindi pure io. Ci venivano i Florio, ci vengono i nobili e ci venne pure Marinetti, il poeta, un pazzo preciso, che si fece fare un panciotto con le mani disegnate all'altezza delle tasche. E ci venne anche il principe di Galles, il figlio della regina Vittoria. Nonostante i bombardamenti, i fratelli Pustorino il negozio non lo hanno chiuso: sono convinti che mai nessuna bomba ci cadrà sopra, nemmeno una bomba distratta, perché qualcuno ai piloti ci disse di risparmiare *the beautiful shop* – con i suoi pannelli di legno pregiato, i suoi affreschi e i suoi specchi liberty – in segno di rispetto nei confronti della famiglia reale.

Ho guardato dentro ma non li ho visti, i fratelli. I commessi stanno sull'attenti dietro il banco, eleganti come i manichini nelle vetrine. Mentre aspettano i clienti – non esiste tempo di guerra per il masculo elegante – tolgono polvere che non c'è, rassettano l'esposizione già rassettata di cravatte Holliday&Brown, aggiustano i colli di camicia, lisciano con mano morbida le maniche delle giacche, raddrizzano la piega delle pochette infilate nei taschini. I fratelli Pustorino dicono che i vestiti, finché non vivono su chi li porta, devono godere di una perfezione astratta – così dicono, e io non l'ho capito davvero che cos'è, questa "perfezione astratta", finché non ho confrontato le giacche in vetrina con quelle portate, con gli odori che prendono, con le forme che prendono, con la luce che prendono.

Io, per esempio, mi porto addosso un profumo di cuoio e di tabacco, il profumo della mia vita in studio, con un'ombra di Blenheim Bouquet di Penhaligon's. Chissà di che cosa sanno le giacche del barone. Lui si vestiva elegante anche quando andava in campagna: al tempo della trebbia, quando pure l'amministratore era tutto sudato e sgualcito e il sole bruciava senza misericordia, iddu arrivava fresco e profumato con il panama e il completo di lino, un angelo pareva. Così mi hanno raccontato al bar Luce.

A Chicago imparai a vestirmi da americano: Cyrus McCormick junior, rosso di capelli come il padre scozzese, compariva in fabbrica dentro il suo panciotto di panno scuro. Il padre e lo zio avevano costruito un impero e il Junior lo manteneva, non si scantava di travagghiari. *You can do it* l'ho imparato lì, alla International Harvester, davanti ai *McCormick reapers*, le falciatrici che hanno rasato i campi di tutti gli Stati Uniti e che io ho portato qui, e se non erano proprio quelle ci somigliavano assai. In America bastava non stare agnuniati dentro le Little Italy, che da lì era difficile uscire con qualcosa in mano: io ho fatto il portapesi, l'operaio, ho manovrato macchine, ho guardato, osservato, mi sono ingegnato. E poi ho portato le falciatrici in Sicilia. Ma ho anche cantato, proprio così.

Quando decisi di partire da Caltanissetta per raggiungere il fratello di mia madre, in America, ero un ragazzino. Mia madre piangeva e diceva: "Che ci vai a fare, picciriddo come sei? Che sai fare?". E io: "So cantare". Piangeva, ma lo sapeva benissimo perché me ne andavo. Quanto ho cantato, la sera, nelle osterie di Chicago. "*Here he is!*" mi dicevano. "*The small dago. The tiny ugly loser. Let him sing.*" Mi lasciavano cantare. Un quarto di dollaro per una tirata da tenorino. Un occhio ai grattacieli. Un occhio all'irlandese a cui avevo rubato il *corner*. Un occhio se arrivava lo sbirro, il *policeman*. Ma anche dopo, quando il *dago* non era più un *dago* ma aveva *bucks enough*, anche allora mi chiedevano di cantare italiano e li facevo piangere con *O Lola, c'hai di latti la cammisa*. Li facevo piangere. E quelli mettevano denari nel cappello.

Dal balcone di Mimmo Inzinna ti ho visto che morivi, barone Sorci. Padre mio. Che padre mai fosti.

Quando tornai dall'America, quando finalmente fosti tu a chiedere di conoscermi, ti dissi no. *No*. La prima volta che ti vidi, picciriddo, davanti alla naca di mia sorella Marietta, mi desti un calcio. Ma che uomo è, uno che tira un calcio a un picciriddo?

Di sicuro fosti tu a conzare il matrimonio di mia madre, e di sicuro ad Agostino Butticè ci desti denari per prendersi tutti e tre: mia madre, mia sorella e me. Butticè lavorava nello studio di un ragioniere, mi insegnò a leggere e a scrivere. E poi mi mandò a scuola. Mi nacque pure un'altra sorella, Agata, mia madre era contenta e poi contenta non lo fu più. Forse Agostino Butticè pensava di essere più moderno di quanto non fosse, o forse qualcuno dovette dirgli qualcosa. Gli montava dentro una rabbiosa umiliazione e il modo più facile per sfogarla era prendersela con lei. Tentavo di difenderla, mi mettevo in mezzo, urlavo, mordevo, scalciavo. E mi pigliavo legnate pure io. Restava solo l'America e America fu.

Oggi è la seconda volta che mi faccio via Maqueda per andare al bar Luce. Ieri pure ci andai. E anche due giorni fa, che là sopra c'era del sangue mio che svaporava.

Palermo è un miscuglio di genti diverse. Che ne sarebbe di questa città se gli Stati Uniti d'America decidessero di annettersela, o di farne una colonia? Di chi siamo, in fondo? Cammino, avanzo, non bado ai nuovi puvirazzi che la guerra sta generando. Ho le mani in ordine. Il barbiere non mi trascura. Il mio corpo è forte, il volto colorito. Non ho paura della guerra. Ma io di chi sono? *Chi* sono? Palermitano? Americano? Vago con la mente e allungo il passo.

Non c'è traccia di aeroplani, almeno per adesso. Il bombardamento riprenderà puntuale stasera. Procedo lungo via Maqueda e vedo venirmi incontro, a braccetto, i cugini Carlino e Mariolina Sorci; si annacano come i ragazzini sanno fare – con un pizzico di innocenza e un'ombra di arrogante sensualità. La mano libera di Carlino stringe il nastro dorato di una guantierina di dolci della pasticceria svizzera Rageth&Koch, riconoscibile dalla carta blu e bianca, e la guantierina dondola a ogni passo.

Sono gli ultimi nati, rispettivamente, di Andrea e Filippo, i più giovani dei fratelli Sorci. Dei due conosco soltanto Filippo, ma della famiglia so tutto, come se fossimo dirimpettai da sempre; ricordo le date di nascita, le scuole frequentate dai genitori e quelle frequentate dai figli, dove vivono, gusti e debolezze. E so molto bene che cosa posseggono: terre, ex feudi, palazzi, miniere e attività industriali.

Eccoli, i due cugini adolescenti che si vogliono bene come fratello e sorella. I bei volti acerbi si girano a destra e a sinistra, curiosi. Lui è molto alto, magrissimo e scuro di carnagione, con i capelli neri; lei è fimminedda: piccola e morbida, con grosse trecce bionde. Adesso non sono più a braccetto, si tengono per mano, le braccia distese dondolano al ritmo della canzone che canticchiano. Si guardano negli occhi quando ripetono a voce appena più alta il ritornello che quest'estate cantano tutti: "*Ma l'amore no,/ l'amore mio non può,/ dissolversi con l'oro dei capelli...*".

Ci mettono dell'impegno, e si divertono. Ma Carlino voce non ne ha, è al varco dell'adolescenza, quando la voce ai maschi si ritira e poi sbummica come rimarrà per tutta la vita. Anche loro sono diretti a palazzo Sorci. Rallento, voglio vederli da vicino e cedere loro il passo per poi seguirli fino all'ingresso. Mi sembra giusto così. Mi prende un moto di stizza: è possibile che io, studente matto e disperato dopo il ritorno dall'America, avvocato di successo, uomo di potere, spia dei servizi segreti statunitensi, debba cedere il passo ai nipoti del barone Sorci, a due picciriddi viziati?

Arrivano i ragazzi, rallentano e poi si fermano, adesso

sono proprio di fronte a me. Lei mi fissa curiosa. È già fimminedda – occhi chiari, labbra carnose e mento piccolo con una fossetta. Si gira verso il cugino e dà un'ultima vaga taliata allo sconosciuto che sono io. "Andiamo!" dice, e i due avanzano con nuova energia lungo via Maqueda. Poi, con un ripensamento improvviso prendono un vicolo laterale, come se volessero allungare il tragitto. Benissimo. Svolto anch'io. Non ho bisogno di spiegare cosa detta il mio cammino.

La ragazza non abbandona la mano del cugino; ondeggiano al ritmo di una musica tutta loro, ma non sono innamorati: non un tentativo di strusciare le anche, di riprendersi a braccetto, di avvicinare le teste.

Io li tallono e mi sento ormai un cane assetato, gli occhi sulle trecce dorate di lei che a ogni passo rimbalzano sulla schiena dritta, onde spumose sulla battigia.

Tornano annacandosi su via Maqueda, e passano dall'ombra del dedalo di vicoli alla luce della strada principale. Hanno un momento di perplessità, prendono aria, come prima di tuffarsi, e poi, messa a fuoco la folla di parenti nei pressi del palazzo, vi si mescolano. Scompaiono nel gruppo che muove verso il portone. In verità – sarà la loro giovinezza, sarà la loro leggerezza – quell'arrivo accende la simpatia di quanti, luttuosi e grigi, si stanno avvicinando. Mariolina, ignara, sente la festa lacrimosa degli abbracci di donne di famiglia e delle popolane con il fazzoletto scuro sui capelli. Le vede farsi incontro e contendersi la sua flessuosa disinvoltura, l'innocente bagliore del vestito color acquamarina. E lo stesso accade per Carlino, così illuminato dal bianco della camicia che gli balla addosso, così apparentemente distratto in mezzo a tutta quella compunzione. Io riparo sul marciapiede di fronte ma non smetto di guardare. La mestizia diffusa non mi commuove. Vedo queste figure comprese in un sapiente balletto di sentimenti esibiti senza eccessi. Il lutto non c'è ancora. Si stanno preparando. A vederli da qui, sento solo la fatica di mantenere una sfumatura di dolore buona per tutte le occasioni. Le due figure giovani sono entrate ad agitare il quadro.

Io lui l'ho visto, e lui ha visto me. Quanti di quelli che oggi sono qui hanno potuto avvicinarlo veramente? Io l'ho cercato tutta la vita mio padre, e per tutta la vita l'ho rifiutato. Cos'è un padre? E una famiglia? Che cos'è?

Good question, ah!

Ancora una volta, mi sento abbandonato dal mio sangue. Entro nel bar Luce e mi accascio sulla mia sedia, al mio tavolino. Proprio di fronte al portone del palazzo. Inzinna si curva su di me e bisbiglia: "Pasta al forno ordinò, pi' mezzojornu, pi' tutta la truppa. Licco assai è, il barone Sorci!", e poi fa segno a uno dei picciotti, "La granita all'avvocato," dice piano. Il picciotto si affretta a riempire per me una coppa di granita di mandorla. Già, io qui sono padrone come lassù, nella grande stanza che dicono piena di specchi, quel puvirazzo è padrone – ancora per poco – del suo corpo e della sua roba. E licco sono, come lui.

Davanti al portone di palazzo Sorci, la piccola folla è ormai diventata una schiera compatta, un accalcarsi di corpi, un formicolio indistinto. Vanno su da lui, si mangia al piano nobile, si mangia col moribondo nella stanza accanto. Già da oggi si siederà Cola, a capotavola? Già da oggi i camerieri, masculi e fimmine, gli baceranno la mano e lo chiameranno signor barone? Quella gente che aspetta di salire pare tutta uguale, vista da qui. I giovani si sono persi, Mariolina è evaporata come acqua di mare. Restano quei rottami addobbati, impennacchiati come cacciagione da portare in tavola, restano quei fantocci imbellettati. Sono lì come già un'altra volta si misero fra me e lui, non questi qui, ma anche allora figure di imbellettati, allicchettati, ingioiellati, nel foyer del teatro splendente, quello sciupìo, quello sfardo, di luce, quel mondo dorato.

Il barone era entrato nel palco, con fimmine di famiglia e un solo masculo, Cola. Intorno, altre bellezze venute a onorare il barone e la città: facevano la spola tra i palchi, il foyer e i corridoi.

Io c'ero già stato all'opera, anche a Chicago – non mancavano italiani all'opera, che là pensavano di essere gli unici a godere –, ma il teatro Massimo era strabiliante, monumentale, con l'ingegnoso soffitto mobile, il colonnato imponente, il grandioso scalone illuminato e presidiato dai leoni di bronzo, con le palme che quella sera svettavano in un cielo pieno di stelle. Entrando gettavo sempre un occhio in alto, sul frontone dove stava scritto: *L'arte rinnova i popoli e ne rivela la vita. Vano delle scene il diletto, ove non miri a preparar l'avvenire.* Chi l'aveva mai dettata quella frase che mi riempiva d'orgoglio? Finalmente qualcuno, mi dicevo, che a Palermo ha scritto di avvenire. Adesso mi guardavo intorno, turbato dalla vista di mio padre e quasi offeso da tanta bellezza, finché si spensero luci e brusii, splendori e occhi: davano la *Manon* di Massenet. Nel buio non perdevo di vista il barone Sorci. Avevo più di trent'anni ed ero ormai un avvocato, lì c'era buona parte di miei clienti, e in quel mondo sin troppo innamorato di sé e delle proprie instabili sostanze, lì c'era anche colui che soltanto due anni prima avevo rifiutato di incontrare. Forse non sapeva nemmeno che faccia avessi.

E il primo atto passa, se ne va via, torna la luce e torna il mondo, il bel mondo, i miei clienti attuali e futuri, tutti asserragliati tra palchi e platea, uno zoo meraviglioso, qualche uniforme, e nell'intervallo il palco del barone invaso, chi sorridendo, chi porgendo saluti. Potrei alzarmi, mi dico, andare anch'io a porgere i saluti, avvicinarmi senza rivelarmi... Che può essere mai? Cosa può succedere? Sono l'avvocato Peppe Vallo, direi, e allora lui si sveglia, mi squadra, e magari mi invita a sedere, o invece mi fa accompagnare fuori da una maschera, e la maschera si mette d'accordo con il mio amico perché non si dia scandalo.

Invece non era successo niente. Ero rimasto con le mani appizzate alla balaustra di velluto del palco. "*J'écris à mon père: et je tremble,/ que cette lettre, où j'ai mis tout mon coeur,/ ne l'irrite...*" Ma io il cuore non ce l'avevo messo, io non volevo che lui lo vedesse, il mio cuore. Avevo detto al mio amico che uscivo a fumare. E nel foyer avevo chiesto una coppa di spumante, poi un'altra. Finché mi ero voltato ed ero sceso quasi inciampando lungo la scalinata del teatro, e avevo sentito tutto quel cielo di stelle, i leoni di bronzo, le palme, le colonne rovinare su di me. Ero riuscito a rientrare prima che il sipario si aprisse. Ma non guardavo il palcoscenico. Guardavo il palco di fronte, dov'era seduto mio padre. Mi veniva da piangere. Dopo il teatro mi ero rintanato in un casino. Ero ritornato a casa che era l'alba, disturbato: a ogni rumore, all'arrivo di altri clienti, sussultavo come se fosse lui, il vecchio Sorci, che veniva dopo aver congedato le fimmine che erano con lui nel palco.

E ora sono qui. Diviso da te, padre, diviso dal teatro della morte, da quel corteo di questuanti, da quel palazzo che si mangia cuori e ruote di pasta al forno. Io non ci sono, io non ci sarò. Chissà se prima di quel calcio, quando ero picciriddo, venisti mai a cercare *me*, insieme a mia madre Concettina, chissà se mi passasti mai la mano grande sulla testa, sui capelli, sulla fronte calda di figlio.

Sapevi bene che l'avvocato Vallo esercita in piazza Verdi, l'hai sempre saputo. Te lo diceva tuo figlio Filippo. Saresti potuto arrivare non accompagnato, sentire il cuoio e il sigaro, sorprendermi con la stilografica in mano, passarmi la mano grande sulla testa...

"Un'arancina, avvocato? La vuole un'arancina calda calda?"

È Inzinna, che per la seconda volta ha fatto segno di portare, anche se io l'arancina non la voglio. Sono sicuro che mi farebbe acido, perché mangiandola continuerei a pensare che sono qui da solo al mio tavolino di bastardo, invece che al tavolo da pranzo insieme a quelli che – gli piaccia o no – sono comunque i miei parenti, al piano nobile di quel palazzo di fronte a me, irraggiungibile.

Arrivano due automobili, due berline: ne scendono altri figli e nipoti del barone. Mimmo Inzinna e alcuni avventori sono allineati sullo stretto marciapiede, appiattiti contro la vetrina, per non perdere un dettaglio di quella sfilata e al contempo mostrare rispetto.

Riconosco Lia, la figlia più giovane del barone Sorci, il marito ingegner Giacomo Ponte e i figli: Leonardo, studente universitario, Rosaria, diciannovenne, e Teresa, diciassette anni, studentessa liceale e crocerossina.

Nella seconda ci sono Anna, la seconda tra le femmine, il marito barone Peppino Bianco, la figlia Sandrina sposata con Giovanni Di Martino e i loro tre bambini. Gli altri figli dei Bianco – Stefano di trentaquattro anni, docente universitario, e Lucia, di trentadue, non sposati – sono già arrivati a piedi e li aspettano nell'atrio del palazzo. Scendono tutti dalle automobili e rimangono in attesa della figlia maggiore, la baronessa Maria Teresa Merlo, con la sua numerosa famiglia.

L'atrio è molto ampio. Murate alle pareti, panche di pietra con spalliere di marmo grigio. Sulla parete sinistra, di fronte alla guardiola del portiere, la scala grande che porta al piano nobile, e poi una fontanella di marmo – l'acqua scende chiacchierina da una conchiglia fissata al muro e cade nella bassa conca sottostante. Dai tavolini esterni del bar Luce si sente sempre quel suono d'acquerugiola, neanche si fosse in campagna. Al centro della parete destra, la scala di servizio del piano nobile e, accanto, una terza scala che serve tutti i piani e arriva alla terrazza sui tetti. In fondo, una vetrata dà sul cortile interno; le ante snodate delle porte sono aperte su quello che sembra il baglio di una masseria: lungo i lati i magazzini, una piccola scuderia con la rimessa per le carrozze e cinque garage. Di fronte al portone, sopra l'abbeveratoio che separa le scuderie dai garage, eccolo: lo stemma marmoreo dei Sorci incorniciato da felci rigogliose.

La carrozza dei baroni Merlo si ferma davanti al portone. Ne scendono Ferdinando, sua moglie Maria Teresa Sorci e i quattro nipoti più giovani. Nell'atrio li aspettano i figli Sebastiano, Maria ed Enrico con i rispettivi coniugi, venuti a piedi insieme agli altri nipoti. Mi guardano. È come se mi sentissi spiato. Più arriva gente e più la strada si trasforma nel palcoscenico di una festa privata. E a me sembra di essere, propriamente o impropriamente non so, al centro di questo accadere, o comunque al centro di una storia che mi vuole caparbiamente ai margini. Li guardo e mi guardano. Li guardo e senza volere do corpo a una forza paralizzante: prima che ognuno di loro torni a rivolgersi all'interlocutore più vicino, c'è un attimo in cui non può fare a meno di sentire che ci sono.

Il palazzo nuovo voluto dal barone è stato un azzardo. È grande, moderno e funzionale, con potenti ghiacciaie, acqua corrente, riscaldamento centrale, luce elettrica e centralino telefonico. Ha fatto costruire cantine e riposti sotterranei per avere sempre provviste e la possibilità di conservare cibo fresco. Nessuno a Palermo ha ghiacciaie come quelle, sale senza umidità e sale umide per i diversi cibi da conservare. Ci sono stato, una volta. L'ho visto tutto quel ben di Dio. E anche in questi giorni dev'esserci stato un gran viavai di domestici fra i due palazzi, il vecchio e il nuovo, sennò come potrebbero mettere a tavola tutti quei parenti che formicolano davanti al portone?

Tutti i Sorci sono rimasti a Palermo, malgrado l'estate e malgrado i bombardamenti inglesi e francesi. Niente campagna. Tutti qui ad aspettare che il barone si congedi, *hello goodbye*. In verità, lo so, i figli erano certi che in questi anni il motivo della riluttanza del padre a lasciare Palermo fossero le sue fimmine, le sorelle Panzi, due prostitute che lo hanno "confortato" dopo che è morta la moglie, ventidue anni fa. La più giovane, Annetta, gli ha perfino dato una figlia, Stellina. Da quando è malato, ha iniziato a farsele venire a casa: salivano dalla scala di servizio e lui le riceveva in camera sua. Non ha mai voluto che le Panzi incontrassero la famiglia, e prima di bussare alla sua porta i figli chiedevano sempre a Elio, il suo cameriere, se era "conveniente" fare visita al padre.

Filippo, aggressivo e ambizioso, è convinto che il padre sia stato dominato e ricattato da quelle che chiama "le sue puttane". Me ne ha parlato. Forse ha capito che gli do conto e lo favorisco proprio per questa mia insaziabile curiosità sul padre? Ne dubito. Filippo è furbo, ma rozzo. Mi ha detto che gli avevano appena diagnosticato il tumore, e già suo padre aveva annunciato ai figli maschi di aver assegnato una rendita alla figlia illegittima – le aveva anche intestato alcuni immobili in città. Filippo teme che in punto di morte abbia traferito altri beni alla "bastarda". Ludovico condivide la preoccupazione del fratello, ma la preoccupazione è in realtà di sua moglie Caterina, che lo soverchia. Invece, secondo Cola il padre ha suddiviso equamente il patrimonio. Se avesse voluto dare denari alla figlia illegittima e alle sue puttane, comunque, avrebbe avuto tutto il diritto di farlo. Andrea si è limitato ad approvare le parole di Cola.

Così mi è arrivata tutta la storia in questi anni. Mi è arrivata allo studio, che a tanti clienti miei la chiacchiera piace e io, senza parere, so lasciar cadere le domande giuste. I Sorci sono sempre stati sulla bocca della città. Ma come tutto ciò che sta sotto il sole, scavato dalla luce, e in realtà matura ombra e silenzio, in realtà si sottrae, per anfratti e vie ignote, agli occhi, anche ai più 'sperti. D'ombra e silenzio mi hai fatto, padre mio.

3.
Dice Cola Sorci

Attendo i parenti nel salone. Elio mi si avvicina, assume una posa dignitosa e mi annuncia che volontà del barone è che io sieda a capotavola al posto suo.

Era mia intenzione lasciare vuota la seduta, ma se papà vuole così, così deve essere. Non ho mai smesso di ubbidirgli e oggi più di sempre sarò suo figlio. Non il preferito – del resto noi maschi lo abbiamo deluso tutti, ognuno a modo suo, tranne Sebastiano che non ne ha avuto il tempo –, ma quello di cui si fida di più. Ringrazio Elio. Mi legge sulle labbra, ma resta immobile a fianco della poltrona e allora lo congedo con un cenno della mano. Lui è il custode di papà, il suo posto è accanto alla porta della stanza da letto. Là deve stare, mentre io mi preparo a ricevere. Già sento la folla dei parenti che forza il silenzio delle stanze. Filippo mi dice che è meglio ricevere insieme. I fratelli Sorci solidali.

Salgono le famiglie delle nostre sorelle, Maria Teresa, Anna e Lia. Temevano l'imbarazzo di incrociare le Panzi, così noi abbiamo fatto fare una telefonata, per scampare il pericolo dell'incontro. È Filippo che prende la parola: "Stamattina papà ricevette le sue fimmine. Ci diede delle monete d'oro, come noi ci aspettavamo. Mah! Certo è che da noialtri, d'ora in poi, quelle non riceveranno più niente".

Diciamo che abbiamo sistemato le puttane. Ma Filippo ha un cutugno e se ne deve liberare: "Bello spicchio, il dottor

Vadalà! Lo hanno chiamato perché un puvirazzo era finito sotto le macerie di una bomba inglese... E quello ci andò".

"Dovette andarci," lo correggo. "A me disse che aveva già fatto tutto quello che poteva. Disse anche che papà sa di essere arrivato al limite, ed è calmo. Non ha dolori. Il dottore ritornerà, se gli è possibile."

Filippo non è soddisfatto: un paziente generoso, che ogni mese manda pezze di cacio, vino e olio, meriterebbe tutta l'attenzione del dottore. Filippo è fatto così. Si agita. Ha una faccia tutta smorfie. Per Vadalà e per gran parte del mondo con cui ha a che fare. Non capisco tanta insofferenza. Ma ho imparato che con Filippo è meglio non investigare. Ha dei progetti. Lo vedo sedersi sulla poltroncina del corridoio. Va perlustrando con le grandi mani le cuciture della fodera, quasi volesse trovare uno strappo, un segno di scarsa manutenzione.

Dico che la cosa veramente importante è che nostro padre non soffra. Ma c'è qualcos'altro che ancora gli preme contro il petto. Filippo accompagna le sorelle nell'atrio e intanto punta il dito verso il fondo del corridoio. "Da quando nostro padre è a letto, non vuole vedere figli e nemmeno nipoti! Però insiste che si mangi tutti insieme all'orario consueto!"

Prendo sottobraccio Lia, la sorella minore, e la guido verso la sala da pranzo: "Liuzza," dico, "vieni qui, sediamoci vicini". Dietro di noi, il lento corteo di tutti gli altri. "Non lo so perché non ci vuole... proprio non lo so! Ma così è..." E guardo le sorelle.

"Papà non vuole vedere nemmeno me? Non ci credo!" dice accorata Maria Teresa, da sempre la confidente di papà, ancora così bella nei suoi sessantaquattro anni portati con la dignità della figlia maggiore. Il suo volto onesto, solcato da poche rughe, è pallidissimo. Mi scruta e mi chiede: "Cola, vero è?".

"Teresa mia, così mi disse lui, davanti al dottor Vadalà: 'Voglio rimanere solo...'."

Mi pesa confermare la volontà di nostro padre. Voglio troppo bene a Maria Teresa. Desolato, ripeto in maniera quasi pedante: “Questo mi disse: ‘Quando sarete tutti insieme, ricordatevi di pranzare al solito orario e di non venire nella mia camera da letto! Solo sono, e solo voglio rimanere! Ubbidite al mio ultimo ordine’”.

“E padre Parisi niente disse?” insiste Maria Teresa.

“Quello calò la testa... come sempre davanti a papà,” le rispondo quasi sottovoce per non esporre la fibra scarsa del nostro padre spirituale. Nostro, sì. In quanto “figlioccio” del parroco di Camagni, don Giovanni Mangione, Parisi è stato mantenuto al seminario di Girgenti grazie a una delle tre borse di studio messe a disposizione dalla nostra famiglia per giovani meritevoli. Ma non era cosa di studiare. Ha seguito le orme paterne ed è diventato viceparroco della parrocchia di Santa Maria delle Grazie a Camagni: era ed è un babbasone, il buon padre Parisi, tanto che non gli è mai stata affidata una parrocchia. Ha vivacchiato per anni alle spalle di suo padre – tuttora parroco di Camagni, con altri figli da mantenere – e grazie alla nostra munificenza. In confessione dà penitenze lievissime a tutti, masculi e fimmine, e ha una parola buona per chiunque. Non fa male, e nemmeno bene, a nessuno.

“Papà cumannero era e cumannero rimane! Non può neanche morire, senza darci ordini... Uno come lui mai l’ho visto!” sbotta Lia.

“La gente non cambia, Liuzza mia, nemmeno in punto di morte!” Mi avvicino al suo orecchio, non voglio farmi sentire, o comunque non voglio che il mio giudizio suoni come una dichiarazione impietosa che chiunque potrebbe impugnare. Riprendo voce soltanto quando concludo: “Ma papà ci ha voluto bene...”.

“A modo suo!” commenta con amarezza Lia.

Papà ha fatto di tutto per ostacolare il suo matrimonio – il solo tra i nostri che si possa definire d’amore –, e l’ha ostacolato perché Giacomo Ponte era un giovane ingegnere che viveva del proprio lavoro e non un proprietario terriero. “Ma poi,” le rammento, “papà insistette perché la tua nica, nata tre anni dopo la morte di mamà, venisse chiamata Rosaria.”

“Già...” sospira Lia.

"Sì, me lo ricordo bene anch'io," dice pungente mia moglie Margherita, fissando la cognata. "Tuo padre diede a Rosaria la tiara di brillanti di mamà... un regalo di battesimo un poco insolito!" Si guarda attorno – ormai la sala è quasi piena, chi in piedi, chi seduto vicino alle finestre – per vedere che effetto fanno le sue parole. Nessuno la degna.

Don Peppe Zuppardo, il mastro di casa ormai quasi settantenne, si è vestito in pompa magna con una marsina centenaria e adesso chiama tutti a tavola.

Quando risuona solenne il suo "Il pranzo è servito!", vedo Antonio, il primogenito diciassettenne di Andrea, sgusciare nella sala da pranzo dei grandi dove i camerieri, masculi e fimmine, controllano che tutto sia come deve, sotto l'occhio di don Peppe. Sono trentotto posti, il solito numero, che include il capotavola riservato a papà, sempre conzato per scaramanzia anche se lui non mangia a tavola da settimane. Antonio guizza fra i commensali in attesa e si schiera con fare distratto nei pressi del posto che io ho lasciato vuoto, al centro, tra mia figlia Rosamaria e mio cognato Giacomo Ponte. Antonio spicca con i capelli lunghi arruffati in mezzo alle instabili figure degli adulti, spicca ma cerca di non farsi notare, finge – e ci riesce – di essere di passaggio.

I Sorci si avviano pensierosi ai propri posti, lui rimane fra gli adulti. Nessuno sembra fare caso a lui, e chi ci fa caso lo crede in transito verso la sala da pranzo attigua, quella dei ragazzi.

Resta in piedi come gli altri, in attesa che io inviti tutti a prendere posto. È consuetudine che soltanto i due capitavola decidano il placement, solo Maria Teresa e io sceglieremo i nostri vicini: gli altri si siederanno come vogliono o dove c'è posto. Maria Teresa ha già chiamato Lia alla "sua" punta, e io, a capotavola per la prima volta, cerco di dominare un nuovo, ignoto disagio. Lia l'avrei voluta io accanto a me.

Lascio a Caterina, la moglie di Ludovico, il posto alla mia destra, che occupa da quando è morta mamà. Caterina, sveglia e un po' pizzuta, è una brava fimmina; è stata una nuora affettuosa, persino devota, merita di mantenere quel posto privilegiato. Accanto a lei ho invitato Sebastiano Merlo e Maria Merlo sposata Moncada Sacerdoti, la prima nipote, nata nel 1902, poi Stefania, la seconda moglie di Filippo, e infine Laura, che con squisita accortezza si preoccupa di ricoprire, in questo caso, il ruolo di moglie di Andrea, non quello di devota amante dell'uomo che per la prima volta siede a capotavola. Siamo una famiglia. E come famiglia badiamo a conservare la morbida decenza della convivenza civile. Che altro siamo, Laura e io, in questo angusto passaggio della nostra esistenza, se non due anime che si sono riconosciute? Ma oggi tutto questo non conta. Laura de Nittis è legata da vincolo coniugale al mio amatissimo fratello Andrea, siede alla tavola dei Sorci perché nostro padre ha comandato che ci trovassimo tutti a prendere le misure del prossimo futuro. E ci siamo davvero tutti, mentre lui conta le ore, qualche stanza più in là.

Sul lato lungo, mia figlia Rosamaria non sembra sorpresa di trovarsi Antonio accanto. Non si è resa conto che, a diciassette anni, lui non avrebbe diritto di sedere alla tavola dei grandi. Approfittando della confusa mestizia degli altri, Antonio le bisbiglia paroline di conforto e nel frattempo tiene d'occhio la porta dell'anticucina. In quel momento ne esce Salvatore, un giovane cameriere, con un vassoio vuoto tra le mani: si dirige verso di loro, per togliere il coperto in più.

Nessuno si siederà fino a che ognuno non sarà dietro la propria sedia. Nella camera da pranzo, i trentasette commensali sembrano eseguire dei passi di danza, nel vucìo generale: "Vieni qui, Sebastiano!", "Carmela, bedda mia, siediti accanto a me!", "Non ci vediamo da troppo, vieni!", "Assettati ccà!", "Contami dell'Università, che esame ti sei dato?", "Siediti vicino a me, ti voglio parlare!".

Antonio sta in piedi, le mani saldamente attaccate alla spalliera della sedia accanto a quella di Rosamaria. Salvatore, dietro di lui, con il vassoio in mano cerca di farsi spazio per togliere il coperto. Niente da fare: Antonio non si sposta. Un incrocio di sguardi tra i due maschi, pietente quello di Salvatore, sprezzante quello di Antonio. Nessuno dei due intende darla vinta all'altro. Io lascio fare, mi sembra l'ultima delle mie preoccupazioni, ma mi disturba la determinazione di Antonio, che infine assesta un calcio nello stinco al povero Salvatore, costringendolo dolorante a riportare il vassoio vuoto nell'anticucina.

Mia moglie troneggia al centro dell'altro lato lungo della tavola, di fronte a Giacomo Ponte, il marito di Lia.

Dirimpetto a me, diciotto coperti più in là, Maria Teresa si è circondata dei propri nipoti, ma subito accanto ci sono Andrea e nostro cognato Peppino Bianco, a settantadue anni il più vecchio della famiglia.

Quando siamo infine tutti seduti, don Peppe Zuppardo spalanca le porte per lasciar entrare sei camerieri, quattro masculi e due fimmine: ciascuno regge un vassoio con sopra una ruota di anelletti al forno, fumante. Il profumo della crosta – parmigiano, salsa di pomodoro, mollica di pane, olio d'oliva e basilico – riempie ogni anfratto della sala da pranzo. I camerieri si sono divisi i compiti. Dopo i due capitavola, a ognuno toccano sei commensali, e procedono a servire in senso orario.

La pasta al forno, ricca e squisita, è rara in questi tempi di guerra: in poche altre famiglie si trova ancora il nordico parmigiano. Nelle cantine e nei riposti dei nostri palazzi, soprattutto in quelli del palazzo nuovo, c'è invece tuttora un bendidio di cibo e scatolame acquistato e fatto arrivare nei primi mesi del conflitto. Anche di questo, adesso, dovrò occuparmi. Devo fare al più presto un sopralluogo, farmi portare in campagna, valutare quanto possiamo concederci se le cose peggiorano. E peggioreranno. I camerieri porgono i vassoi e i commensali si servono con abbondanza. Lo fa anche il giovane Antonio che, dal posto che è riuscito a occupare con scaltra determinazione, mi lancia un'occhiata, per metà complice e per metà ossequiosa.

Si mangia con voracità e gusto, ci si scambiano considerazioni sulla bontà della ruota di pasta al forno che spaziano dal semplice mugolio a un'articolata declinazione delle caratteristiche del piatto: croccantezza della crosta, cottura degli anelletti, abbondanza del condimento. Dopo le prime forchettate sbummica la parlantina.

Maria Merlo racconta che con il marito, Ugo Moncada Sacerdoti, hanno deciso dopo lunghe discussioni di iscrivere i tre figli – Vincenzo, Carmela e Maria Teresa – al Ginnasio Statale Garibaldi in via Giovanni Di Giovanni, non lontano dal Politeama, e non in uno degli istituti religiosi che in passato hanno avuto il monopolio dell'istruzione delle classi alte. Ugo è di origine ebrea ma non è praticante; i figli sono cattolici.

Si erano preoccupati quando, nel 1937, era stata aggiunta al curriculum scolastico l'educazione militare, che ricadeva per decreto ministeriale nelle competenze dell'insegnante delle materie letterarie. E adesso i ragazzi sono stati selezionati per i Ludes Nazionali dell'educazione militare grazie agli sforzi del professore di lettere, Giorgio Navarra, uomo di grande cultura che si è dedicato anima e corpo alla preparazione degli studenti.

"I nostri ragazzi sono stati tra i vincitori alle gare regionali. In luglio Vincenzo e Carmela andranno ai Ludes Nazionali, a Firenze, e lì si misureranno con le delegazioni dei paesi dell'Asse: tedeschi, ungheresi, rumeni, bulgari, slovacchi e croati. È una splendida opportunità! Ma non vogliamo mandarli da soli: li accompagneremo noi."

"Una bella storia, finalmente," dico, pur non avendo alcuna simpatia per il regime.

"Con una riserva, anzi una preoccupazione, zio Cola," dice Maria. "Il problema è che i nostri figli, come il professor Navarra, hanno sangue ebreo. Noi siamo decisamente antifascisti, e saremo là proprio nel momento di maggiore successo delle forze dell'Asse!"

Si fa avanti Ugo, poggia i gomiti sul tavolo e comincia a enumerare sulle dita, partendo dal pollice: "Nel Nord Africa, assieme alle nostre truppe, i tedeschi sono arrivati a poche miglia da Alessandria e hanno preso l'oasi di Giarabub, da cui controllano l'interno fino al deserto del Sahara. Sul fronte russo hanno sferrato un potente attacco verso Mosca, hanno conquistato Rostov e presidiano un lungo tratto del

Volga!". Dice di essere in pensiero: "I ragazzi non sanno della loro origine ebrea, e nemmeno delle nostre inclinazioni politiche: non vorrei che qualcuno a Firenze, incuriosito dal nostro cognome, si mettesse a fare domande! E potrebbe accadere anche di peggio. Non sarebbe la prima volta, abbiamo saputo da amici del Continente".

Ugo vorrebbe continuare a enumerare, si appresta a far scattare il terzo dito, ma la moglie gli fa cenno di evitare e bisbiglia alla sua vicina: "Giosuè Sacerdoti, l'amico dei Sala, era deputato fascista. Eppure, da quando sono entrate in vigore le leggi razziali vive nascosto a San Martino delle Scale... ospite dei benedettini!". E ride.

Il mio, a questo punto, è un silenzio imbarazzato. Filippo e Ludovico sono sostenitori del duce, e così anche Ferdinando Merlo, il marito di Maria Teresa. Sebastiano, il loro primogenito, aveva perfino brigato per fare da autista al duce durante la sua visita a Camagni, nel 1937; c'era riuscito con l'aiuto di nostro padre, che pur non essendo prono alla politica del duce era uno dei più generosi finanziatori delle opere di beneficenza del Fascio nella provincia.

Da metà tavola si protende verso i commensali e prende la parola Leonardo Ponte, il figlio di Lia. Di lui ho sempre avuto un'immagine di giovane intelligente e carismatico, uno che non si accontenta delle chiacchiere da caffè di tanti nostri accademici. Si è laureato a pieni voti in Giurisprudenza a Catania, dove desidera intraprendere la carriera universitaria. "Ho seguito le lezioni di un brillante professore, Antonio Canepa, un palermitano. Uno che per anni si è finto malato di mente per sfuggire al confino. Il suo libro *Sistema di dottrina del fascismo* è stato lodato dalla rivista ufficiale 'Gerarchia' ed è stato tradotto in molte lingue. Solo così Canepa ha ottenuto la cattedra di Storia delle Dottrine Politiche e di Storia dei Trattati e Politica Internazionale." Lascia le posate. Si allunga sulla tavola per raccogliere più attenzione possibile: "È un genio. Ha scritto un saggio che si dichiara 'sulla dottrina fascista' e l'ha rovesciata dall'interno, punto per punto. Riuscendo comunque a far pensare che fosse un omaggio all'operato e alla filosofia del partito".

Si guarda intorno, studia le reazioni: i vicini annuiscono, non sanno fare altro che annuire. Poi riprende con il tono da aspirante professore: "Come lui, spero che la Sicilia non dimentichi di essere stata una nazione *raramente indipendente*, fino ai giorni nostri". Allarga le braccia, e poi solleva l'indice quasi ammonitorio: "Canepa lo dice esplicitamente: 'per colpa nostra'. Perché noi siciliani esaltiamo chi vuole depredarci e approfittare della ricchezza della nostra terra. Li ospitiamo, li onoriamo. Non sono forse i Savoia un altro padrone?".

"Spiegami meglio," dice mio figlio Rico, che vuole davvero capire.

"Abbiamo sempre patito – siamo un popolo che sopporta e subisce, soprattutto le classi inferiori, i puvirazzi, nelle campagne come nei centri abitati –, sotto qualunque governo che non fosse siciliano. E sotto il governo italiano, dal 1860 in poi, cosa abbiamo guadagnato? Sei stati di assedio, una povertà indescrivibile che ha nutrito il brigantaggio, costretto all'emigrazione di massa nelle Americhe e dato forza alla mafia. Siamo un popolo schiacciato e incattivito." Leonardo aggiunge che non si può più continuare come prima. "Per noi siciliani è questione di vita o di morte. Separarci o morire, e per morire intendo assumere un'identità che non ci appartiene: quella di italiani. Peraltro, gli italiani non ne sarebbero affatto contenti."

Tutti fanno mostra di ascoltare, forse c'è anche qualcuno che si preoccupa, ma intanto mangiano di gusto, per conforto e golosità: la pasta al forno è squisita. Leonardo si esprime con parole lucide e accorate, è un ragazzo serio, sa di cosa parla. Siamo tutti colpiti, anche se a bocca piena, dal suo intervento.

"Sono convinto che l'indipendenza siciliana è indispensabile per il progresso delle classi inferiori, che costituiscono la maggioranza della popolazione. Noi, oggi, in questa casa, in questa sala da pranzo e con questa ottima pasta al forno, siamo tra i pochi fortunati. Sappiamo bene che c'è, e la vediamo con i nostri occhi, gente che non ha più casa, né lavoro, né denari. Noi, la nostra classe sociale, siamo un'esigua minoranza, ci portiamo dietro un'identità che spesso viene da lontano. Siamo una minoranza di ricchi e di conquistatori."

Poi procede con considerazioni che sembrano digressioni, ma che in realtà danno la misura di quanto in lui sia complessa e articolata la visione dell'apparato sociale. "Canepa lo ripete spesso: 'La storia dei sistemi economici prova la vecchia verità che è la pratica a precedere la teoria'."

La conversazione ha preso uno spessore che nessuno si attendeva, tantomeno io. In verità quello di Leonardo è un monologo, una lezione a cui tuttavia non ci si sottrae: "Ma, ed è un grande 'ma', questa concezione della Sicilia si scontrerà con il separatismo reazionario dei proprietari terrieri? Con famiglie come le nostre?". E passa in rassegna i volti attoniti dei parenti. "Se ci sarà uno scontro tra noi e loro, chi vincerà?" Con un sorriso triste aggiunge: "Tra i due litiganti il terzo gode, si dice... Allora mi chiedo: e se il terzo fosse il volto nascosto della mafia?". Nessuno risponde, tutti sembrano indaffarati, e se non tornano al cibo allungano lo sguardo per accertarsi che arrivino nuove portate.

Mi sento in dovere di intervenire. "Leonardo mio, tu metti il dito in una piaga antica, ma fai bene..."

Leonardo sta per ribattere, io insisto: "Dico che fai bene. Soprattutto se esistono le condizioni perché quel che dici accada davvero e, naturalmente, se la tua generazione saprà mettere in atto forme di sensibilizzazione efficaci per tutte le classi".

Laura per la prima volta mi guarda con sofferenza, apre un mezzo sorriso come per dirmi che non è il momento di discutere con Leonardo.

Un altro sguardo arriva da Margherita, che però non c'entra nulla con la conversazione che ha zittito la tavolata.

Margherita è rimasta male quando ho offerto il posto all'altro capotavola a Maria Teresa anziché a lei. Riprende dunque in mano il proprio ruolo e commenta le parole del nipote, l'"intellettuale" della famiglia, che non le è per niente simpatico: “Fino a quando non sapremo che piega prenderà la guerra, non ci sarà una risposta”.

“Sì, zia, hai ragione,” dice subito Leonardo, come se Margherita fosse davvero un’interlocutrice consapevole. “Ma entro la fine di quest’anno qualcosa succederà. Ci sono picciotti idealisti, pronti a morire per la causa, e stanno formando l’Esercito Volontario per l’Indipendenza Siciliana: possidenti e proprietari terrieri potrebbero decidere di seguirli. In quasi duemila anni non era mai successo che una simile rivolta scuotesse la nostra isola, come quella di Spartaco contro Roma.”

Lo guardo con ammirazione. Leonardo ha saputo stabilire relazioni, non si è fermato ai libri o all’autorità dell’istituzione universitaria. Sento una sorta di invidia per i giovani che hanno il coraggio, se non l’audacia, di professare in pubblico il loro Vangelo. “Credi che ci saranno sabotaggi?” chiedo.

“Certo, zio, ma saranno nascosti al popolo. Ce n’è stato uno di recente, all’aeroporto di Gerbini, vicino a Catania, un’importante base aerea germanica per le incursioni su Malta, di cui si sa poco e niente.” E conclude amaro: “L’omertà è diventata una virtù del Fascio. Almeno questo, i continentali l’hanno imparato da noi siciliani!”.

Peppino Bianco e sua moglie Anna, che mi siede a fianco, godono di ampia considerazione in casa nostra. Lui, un omino dallo sguardo vivace, ascolta attento e sembra aspettare il momento opportuno per intervenire. Infatti, appena Leonardo finisce di parlare, punta l’indice su di lui, e così facendo ne attira l’attenzione nel ciarmulio generale. Io faccio cenno a quelli accanto a lui di tacere. Il brusio si smorza, anche se non in tutta la sala.

“Peppino, dicci...” lo incoraggia Maria Teresa.

“Volevo dirvi...” Il vecchio si interrompe, ma si riprende subito, ritrovando vivacità. “Volevo dirvi che...” Nuova pausa. Il ciarmulio ricomincia. A quel punto, Maria Teresa e io agiamo di concerto: alziamo le braccia contemporaneamente e imponiamo il silenzio. Tutti tacciono, i camerieri sono immobili contro le pareti.

Peppino riattacca: “Non venivo qui da...”, e di nuovo si

spegne, non ricorda più di cosa stava parlando, all'improvviso però gli torna in mente e conclude la frase in fretta, 'nsamai lo dimenticasse di nuovo, "...da quando mi venne la gotta!".

Soddisfatto, il barone Bianco si guarda intorno. Ma nessuno pare interessato ai suoi alluci dolenti. "Vedrai che ora ritorna sulla questione irrisolta dell'ascensore!" mi bisbiglia Anna. E scuote la testa rassegnata, lo sguardo dolce sul marito.

Come se fosse stato un suggerimento passato nell'aria, Peppino dichiara stentoreo: "Manca l'ascensore, lo ripetevo sempre a mio suocero... e poi a mio cognato... Ma lo sappiamo che i Sorci sono testardi!". E continua, cambiando argomento e con una certa autorevolezza: "Mi ha fatto piacere notare proprio oggi, nel salone, l'apparecchio radio che Enrico comprò come tanti altri, me compreso, nel 1933, per l'Anno Santo Straordinario. Noi – mia moglie, io e i nostri figli – celebrammo i millenovecento anni dalla morte di Nostro Signore Gesù Cristo ascoltando la radiocronaca della cerimonia di apertura della Porta Santa nella Basilica di San Pietro a Roma!".

E qui mio cognato solleva il bicchiere di vino in un brindisi solitario: "All'apparecchio radio! Quant'è bello il progresso!". Di nuovo si guarda intorno soddisfatto, ricevendo un sorrisetto incoraggiante dalla moglie. Nessuno dei tre figli, abituati a simili uscite, fa caso a lui. Peppino Bianco è soddisfatto di quel silenzio, che gli pare una manifestazione di ammirazione. Si infila in bocca una forchettata di anelletti, in fondo era l'unico a non aver ancora vuotato il piatto, e riprende a parlare masticando: "È bello rispettare quello che si possiede, anche se è vecchio! Oggi i giovani buttano via tutto: vogliono cose moderne, seguono la moda... Ma qui no! Ho notato che nel salottino c'è ancora la cabina del telefono, tale e quale come una volta. Allora sì che le conversazioni erano private! Oggi, con questi apparecchi poggiati sui tavoli, con questo microfono moderno, non c'è più riservatezza".

Finito il suo monologo, Peppino lavora di mandibole come un ruminante. Solo allora gli occhi gli cadono sul piatto ormai vuoto: sulla porcellana bianca, bordata di arancio e profilata di oro zecchino, spiccano le due mani allacciate. Quella vista lo turba. C'è qualcosa di sovversivo e inconsueto in quelle mani, qualcosa che gli impedisce di distogliere lo sguardo.

Elio, che lo stava osservando, gli si accosta per offrirgli altra pasta al forno. E nell'avvicinargli il vassoio d'argento dice sottovoce: "'U baruni cumannò 'stu servizio di piatti, per oggi. Ci piacìa assai!".

Peppino Bianco gli sorride, rasserenato, e ricomincia a mangiare dimentico di tutto il resto.

Siamo alla seconda portata, il ciarmulio è costante, ognuno chiacchiera con i vicini. Sono arrivati involtini di vitello ripieni di formaggio e prosciutto, infilzati negli spitini, separati da foglie d'alloro e cipolla, passati nella mollica e cotti con origano e un filo d'olio. Di contorno, patate a spezzatino e zucchine al forno.

Nel togliere i piatti vuoti, i camerieri mettono davanti a ciascun commensale il piattino da frutta con sopra i lavadita: le conchette d'argento, con dentro acqua fresca su cui galleggiano due gelsomini, vengono poi spostate – insieme al loro piattino – alla destra del piatto. Nel frattempo, altri camerieri dispongono al centro della tavola, per tutta la lunghezza, alzate colme di uva fragola: la preferita del barone. Il vellutato blu violaceo dei grappoli, pronti per essere spizzuliati, spicca contro il bordo delle alzate. Arancio e oro.

Dai tavoli di appoggio sale il profumo del biancomangiare, un dolce aleppino che da più di mille anni delizia le tavole di noi siciliani: un budino a base di latte di mandorla, lucido, profumato di cannella, arricchito da scaglie di cioccolato e pistacchi sbucciati.

Margherita domina la parte centrale della tavola; di fronte a lei siede il cognato Giacomo Ponte, il padre di Leonardo. Non le è piaciuto il discorso di Leonardo, ed è irritata con me che non le ho nemmeno rivolto la parola. Sono sicuro che disapprova che tutti gli altri, in attesa di notizie sul moribondo, non si preoccupino d'altro che del pranzo, di goderselo dall'inizio alla fine, e sono sicuro anche che sta pensando che proprio questo aveva previsto mio padre, suo suocero. Posa lo sguardo su Antonio, il figlio di Laura e Andrea, seduto davanti a lei. Soltanto allora si rende conto che il ragazzo non dovrebbe essere lì. Dovrebbe essere in mezzo agli altri giovani, nell'altra sala da pranzo, tra i cugini Teresa Ponte, Ferdinando Merlo e Vincenzo Moncada Sacerdoti, suoi coetanei.

Andrea e Laura avrebbero dovuto accorgersi della bravata del figlio e mandarlo via immediatamente. Ora Margherita mi scruta severa e severa indaga negli occhi di Maria Teresa: possibile che non lo abbiamo notato? Nessuno ha detto niente. Per non parlare del vecchio don Peppe Zuppardo: che mastro di casa è? Che ci sta a fare? Avrebbe dovuto accostarsi a me con discrezione e farmi notare la presenza dell'intruso! Ed Elio, il cameriere di papà, anzi, il suo alter ego? Elio così pronto a eseguire gli ordini, a prevenire le richieste del padrone, Elio sempre ligio alle regole, attento a tutto... niente ha visto? Sordo sì, ma non cieco! Margherita è furiosa e confusa. Sospetta che qualcosa di tenebroso e maligno stia per succedere: quel ragazzo deve lasciare la tavola, e subito.

Io la vedo, vedo che le monta la rabbia, e con la rabbia il desiderio di rivendicare e restaurare la sua autorità. Ha il volto contratto in una smorfia che non sa dominare. La conosco: sta macchinando. O forse, meglio: sta elucubrando su macchinazioni ai suoi danni. So com'è fatta. Da quando quella che lei si ostina provocatoriamente a chiamare "la signora de Nittis" ha notoriamente avuto una relazione con suo marito, il livello di sospetto si è alzato. E ora, complici l'eccezionalità della situazione, la vastità del pubblico, il guizzante intreccio di taliate da un lato all'altro del tavolo, ora Margherita è come una pentola lasciata incautamente a bollire sul fuoco.

Ovvio che non ce l'ha con il ragazzino – quello scimunito! –, certo che no. Ce l'ha con sua madre. Ce l'ha con Laura. Laura sa bene che Antonio non dovrebbe essere lì.

Margherita potrebbe contentarsi di pensare che "la signora de Nittis" ha favorito suo figlio, e invece no. Si sta spingendo più in là. È come se una domanda la tormentasse, la pungesse, la ulcerasse: perché quel figlio di puttana è qui?

Antonio, che sa di essere in errore, ha scambiato una o due parole con Rosamaria, che gli siede a lato, e poi è rimasto zitto, occhi aperti e orecchie tise, pronto ad assuppare tutto il possibile dalla conversazione dei grandi: non a caso si è seduto proprio davanti a lei, che – lo sanno tutti – non ha peli sulla lingua. Ma non può essere solo la curiosità il motivo per cui Antonio ha scelto di stare lì. No, mia moglie presume un piano ben più complesso: forse è stata proprio la madre di Antonio a dirgli di sedersi con loro per tenere d'occhio lei, Margherita, la nuova padrona di casa? Presume, è evidente, una complicità a tre, fra me, Laura e suo figlio. Antonio "copre" la madre, le spiana la strada, elimina le tracce? Di certo è al corrente della lurida tresca tra madre e zio, e ne approfitta. Perché ha voluto sedersi alla tavola dei grandi proprio oggi, in cui si aspetta l'annuncio della morte del nonno? Perché ha scelto di sedersi davanti a lei, moglie offesa e sofferente? Lei, moglie del futuro barone, adesso costretta a sopportare le taliate tra quella sgualdrina di sua cognata e quel porco di suo marito!

Margherita allunga finalmente il braccio sul tavolo, il dito puntato contro Antonio:

"E a te chi ti ha invitato qui?".

"Nessuno, zia."

"Il tuo posto è alla tavola dei ragazzi! Perché sei qui?"

Antonio non risponde: non sa che dire. La conversazione a metà tavola si è fermata; ai due capi prosegue invece animatamente.

"Allora è così? Nessuno ti ha invitato?"

Antonio continua a tacere.

"Ah, fu un'idea tua! E perché?, raccontami..." lo incalza Margherita. "Non può essere per la pasta al forno, e nemmeno per gli involtini... in casa Sorci, grandi e piccoli mangiano uguale!"

E siccome non c'è verso di ottenere risposta, si accalora: "Sei venuto per curiosare, per sapere di cosa parliamo?".

Antonio è impassibile, ma io non posso fare a meno di notare un lieve tremito del mento e delle ciglia. "Rispondi! Sei venuto per assuppare notizie e poi riferirle ad altri? Per curtigghiare con i tuoi amici mentre tuo nonno muore?!"

Intorno a loro si è fatto silenzio: c'è persino chi ha abbandonato il cucchiaio sul piatto. Altri, da lontano, si protendono nello sforzo di capire costa sta succedendo.

"Mamma, basta!" interviene Rosamaria imbarazzata.

"Tu fatti gli affari tuoi!" la redarguisce Margherita. "Voi Sorci vi sentite Dio in terra, superiori a Sua Maestà il re e alla regina Elena! E noi dovremmo ubbidire e strisciare ai vostri piedi! Sangue mio sei, Rosamaria, dalla mia parte dovresti stare." E poi, di nuovo rivolta ad Antonio: "Tu figlio di mala fimmina sei, e di patri babbu! Non dico altro! Sarai la disgrazia della tua famiglia e di tutti gli altri Sorci!".

Io e Maria Teresa ci scambiamo un lungo sguardo. E Maria Teresa si porta l'indice sulle labbra, come quando eravamo bambini.

A questo punto potrei farmi avanti, riportare la quiete. Ma siedo a questo capotavola per la prima volta e non me la sento. Mio padre di là muore e qui ci si azzanna. Li contemplo tutti in una volta, dovrei essere cumannero come lui, picchiare il palmo della mano sulla tavola e far bastare il gesto. Ho vissuto abbastanza per sapere che abbiamo davanti due strade: l'amore, che conforta sempre, o la violenza, che ti dà ragione anche quando non ce l'hai. Esiste una terza strada, è vero, quella dei grandi diplomatici, ma non è immediata, come l'amore e la violenza. Ci vogliono studio e pazienza, e qui non c'è tempo. Cerco di mantenere il busto eretto, di non abbassare gli occhi. Sento quelli di Laura, confidenti, in attesa, e naturalmente intercetto quelli di Margherita, che però non cerca i miei ma dardeggia astio su tutti. Mi domando cosa stia pensando Leonardo, il filosofo, il politico. Ha gli occhi nel piatto, dove resta del cibo non consumato. Quando li solleva avverto un'intensità a cui nessuno a questa tavola è abituato. Leonardo conserva il suo spirito anche in queste occasioni. È ovvio che ci guarda come pesci assassini in vasca, ci guarda come siciliani e forse si chiede se a partire da qui le idee del suo Canepa possano essere perseguite con successo. Mio padre mi ha messo dove era giusto mettermi ma dove, per poter continuare a stare, è necessaria una svolta. Così mantengo la posizione nel silenzio.

È invece nostro figlio Rico a parlare, sorprendendo tutti. In famiglia è di poche parole; con gli amici è allegro, fimminaro e appassionato automobilista. Ed è fiero della sua carriera militare. Si alza, perché tutti lo sentano, e si piega leggermente in avanti, i pugni puntati sul bordo del tavolo:

"Adesso basta, mamma. Siamo tutti scombussolati per via della guerra. La guerra è crudele, cambia le persone... Ricomponiti. Se vuoi andare via, ti accompagno a casa. Hai bisogno di calmarti, di riposare. Non essere così dura! Proprio oggi che il nonno sta morendo...". Gli occhi di Rico si offuscano. "Anzi, forse è già morto. Ti voleva bene, e anche tu gliene volevi. Gliene vuoi ancora! Vuoi comportarti come a lui sarebbe piaciuto, vero? Vuoi anche che i suoi ordini siano rispettati ed eseguiti... non è così? Hai rimproverato Antonio perché ha disubbidito a un suo ordine: 'I nipoti pranzeranno alla mia tavola dopo aver compiuto diciotto anni, non prima'. Lo ripeteva spesso il nonno, le sue parole mi accompagnano anche adesso. Lo diceva per il nostro bene, non per escluderci e penalizzarci. 'Ogni frutto ha la sua stagione, i propri tempi.' Così diceva lui." Rico si guarda intorno. "Diceva anche: 'La megghiu parola è quella non detta'." E fa una pausa, a disagio, una pausa che sembra infinita.

"Siamo tutti addolorati," continua, "ma anche il dolore dev'essere guidato, frenato, non deve creare altro dolore, a te e a noi tutti. Antonio ha fatto male a venire qui, non invitato."

Andrea, seduto accanto a Maria Teresa, sembra una statua; è in un altro mondo, dove si è imbozzolato e non lascia entrare quasi nulla. Lì dentro sta bene, lo so. Io voglio bene ad Andrea.

Rico assume un'aria matura, si rivolge direttamente ad Antonio, con rigore ma anche con l'accortezza di chi sa che le tensioni vanno sciolte con l'astuzia: "Più tardi voglio parlarti, noi due da soli," dice severo, e poi aprendo un sorriso affettuoso e virile al contempo: "Anche a me piace assai il biancomangiare. Finisci il dolce e poi alzati. È sublime. Carezza l'anima".

Elio, pallido, è entrato in sala. Mi si sta avvicinando, ma si accorge che adesso Rico si è rivolto a me e così si ferma, in attesa, spalle alla parete.

Rico è impettito e compreso, nonché dominato da non si sa quale rigore. Non l'avevo mai visto così. E anche quando prende la parola è stranamente sovrattono: "Devi decidere adesso, papà. Ci sei tu, alla guida della nostra famiglia. A capotavola. Nessuno può aspettare". Poi Rico si siede. *Nessuno può aspettare*, ha detto. Vuole che si mostrino le carte? Vuole che la situazione patrimoniale sia tutta alla luce del sole? Deve lasciare il tempo a papà mio di congedarsi. Elio trasalisce, capisce che c'è un problema; sembra invecchiato, a un tratto cammina con difficoltà, come se le gambe storte avessero perduto energia, e si avvicina a Maria Teresa.

Io intanto faccio proprio come il giovane Antonio: affondo il cucchiaio nel biancomangiare. I camerieri fanno girare nuovamente i vassoi.

Maria Teresa ed Elio bisbigliano qualcosa; poi Elio va a prendere Rico e i due ritornano al capotavola di Maria Teresa. La voce di Rico rimbomba nella sala da pranzo: "Andiamo a bere il caffè di là?". A un cenno della zia Rico le offre il braccio e insieme si dirigono verso il salone. Gli altri li seguono senza degnare di uno sguardo Margherita, che cammina tra loro muta.

Io rimango seduto al mio capotavola. Le spalle alla porta del salone, da cui esce il profumo del caffè, osservo la lunga tavolata vuota che mi si stende dinanzi. Abbiamo fatto come nostro padre desiderava: ci è stato servito un ottimo pranzo da camerieri in livrea, in onore del capofamiglia, come voleva il capofamiglia. Il peso dell'essere capo adesso è mio e va insieme a quello soverchiante della famiglia. Tengo il palmo delle mani appoggiato sulla tavola come se volessi, in questo modo, trovare una saldezza che non ho. Mi visitano, incessanti, pensieri che non domino: non ce n'è uno che sosti abbastanza perché io possa arrivare a coglierlo tutto intero. E, incerto su come affrontare questa gravità, sento rombare gli aerei inglesi che vengono da Malta per bombardare Palermo; come al solito lanceranno i loro bigliettini offensivi, scritti in italiano. Di notte verranno gli aerei americani dall'Africa.

Guardo i bottoni dorati delle livree dei camerieri, la lettera *S* pare un serpentello. Tutto sembra irreale, persino la morte – vera o presunta – di mio padre. In fondo, il nugolo inquieto di parenti prossimi e lontani sta considerando la mia ascesa – l'ascesa di Cola il tranquillo, Cola lo schivo, Cola il timido. Ed eccomi capofamiglia di una quarantina di adulti complicati e litigiosi.

Ho un moto di rivalsa che non lascio trapelare.

Guardo il posto vuoto di Laura. Poi, in fondo, il posto di Andrea, il fratello minore e il preferito. Da piccoli mangiavamo sempre vicini, l'ho sempre vezzeggiato e difeso. E continuo a proteggerlo persino adesso che siamo vecchi.

Ma Andrea è anche il fratello che ho tradito. Andrea non ha mai amato Laura e, a sua volta, Laura non ha mai avuto vita facile con i Sorci. Ma mio padre l'ha sempre protetta: in fondo, faceva parte della famiglia.

Laura è Laura, il mio grande amore, l'unico amore della mia vita. Laura a cui non so rinunciare.

Laura sa che ho "letto" il suo messaggio – poco fa ci siamo guardati, e lei ha spostato la forchetta da frutta a toccare la lama del coltello, come se giocasse, annoiata... Io ho capito: mi aspetta in terrazza dopo pranzo. Ma non ho risposto. Lauruzza mia, come faccio a lasciarli tutti, tutti questi parenti, proprio oggi? Siamo qui tutti insieme con i nostri figli, i miei e i tuoi, ad aspettare la notizia della morte di mio padre. Quando arriverà. Se arriverà. Ora, stanotte, domani. Il tempo si mangia la morte. Prima o poi, noi figli di Enrico Sorci sapremo. Sapremo che siamo diventati orfani.

Rosarietta, figlia di Ludovico e mia figlioccia, è rimasta seduta, come me. La contemplo e mi si scioglie il cuore. La determinata, leale e dolcissima Rosarietta. Ha sposato Pietro Sillitti a diciotto anni, un vero matrimonio d'amore. Sono passati undici anni, non hanno figli e si comportano ancora come due fidanzati. Paroline, sorrisetti; mentre mangiavamo li ho visti: lei gli offriva una forchettata di anelletti croccanti, lui apriva le labbra e lei lo imboccava. Sono ambedue appassionati di aviazione – Pietro Sillitti si è comprato un aeroplano che tiene all'aeroporto di Boccadifalco e che custodisce come un gioiello. Hanno deciso che quell'aeroplano è il loro bambino, si murmurìa in famiglia.

Alla mia destra, a metà tavolo, vedo i posti vuoti degli altri nipoti adulti di mio padre: mia figlia Carmela, vent'anni, moglie di Pietro Augeri, spera tanto di diventare madre, ma ancora non è accaduto; accanto a loro sedeva il figlio maggiore di Ludovico e Caterina: Enrico, di ventisette anni, sposato a Virginia Mutolo, anche loro senza figli. Poi, i figli che mio fratello Filippo ha avuto da Carmela Schifani, morta giovanissima: Enrico e Luigi, entrambi sulla ventina, due bravi picciotti.

Rico, mio figlio, ho visto quanto si sa comportare. Se ne stava seduto – la bella figura messa in risalto dalla giacca doppiopetto dell'uniforme in gabardina nera profilata in gialloarancio ai paramani –, accanto al figlio più piccolo di Ludovico, Mario, che invece soffre di osteomielite ed è stato riformato dall'esercito. Vicino a Rosamaria, la mia figlia maggiore, siede mio fratello Filippo, lo 'sperto di famiglia. Ha lucrato sull'ammasso del grano e in altre attività non del tutto trasparenti. Dovremmo andare insieme a Sutera, prima o poi. Lui ci va, da solo, e si dice che conti su nuove "compagnie". Ci voglio andare, a Sutera.

Mi stropiccio il mento, pensieroso. Filippo mi preoccupa assai; non sa se nostro padre è ancora vivo, eppure mi ha detto che padre Parisi verrà dopo pranzo per annunciarne la morte e che nel pomeriggio – oltre alle visite di rito di parenti, amici e dipendenti – riceveremo anche quella di Mimmo

Inzinna, il gestore del bar Luce. O forse si riferiva al proprietario, che io non conosco. Forse lo conosceva nostro padre? Ma Filippo da chi le ha ricevute queste informazioni? E, a parte il fatto che è qui di fronte, che ci trasi il bar Luce con la morte di mio padre? E con la nostra famiglia? I Sorci sono clienti di Rageth&Koch, la migliore pasticceria di Palermo, Filippo lo sa bene! Lo tengo d'occhio: si muove rapido, su tutti fa calare taliate di condiscendenza. Non è più questo il suo mondo, ma ne ha ancora bisogno. Il suo primo matrimonio non fu felice, poi arrivò il tifo e si portò via Carmela. Adesso è sposato con Stefania e non saprei dire se sia andata meglio. Lui non voleva altri figli, ma lei è riuscita ad avere una figlia sapurita, Mariolina – la migliore amica del cugino Carlino, l'ultimo nato di Laura. Con me lo concepì, Laura. Io gli sono padre. Carlino. Non fosse stato per papà, ora non si muoverebbe leggero ed elegante tra i parenti, cercando sempre di appartarsi con Mariolina. Alto come Andrea, ma figlio mio!

La scoperta che Laura era incinta, di me e non di suo marito, scatenò – comprensibilmente – un putiferio. Fummo salvati, noi e le nostre famiglie, dall'intervento delle Tre Sagge: zia Sara Imballomeni, zia Rachele Giaconia – sorelle di mio padre – e Beatrice Benso, loro cugina prima. Tutte e tre sulla settantina, le prime due rimaste vedove da giovani quasi contemporaneamente e la terza nubile, si sono dedicate alla beneficenza: dopo l'abolizione dei monasteri voluta dai Savoia, in Sicilia ce n'era assai bisogno. Sono donne intelligenti e pratiche. Non danno giudizi, capiscono le situazioni e risolvono problemi e conflitti di tutti i tipi – specialmente all'interno della famiglia, ma anche nelle famiglie degli amici. Scavano dentro gli animi e suggeriscono soluzioni basate sul compromesso. Saggi si nasce. Come si nasce cattivi. L'amore, la violenza, la diplomazia. Le Tre Sagge avrebbero potuto governare uno staterello.

"Zio Cola, a che pensi?" Rosarietta Sillitti, nipote affettuosa e attenta, mi osservava da lontano: adesso ha visto che sul mio volto l'ombra si è inspessita.

Piano piano, le rispondo: "Rosarietta mia, lo sai a che penso? Penso che tu rappresenti il meglio delle donne di casa Sorci. E penso anche che sono vecchio. Tu sei alta e bella. Io sono stanco. Forse è su di voi che dobbiamo contare, voi fimmine coraggiose, la discendenza femminile dei Sorci...". E non so dire altro, mi viene da piangere ma non voglio che lei se ne accorga... il vecchio zio Cola che piange... si spaventerebbe.

Cerco di nuovo il posto vuoto di Laura. Ha lasciato il cucchiaio del biancomangiare appoggiato sul piatto, per ricordarmi che non le ho risposto. Prendo il bicchiere del vino, lo vuoto e lo appoggio un po' discosto da quello dell'acqua. Se mai Laura tornasse in sala da pranzo, capirebbe.

Maledizione! È rientrato Filippo, ci avrà sentito.

"Zio Cola, andiamo a prendere il caffè nel salone... lì ci raggiungeranno i giovani." Rosarietta mi poggia la mano sulla spalla. "Vieni con me, zio," e io mi alzo e le offro il braccio. Uno scambio di taliate con don Peppe Zuppardo, e le porte del salone si spalancano per noi: i vassoi del caffè ci aspettano sul pianoforte a coda. Filippo ci segue, curioso. Dalla finestra aperta, attraverso il sipario delle tende leggere che un vento caldo gonfia con ostinazione, entra ronzante un calabrone.

I maschi Sorci puntano gli occhi su Laura, seduta sul divano: lei rimane tranquilla e silenziosa, beve il caffè lentamente. Come se sapessero già che il vecchio è morto, tutti discutono il futuro – se conviene sfollare in campagna, nei feudi lontani o nelle ville fuori città (oltretutto, le scuole ormai stanno per chiudere), o rimanere a palazzo: del resto, i bombardamenti giornalieri sono concentrati nella zona del porto e le cantine del palazzo sono piene di cereali, legumi, olio, frutta secca, giare di olive sotto sale, stoccafisso e tonno in scatola, prosciutti e salami. E la stagione al teatro Massimo non è finita. Gli ospedali funzionano. Gli uomini parlano della resistenza al fascismo e della mafia in veloce rinascita.

Mia cognata Caterina si guarda in giro, fissa maioliche,

argenti e quadri con sguardo predatore; vaga da una console all'altra carezzando con lo sguardo candelabri, vassoi, cornici d'argento, specchiere, statuine di porcellana e d'avorio, i tappeti.

Arrivano i carusi dalla seconda sala da pranzo. Appare Carlino, dodicenne, minuto e dai lineamenti Sorci – occhi scuri a mandorla, naso dritto, labbra sottili, capelli neri e lisci –, è il primo a entrare. Va dritto dalla zia Margherita, sua madrina di battesimo insieme a me. Mariolina lo segue come sempre, la sua ombra. Castore e Polluce, li chiamo io.

In quel momento si fanno avanti due camerieri, reggono ciascuno una grande guantiera di cannoli.

"Vengono dal bar Luce, omaggio del proprietario, l'avvocato Vallo," dice uno.

Esploro i volti dei presenti e poi contemplo l'ordine, la ricchezza, la seduzione di quelle file di cannoli freschi, senza dubbio appena riempiti.

Sprezzanti commenti altezzosi schizzano davanti a questo consòlo prematuro. In verità basta poco perché ciascuno si lasci tentare dalla ricotta candida e profumata su cui spicca la scorza dell'arancia candita, dalla cialda croccante. Ben presto il cannolo la vince.

"Chi ha informato Peppe Vallo?" chiede Filippo.

Ma nessuno risponde. Il calabrone di tanto in tanto rilascia la sua nota sofferente.

Barcollo, ho bisogno di aria fresca. Dico al cameriere di cominciare a servire il caffè. "Torno tra poco," dico a bassa voce.

In terrazza, solo, mi ricompongo. Entro nel gazebo, dove Laura e io siamo stati insieme, tante volte. Quanti ricordi, quanti momenti di completa felicità...

Sento un rumore, poi diventa un boato: all'orizzonte, da ovest, arrivano gli aerei inglesi. Li vedo. Il maledetto colonnello Evans, che parla italiano, lo annuncerà alla radio. Annuncerà i bombardamenti. Annuncerà la nostra morte, con il suo accento inglese. Dagli aerei cadono volantini, sembrano grossi coriandoli, volteggiano nell'aria e poi toccano terra, si impigliano nei rami degli alberi, nei cespugli, planano sulle onde del mare. Su quei volantini ci sono i "messaggi" degli inglesi ai siciliani – minacciosi e terrificanti. Lo so perché alcuni atterrano qui, tra le graste e le foglie; io li leggo e poi li conservo. Per ricordare chi sono, questi inglesi e i loro alleati americani. I futuri padroni della nostra Italia. Li detesto: falsamente cortesi, o sprezzanti, ci minacciano, ci prendono in giro e annientano le nostre speranze. Le nostre vite. Ecco, uno è caduto ai miei piedi. Lo raccolgo.

AVVISO!

Dopo Tunisi, ecco quello che i tedeschi faranno dell'Italia: il campo di battaglia del fronte meridionale della Germania.
La conquista della Tunisia disimpegna le Forze aeree anglo-americane e le lascia libere di attaccare obiettivi di guerra in Italia.
Questo significa che tutti gli impianti, gli arsenali, i porti, le ferrovie, i ponti e le strade d'Italia debbono aspettarsi incursioni, notturne e diurne.
Chi continua ad abitare presso obiettivi di guerra rischia inevitabilmente di venire ucciso o ferito.
Dovete ringraziarne Mussolini e il suo padrone Hitler.
Ripensate al discorso di Mussolini del 13 novembre 1940: "Ho chiesto e ottenuto dal Führer una diretta partecipazione alla battaglia contro la Gran Bretagna con velivoli...".
Sulla Germania sola nel mese di aprile abbiamo lanciato circa 10.000 tonnellate di bombe.
Ora tocca all'Italia.
Perché morire per Hitler?

"Signor barone!"

La voce di Elio. Chiama mio padre? No, Elio chiama me. Il barone sono io.

Elio arriva in terrazza, la fronte sudata, è salito di corsa.

"Padre Parisi è qui!" annuncia, e mi prende la mano. E poi me la bacia. Come si fa con il padrone. Vorrei ritrarla questa mano, mai un cameriere me l'ha baciata. Invece gliela lascio baciare. Sono il suo nuovo padrone. Adesso lo faranno anche gli altri impiegati. Non mi piace questo baciamano da maschio a maschio... Ma devo accettarlo. Si fa. Si deve fare. Se rifiutassi sarebbe considerata un'umiliazione, o uno sfregio, da ciascuno di loro. Perché, si chiederebbero, il nuovo barone non vuol essere toccato da me? Non si fida? Crede che gli contagi una malattia? O mi schifìa?

Mio padre adesso è ufficialmente morto.

Scendo insieme a Elio, padre Parisi ci aspetta sul terzo pianerottolo. "Il barone vostro padre è spirato serenamente, pochi minuti fa," annuncia il prete. Calo la testa.

Stiamo recitando: mio padre è morto prima di pranzo, padre Parisi ha già trovato una chiesa per le esequie. "Il parroco di San Giuseppe dei Teatini può celebrare il funerale domani mattina alle undici, se per Voscenza va bene. Su ordine della buonanima di vostro padre ne ho parlato con don Ciccio Puma, l'amministratore, che ha informato i massari e gli altri impiegati di Camagni e mandato telegrammi ai parenti stretti. Tutto previsto e approvato da vostro padre," si affretta a precisare padre Parisi.

Calo la testa di nuovo, e continuiamo muti la discesa dal piano nobile, seguiti da Elio che era risalito per tirare il chiavistello della porta che dà sulla terrazza.

Gli altri Sorci aspettano nel salone, silenziosi. Lo sanno. Nessuno piange, nemmeno i picciriddi. Ci sono troppe cose da discutere, troppe persone da interrogare, troppe questioni di terra, di soldi, e tante altre da risolvere immediatamente, prima di abbandonarsi al pianto.

Sola davanti al balcone, le persiane già chiuse, Laura sbircia fuori tra le stecche di legno; intravede un uomo davanti al bar Luce, in attesa. Si è allontanata perché non vuole essere coinvolta nelle spiegazioni sul comportamento di Antonio: perché si è seduto alla tavola dei grandi? Chi ne era al corrente? Chi gli ha detto di farlo?

Laura è abituata al discredito di cui gode nella nostra famiglia, sa bene che di lei si pensa – e a volte si dice – che è una moglie infedele, una sgualdrina che ha sedotto il fratello maggiore del marito e calpestato i vincoli famigliari, un'avventuriera. Lo sa, sa anche che non sono questi i termini della questione, ma continua a farle male. Soltanto papà mio la capiva. Pur essendo al corrente di tutto, le voleva bene. Adesso, l'odio dei Sorci si abbatterà su di lei. Laura non ha paura. Ma teme per me. Non vuole che io sia tormentato dai fratelli. Mi vuole felice, con o senza di lei. Questo è l'amore.

Filippo nel frattempo si è dato da fare: ha chiamato il notaio e l'avvocato di famiglia, da cui ha appreso che papà aveva dato tutte le disposizioni in anticipo, dagli annunci mortuari sul "Giornale di Sicilia" alla musica dell'organo in chiesa, alla tumulazione nella cappella gentilizia al cimitero di Santa Maria di Gesù.

Lo vedo subito negli occhi dei miei parenti. Vedo che lo pensano. Vedo che lo ruminano.

Cola è padrone.

E in effetti i compiti del padrone mi toccano quasi subito.

La prima cosa è rendere omaggio alla salma.

Poi, insieme a don Peppe Zuppardo, scelgo la squadra di masculi che coprirà con teli di cotone lampadari, specchi e applique dei saloni, delle due sale da pranzo, della scala grande e dei due ingressi. Qualche lampada lungo le scale sarà solo velata di tulle grigio, 'nsamai qualcuno intruppicasse.

L'aiuto di Caterina è prezioso: ricorda per filo e per segno cosa è stato fatto alla morte di mamà, anche se ormai sono passati vent'anni. Ricorda perfino dove sono stati conservati i teli da lutto.

Margherita mi guarda torva, soprattutto quando sono con Caterina e ci vede lavorare come una coppia affiatata. Lei, che a tavola ha ricevuto sguardi di riprovazione dai cognati per aver rimproverato così crudamente Antonio, adesso si sente esautorata dei suoi compiti di nuova padrona del piano nobile.

So cosa le passa per la testa, è combattuta tra la ripulsa all'idea di tornare a vivere sotto lo stesso tetto di Laura e la rabbia all'idea che del piano nobile si appropri qualcuno dei miei fratelli – Filippo, in particolare, ma anche Andrea, il malato di nervi, che scimunito non è e anzi astuto ora le appare!

È chiaro: per Margherita, Andrea approfitta della mia generosità. Lo sanno tutti che i conti di Pustorino per i suoi vestiti li ho sempre pagati io, e adesso pago anche quelli di Antonio. Lui non ricambia mai. Si venderebbe la figlia, Andrea, il furbo, per la propria comodità e per risparmiare denari!

Mentre Caterina e io seguiamo la preparazione degli addobbi, Margherita cerca i suoi figli: fanno capannello attorno ai cugini che hanno mangiato nella sala da pranzo piccola.

Appoggiato a una chiffonière, il suo Rico abbraccia Mariolina e Carlino. Sembra sperduto, piange, o comunque è commosso – lo avevo notato anch'io. Piange per il nonno? O piange perché alla mia morte sarà lui il barone Sorci, a capo di questa famiglia sfaldata e parassita?

Margherita adesso guarda la pendola, stanno per suonare le tre. Mi si avvicina, cauta e puntuta, evita Caterina e mi fa sapere che deve rientrare subito a casa, vestirsi a lutto, informare parenti e amici. E poi dice che ritornerà nel pomeriggio per controllare se la camera ardente è a posto, se le monache sono arrivate, e infine disporsi ad accogliere quanti si presenteranno per le condoglianze. Mi porterà l'abito scuro e una cravatta nera: la moglie di don Totò, il portiere, fa la sarta e cucirà le fasce nere del lutto alle maniche delle giacche di noi fratelli e dei nostri figli adulti. Margherita rivendica il suo ruolo. È o non è la moglie del nuovo barone Sorci? Mi parla con un tono ansioso e insieme astioso, smozzicando le parole, portandosi spesso la mano alla gola come se si sentisse soffocare. Io mi limito ad annuire. Non abbasso mai lo sguardo. Del resto "Cola è padrone" è la frase che risuona, echeggia, scivola lungo le pareti, colma il palazzo e quasi oscura l'altra frase, altrettanto netta, che dal piano nobile scende lo scalone, esce dal palazzo e percorre tutta la città: "Murìu il barone Sorci".

Sono rimasto seduto accanto alla salma. Non riesco a pensare. Lo guardo. Ha la bella severità di chi ha goduto nel comandare. E ora sembra sapere come si sta di fronte a chi comanda davvero. Se n'è andato lasciando immersa nel caos tutta la vita che tocca a chi rimane. Lo guardo e lo guardo.

Padre! Mi costringesti a sposare Margherita nella speranza di recuperare almeno una parte della dote che era sfuggita a te, quella che ti avrebbe permesso di costruire la famosa Ferrovia Sorci per trasportare lo zolfo dalle nostre miniere direttamente al caricatoio di Licata. Spostare l'esportazione sulla costa meridionale, la più povera, avrebbe significato attività e benessere per il popolo, e altra ricchezza per la famiglia.

Io non la volevo, Margherita. Mi dicesti che avrei potuto avere amanti, come tutti i masculi della famiglia, ma la nuora che volevi tu era lei: pensavi alla sua dote. E io ho fatto il mio dovere: ti ho subito dato un erede che porta il tuo nome, dopo di me Rico sarà il barone Sorci. Ma tu la ferrovia non l'hai avuta lo stesso.

Ho sopportato la moglie che mi hai imposto, ma la donna della mia vita è Laura. Credo che tu non abbia mai amato davvero una donna, tantomeno mamà. Affetto sì, certo, ma l'amore è un'altra cosa. Io darei la vita per Laura, morirei per Laura, capisci? Sono pronto a qualunque cosa pur di renderla felice, perché la amo, la amo di un amore che diventa ogni giorno più forte e potente.

Con le fimmine non mi sono mai comportato come te, che le hai usate sempre e solo per il tuo tornaconto e piacere. Amo Laura, ma soprattutto voglio il suo bene. E se per vivere con lei bastasse lasciare a Margherita tutto quello che ho, Dio mi è testimone che glielo avrei già lasciato.

Sono stato un figlio ubbidiente, ho accettato tutte le tue condizioni. Ho cercato di tenere la famiglia unita e continuerò a farlo, come potrò, ogni volta che potrò. Farò del mio meglio per accontentare Margherita: se è potere che vuole, e prestigio, le darò l'uno e l'altro. Le darò tutto quello che vuole.

La mia ubbidienza l'hai sempre apprezzata, di me sapevi di poterti fidare. Non ti sei reso conto che se non sono mai venuto meno ai miei doveri di figlio non è stato né per rispetto, né per paura. L'ho fatto per amore, certo, ma soprattutto per compassione. E adesso sei morto.

Esco nel corridoio, sento ancora la mia stessa voce, sento ancora la vicinanza al corpo silenzioso e immobile di chi mi ha generato. Devo appoggiarmi alla parete, ma non ho tempo per riprendermi. Andrea mi si avvicina. "E la nostra passiata?" chiede aggressivo.

Lo guardo con occhi stanchi. Le tempie di Andrea pulsano visibilmente, lo sento incattivirsi. Temo una scenata, uno scoppio di rabbia, quindi gli vado incontro: "Ah, certo! Tra un quarto d'ora, ci vediamo in portineria". Gliela farò fare la passeggiata, breve, attorno all'isolato, ma la faremo anche oggi, il giorno della morte di nostro padre, e quelli che ci vedranno fuori casa a passeggiare pensino quello che vogliono: Andrea della passeggiata ha troppo bisogno.

Anche quando era nico sentivo che c'era qualcosa di strano e disturbante in Andrea, un'infelicità nascosta e inspiegabile. Cercavo di stare accanto a quel fratellino disgraziato, e nondimeno provavo ad alleggerire il fardello di nostra madre, adorata, l'unica ad aver indovinato in lui quel malessere serio e profondo che papà negava. D'improvviso Andrea si estraniava, pareva cadere in una bolla di silenzio: poggiava l'occhio su qualcuno, ma era come se non lo vedesse. Aveva momenti di rabbia incontenibile, mordeva e tirava calci. Crescendo, aveva imparato a controllarsi; ma preferiva stare da solo o con don Peppe Zuppardo. O con me.

Come tutti noi fratelli, Andrea ha studiato alla Regia Scuola Agraria di San Placido Calonerò, a Messina. Era il 1904. Il direttore dell'Istituto aveva mandato un telegramma a nostro padre: gli comunicava che Andrea, vicino ai sedici anni, era stato espulso con effetto immediato. Durante un diverbio con un compagno, lo aveva ferito al volto con un coltellino a serramanico. La vittima era ricoverata in ospedale, aveva rischiato di perdere un occhio.

Io, che di anni ne avevo allora ventiquattro, ebbi l'incarico di andare a Messina con due guardie private e di riportare Andrea a casa. Alto come Ludovico, magro, lineamenti regolari e capelli chiari, Andrea avrebbe potuto essere un rubacuori se non fosse stato per il suo carattere bizzarro e per quel modo di camminare a testa bassa, strascicando i piedi, le spalle curve. Da bambino passava ore nella cosiddetta officina, come veniva chiamato lo stanzone delle caldaie, al piano terra, che era anche una specie di ebanisteria domestica. C'erano infatti un bancone da falegname che il personale usava per piccole riparazioni di sedie, tavolini, persiane, sgabelli, e un assortimento di seghe, pialle, lime, sgorbie, chiodi, viti, barattoli di colla, cunei, tenaglie. Lì Andrea aveva imparato l'arte della falegnameria; mentre Ludovico, ossessionato dalla puntualità, aggiustava gli orologi e i loro marchingegni con appassionata pazienza, sotto la supervisione di don Peppe.

Soltanto quando era in officina Andrea sembrava davvero a proprio agio, a tratti persino felice. Talvolta si agitava, aveva bizzarre paure: un topolino, un geco sul muro, una lucertola intrappolata nei sacchi di verdura che arrivavano giornalmente dalle campagne potevano scatenare parossismi di vero terrore, in cui rischiava di far male a sé e a chiunque cercasse di avvicinarglisi. Il contatto con gli altri lo evitava il più possibile, e se proprio vi era costretto si esprimeva a monosillabi, solo se interrogato, gli occhi fissi sul pavimento.

Come Ludovico, e non meno di me, Andrea era mutanghero. Parlava di rado e poco. Adorava mamà e temeva nostro padre. Passava da accessi di ira violenta a momenti di totale docilità. Strammu e pitinchiuso erano gli aggettivi usati più di frequente per parlare di lui.

Le sue reazioni erano spesso imprevedibili ed eccessive: guai a rimettere a posto la sedia che lui aveva spostato o a prendere il giornale che aveva lasciato sul tavolo, come anche a distoglierlo da uno dei suoi silenzi assorti rivolgendogli la parola. Zia Sara aveva suggerito a nostro padre di portarlo da uno specialista, ma lui si era rifiutato: le malattie della mente e dell'animo non erano qualcosa che lui potesse accettare. Inoltre, una diagnosi firmata e certificata era da evitare perché avrebbe condannato Andrea al celibato: nessuno voleva rapporti di sangue con i pazzi e i diversi.

Da futuro capofamiglia, e da fratello affezionato, mi sentivo responsabile. Quando andai a prenderlo a Messina, in quel collegio che mi era caro e dove avevo studiato con passione e curiosità, ebbi un colloquio con il direttore: la questione fu sistemata in fretta, con la promessa che nostro padre avrebbe coperto tutte le spese mediche sostenute dal padre della vittima.

Andrea sembrava sollevato di lasciare il collegio, dove non aveva fatto amicizie, e durante il viaggio di ritorno in treno si era comportato come se tornasse a casa per le vacanze. Il fatto che non avesse condotto alcuna forma di vita sociale mi impedì di chiedergli notizie di un giovane musicista di Novara di Sicilia, mio coetaneo, che si stava facendo valere e che sarebbe potuto diventare il nuovo Mascagni, il nuovo Puccini. Ne feci comunque il nome, Riccardo Casalaina, ma lui, sgranando gli occhi, mi fece cenno di no, che non lo aveva mai neppure sentito nominare.

Avevamo un cestino pieno di cibo e bevande da consumare in viaggio, c'era anche la famosa e squisita pignolata di Messina: una montagna di dolcetti fritti, ricoperti per metà da una candida glassa al limone e per l'altra metà da una glassa nera al cioccolato. Dopo aver mangiato, le guardie si appisolarono, sciddicate sul sedile.

La ferrovia costeggiava il mare; a sinistra i Monti Peloritani coperti di bosco, a destra la spiaggia di sabbia gialla. Il mare era vasto, pennellato in vari toni di azzurro, verde e poi blu scuro. All'orizzonte, lontani, appena sfumati, spiccavano gli alti rilievi delle Eolie.

Andrea si era alzato ed era andato nel corridoio, per non smettere di godere di quella distesa serena di azzurri. Poi si era girato verso di me: "La facciamo la passeggiata?".

"Questo corridoio è un budello," dissi, "e gli altri scompartimenti sono pieni di viaggiatori. Non possiamo camminare su e giù."

Ma Andrea non si lasciò scoraggiare e fece la passeggiata da solo, percorrendo diverse volte tutto il treno, vagone dopo vagone. Ormai, guardare dai finestrini non gli interessava più: camminava a testa bassa, occhi sul pavimento, ignaro del mondo esterno. Su e giù, su e giù. Chiuso in un silenzio che fu preso come ostile e minaccioso dagli altri viaggiatori. Quando mi alzai per tenerlo d'occhio, mi accorsi che al suo passaggio alcuni chiudevano la porta dello scompartimento o, se era già chiusa, tiravano le tendine. Ed era come se nessuno sentisse più la necessità di andare a sgranchirsi le gambe o a fumare. Non usciva più nessuno, avevano paura di quel giovanotto altissimo che marciava avanti e indietro come un forsennato, la testa ciondoloni.

Finché un passeggero allarmato chiamò il capotreno, che ricondusse Andrea al nostro scompartimento.

"Mi fa bene la passeggiata dopo pranzo, anche nei treni!" mi spiegò lui quando il capotreno se ne fu andato. "Peccato che tu non l'hai fatta con me, avisse statu megghiu assai pi' mmia!" E per il resto del viaggio rimase calmo.

Non ho mai dimenticato quella richiesta di aiuto, né il mio rifiuto, e da allora – da trentotto anni – ogni giorno, sole o pioggia, dopo pranzo usciamo a fare una passeggiata. Silenziosi, le mani allacciate dietro la schiena, percorriamo a lunghi passi sempre la stessa strada – secondo un accordo non scritto ma siglato da un imprescindibile *ne varietur* –, il rettilineo che taglia Palermo da est a ovest: da via Maqueda fino alla Statua, come i palermitani chiamano il monumento ai Caduti della Grande guerra, in fondo a viale della Libertà. Gli ultimi chilometri sono nella zona "nuova" della città, creata per lo spazio espositivo dell'Esposizione Universale del 1891, poi riadattata allo sviluppo dell'edilizia civile della nuova prorompente borghesia palermitana e della nobiltà di paese che ambiva a mettere su casa nel capoluogo.

Ma non importava, ad Andrea. Non notava. Non parlava.

A lui importava solo che camminassi con lui, che fossi il suo angelo custode.

A volte, quando eravamo ragazzini, nostro padre ci portava a passeggiare lungo la Marina o a Villa Giulia. Anche lui aveva un suo bizzarro modo di comunicare: puntava con l'indice un colombo, un fagiano, un albero carico di frutta, la facciata di un palazzo in buone condizioni o diventato rudere, un cavallo sofferente e con piaghe aperte, costretto a tirare il carretto, o un bellissimo esemplare equino con un cavallerizzo in sella, e aggiungeva il solito "Talè", con inflessione – a seconda dei casi – di sdegno o di ammirazione. "Ma vero, talè" o un leggero cenno del capo, in silenzio, erano l'unica risposta dovuta.

Ho sempre sperato che le nostre passeggiate contribuissero al benessere di Andrea, che con il tempo potesse ritornare a una sua "normalità", e in realtà un miglioramento era avvenuto. Io stesso traevo conforto e stabilità da quelle passeggiate dopo pranzo, a Palermo, in paese e in campagna.

Non le avevamo interrotte nemmeno nel periodo turbolento che precedette la nascita di Carlino, quando Margherita, a ragione, mi aveva accusato di essere il padre della creatura che Laura portava in grembo. Ciò malgrado, Andrea e io, persino in quel frangente, sentivamo fortemente il bisogno delle nostre passeggiate mutanghere.

Così fu, e così abbiamo continuato a fare. Che balsamo, talvolta, la consuetudine. Andrea aveva dettato le sue condizioni quel giorno in treno, mentre l'azzurro lo carezzava e lui suscitava l'inquietudine degli altri passeggeri. Era rimasto di fronte a me, e quasi avevo potuto leggere quel che veniva scrivendo dentro di sé perché io lo sapessi, per sempre: dovunque si fosse trovato, con chiunque avesse diviso il suo tempo, avrebbe avuto bisogno di me, suo fratello, per sottrarsi alla stretta oscura del cuore, al morso dell'anima.

Il silenzio spiega, appacifica e unisce.

4.
Dice Peppe Vallo

Blessed be the dead. Così cantavano quei neri a Chicago. Credo fosse un inno. Le voci si levavano nella piccola chiesa di legno ai margini delle fabbriche. Non ricordo come ci finii. Ma ci ero finito, e da fuori arrivava pesante il rotolio dell'acciaio, il ritmo di carri gravi di merce appena caricata che batteva sui binari.

Continuano i bombardamenti a Palermo e chi ha potuto è sfollato nelle case di villeggiatura – ai Colli, in campagna o sulle alture dell'entroterra. I Sorci temono che al funerale saranno in pochi e avrebbero preferito che si celebrasse in un oratorio, o almeno in una chiesa non troppo grande.

Chi me l'ha detto? Me l'hanno detto.

Invece – come padre Parisi ha comunicato ai figli –, il barone stesso ha scelto per le proprie esequie la maestosa chiesa di San Giuseppe dei Teatini, ai Quattro Canti, a metà strada tra i due palazzi Sorci: quello antico abitato da lui e dai figli maschi, in via delle Repentite, e quello moderno, sempre nel quartiere dell'Albergheria, in cui vivono le tre figlie femmine con le rispettive famiglie. La geografia delle proprietà non rasserena nessuno.

I miei cannoli comunque sono stati graditi. Trovo quasi sempre il modo di venire a sapere le cose che mi interessano.

L'albergo Centrale è meta di turismo eccellente e di delegazioni straniere, un palazzo nobiliare trasformato in grand hotel, con un magnifico ingresso dalle alte e robuste colonne tortili di porfido rosso e pareti decorate con affreschi e medaglioni dorati. Le due sorelle Panzi vengono accompagnate dal direttore in persona in una suite al primo piano che dà sulla facciata dei Teatini, con salottino e bagno. Da lì assisteranno all'arrivo e alla partenza del carro funebre, e perfino alla funzione religiosa: il portale della chiesa è talmente ampio che, se lasciato aperto, permette di vedere tutto quello che accade all'interno – un gioco prospettico che ha qualcosa di magico, quando sulla facciata scura si accende quel rettangolo sfavillante di ori e candele.

Le sorelle Panzi hanno lasciato Stellina a casa, in un mare di lacrime. Visibilmente commosse, sono contenute nel loro lutto; indossano abiti scuri, non neri, e un velo di tulle sui capelli. Nessun gioiello oltre alle perle al collo e alle orecchie.

Io le conosco bene, le vedevo regolarmente dal bar Luce quando andavano a fare visita al barone. Questa però è la prima volta che le saluto, e loro sembrano sorprese; mi rispondono con un contegnoso "buongiorno". Mentre porgo le condoglianze, la voce mi si inasprisce. Non credevo di essere tanto emozionato.

Seguirò il funerale da qui, almeno fino all'ingresso del feretro. Salgo sulla grande terrazza sui tetti, dove godrò di maggior libertà di movimento. Dall'alto vedo anche via Maqueda, il palazzo del Comune, il camminamento sulla cupola del convento di Santa Caterina d'Alessandria, le rosse cupolette sferiche di Santa Maria dell'Ammiraglio, le cupole e i campanili policromi dei monasteri e delle chiese barocche. In mezzo, spiccano le ferite che la guerra ha inferto a tanti palazzi: tetti distrutti, travi penzolanti, buchi profondi nelle case disabitate, telai di finestre divelti e ringhiere di ferro strappate, soffitti sfondati, monconi di muro, le maioliche colorate dei pavimenti che affiorano in mezzo ai detriti.

La distruzione di tanta parte del centro di Palermo è qualcosa che opprime e sconforta, ma il sole batte su quei verdi e quei blu e dà bellezza persino allo scempio. Anche le piante fanno il loro dovere: ciuffi di piccole margherite gialle crescono nei posti meno opportuni, tra vetri rotti, sull'incannucciato dei soffitti, mentre le immancabili campanule blu decorano a festoni, unendole, le pareti rimaste in piedi. Gli uccelli scialano, per nidificare e trovare cibo hanno solo l'imbarazzo della scelta. I gatti li osservano, ma senza interesse.

E riconosco in lontananza la punta del gazebo sulla terrazza di palazzo Sorci, tanto amata da Cola.

I funerali sono cosa importante in Sicilia, ci si indebita per pagare gli orfanelli e le orfanelle, i seminaristi, i monaci e le religiose che sfilano ai lati del carro funebre, tirato da una pariglia di cavalli neri. I maschi di famiglia seguono il feretro a piedi, le femmine no. Solitamente. Ma adesso è tempo di guerra, è tutto in tono minore. Per esempio, non ci sono cavalli e non c'è la musica. Ma si sente comunque nell'aria, quando un corteo funebre è in zona.

Il funerale del barone Sorci è diverso.

Una fila di ragazzine vestite di grigio, i capelli raccolti in una treccia, escono da via delle Repentite, poi girano sul Cassaro e scendono verso il mare, a piccoli passi, le mani unite in muta preghiera, movimenti e parole perfettamente sincronizzati. Sono tutte alla stessa distanza e della stessa altezza, anche la treccia e l'espressione compunta sono le stesse. Il traffico si è bloccato per loro, e la gente sui marciapiedi vedendole passare si fa il segno della croce; molti si fermano ad aspettare il resto del corteo. In testa, padre Parisi cammina al centro della carreggiata a passi lunghi e lenti, la tonaca svolazzante, la cotta candida orlata di merletto, il volto sereno come quello delle educande del Boccone del Povero.

Mi aspettavo un carro funebre, e invece da via delle Repentite spuntano quattro coppie di ragazzi della stessa altezza, in uniforme. Portano a spalla quattro travi di legno su cui poggia il feretro del barone. Sopra, soltanto un modesto cuscinetto di ranuncoli bianchi. Dietro alla bara la famiglia Sorci, in fila per quattro, con a fianco le educande del Boccone del Povero e i ragazzi – maschi e femmine – dell'Opera Pia di padre Messina, che dalla fine dell'Ottocento accoglie e protegge bambini abbandonati o "pericolanti".

Impiegati e clienti usciti dai negozi e dalle botteghe si appiattiscono contro i muri: le comparse del teatro della morte. Affacciati a balconi e finestre, fimmine e vecchi si fanno il segno della croce.

Non c'è musica, non c'è preghiera, non c'è vita tranne il magnifico cinguettare e svolazzare degli uccelli che calano sul corteo.

È stato lui, è stato mio padre, il barone Sorci, il regista. Non voleva musica, e nemmeno canti. Voleva il *Pater noster* e il *Credo* recitati dagli orfanelli, sotto la guida di padre Parisi, cui il corteo e gli astanti sono liberi di unirsi. E basta. Ha disposto anche che Cola e Rico fossero in prima fila con le sue sorelle, la baronessa Sara Imballomeni e donna Rachele Giaconia. La baronessa oggi cammina con difficoltà, appoggiandosi a un bastone, e rallenta tutto il corteo.

Dietro di loro, in seconda fila, Margherita, la moglie di Cola, la cugina del barone Beatrice Benso, Ludovico e Filippo; in terza fila Andrea con le tre sorelle, Maria Teresa, Anna e Lia; in quarta fila, Laura de Nittis, Ferdinando Merlo, Peppino Bianco e Giacomo Ponte.

E dietro tutti gli altri famigliari, anche loro in fila per quattro.

Di certo Andrea è irritato di stare con le sorelle: lui vuole Cola, il suo compagno di passeggiate, il solo che riesca a placarlo. Pallidissimo, borbotta e scuote la testa. Maria Teresa si volta indietro per chiedere a Laura di calmare il marito, ma è inutile: Andrea è troppo agitato. Dall'alto vedo bene che cammina sulle punte sbandando leggermente, fatica a controllarsi. Maria Teresa allora prende in mano la situazione: fa spostare Andrea e Laura in prima fila, accanto a Cola, e chiama vicino a sé le zie. Sul volto di Caterina, moglie di Ludovico, rimasta indietro, si stampa una smorfia di incredulo sarcasmo. Andrea, Cola, Laura e Rico schierati in prima fila!

Il corteo sfila solenne lungo il Cassaro, in un silenzio impalpabile: non c'è suono che arrivi all'orecchio, nessuno fiata, adesso anche cani, gatti e uccelli sembrano paralizzati da un incantesimo.

Ieri sono rimasto a lungo sul balcone dell'ufficio del bar Luce, di fronte a palazzo Sorci: sono rimasto a guardare il portiere che chiudeva il portone a metà, addobbandolo con il feltro nero che annunciava la morte del barone. Oggi sono qui, sulla terrazza dell'albergo Centrale, e forse neppure stare qui mi basterà. Mentre cammino lungo la balaustra penso a te, padre mio.

Sono un uomo di successo, lo sanno tutti, un personaggio che farà parte della storia "minuta" della Sicilia e degli Stati Uniti, sono anche ricco e soddisfatto: è arrivato lontano, il caruso che cantava nei caffè di Chicago. Sono stato rappresentante di macchinari agricoli, mi sono guadagnato una laurea in legge, faccio l'avvocato e adesso sono anche coordinatore dei servizi segreti statunitensi nel Mediterraneo, trait d'union tra i poteri occulti dell'isola e gli Stati Uniti d'America. Ho avuto e continuerò ad avere voce in capitolo presso gli americani e gli inglesi, se verrà il loro tempo; e quel tempo verrà.

Perché sono qui, sulla terrazza dell'albergo, in attesa che il tuo feretro entri in chiesa?

Laggiù c'è la tua famiglia. E io famiglia non ne voglio. Non ho figli perché non ne ho cercati; ho amato mia madre, le mie sorelle, i miei parenti siciliani e americani e fatto loro del bene. Ho fatto del bene anche ai miei amici – pochi, ma bravi e fidati. Se pensassi in modo razionale non sarei qui, per vederti da lontano nella tua ultima uscita da palazzo Sorci, la casa dei tuoi antenati.

Sono qui perché Peppe Vallo ha bisogno di stare con Peppe Vallo, sì, proprio così. Devo *keep myself together*, tenermi assieme, e non posso farlo se non davanti alla tua morte. Sono emigrato in America che avevo dieci anni, e sono tornato da adulto per la morte di mia madre. È sempre stata la morte a guidarmi, a farmi da compagna. Ho fatto avanti e indietro fra gli Stati Uniti e la Sicilia, ma da una decina d'anni vivo qui, dove ho preso in moglie la figlia di un mio professore, che non amo, esattamente come facesti tu, padre, con tua moglie, che avrebbe dovuto portarti in dote una miniera di zolfo e invece poi la miniera non le fu data. La differenza è che io non fui costretto a sposarmi: il tuo era un matrimonio combinato, il mio un matrimonio di convenienza. E tuttavia non erano in gioco né la carriera né i denari. Ne ho tanti, ormai.

Era per te, per stare vicino a te. Ho voluto vederti, pustiarti, cercarti, ma non conoscerti faccia a faccia. Me lo chiedesti tu, di incontrarci, quando sapesti chi ero e che ero tornato in Italia ricco. Devi aver pensato che potevo esserti d'aiuto negli affari, nelle esportazioni, e negli acquisti di macchinari agricoli di cui ero il rappresentante esclusivo per l'Italia.

Ma forse eri solo curioso. Tu sei un uomo coerente. Mi schifiasti alla nascita, e l'unica volta che ci siamo visti mi desti un calcio che mi fece quasi scafazzare il cranio contro il muro. Eravamo soli: tu, io e mia sorella, figlia tua, neonata nella naca. Non ti fermasti a guardarmi, e nemmeno mi chiedesti chi ero. Tinni futtisti, di tuo figlio. In quello eri bravissimo, in tutti i sensi, bravissimo anche a futtiri fimmine – specialmente le cameriere di casa, come mia madre.

Mi facesti schifo allora. Avevo cinque anni e non sapevo niente di te, ma mi bastò il tuo gesto, quando ti ingiunsi di non avvicinarti a mia sorella. E schifo mi facesti dopo, quando venni a saperne di più sul tuo conto.

Tu non mi volevi. Ero un fastidio per te, nemmeno un imbarazzo. Semplicemente un fastidio, come una mosca insistente che ti ronza attorno; da scacciare. Eppure dovevo ricordarti tante belle scopate con mia madre, la tua serva. Ti piaceva, mia madre. E dovette piacerti assai, bella, dolce e attenta agli altri com'era, per farla figliare di nuovo! La nutrica nella naca che io proteggevo da scanusciuti come te era mia sorella e tua figlia. Mi desti un calcio.

Nonostante questo calcio, io ti cercavo in Sicilia e mi mancavi in America. Non certo per amarti ed essere amato – su questo siamo d'accordo tu e io, ci siamo cercati non per odiarci o amarci, e nemmeno per chiedere e dare il perdono. Su questo abbiamo messo un punto fermo.

Ci cercavamo per curiosità.

Tu eri curioso della mia vita e del mio successo. Quando sapesti che il tuo figlio americano aveva fatto fortuna, mi cercasti per pavoneggiarti con i tuoi pochi amici scelti, per presentarmi alla tua corte baronale, certo non per chiedere perdono di avermi generato e poi ignorato. No, non era quello che ti interessava, ne sono sicuro. Tra noi restò quel calcio, cattivo, umiliante – che tu forse dimenticasti, per te non doveva essere il primo calcio assestato per dispetto e non sarebbe stato l'ultimo.

Non ti consideravo degno di conoscermi. Non eri degno di vappariarti con i tuoi amici ricottari e con altri nobili frequentatori di bordelli. Di certo pensavi che se avevo avuto successo era perché c'era di mezzo il tuo sperma, la goccia magica del tuo seme. Non avresti mai riconosciuto la forza e l'abnegazione di mia madre, né tanto meno la mia determinazione a diventare ricco per aiutare lei e le mie sorelle. Quel piacere non te lo volli dare proprio. Dare ragione alla tua minchia. No.

E invece ho sbagliato, adesso me ne rendo conto, a rifiutare il tuo invito a incontrarci. Avrei dovuto dire di sì e poi, faccia a faccia, cantartele tutte le tue irresponsabilità, l'alterigia, la crudeltà e l'indifferenza tue e della tua classe. Siamo migliaia, i figli delle serve sverginate e impregnate dal padrone – una brigata di bastardi.

Avrei dovuto odiarti, e ricambiare la tua cattiveria prendendomela con i tuoi figli legittimi. Avrei potuto e potrei tuttora farlo. Sono un uomo potente in Sicilia, ho ottimi contatti con le forze che governeranno, direttamente e no, quando l'Italia fascista sarà sconfitta. Ho cercato di conoscerli, quelli dell'Asse, per curiosità e per autolesionismo. Ecco, ti rinfaccio di avermi trasmesso, assieme ai tuoi tratti fisici e a una fibra forte, l'autolesionismo. L'autolesionismo dei siciliani. Maledetto sia. Insieme al loro individualismo.

Volevo conoscerli questi baroni, a cominciare dai miei fratellastri, i tuoi figli, per soffrire di essere, in parte, come loro, per soffrire nel vederli inferiori a me in intelligenza, capacità e qualità di vita. Li considero vittime innocenti del modo in cui li hai allevati. Ma allora non dovrei forse ringraziare Iddio – se esiste, questo Dio – per avermi tolto da te? E per avermi risparmiato l'umiliazione di conoscere te e gli altri tuoi figli?

Ho cinquantadue anni e, guarda, sono qui che ti cerco. Peppe Vallo uno, Peppe Vallo due. La tua bara si trova nella chiesa qui di fronte; mi piace soffrire ancora, per l'ultima volta, di essere lontano da te. Mi crogiolo nel mio masochismo. Perché non scendere nella chiesa di San Giuseppe dei Teatini, assieme ai fratelli, per dire al mondo che sono tuo figlio. Perché non portare il primo Peppe Vallo dal secondo Peppe Vallo.

Vorrei abbracciare le Tre Sagge, le mie zie e una cugina tua – lo so, lo so che le chiamate così. Vorrei abbracciare i tuoi nipoti, trattarli come se fossero figli miei, vorrei aiutare Carlino; vorrei dare una vasata a Mariolina, fimminedda precoce, e congratularmi con il tuo erede, Rico, che fa la sua figura nell'uniforme militare.

Se mi rivelassi, sarei il figlio della cammarera. Non mi accetterebbero per indifferenza. Non conto. Non valgo come essere umano. A questo punto preferirei essere odiato, anziché ignorato.

C'è una parola americana che mi fa ribrezzo, che spero non sia mai indirizzata a me: *forgettable*. Definisce uno che può essere dimenticato, o che merita di esserlo. Forse avrei voluto conoscerti come avevo deciso io, alle mie condizioni. Forse di tuo mi hai dato l'alterigia e anche il senso del mio valore, in quanto tuo figlio, mentre i tuoi figli legittimi si sono fermati all'alterigia, simulacro di presunzione e inettitudine. Avrei dovuto essere io il barone Sorci, di sicuro avrei accresciuto il patrimonio di famiglia. Avrei spinto la fortuna dei fratelli, di Cola in particolare: è intelligente, e capisce la natura umana. Filippo, il mio cosiddetto "amico", è furbo; gli mancano intelletto e decenza. Ha fatto soffrire la prima moglie e maltratta la seconda. Tu lo sapevi. Gli avevi parlato, lo avevi minacciato di diseredarlo. Ma non lo hai fatto.

Hai protetto la nuora fedifraga, Laura, e preso a calci il figlio illegittimo.

Ero nato senza padre. Non se ne parlava, in famiglia, di mio padre. Gli zii, due contadini con cui vissi per i primi cinque anni, mi avevano fatto capire che era morto in guerra. Mia madre Concettina dopo avermi svezzato era tornata a servizio; veniva a trovarmi ogni mese. Cinque anni dopo ci lasciò Marietta, mia sorella, neonata. Nel baglio vivevano altre famiglie con bambini, e una donna allattò Marietta assieme al suo.

Erano tempi felici. Lo zio sapeva leggere e scrivere – aveva imparato da militare, e mi insegnava a tracciare le lettere del mio nome. Andavo d'accordo con gli altri carusi: dopo la raccolta delle olive cercavamo quelle rimaste per terra, nascoste tra le pietre, che poi venivano conservate sotto sale. Ogni mattina noi carusi andavamo all'abbeveratoio, a due a due in groppa all'asino; agganciavamo alla sella la cufina, una specie di intelaiatura di filo di ferro per contenere i bummuli e le quartare di terracotta che riempivamo d'acqua fresca per i cristiani – due da un lato e due dall'altro. Raccoglievamo nei campi verdure spontanee – borragine, finocchietto e aglio selvatico –, ma anche capperi e babbaluci. Poi pulivamo il pollaio e cercavamo le uova nella paglia. Questi erano i lavori dei masculi.

Assieme alle femmine, invece, toglievamo il mallo a noci, mandorle e pistacchi, per metterli a seccare su teli stesi al sole; una volta secchi, ne sgusciavamo la metà per mandarli alla cucina del barone.

Era il giorno della famiata, quando – ogni due settimane – si impastava e si cuoceva il pane. Io badavo a Marietta, da solo: un compito di cui ero molto fiero, me l'aveva dato la zia. Marietta aveva pochi mesi e dormiva ancora nella naca. Le fimmine impastavano nello stanzone del forno, non lontano dalla cammara dove vivevo con gli zii. Prima di andare a famiare, la zia mi aveva affidato la nutrica: "Attento a cani, mosche e cristiani!". E poi mi aveva raccomandato: "Nuddu l'avi a taliare!".

Fiero della responsabilità, accovacciato per terra guardavo la naca sospesa in un angolo per mezzo di due ganci alle pareti. Da fuori veniva il profumo dei pani appena formati e messi a riposare perché lievitassero ancora un poco, prima dell'infornata – da acido a dolciastro, si faceva pastoso e leggero. Beato, respiravo quegli odori magnifici e pregustavo il momento in cui la zia mi avrebbe messo tra le mani una bella pagnotta calda. Ero felice.

Marietta si rummuliava piano; tiravo ritmicamente la corda che tenevo stretta tra le mani, legata alla naca, per farla dondolare. Lei sonnecchiava tranquilla, protetta dai carusi e dagli animali del baglio: pecore, capre, cani, gatti, uccelli, lucertole, bisce e gechi.

All'improvviso, uno scalpitio di cavalli: pensai a una comitiva di cacciatori che entrava nel baglio. Sobbalzai quando un omone con stivali e fucile in spalla spalancò la porta senza bussare e nemmeno salutare. Dopo una taliata schifiata alla cammara, l'omone puntò la naca. La fermò bruscamente, con una mano sola. Io ero rimasto accovacciato a terra, terrorizzato; mollai la corda e cercai a tastoni un legno, un ferro, qualcosa con cui difenderci. Lui intanto aveva scostato il velo che proteggeva la nutrica dalle mosche e aveva infilato la testa nella naca. Marietta era scoppiata in un pianto disperato.

"Itivinni!" urlai all'uomo, "lassatela, a me soru!"

Mi ignorò. Io ero saltato in piedi e strillavo: "Itivinni! Itivinni!". Ma lui, infastidito, non accennava ad andarsene. E mi taliava. "Nuddu avi a tuccari me soru! Itivinni!"

Lo stivale mi colpì di punta, al basso ventre, mi sollevò da terra e mi mandò a sbattere con la testa contro il muro. Fitte di dolore mi si irradiavano in tutto il corpo, dall'inguine e dalla testa. Alzai lentamente una mano per toccarmi, qualcosa mi colava sul collo. Sangue. Mi tirai su incerto sulle gambe, ma ripetendo impavido "Itivinni! Itivinni!", e intanto mi avvicinavo all'intruso, determinato a colpirlo. Quello non si muoveva, mi guardava con un'espressione che non ho mai più dimenticato, tra sdegno e disgusto.

Nel frattempo, altri cacciatori armati erano entrati e si tenevano a debita distanza. I contadini li avevano seguiti ma non avevano osato entrare. Li osservavano muti, accalcati davanti l'uscio. Nessuno fiatava. "Amuninni!" ordinò l'omone, e uscì seguito dagli altri cacciatori.

Soltanto allora arrivarono la zia e le fimmine del baglio, silenziose. La zia piangeva. Mi prese in braccio e mi strinse al petto, forte; mentre mi asciugava il sangue mi baciava sul volto umido, mormorando: "Cori mio, cori mio... che ti fici chiddu?". Con me in braccio andò a controllare Marietta, che intanto si era addormentata.

Fuori, nel baglio, regnava un silenzio minaccioso. Poi, di nuovo scalpitio di cavalli: i forestieri se ne andavano. Soltanto allora ritornò la voce a masculi e fimmine. La zia mi lavava la ferita e sospirava: "Mala persona è to patri!". E ti odiai.

Anni dopo, Agostino Butticè, marito di mia madre, strantuliò Agata – la mia seconda sorella, figlia sua – perché non voleva dormire e piangeva. La prese dalla culla e cominciò a strantuliarla: il collo di Agatuzza andava su e giù, mentre quello urlava e bestemmiava. Anche allora non riuscii a trattenermi, mi avvinghiai alla sua gamba e lo morsi più forte che potevo. Mia madre si prese Agata in braccio e cercò di calmarla, io mi buscai i calci di quella bestia. Preso a calci, di nuovo, come un cane.

Fu allora che decisi il mio destino: sarei andato via da quella casa, avrei raggiunto il fratello di mia madre in America. E così avvenne quando compii dieci anni.

Fino ad allora non sapevo chi fossi tu, lo scoprii appena prima di partire: mia madre mi disse che il mio viaggio era stato pagato dal barone Sorci, e che il barone – quello che mi aveva mandato a scafazzarmi contro il muro quando ero picciriddo – era mio padre. Mi tornarono in mente le parole della zia. "Ma non voleva farti male," mi diceva intanto mia madre.

Decisi che non avrei mai avuto figli. Ancora oggi che ho passato i cinquant'anni, ho paura di scoprire in me l'animale che tu e il mio patrigno vi portavate dentro.

Da cittadino americano, credo che un uomo valga per quello che è e che ha saputo costruire, e per come si comporta; non per le imprese compiute dai suoi antenati o per il suo nome. Io credo in me. E basta. Ma non è neanche vero, padre mio, quello che dico da americano. Io figlio tuo sono, e devo accettare di essere inconsistente. Altrimenti non sarei in questa terrazza d'albergo, a guardare il tuo feretro portato a spalla da picciotti pagati e non dai tuoi bei nipoti, a vedere tutti voi Sorci, masculi e fimmine, e a piangere la tua scomparsa assieme a loro, a rispettosa distanza.

Dovrei maledirti. Non ci riesco. Piango, piango come piansi quando morì mia madre, una gran donna che non disse mai una parola contro di te. Piango come piansi quando mi desti quel calcio. Piango perché con te muore una parte di me che non conosco, e che forse non ho cercato abbastanza di conoscere...

Mi ricompongo. Sono capace. Il primo Peppe Vallo sa come si fa, conosce la società. Senza nulla pretendere, né da me, né da quanti murmuriano assembrati nella chiesa, scendo, scanusciuto, popolo fra popolo.

La chiesa è gremita, nonostante la paura dei bombardamenti. I parenti e gli amici rimasti a Palermo sono venuti tutti, occupano la prima metà della chiesa. Nella seconda metà c'è una folla di personaggi che probabilmente i figli non hanno mai nemmeno visto: è come se la vita del padre, il padre loro e mio, fosse uno spettacolo, e sconosciuti fantasmi del passato aspettassero di salire sul palcoscenico per dire la loro.

La maggior parte di questi sconosciuti sono palermitani che nel corso del tempo hanno avuto rapporti d'affari con il barone. Ma ci sono anche vecchi amici o semplici conoscenti, i quali – dopo aver saputo di tanti rimasti uccisi sotto le bombe – devono aver letto nella morte per malattia di Enrico Sorci, nel letto del suo palazzo di Palermo, un presagio di normalità e al tempo stesso un atto di coraggio che merita rispetto e ammirazione: per questo sono lì, per dare l'ultimo saluto a un ottuagenario che avrebbe potuto rifugiarsi nelle sue proprietà di campagna e invece ha scelto di restare fino all'ultimo in casa sua, con la guerra in cielo.

La presenza di sovrastanti, campieri e perfino di alcuni contadini dei Sorci sembra smentire la nomea del barone di padrone esigente, rigido e senza cuore. O forse la gente di campagna lo ha rivalutato in morte, certa che la stoltezza dei figli li renderà padroni peggiori di lui.

Mi sono mescolato a quanti sono venuti da fuori, dalla campagna. Solo così posso cogliere dettagli di cui altrimenti non mi renderei conto. *Gettin' together*. È evidente la cura con cui si sono preparati, masculi e fimmine. Non si tratta soltanto della ripulitura generale, ma perfino di un tentativo di eleganza – nei limiti della sobrietà imposta dal lutto e della loro povertà. Rimango in mezzo a campieri e contadini, per potermi muovere liberamente lungo le navate laterali e trovare punti riparati da dove osservare a distanza i parenti e gli amici.

C'è persino Giosuè Sacerdoti, ex deputato del Fascio, escluso e perseguitato in quanto ebreo, che per rendere omaggio al defunto ha abbandonato il suo rifugio di San Martino delle Scale. Accanto a lui siede Maria Marra, la vedova Sala, insieme alle due figlie – Rita, quindicenne, e Anna, moglie del chirurgo palermitano Pippo Carta – e alla vedova dell'ingegner Savoca, sua zia. La signora Elena Savoca ha aperto nella sua villa di piazza Castelnuovo una Cucina dei Poveri e mi risulta che il barone, spinto dalle sorelle e dalla cugina, mandasse con generosità sarde salate, fave, ceci, grano, farina, noci, mandorle, pistacchi, collane di fichi secchi, spezie, sale e olio d'oliva.

Forse avrei dovuto nascondermi in mezzo ai puvirazzi per godere pure io della generosità di mio padre.

Ci sono anche pensieri ai quali posso arrivare perché conosco le storie di coloro che li covano, e perché non c'è sogno o desiderio che non sia stato confidato, nel corso degli anni, e non abbia fatto il giro della città per arrivare a me tramite i clienti dello studio, che li raccolgono nelle sale di attesa di medici e puttane, ai tavolini dei bar, nei saloni dei circoli.

Caterina, la moglie di Ludovico Sorci, pensa a come cambierà la sua vita a palazzo – di certo Cola e Margherita si trasferiranno al piano nobile, che lei considerava territorio suo dopo la morte della suocera. Incrocia il mio sguardo e poi appizza gli occhi su Leonora Margiotta, cugina e cognata di Maria Sala, seduta tra i suoi due uomini, il marito Filippo Marra e il cognato Nicola. "Guarda là, la signora Marra e i suoi accompagnatori!" bisbiglia un po' troppo forte alla nuora Virginia Mutolo, moglie del figlio Enrico.

Appena più indietro, donna Rachele Giaconia mormora alle altre due Sagge: "Un secondo triangolo, in casa Marra!".

"Tutti d'accordo e tutti contenti," commenta sua sorella Sara Imballomeni.

Beatrice Benso, la cugina, sospira: "Ma 'u picciriddu, mi chiedo... lui, che ne pensa lui?".

Rico, il figlio di Cola, dal primo banco si volta per capire da dove venga quel ciarmulio e ha un soprassalto: deve aver riconosciuto, seduto accanto alle colpevoli, il ricottaro che aveva portato il nonno in casa delle Panzi. Era stato il nonno stesso a presentarglielo. Impeccabile nell'abito di ottimo taglio, il fisico ancora prestante, Ciccio Campo, magnaccia, si asciuga le lacrime con un grande fazzoletto bianco. Vedo arrivare verso Rico taliate imbarazzate e perplesse.

Al momento dell'eucaristia, le femmine sgusciano fuori dai banchi. I maschi Sorci rimangono in piedi, faccia annoiata, sguardo assente; loro fanno la comunione soltanto a Pasqua.

Rico osserva di sottecchi la madre, seduta accanto a lui: finalmente baronessa! Impettita, Margherita si è abbassata la veletta sugli occhi per osservare gli altri non vista.

Carlino Sorci, il giovane bastardo figlio di Cola e Laura, è seduto tra i fratelli Antonio e Matilde: si guarda intorno, irrequieto come se cercasse qualcuno. Bastardo e pure garruso, mischinello. Poi si alza e cerca di mettersi in fila per la comunione. Nessuno dei parenti, nel banco, gli ha fatto spazio per aiutarlo a uscire. Alto per i suoi dodici anni, sottile e delicato, Carlino non è ben accolto tra i fedeli che si avviano in coda compatta per la comunione. Imperterrito, cerca come può di insinuarsi nella fila. Finalmente suo cugino Enrico, figlio di Ludovico e il maggiore dei cugini Sorci con i suoi ventisette anni, gli fa cenno di passargli davanti.

Margherita muove le labbra fingendo di unirsi ai canti e tiene d'occhio Carlino con uno sguardo indecifrabile. Finora si è attenuta alla lettera – e non dev'essere stato facile – al patto stretto con Cola, Laura e Andrea, concluso grazie all'intervento delle Tre Sagge: Carlino vive con i suoi genitori anagrafici, ma frequenta la famiglia degli zii Cola e Margherita – rispettivamente padrino e madrina di battesimo – e trascorre parte delle vacanze con loro. Quando avrà compiuto tredici anni, sua madre si trasferirà in un appartamento, mentre lui rimarrà a palazzo Sorci con il padre e i fratelli.

Aprono e chiudono porte, i Sorci. Favoriscono e impediscono. Dettano le regole. Ma la prima regola è quella che riguarda la gerarchia dei bastardi.

Fosse sufficiente essere bastardi, e a quel punto godere di una sorta di parità, come una classe dentro la classe: invece no. Siamo pur sempre nel vario catalogo degli uomini e delle donne, proviamo debolezze e simpatie: crediamo di agire in base a sicuri criteri di convenienza, ma in realtà agiamo secondo le bizzarre deformazioni delle emozioni, delle predilezioni, dell'estro.

Margherita non ama Carlino, e posso anche capire perché. All'inizio le era indifferente, lo considerava alla stregua del figlio di una cameriera: una presenza familiare ma non degna di attenzione. I suoi figli però gli hanno sempre voluto bene, Rico in particolare, e di certo lei se ne stizziva. E infatti con il tempo l'indifferenza si è tramutata in ostilità, che cela abilmente – all'apparenza è generosa, lo ospita volentieri ed è affettuosa con lui – per poter fargli del male al momento propizio.

Carlino non andava ancora a scuola quando si è resa conto, prima tra tutti, che era effeminato. La scoperta deve averle dato un amaro senso di trionfo: sapeva che Cola ne avrebbe avuto il cuore spezzato. Quando Carlino andava a trovarli, cominciò a portarselo in camera da letto, se lo faceva sedere accanto alla toilette: gli arricciava i capelli con il ferro, gli faceva la manicure, lo incoraggiava ad annusare i suoi profumi e a spruzzarseli dietro le orecchie e sui polsi. Quando erano in villeggiatura, gli passava lo smalto trasparente sulle unghie, a patto che se lo facesse togliere prima di rientrare in città. Lasciava di proposito la porta della camera da letto aperta, in modo che tutti – famigliari e domestici – potessero vederli quando lo acconciava o gli permetteva di pasticciare con la cipria, il rossetto e la crema per le mani. Cola soffriva in silenzio e, come Rico, cercava di tenerle lontano il bambino.

Mi sono sempre chiesto perché la madre di Carlino non si ribellasse a questo schifo, ma forse temeva di contrariare la cognata e non era nella posizione di farlo. Deve aver temuto di peggiorare la situazione. E così Carlino picciriddo se ne andava in giro nel baglio con le unghie dipinte e i capelli arricciati. Chissà che pensavano, i figli dei campieri, chissà che gli dicevano.

Di quelle scene di sofisticata *emasculation* mi arrivavano pittoreschi resoconti da quanti frequentavano la casa dei Sorci in campagna. "Pare Cherubino!" mi raccontavano quando venivano in studio. "Ricordate la scena di Susanna e della Contessa che pittano e travestono il povero fanciullo? Così, proprio così. Ma questo non è un gioco." E accennavano il motivo: *Voi che sapete che cos'è amor*, accompagnando la canticchiata con mossette effeminate. E poi il riso.

Comunque sia, a poco a poco il piccolo bastardo si è conquistato una posizione protetta in casa del barone. Anche perché è pur sempre un Sorci. A quanto ne so, si è conquistato pure l'intenerita compassione di suo nonno. Per me è andata diversamente.

La fila delle comunicande velate avanza nella navata centrale. Trascinano un po' i piedi – anziane davanti e giovani dietro, il capo abbassato, gli occhi contriti fissi sul pavimento, in attesa del loro turno.

Rita Sala procede a passetti leggeri, ha quindici anni ed è bella di una bellezza sensuale. Il velo bianco di tulle e pizzo copre le grosse trecce castane raccolte sulle orecchie, lasciando libero il viso: sopracciglia ben disegnate, zigomi alti, occhi socchiusi, mani giunte e turgide labbra a cuore; in chiesa, il volto di Rita – pallido e intenso – è quello di una giovane donna di fede. Quando la fila si ferma in prossimità dell'altare Rico se la trova vicinissima, e allora abbassa appena le palpebre per guardarla e indugiare con gli occhi sul suo corpo come mai, in un'altra occasione, avrebbe osato. La casta blusa di seta bianca con un fiocco annodato allo scollo lascia intuire seni freschi e ben modellati, la cintura di rafia mette in risalto la vita sottile; la gonna scura a godet carezza i glutei e i fianchi morbidi, tesa sul ventre piatto. Il suo unico gioiello è un paio di orecchini di perle, sormontate da un brillantino. Sembrerebbe una collegiale ingenua se non fosse per un discreto ancheggiare e per le costose scarpe di Ferragamo con la zeppa di sughero, all'ultima moda. Rico è tutto un rimescolio, accanto a quella fimmina attraente appena sbocciata. Rita frattanto avanza e lo supera, lui la segue, eccitato, con lo sguardo.

Dopo aver ricevuto l'ostia, Rita – labbra serrate, mani giunte – passa dinanzi ai banchi dei Sorci e muove impercettibilmente la testa. Rico non è il solo ad ammirarla. Accanto a lui, il cugino Stefano Bianco, più vecchio e 'sperto, le tiene gli occhi appizzati addosso. "Cu è? Sapurita è, 'sta picciotta... m'a vasassi tutta!" bisbiglia. Rico gli dà una mala taliata, e non risponde.

I bombardamenti francesi e inglesi degli ultimi mesi hanno incattivito i palermitani. I pochi coetanei del barone sono unanimi nel definirlo un vecchio prepotente, avido, determinato ad accrescere il già cospicuo patrimonio ereditato, anche approfittando della debolezza o della sfortuna altrui. In quanto alla famiglia, ne era il despota.

Eppure il barone sapeva essere generoso – dicono – con gli umili colpiti da disgrazie e tracolli finanziari, o vittime di soprusi. I beneficati appaiono, numerosi, accalcati nei banchi in fondo con indosso gli abiti migliori. Sembra che non si conoscano tra loro, e che nessuno conosca i Sorci. Filippo lancia lunghe taliate a un paio di loro, forse crede di averli visti altrove. Non penso che Cola, Ludovico e Andrea sappiano molto della vita pubblica del padre, come del resto di quella privata. Ne so più io che dalla famiglia sono stato lasciato ai confini, anzi al di là dei confini. *Beyond the border.*

"Non facciamo che 'sti burgisi vennero al funerale sbagliato? Vado a spiarci?" bisbiglia Ludovico alla moglie Caterina.

"Zitto e fermo!" lo stronca lei. "Teniamoceli! Se questi se ne vanno, la chiesa si svuota!"

Alla fine della messa, i Sorci – sono una quarantina – si dividono in due gruppi per ricevere le condoglianze. Lontani parenti, amici, dipendenti, vicini di casa, fornitori, e perfino i putiari di via delle Repentite si dispongono ordinatamente in due file e aspettano. Dopo di loro è la volta degli sconosciuti, che si rivolgono soltanto a Cola e ignorano gli altri. Andrea e Ludovico rimangono a guardare, 'ntamati, mentre Filippo freme, impaziente e geloso.

"Ce ne andiamo?" dice sottovoce alla moglie.

"Non puoi!" La mite Stefania, scandalizzata, osa contraddire il marito. "Cosa penserebbe la gente, se ce ne andassimo?"

Il primo degli estranei è Gaetano Botteri, mercante d'armi, dice il proprio nome e poi guarda dritto negli occhi Cola, che non lo aveva riconosciuto. "Barone, noi ci conosciamo. Sono il proprietario dell'armeria di via Maqueda, al numero

39. Sentivo il dovere di venire a salutare vostro padre... era un cliente cortese e puntualissimo nei pagamenti, come ce ne sono pochi. Spero di poter continuare a servire la vostra illustre famiglia."

Passo fra l'uno e l'altro Sorci, mentre il gioco di omaggi si infittisce.

Accanto, un mingherlino baffuto si presenta: "Sono il signor Raffaelli, della libreria Raffaelli. Il signor barone suo padre era un nostro stimatissimo cliente".

Pasquale Di Leo, invece, è un volto noto anche per Cola: da sempre i Sorci ordinano carrozze e finimenti alla sua ditta, presso la sede palermitana di via Magione come presso la succursale di Agrigento. Pasquale china la testa e ringrazia la famiglia per aver mantenuto due carrozze, nonostante la concorrenza delle odiate automobili.

Dietro di lui Ernesto Rupnik, che Cola ricorda vagamente dai tempi della Regia Scuola Agraria di Messina. Rupnik è diventato un ricco grossista di semenze, agrumi e barbatelle. "A volte è capitato che ci trovassimo in disaccordo sui prezzi, ma vostro padre era sempre gentilissimo, anche e soprattutto nelle dispute," precisa.

Dunque, oltre che generoso – con tutti meno che con il sottoscritto –, eri pure gentilissimo.

Forse dovrei presentarmi. In fondo i cannoli miei erano, e li hanno apprezzati. Vedo invece che si fa avanti una coppia, marito e moglie, imbarazzati. Esitano. Iniziano col dire che sono sposati dal lontano gennaio 1893, i loro nomi sono Vincenzo Scaramuzza e Giovannina Quartararo. Cola li guarda e non sa che cosa rispondere. Il signor Scaramuzza finalmente trova lo slancio per raccontare che il barone Sorci aveva mandato loro come regalo di nozze trenta alberelli di arancio. "Vostro padre era un cliente importante della mia modesta officina," spiega infervorato. "Mi parlava con passione dei suoi agrumeti. Una volta espressi il desiderio di piantare degli aranci nel mio podere e quando mi sposai il barone se ne ricordò: trenta alberelli di arancio mi mandò! Non ci potevo credere!" E poi, alzando la voce, commosso e fiero:

“Ogni anno, ’u sciauru d’a zagara mi ricorda la generosità di vostro padre”.

Ah, padre mio.

Il signor Scrofani Ciarcià, di Vittoria – commerciante di vini “da taglio, da pasto e moscati”, come tiene a specificare –, abita a Palermo in casa del figlio: “Rispettavo vostro padre perché manteneva sempre la parola. Sempre!” ripete con un luccichio di lacrime.

Un’anziana signora dai grandi occhi verdi si avvicina a Cola al braccio di una giovanetta che le somiglia; con un certo imbarazzo si presenta come Stefana Casalicchio e gli chiede di ascoltarla, vuole dirgli qualcosa di personale. Poi scoppia a piangere. Cola sbianca. Quella giovanetta è forse un’altra sorella illegittima? E semu cchiù assai! Invece no, la signora Casalicchio vuole dirgli che dal 1906, quando ebbe l’ardire di scrivergli una lettera che ancora ricorda a memoria, lei ha pregato mattina e sera per la felicità del barone Sorci e della sua famiglia.

La guardo anch’io con partecipazione. È il personaggio che meglio sa lasciare il segno in questo teatro.

La signora Casalicchio si raddrizza, gli occhi si illuminano e il volto sembra di colpo più giovane. Scandendo le parole come se fosse su un palcoscenico, comincia a declamare: “Eccellenza! Sono una povera ragazza di quindici anni, orfana di madre, e imploro da Vostra Eccellenza un soccorso per entrare in un istituto dove potrei essere al sicuro da tutti quei pericoli che purtroppo sovrastano chi è debole, povero e orfano. Soprattutto se fimmina! Spero di non essermi appellata invano alla generosità di un Uomo che potrebbe aiutarmi: invocherò dal cielo le più elette benedizioni e pregherò sempre il Signore per la felicità di Vostra Eccellenza”.

Una pausa. La donna ha la fede al dito. Cola la guarda, perplesso. Lei continua: “Vostro padre mi fece ricoverare nel collegio di Maria di Raffadali e pagò la retta fin quando non divenni sarta. Mi mantenni con i miei guadagni e poi conobbi mio marito, un galantuomo, che sarebbe qui a rendere omaggio al barone buonanima se da ventidue anni non fosse confinato a casa su una sedia a rotelle".

Le sorelle del barone Sorci e la cugina Beatrice Benso, accanto a Cola, ascoltano impassibili e poi si guardano accennando un sorriso complice: di certo è stato grazie a loro se la signora Casalicchio ha trovato un passaggio in automobile da Raffadali ad Agrigento, da dove poi ha preso la littorina per Palermo.

Apprendo che proprio sulla littorina la signora Casalicchio ha incontrato il direttore di "Era Nuova", rivista letteraria che si pubblica ad Agrigento, e gli ha annunciato la triste notizia. Così è venuto anche lui per dire che senza il generoso sussidio del barone la sua rivista non avrebbe superato il periodo duro dell'ultima guerra: "Volevo testimoniarlo di persona alla nobile famiglia Sorci!".

Si avvicina un uomo di una certa età, vestito in modo stravagante – sembra un socialista vecchio stampo, affezionato agli abiti e alla coppola della gioventù: "Non le dico il mio nome perché lo dimenticherà. Il 26 ottobre 1902 pubblicai, scritta a mano, la sedicesima edizione de 'Il Proletario – Giornale socialista di Sciacca', in cui si parlava di Camagni e della vostra famiglia. Tutti i grandi proprietari mi disprezzavano e avevano impedito alle tipografie di stampare il mio giornale. E io ero perseguitato dal sindaco della mia città. Chiesi a vostro padre un aiuto per gli sfortunati cittadini di Sciacca vittime di soprusi, e vostro padre, ai tempi sindaco di Camagni, nonostante fosse ben lontano dal condividere i princìpi socialisti, contribuì con la somma di duecentosettantatré lire. Poi, privatamente, sottoscrisse una donazione per la rilevantissima somma di lire venticinquemila. Grazie alla vostra illustre e generosa famiglia, un giornale socialista ha potuto continuare a vivere". E caccia a forza tra le mani di Cola la copia del "Proletario" in cui era ricordata la generosità del barone Sorci.

Il dottor Sciarratta, proprietario e editore di "Vita e Arte", altra rivista agrigentina, si affretta a dire a Cola che anche lui era stato sostenuto per decenni con discrezione e puntualità.

Per ultimo si avvicina il signor Scalia, un compaesano di

Camagni: "Vi conosco bene tutti. Avevo un'agenzia di credito e dovrei dire che vostro padre era un pessimo debitore. Non gli piaceva pagare i suoi debiti personali". Fa una pausa. "Ci capiamo. Tra i miei clienti è stato l'unico che non ha mai pagato puntuale. Mai. Dopo il primo sollecito, silenzio. Invece pagava immancabilmente due giorni dopo il secondo sollecito. Quando una volta gliene chiesi il motivo, mi rispose: 'Per divertirmi'. Finii per affezionarmi ai suoi ritardi. Una volta soltanto fui pagato al primo sollecito. Mi angosciai: che fosse malato? Andai al palazzo, chiesi di lui all'amministratore: 'Che è successo al barone?'. Quello mi rassicurò che vostro padre stava bene, ma io non gli credetti. Temevo il peggio."

Aveva chiesto insistentemente di vederlo, voleva accertarsi che stesse bene. E il barone era venuto subito. Quando Scalia gli aveva rivelato i propri timori per la sua salute, gli aveva risposto: "È stata una svista, non si preoccupi. Ritornerò a pagare puntualmente soltanto dopo il secondo sollecito".

"E così avvenne," conclude Scalia asciugandosi gli occhi.

È la volta del signor Teodoro Faes, italo-americano, proprietario di una ditta di macchine agricole e industriali e rappresentante della Adriance, Platt & Co. di New York: "Vostro padre è stato mio cliente per decenni... poi venne il fascismo e la cosa finì. Era un uomo moderno: fu il primo tra i proprietari terrieri siciliani a usare la macchina da scrivere. Badava ai macchinari che gli vendevo come se fossero cavalli di razza, voleva che fossero utilizzati con tutta l'attenzione del caso e che tutto fosse sempre in perfetta efficienza. Quando c'era bisogno di riparazioni pagava prontamente purché i tecnici intervenissero con la massima tempestività". Faes abbassa lo sguardo, e sembra davvero commosso quando dice: "Oggi sono qui per farvi sapere quanto lo rispettavo".

L'ingegner Consolo, ultrasettantenne, dapprima nemico e poi socio del defunto in una società di prestiti ad alto interesse – un usuraio, insomma –, ha pianto per tutta la cerimonia.

Altri professionisti vicini al barone ne ricordano la vita, dalla giovinezza – i giorni dei ricottari – fino agli ultimi mesi.

Mi sottraggo alla sequenza di incontri e presentazioni. Non è il momento per me. Io guardo, ascolto e aspetto.

Poi riconosco Laura de Nittis.

Esclusa dalla fila dei parenti per il giro delle condoglianze, siede sola nel terzo banco. Da lontano Andrea, tra abbracci e strette di mano, le lancia occhiatacce che sembrano dire: *Non ti vogliamo qui!* I suoi tre figli, i due maschi e la femmina, sono rimasti in mezzo ai cugini. Perfino Cola non la guarda, nemmeno di sfuggita. Respinta dai Sorci e dal suo stesso sangue, Laura sembra invasa da una tristezza senza rancore. È facile immaginare che cosa pensa: che ne sarà di lei, adesso? E di Carlino?

Le sorelle e la cugina del barone si sono spostate davanti alla prima cappella laterale, dove si è formata una terza fila di cordoglianti che aspettano di stringere la mano ai figli del defunto. Si sono accorte del disagio di Laura e la più anziana, la baronessa Imballomeni, le fa cenno di raggiungerle. Lei si avvicina, ubbidiente. Lascia vagare lo sguardo sulle sontuose cappelle barocche, decorate con marmi policromi, stucchi, ori. Seguo i suoi occhi che risalgono sulle altissime colonne di marmo grigio di Billiemi, dai capitelli ornati di foglie d'acanto: sostengono uno scenografico soffitto affrescato, a onore e gloria dell'Onnipotente, mentre tutto intorno a lei – così minuta – si affollano angeli androgini, santi e sante.

La musica dell'organo, in sottofondo, la culla. Il profumo dell'incenso la inebria. E allora, mentre per evitare i baciamano offre il braccio teso agli sconosciuti che adesso si accostano anche a lei – solo gli intimi osano sollevarle la mano per deporvi un bacio –, mentre alle donne porge le guance per i due baci di rito, capisco che Laura non è più lì, ha lasciato la cupa bellezza di San Giuseppe dei Teatini per rifugiarsi altrove: sogni, ricordi, fantasticherie il cui protagonista – ne sono sicuro – è Cola Sorci.

Che intanto, davanti all'altare, continua a stringere mani, ad abbracciare e a essere abbracciato, a baciare e a essere baciato – una sofferenza, per un uomo riservato come lui. Per un attimo soltanto i loro occhi si incrociano, ma non c'è passione nello sguardo di Cola, solo tristezza e malinconia. Sotto la volta dei Teatini, Cola è soltanto un orfano che piange la morte del padre.

E orfano sono io, che vago in questa folla ignara. Orfano da sempre, ma più di tutti gli orfani qua dentro l'uomo che ha preso in mano il suo destino, l'uomo che continua a ripetersi *you can do it*, perché fare si può, alla faccia di chi ha voluto umiliarmi.

Le Tre Sagge, sempre all'erta, si sono accorte dell'incrocio di sguardi tra Cola e Laura. Mischina, staranno pensando, sventurata sin dalla nascita, con quel padre disgraziato e quella sorella scimunita.

Finito il supplizio delle ultime condoglianze e delle vasate, la famiglia esce sul sagrato per accompagnare il feretro al cimitero.

Se ne vanno, se ne andranno. Forse stanno già preparando la fuga in campagna, forse qualcuno si prepara a fuggire per sempre. Io non ho paura di restare. Arriveranno altri vincitori, invasori, metteranno all'opera le macchine di nuovi poteri, e io devo esserci, per oliare, correggere, costruire. In fondo è questo che ho imparato. Non da te, padre. Non da te. Lasciami andare.

5.

Dice Laura de Nittis

Al Reale Educatorio Maria Adelaide non si studiava molto, ma in certe materie era richiesta una particolare applicazione. Ad esempio, le lingue. Ho imparato il francese. Ho appreso le buone maniere. Ho imparato la calligrafia, perché era ritenuta un segno distintivo delle ragazze di buona famiglia. Anche di quelle senza famiglia e soprattutto senza beni, come ero io. Mi piaceva quella scuola. Trascorrevamo ore felici dedicate al ricamo: si studiava su un libro bellissimo – *Antiche trine italiane*, di una certa Elisa Ricci –, che ancora conservo. Anche la musica occupava tanto del nostro tempo. I nostri canti echeggiavano nelle belle sale di quel palazzo che da fuori sembrava austero, ma in realtà non lo era. Avevano a cuore, le direttrici, che le fanciulle conoscessero il mondo, e quando entrai al Reale Educatorio ancora si favoleggiava su un'escursione con pernottamento a Taormina. Ci avevano messo due anni per organizzarla, in ogni dettaglio. E il dettaglio a cui più tenevano era che le ragazze avevano avuto un albergo tutto per loro, per scongiurare qualsiasi incontro con l'altro sesso. Insomma, ho imparato ad aspettare. Ho sempre avuto buon carattere, e Dio sa come mi sarei potuta incupire dopo tutto quello che era successo.

E tutto comincia dal marchese Antonio de Nittis, mio padre. Un uomo di cui a Palermo non si è mai smesso di parlare, innanzitutto perché a Palermo parlare piace molto, ma anche perché lui ha fatto in modo che di argomenti ce ne fossero, e non pochi.

Mio padre ha sempre pensato in grande, era megalomane ed esibizionista. Ho una memoria un po' offuscata di quella che fu la sua vita quando il suo nome suonava leggendario e le sue imprese venivano raccontate, anche quelle senza risparmio, creando la buona e la cattiva fama, in tutti gli ambienti. Ma bastava allontanarmi di poco dalla cerchia di quanti vivevano della luce riflessa dei suoi denari per avvertire un clima di rabbia, spavento, vertigine, di beffarda pietà. "Quello si porta via ciò che ha e ciò che non ha, e quel che ancora non ha si porterà via lui."

Da piccola i suoi creditori non li vedevo neppure, e non sapevo che cosa fosse un credito, ma osservavo il disagio e la tristezza di mia madre che ci aveva a che fare, e se non ci aveva a che fare, qualcuno faceva in modo che sapesse, e glieli indicava. "Lo vedi, quello con i baffi fini fini? Lo vedi come se ne va altero e si ferma a specchiarsi nella vetrina? Ringrazia il cielo che è tutto rapito dalla sua vanità, perché sennò ti riconoscerebbe, attraverserebbe la strada e si toglierebbe il cappello per salutarti, e un giorno te lo vedresti arrivare a casa e non lo potresti evitare." Lasciava che lei lo mettesse a fuoco, e poi: "Tu con quello non devi averci a che fare, tuo marito gli deve ancora una fortuna, e alle fortune quello non ci rinuncia".

Così andava la vita, allora: una facciata di lusso e i creditori alla porta.

È stata una giornata difficile, lunga e complicata.

Dopo i funerali di mio suocero ci siamo spostati al cimitero di Santa Maria di Gesù.

La cappotta era tirata su, nonostante il caldo di giugno, ma per fortuna il percorso era abbastanza breve. Io ero seduta al centro del sedile imbottito, tra Andrea e Carlino. Di questi tempi, di carrozze a nolo ce ne sono ben poche, soprattutto in buone condizioni, così il sedile di fronte al nostro era stipato dei nipoti delle mie cognate Maria Teresa Merlo e Anna Bianco, i più giovani in braccio ai fratelli.

Durante il funerale Andrea non mi aveva degnata di uno sguardo; adesso stava con la testa voltata e guardava fuori dal finestrino. C'è rabbia dentro Andrea; serrava i pugni, come se stesse facendo uno sforzo per tenere ferme le mani, e aveva un po' di bava agli angoli della bocca. Ogni tanto guardava i ragazzi sul sedile di fronte e loro ricambiavano lo sguardo, perplessi. Non ci erano abituati. Era da tanto che non succedeva, ma ho riconosciuto i segnali. In altri tempi, capivo al volo quando era il caso di tenermi lontana. Adesso, stretta accanto a lui sul sedile della carrozza, potevo soltanto sperare che riuscisse a controllarsi.

Una cosa era chiara: il giorno del funerale di suo padre, Andrea aveva deciso di farmi male. Di nuovo. Sa dare certi pizzicotti dolorosissimi, in particolare sulle braccia, attraverso i vestiti. Era tanto che non succedeva. Prima, prima che Cola con pazienza e fermezza riuscisse a farlo smettere, me li dava anche in presenza degli altri: si preparava come se pregasse, serio, intenso, poi lasciava scivolare distrattamente la mano sul mio braccio, una specie di goffa carezza, e con un gesto rapido mi torceva la carne tra pollice e indice. Sembravano pizzichi affettuosi, ma il dolore era lancinante.

Ho capito che stava per farne partire uno e mi sono girata verso Carlino: lui è sempre felice di lasciarsi abbracciare, è bastato fare il gesto perché si tuffasse su di me, e quando me lo sono stretto al petto mi ha deposto un bacio sulla mano. Potevo sentire la collera trattenuta di Andrea, compressa nell'abito scuro. Mio suocero, il mio difensore, l'unico di cui avesse paura, è morto. Cola riuscirà, da solo, a proteggermi?

E quella sera cosa avrebbe cercato di fare Andrea per castigarmi? Ma di che cosa, poi? Di essere una madre devota? Di amare il suo adorato fratello Cola? Andrea non mi ha mai amato, mai. Per anni ho sopportato in silenzio la sua violenza, per paura di guai peggiori, ma poi è arrivato Cola. E quando lui ha cominciato a chiedermi il perché di certi lividi, le mie scuse non hanno retto a lungo.

Mentre andavamo verso il cimitero, avevo paura che, adesso che suo padre era morto, Andrea pensasse di poter ricominciare come prima. Non voglio pesare troppo su Cola, che ha già Margherita e i figli di cui occuparsi, soprattutto Rosamaria ancora da maritare. Una sera, tenendomi stretta e carezzandomi le braccia che suo fratello copriva di lividi, mi aveva detto: "Poi, Laura mia, quando i tuoi e i miei figli saranno sistemati, penseremo a noi due, amoruzzu. Ricordati che nessuno sa per certo del nostro amore".

Non gli avevo risposto, ben sapendo – come doveva di certo saperlo anche lui – che a Palermo non avremmo mai potuto vivere insieme. Mai. La gente avrebbe rivangato il passato di mia sorella e di mio padre. Mi avrebbe biasimata per colpe immaginarie. Avrebbe guardato lui con compatimento. Ci avrebbe reso la vita impossibile.

"Che cosa faremo?" gli avevo detto piano, così piano che pensavo neppure mi avesse sentito.

Lui mi aveva tirato su il mento con due dita: "Vedremo. Fidati di me e abbi pazienza, amore mio".

Come se avesse capito le mie incertezze e le paure che incombevano sul suo futuro, Carlino mi ha guardato da sotto in su, con quei suoi occhi frangiati da ciglia lunghe lunghe così simili a quelli di Cola. Uno sguardo talmente intenso che mi è venuto da piangere. Mi riesce impossibile pensare che tra non molto dovrò andare a vivere in un'altra casa, nel rispetto degli accordi presi con la famiglia. Credo che sarà un dolore anche per lui, benché naturalmente potrà venire a trovarmi ogni volta che vorrà: ma non è come vivere sotto lo stesso tetto. E lui ha bisogno di me.

Al cimitero Carlino è andato a mettersi accanto a Rico, il figlio di Cola. Si vogliono bene come due fratelli. Chissà, forse sarà Rico, che ha scelto la carriera militare, a portare aria nuova in famiglia, a mettere le cose a posto. Non mi resta che sperare. Mi piace guardarli vicini: Carlino sottile e altissimo, Rico più basso, con la muscolatura compatta; ma entrambi hanno il naso dritto e la fronte alta dei Sorci.

Il profumo intenso di resina dei cipressi e il cinguettio degli uccelli erano l'accompagnamento perfetto dell'inumazione. È stata veloce, la bara entrava perfettamente nel loculo. E per una volta padre Parisi è stato conciso. Alla fine, ha detto: "Adesso lasciamo soli i famigliari, perché possano dare l'ultimo saluto al defunto," e ha fatto cenno ai pochi estranei di seguirlo.

I gruppi famigliari dei Sorci intanto si erano ricomposti: i fratelli e le sorelle di Andrea, ciascuno con attorno la sua figliolanza e nipotanza, le Tre Sagge e i parenti lontani.

Eravamo davanti alla cappella. Il custode stava per chiudere il lucchetto.

Rico e Carlino si sono abbracciati, commossi, senza sfiorarsi i volti, stanchi di troppi baci, troppe strette di mano, troppe condoglianze, sincere e no. Cola ha fatto qualche passo verso di loro, poi si è fermato e li ha osservati pensieroso. "Quanto sono belli, 'sti figli miei!" ha esclamato.

Ero lontana, ma lui aveva parlato ad alta voce e dunque lo avevo sentito benissimo. Una vampata mi ha inumidito il seno e il viso, mentre gli altri vicino a me tentavano di nascondere l'imbarazzo.

Rico ha cercato sua madre con lo sguardo, ma Margherita, poco più in là, camminava assorta in un vialetto, studiando le facciate delle altre cappelle.

Cola intanto aveva ricevuto le chiavi dal custode e gli ha allungato una carta da cinque lire.

Carlino, il mio Carlino innocente, non aveva capito nulla; guardava fiero il cugino.

Andrea fissava i merli sui cipressi.

Davvero Andrea e Margherita non hanno sentito? O hanno solo fatto finta?

Siamo tornati a palazzo Sorci, dove ci attendeva il pranzo. L'atmosfera era pesante: finestre e balconi chiusi, con le imposte accostate; i lampadari avvolti nel tulle grigio; gli specchi coperti da teli bianchi. Rimarrà così per tre mesi, il piano nobile. La luce elettrica era fioca, di proposito, il caldo asfissiante.

I giovani si sono rimpinzati di arancine, arrosto panato alla palermitana, timballini di pasta con carne e pomodoro e di riso con besciamella, piselli e prosciutto. Tutto disposto su una tablattè nella sala da pranzo grande e tutto – incluso un immenso gatò di patate –, mandato dai parenti e dagli amici più intimi come consòlo, nel rispetto dell'antica tradizione. I camerieri riempivano i piatti dei più anziani, mentre i giovani si servivano da soli. Alcuni si sedevano come capitava intorno al tavolo, altri si erano spostati nei salotti, dove tra divani e poltrone erano stati disposti dei tavolini di appoggio.

Nel primo pomeriggio sono iniziate le visite di lutto dei parenti, di antichi servitori e degli amici intimi. C'erano anche alcuni che non avevo mai visto. Un viavai che continuerà per i quattordici giorni stabiliti, quattordici giorni in cui chiunque potrà presentarsi senza preavviso ed essere ricevuto: non a caso, si dice che durante le visite di lutto si ricompongono antiche diatribe, si suggellano nuove alleanze e si combinano matrimoni; ma all'interno del nucleo famigliare non è infrequente che, all'opposto, la prossimità forzata accenda – o ri-accenda – antagonismi, creando rancori e ostilità che divampano all'apertura del testamento.

Io mi sentivo soffocare tra baci umidi, abbracci sudati, e poi le solite domande con una coda cattiva: "Come farai senza tuo suocero?, ti voleva bene assai!", "E Andrea? Andrea come l'ha presa?", "Adesso sarà Cola il capofamiglia, mi pare una buona cosa... vero?".

Non ricordo le mie risposte.

Come in ogni riunione famigliare, so che la mia libertà d'azione è limitata. Ma io stessa mi do dei confini. E non l'ho certo imparato da mio padre. Darsi dei confini è un'arte femminile, che si apprende, come quella del ricamo, in cui si deve per forza stare dentro un disegno. Le famiglie, e più in generale la società, le frequentazioni, il teatro del mondo sono tutti insieme il tessuto sul quale è necessario lavorare con pazienza perché infine si riconoscano l'armonia e l'eleganza. Ed è quello che cerco di fare io.

È vero, mio suocero mi ha sempre protetto. Mi guardava non come mi avrebbe guardato un padre, ma neppure come mi avrebbe guardato il fimminaro che notoriamente era. Fu lui a volermi moglie di Andrea, gli interessavano i quattro quarti di nobiltà che avrei portato in dote – quelli e nient'altro. Mi prese subito in simpatia e continuò anche quando Cola si innamorò di me, e io di lui, quando era chiaro che ci frequentavamo. Lui aveva i suoi informatori, sapeva, e governava quello che dovevano sapere gli altri. La sua simpatia non si consumò quando nacque Carlino, anzi potrei dire che si rinsaldò.

Un giorno a Carlino dovrò raccontare tutto per filo e per segno: lui mi capisce, lui mi è vicino più di chiunque altro, e mi protegge dalla violenza di mio marito. Tra una visita e l'altra, mi ha convinto a uscire per andare a mangiare una granita. Cammino al suo fianco, ma non posso girare per Palermo con l'uomo che gli è padre. Lui intanto mi sospinge per via Bandiera, verso San Domenico, e là mi mostra dei tavolini dove sederci.

"Ci sei già venuto?"

"Sanno chi sono."

Ci servono granite di gelsi, e io mi chiedo se davvero sia stata una buona idea, venire qui. Va anche detto che io vengo criticata sempre e comunque – se ci sono e se non ci sono, se faccio e se non faccio.

Lui mi precede, saggio e complice: "Il nonno l'avrebbe gradito".

"Tuo nonno ci voleva bene, a tutti e due."

"Vuoi dire che ci mancherà la sua protezione?"

Sorrido in silenzio.

Si passa la mano nel ciuffo che gli spiove davanti agli occhi e mi rassicura: "Ti proteggerò io". Non nomina suo padre, non nomina suo zio Cola, ma io preferisco accettare questa professione d'amore filiale, questo lampo di adolescenza amorosa. La prendo per quello che è. Sventatezza, che però crea intorno a me una barriera di affetto. Forse ci vedo anche quel po' di passione che l'altro nonno, mio padre, metteva negli affari suoi, che pure più sventati non potevano essere.

Ascolto Carlino parlare e penso a come siamo arrivati a oggi. Lui ha un'immaginazione selvaggia, e poi sogni, pensieri. Così giovane e così chiacchierino. Mi racconta di questo e di quello, dei compagni di scuola, di certe giornate che va alla Marina con gli amici e poi si perde, davanti al mare, a figurarsi altrove, e si vede sulla tolda di una nave, il vento fra i capelli, e dice che ha letto Jules Verne e non c'è romanzo più bello del *Viaggio al centro della Terra*. "Voglio andare, andare, andare." Mi accorgo che lo dice non con l'aggressività di chi vuole fuggire ma con il cuore gonfio di chi vuole conoscere.

"Prima deve finire la guerra," cerco di contenerlo.

"L'hai visto Rico, tutto agghindato, tiso tiso? Belle sono le uniformi," e poi, come se si fosse sovrapposto un sospetto: "Che ci faceva qui?".

"Licenza," dico. "È la prima che si prende da Natale."

"Come starei io con quell'uniforme, mamà?" E Carlino si leva in piedi fingendo di averla già addosso. "Come sto?"

E "Come sto?" chiedeva sempre mio padre prima di uscire, rallentando il passo nell'ingresso, senza aspettarsi una risposta.

Comincio a raccontare di mio padre, di cui Carlino ha già sentito parlare dovunque e da chiunque. Anche da me. Mentre racconto torno indietro e tutta la vita mi si squaderna davanti. Carlino è in una disposizione d'ascolto totale, il mento appoggiato sul pugno chiuso, il gomito sul tavolino.

Dovessi raccontare senza travisare né omettere, dovrei usare parole dure, e non voglio. Con il cucchiaino tormento la mia bella granita di un rosso cupo. Mio padre, il marchese Antonio de Nittis, era un megalomane. "Nonno Antonio aveva fatto costruire tre ville nelle sue proprietà di Lipari, Taormina e Selinunte, dove invitava amici e gente di fuori, aveva restaurato il palazzo di Palermo e andava pazzo per le automobili. La mia preferita era la villa di Lipari, perché era stata costruita in cima a un alto contrafforte roccioso: da una parte sembrava prendere il volo e perdersi nel mare, dall'altra guardava il borgo, da cui venivano voci, musiche, richiami. Ci arrivavamo con un carro e con i muli."

"Prendeva il volo, eh?" echeggia Carlino. "E questa casa che prendeva il volo come finì? C'è ancora?"

"C'è, c'è," dico con leggerezza, come parlassi di un aquilone perduto. "Ma non è più nostra."

Lascio che Carlino tiri le sue conclusioni, e lui le tira con grande scioltezza. "Fu venduta perché il nonno se la 'mangiò'." E manda giù un cucchiaino di granita quasi a mimare il destino della casa.

L'ambizione di mio padre era di essere all'altezza della famiglia Florio – gli imprenditori calabresi che nel secolo precedente avevano fatto fortuna in Sicilia ed erano ben presto diventati gli astri del bel mondo europeo: si raccontava che i regnanti facessero la fila per essere intrattenuti nelle loro magnifiche ville e sulle loro navi da crociera.

Voleva tutto, mio padre, sempre, e di più. Non pensò mai a mia madre, preoccupata dall'ammontare dei debiti, né a noi figli. Non intendeva cambiare tenore di vita per amor nostro. Le automobili – sulle quali si pavoneggiava in viale della Libertà, alla Marina e a Mondello – e il gioco d'azzardo lo portarono alla rovina. Frequentava i casinò più eleganti d'Europa e perdeva con grande disinvoltura alla roulette. A noi arrivavano i racconti di queste imprese. Ed era come venissero sempre da lontano, anche se a volte i denari li perdeva tutti in luoghi per noi esotici perché inaccessibili, ma in realtà a poche centinaia di metri da casa nostra: i saloni dei circoli, le bische clandestine e le case private.

"Viaggiava molto," dico a Carlino. "E ogni volta che tornava aleggiava intorno a lui un sentore di Europa, di velluti, di ori, di profumi... perfino di avventura."

"Avrei voluto conoscerlo, il nonno doveva essere un uomo affascinante," dice lui. "Secondo me, Jules Verne gli piaceva assai."

"Poteva esserlo, affascinante," dico io con un sorriso. "Da Parigi portava anche gioielli e vestiti per mia madre, e quando li tirava fuori dai bauli lei si metteva le mani davanti alla bocca, un gesto a metà fra l'incredulità e lo spavento. Sai, che suo marito buttasse tutti i soldi di famiglia era un dato di fatto, e che li sprecasse anche spendendoli per lei la faceva sentire complice."

Nel 1902 mio padre era andato ad assistere alla Parigi-Vienna, vinta da Farman su un'automobile Panhard: si era talmente entusiasmato che l'anno dopo e quello dopo ancora era tornato a Parigi per partecipare, lui stesso, alla Coupe Rothschild. Che non vinse.

Nel 1906 era stata inaugurata in Sicilia la Targa Florio, il primo circuito agonistico per automobili del mondo, in un vallone in mezzo alle Madonie, un posto spettacolare. Quell'anno, purtroppo otto francesi erano stati fermati alla dogana italiana, e altri due concorrenti stranieri – riforniti di bidoni d'acqua invece che di benzina – avevano dovuto ritirarsi.

Mio padre possedeva due automobili Fiat, ma non aveva voluto concorrere; vi era andato per assistere alla gara con la sua Fiat 16/24, un modello recentissimo.

"La Fiat 16/24, un'auto piemontese," dico a Carlino. "Il nonno sembrava aver dimenticato quanto a Palermo avessimo in odio tutto ciò che veniva dai Savoia e dal Piemonte. Anzi, in qualche modo, in casa nostra le automobili Fiat furono la redenzione del Piemonte."

"Io preferisco quelle americane," dice Carlino, e snocciola una serie di marche e di modelli. "Mi piacciono la Buick Special del '38, la Cadillac Serie 62 del '40, la Packard Convertible del '41... e in Italia nessuno è più forte dell'Alfa Romeo."

"Ma dove le hai viste, Carlino? Chi ce le ha qui, queste automobili?"

"Le ho viste sulle riviste di zio Cola e di Rico."

E io intanto torno con la memoria alle Madonie. Con mio padre, oltre all'autista Vittorio Davico, c'erano mia sorella Adele, allora quindicenne, e i miei fratelli. Davico era un torinese, un ragazzone di Pinerolo dai capelli ricci e biondi, che in livrea faceva una magnifica figura. Mio padre lo aveva "ereditato" da un amico che da tanti anni coltivava la stessa passione per le auto e lo aveva alloggiato in un appartamentino sopra la rimessa, nella nostra villa in viale della Libertà.

A quei tempi l'autista era un eroe, alla stregua di un divo del cinema muto, un mago che riusciva a domare il motore, a farlo ruggire in salita e correre senza limiti in pianura.

Adele assisteva per la prima volta in vita sua a una gara automobilistica: dieci automobili sfrecciavano per ben tre volte lungo il percorso circolare!

Dopo essersi agghindata come per una prima all'opera, si era accorta che il concetto di eleganza in quel caso era un altro, quindi aveva cominciato con il levarsi il cappello a tesa larga, poi si era disfatta della sciarpa di organza, stava anche per togliersi i guanti lunghi ma ci aveva ripensato vedendone su altre giovani scalmanate ai bordi della pista: agitavano il braccio nell'aria e quella bandiera chiara che si vedeva da lontano le sembrò più consona all'entusiasmo del numeroso pubblico femminile.

Ascoltava il frastuono del motore in arrivo, ammirava incredula la rapidità dei rifornimenti di carburante e la destrezza con cui il pilota afferrava al volo la bottiglia d'acqua che gli veniva offerta; poi le automobili riprendevano velocità, i motori rombavano in mezzo alla polvere.

E qui interrompo il mio racconto a Carlino.

Poiché Adele sognava. Ci era portata. Sognando sognando, si innamorò di Davico. E lui di lei. Di notte Adele usciva da casa, attraversava cauta il giardino e saliva nell'appartamento di lui. A sedici anni rimase incinta e lo annunciò a nostra madre, certa di darle una bella notizia: Adele credeva che avrebbe girato per il mondo con il suo bel piemontese biondo, che avrebbe partecipato alle più prestigiose competizioni europee alla guida delle automobili di famiglia. Come i le Bon, marito e moglie, che si muovevano di circuito in circuito, da gara a gara: una condizione che aveva scatenato la fervida fantasia di Adele, una vera de Nittis. Fu un terremoto. Mio padre, furioso, uscì di casa con la rivoltella in mano e andò dritto nell'appartamento dell'autista. Sparò, sbagliando la mira, e gli fracassò il braccio destro.

La storia finì su tutti i giornali. E fu così che lo spregiudicato marchese de Nittis iniziò a concedere interviste nelle quali sosteneva con vigore di aver agito per il meglio, che era suo dovere di padre punire chi gli aveva sedotto la figlia. Si ritrovò al centro di uno scandalo che ebbe lo sgradevole effetto secondario di scatenargli contro tutti i creditori. Prima che potesse essere incriminato per tentato omicidio, alcuni amici lo aiutarono a scomparire. In seguito circolò la voce che fosse ricomparso qualche anno dopo in Brasile, ricco e felice proprietario di una fazenda al centro di un'immensa piantagione di caffè. Da lui noi figli non ricevemmo un rigo, nemmeno notizie tramite altri. E certamente nessun aiuto finanziario, nemmeno per nostra madre. Per il suo sangue, mio padre era scomparso nel nulla.

La famiglia de Nittis si prese cura dei miei fratelli; Adele e io trovammo rifugio insieme a nostra madre presso alcuni suoi parenti. Ma pochi giorni dopo anche Adele sparì e di lei non si è saputo più nulla. Qualcuno dice che si fece monaca, altri che scappò in Continente e vive ancora felice con il suo amore, altri ancora che si tolse la vita. Non l'ho rivista mai più. Talvolta, quando meno me lo aspetto, me la vedo comparire, bella, agitata, in gonna pantalone, me la vedo che si fa avanti e mi saluta sbracciandosi ma senza avvicinarsi. La vedo come fossi in sogno, perché di fatto ai sogni abbiamo legato entrambe la nostra avventura di vivere.

Io ero bambina ed entrai come interna al Reale Educatorio Maria Adelaide grazie alla generosità di una prozia de Nittis, che si offrì di pagare la retta. Voleva che fossi educata come si conveniva al mio rango, anche se – senza famiglia e senza dote – non avrei trovato marito facilmente. E invece arrivò la proposta di maritarmi con Andrea Sorci. Seppi dopo che era stata fatta per soddisfare un capriccio di suo padre, il barone: i miei quattro quarti di nobiltà sarebbero stati il suo lasciapassare per il Circolo Trinacria.

Con Carlino preferisco mantenere la conversazione su un argomento innocuo come le automobili, esprimendo meraviglia e complimentandomi con lui per la sua competenza su marche e modelli. A dirla tutta, ho avuto un sussulto d'ansia di fronte alla prospettiva di trovarmi davanti un altro marchese de Nittis, ma no, non è il caso: quella delle automobili non è una malattia che si passa con il sangue.

Detto questo, ecco in che modo le premesse del mio matrimonio affondavano nelle stravaganze e nelle ambizioni del barone Sorci.

Nel 1896, alle soglie della quarantina e desideroso di trovare un buon partito per l'adorata primogenita Maria Teresa, mio suocero aveva pensato di registrare il titolo di barone di Ferisani, concesso al suo bisnonno al tempo dei Borbone. Era stato contattato dall'Annuario Nobiliare Diplomatico Araldico "Calendario d'Oro". Il direttore, tal Domenico Contigliozzi, gli aveva mandato una pubblicazione ufficiale dell'Istituto Araldico Italiano con sede a Roma, in via Tor Sanguigna 12, chiedendogli se fosse interessato a registrare il proprio titolo presso l'Istituto. Il conte Voinovich, del segretariato del principe di Montenegro, parente della regina Elena, gli aveva assicurato che compilare il questionario e presentare la pratica per il riconoscimento del titolo sarebbe stato semplicissimo. Invece le informazioni richieste erano numerose e dettagliate, ed esigevano risposte precise, comprovate dalla documentazione originale.

Molte carte dell'archivio di casa erano state buttate via e quel che rimaneva non era sufficiente. Mio suocero aveva cercato di persuadere Contigliozzi ad accettare le dichiarazioni giurate di alcuni testimoni. Invano.

Offeso, ci tolse mano. Contigliozzi però gli fece presente che le eventuali nozze di uno dei figli con un membro dell'aristocrazia avrebbero riaperto la questione con l'Istituto Araldico Italiano. E così avvenne. Grazie al matrimonio tra me e Andrea, mio suocero poté registrare il suo titolo e fu ammesso al Circolo Trinacria, che peraltro frequentò raramente: i soci non gli piacevano, li considerava degli schiffarati noiosi e pieni di arie; inoltre, molti erano pure sfasolati. Ma non si pentì di aver orchestrato il nostro matrimonio, perché da allora mi volle bene, ne voleva più a me che a tutte le altre nuore. Diceva che ammirava la mia dignità e la mia eleganza, ma io credo che mi volesse bene soprattutto perché non mi lamentavo mai dei modi scorbutici e delle bizzarrie di Andrea.

Carlino e io torniamo verso casa. Il palazzo bardato a lutto ha una sua bella severità, che contrasta con l'aria leggera e sorridente che ci portiamo appresso. Siamo una madre e un figlio che paiono reduci non da un funerale ma da una mattinata a Mondello, accesi entrambi come l'estate, e pieni di vento, anche se di vento non ne tira proprio. Non so dissimulare la mia natura gioiosa. Mi piace guardare ed essere guardata, mi piace discutere, mi piace piacere. Due anni fa sono riuscita ad avere un vestito di Elsa Schiaparelli, di cui leggo le disavventure parigine. Qui sono ben pochi ad avere un'idea di cosa succede nel mondo delle donne, mentre siamo in guerra. Mi piacerebbe saperne di più, ma ora devo pensare a cosa ne sarà di me e di Carlino, dopo la morte di mio suocero. Ricordo quando entravo in salotto e gli sfilavo davanti con un abito nuovo, naturalmente pagato da lui; sentivo che il mio buon umore lo confortava. Mi veniva naturale. Non facevo fatica. Come non feci fatica a riconoscere in Cola l'amore che non avevo ancora incontrato.

Andrea è stato l'ultimo dei Sorci a contrarre un matrimonio combinato.

Non aveva cultura, era timido e impacciato. Purtroppo soffriva di crisi nervose che, quando era bambino, erano state scambiate per semplici capricci. Era molto viziato dalla madre e da Cola, mentre gli altri fratelli lo prendevano in giro: "scimunito" lo chiamavano, e anche "longo a matula": all'età di quindici anni aveva già superato in altezza il padre e i fratelli, ma era goffo e scomposto, incapace di muoversi senza rovesciare sedie e travolgere vasi e soprammobili.

"Nei matrimoni combinati, una sposa che come te non

porta dote deve chiedere poco," mi aveva detto mia madre, che un infarto si sarebbe portata di lì a poco nella tomba. "Tuo padre è 'scomparso' in Brasile. Speriamo che non ricompaia. Se dovesse tornare potrebbe essere arrestato per tentato omicidio. Tu, figlia mia, devi calare la testa e cercare di inserirti nella tua nuova famiglia... sempre però mantenendo la dignità. I Sorci sono ricchi e 'in acchianata sociale' – osservali in silenzio. Saranno loro a spiegarsi e a farti capire come funzionano le cose all'interno della famiglia. Sono sicura che qualcuna delle tue cognate si offrirà di aiutarti."

E in effetti così fu. Ma la simpatia di mio suocero aveva un peso speciale. Avido lettore di riviste e quotidiani, li commentava con umorismo e talvolta sarcasmo. Chiedeva la mia opinione sulle pagine della cultura e sui pettegolezzi che non mancavano mai, anche nei giornali migliori. Voleva che lo tenessi informato sulla mia vita con Andrea e si limitava a sbuffare quando gli dicevo che di teatri e sale da concerto lui non ne voleva sapere. In realtà lo teneva a distanza, quel figlio. Lo sapevano tutti – i parenti, gli amici, la servitù, gli impiegati dell'amministrazione, i contadini – che Cola aveva assunto il ruolo di padre nei confronti di Andrea, ma nessuno mi offriva una spiegazione. Anche Margherita, sulla quale allora contavo molto, non rispondeva e mi incoraggiava a lasciar correre: "Parliamo di cose più allegre!", "Vieni, andiamo a vedere il tramonto", "Vuoi un'altra tazza di tè?". E così io smisi di fare domande.

Cola ha otto anni più di Andrea, e lo ha sempre tenuto sotto la propria ala. Cercava anche di distrarlo, di intrattenerlo. Oltre alle spedizioni da Pustorino a comprare abiti, o in pasticceria, ogni giorno dopo pranzo facevano una lunga passeggiata attraversando la città immersa nel sonno, quando tutti i negozi sono chiusi e le bancarelle, coperte da un telo che protegge la merce in esposizione, sono sorvegliate da un caruso scalzo e stracciato. A Palermo, a quell'ora, dormono in piedi perfino i cavalli dei landò, con lo gnuri rincantucciato sotto la capote alzata.

Andrea aveva bisogno di una regola e queste passeggiate lo erano. I miei tentativi di rendergli la vita più serena, invece, non portavano a nulla. Quando lo vedevo incupirsi e mi avvicinavo per carezzarlo, credeva che la mia fosse una maliziosa richiesta di attenzioni e spesso mi rovesciava sul letto per prendermi. La sua passione ansiosa si tramutava in fretta e astio. Lo stesso succedeva quando era lui ad avvicinarsi, a cercarmi. Era come non mi vedesse, come obbedisse a un ordine.

Già durante il ricevimento che seguì la cerimonia nuziale – celebrata l'11 maggio 1924 nella chiesa di Santa Ninfa dei Crociferi – fu chiaro a tutti che io ero una giovane pronta al sorriso, disinvolta e abituata alla vita di società, mentre Andrea era silenzioso, poco socievole e impacciato. Lui aveva trentasei anni, io venti, ma quello che tutti notavano non aveva a che fare con la differenza di età.

Cola ne parlò con Margherita; decisero di aiutarmi a inserirmi nella famiglia, a capire il carattere difficile di Andrea e ad adattarmi. Non si capacitavano del perché il padre avesse insistito tanto per quel matrimonio. Andrea non lo desiderava, stava bene da solo, e mi guardava con un misto di aggressività e mansuetudine. Accettava che ci fossi, ma quando si accorgeva che c'ero veramente, che mi muovevo intorno a lui, che commentavo le vicende quotidiane, che facevo osservazioni che riguardavano il nostro appartamento e magari suggerivo aggiustamenti o migliorie, dava in escandescenze e cercava il fratello; oppure si chiudeva in una stanza e in quella lo sentivo patire, e patire di una sofferenza quasi animale.

Ricordo che, quando mi era stato presentato, Andrea mi aveva dato l'impressione di essere un bell'uomo, un uomo in cui l'incupirsi dello sguardo evocava mistero e suscitava curiosità. Si era fatto avanti porgendomi un mazzetto di nontiscordardimé e io lo avevo ringraziato. Avevo detto qualcosa come "Mi piacciono i fiori", e lui sottovoce aveva ribattuto secco: "A me no". Avevo sorriso, anzi a dire il vero avevo riso, e suo padre aveva dato seguito aprendosi in una vera risata, di cuore. “Bella coppia, bella coppia,” aveva detto. Ci avevano accompagnato in una passeggiata da fidanzati lungo via Maqueda. Davanti al teatro Massimo avevo chiesto ad Andrea se amava l’opera. E lui si era scostato, come se avesse scoperto che avevo addosso un cattivo odore, e aveva detto: “Io lì dentro non ci metto piede”.

“Ti ci accompagno io,” disse suo padre, dietro di me.

Questo episodio mi tornò in mente quando scoprii, qualche tempo dopo, che Andrea aveva una bellissima voce. Eravamo in salotto, Margherita al pianoforte, e Cola invitò Andrea a cantare. Era l’aria di Lindoro, *Se il mio nome saper voi bramate*, dal *Barbiere di Siviglia*. Restai senza fiato. Forse non lasciava trapelare passione, ma l’intonazione era pulita, senza sbavature. Non commentai, ma mi si leggeva negli occhi un’emozione nuova, che però Andrea non ricambiò, e al “Bravo Lindoro!” di Cola si allontanò quasi camminando sulle punte.

Eravamo andati a vivere al terzo piano di palazzo Sorci, fra l’appartamento di Cola e Margherita e la terrazza. Come gli altri fratelli e le rispettive mogli, Cola e Margherita prendevano i pasti al piano nobile. Apprezzavo molto le loro affettuosità, ma quei pasti in comune, mezzogiorno e sera, con almeno una dozzina di commensali, erano opprimenti. Mi sentivo diversa e isolata, in mezzo a quei cognati molto più vecchi di me.

Il mio è stato un matrimonio infelice sin dall’inizio.

Andrea aveva lasciato la scuola a sedici anni e quello che gli mancava in cultura lo compensava con la religiosità: un monaco veniva quotidianamente nel nostro appartamento per recitare il rosario con lui e le persone di servizio, e lui pretendeva che partecipassi anch’io. Ubbidivo, ma a fatica. Mentre Andrea e il monaco snocciolavano i grani della corona in profondo raccoglimento, io vagavo con gli occhi per il salone, notavo una ragnatela in un angolo, mettevo a fuoco uno strappo nella fodera rosso scuro della poltrona, e se passava un insetto seguivo la traiettoria solo apparentemente casuale del suo volo, immaginando che disegnasse una trama nell'aria. Non ho studiato molto, ma sono sempre stata curiosa. Quand'ero in collegio mi piaceva indovinare i rumori che venivano da fuori, percepivo delle esistenze, delle vite, che allora, proprio in quel momento, davano forma a un accadimento: qualcuno partiva, qualcun altro tornava, per dove?, da dove?, e poi arrivava un canticchiare seduttivo, e poi lo strappo di una risata più forte, e poi ancora la corsa di un bambino, o forse erano una banda di bambini che risalivano una strada non lontana da lì, una strada piena di sole, di tutta la luce che io non avevo. Lavoravo di immaginazione e volevo godermi la vita. Le vicissitudini della famiglia de Nittis non mi avevano tolto la gioia di vivere e il piacere di fare vita di società.

Ecco dunque che, malgrado Andrea e grazie a Cola e Margherita, continuai a frequentare sale da concerto, il teatro Massimo e a partecipare ai ricevimenti nei palazzi di amici e parenti.

L'arrivo di Antonio, un anno dopo il matrimonio, mi colmò di felicità. Per farlo addormentare gli canticchiavo canzonette e brani d'opera. Margherita, già mamma di Rico di sei anni, Rosamaria di cinque e Carmela di tre, mi faceva da mentore; ho saputo dopo che Cola avrebbe preferito che sua moglie non si prendesse questo impegno, ma non ne fece parola. Credo avvertisse una prossimità che stonava con certe sue fantasie. Ma io non potevo certo percepire quelle esitazioni.

Andrea mostrava un tiepido affetto nei confronti di Antonio, non voleva essere disturbato e reclamava il suo silenzio. Prima io e poi il bambino avevamo sconvolto l'ordine delle sue giornate, e lui diventava sempre più rigido e intransigente.

I primi mesi della seconda gravidanza furono difficili: passavo molto tempo in camera mia, sdraiata. Andrea non tollerava che non partecipassi alle preghiere. Mi trascinavo di malavoglia nel salone e lo trovavo già inginocchiato accanto al monaco. Nessuno mi aiutava a piegarmi sulle ginocchia e una volta, avendo sentito una fitta lancinante, inattesa, mi ritirai senza dire parola in camera mia. Andrea mi raggiunse poco più tardi e mi colpì con uno schiaffo secco, cattivo.

Da allora cominciò ad alzarmi le mani. Lo faceva cercando sempre una motivazione, ma a volte bastava che lo sfiorassi per suscitare uno scatto di rabbia: mi stringeva il braccio, forte, sempre più forte, tanto da lasciarmi grossi lividi. Tenni per me le violenze che costantemente subivo da mio marito e che andavano di pari passo con momenti in cui lui si inginocchiava davanti a me e piangeva. Mi diceva che si sentiva un'anima perduta, che non mi meritava, ma che la mia pazienza e il mio perdono avrebbero aperto la strada del Paradiso, a lui e a me. Mi chiedevo di che Paradiso stesse parlando, ma non osavo interrogarlo. Riuscivo solo a carezzarlo sulla testa, e, quasi fosse un segnale convenuto, lui mi si gettava addosso con furia, cercando il mio corpo con mani che all'improvviso si rivelavano rozze, ignare, cattive.

Al bambino che nacque morto il 3 marzo 1927 venne dato il nome di Enrico. Un anno dopo arrivò Matilde, una bimba bella e sana.

Sembravamo una famiglia normale. Persino felice. Margherita era diventata un'amica e mi sosteneva: ci trovavamo in salotto per ricamare assieme; un pomeriggio, mentre infilavo l'ago, mi accorsi che mi guardava preoccupata e provai a confidarmi: Andrea dava spesso in escandescenze se qualcuno o qualcosa turbava il suo ordine; il pianto dei bambini lo mandava su tutte le furie e allora poteva diventare violento, con me e anche con loro. Non sapevo cosa fare.

Margherita lo riferì a Cola e marito e moglie decisero di provare ad aiutarci.

Alla fine di agosto del 1929, Margherita ci propose di passare qualche tempo nella sua villa, Gramignana, vicino a Misilmeri, con un pistacchieto e un mandorleto di cui spesso decantava la bellezza. L'aveva ereditata inaspettatamente insieme ad altre proprietà da un lontano prozio. Malgrado l'invito fosse stato concepito con tutte le precauzioni del caso, Andrea (che avrebbe avuto una stanza tutta sua dove riposare, o raccogliersi in preghiera) si oppose con ostinazione: non voleva lasciare Palermo. Consentì invece che andassi io, con Antonio e Matilde, accompagnati dalla bambinaia.

Ero triste. Cola e Margherita se n'erano accorti, fecero di tutto per rasserenarmi e ci riuscirono: ripresi a canticchiare arie di Puccini, ma soprattutto le canzoni napoletane e quelle di Carlo Buti. *Chi siete* fu la mia canzone di Gramignana. Mi piaceva intonare soprattutto la seconda strofa del ritornello: "*Chi siete io non lo so,/ chi siete io non lo so/, ma so che gli occhi ardenti/ hanno la forza di strapparmi il cuor*".

Ero tornata a sorridere alla vita. Rico, Rosamaria e Carmela si divertivano a giocare con Antonio, che aveva allora quattro anni, e Matilde, che ne aveva poco più di uno: coccolati e protetti dai cugini, pure loro erano felici.

Il pomeriggio sguazzavano nella vasca che serviva per annaffiare il giardino e l'orto: io stessa mi mettevo in costume e partecipavo ai giochi, in modo che anche Matilde – in braccio a me – potesse godere degli schizzi e delle risate. Il costume me l'aveva prestato mia cognata.

Anni dopo, Margherita si sarebbe pentita amaramente di tanta generosità. Il primo seme di pentimento – mi raccontò Cola in seguito – era stato piantato da una sua fugace osservazione, una sera, dopo cena. Io mi ero ritirata in camera mia e marito e moglie erano rimasti seduti al fresco.

A un certo punto Cola si era tolto la pipa di bocca, dopo averla aspirata a lungo.

"È prosperosa, la moglie di Andrea."

"E che ne sai tu?" aveva chiesto con un lampo di inquietudine Margherita.

Cola aveva tentato di arripizzarla. "Forse è per via di quel costume da bagno. Le sta piccolo, di sopra..."

"È il mio!" aveva ribattuto lei stizzita.

"Ah, non lo sapevo..." E Cola aveva continuato a fumare.

Da allora Margherita, sospettosa e gelosissima, cominciò a tenerci d'occhio. E così facendo, accese in entrambi i primi fuochi di una passione di cui non avevamo ancora compreso la forza.

Un pomeriggio Margherita andò a Palermo per una riunione dal notaio; contava di tornare in serata, ma l'auto con cui si era fatta accompagnare ebbe un guasto e lei fu costretta a fermarsi in città. La telefonata che annunciava l'imprevisto andò di concerto con quella quotidiana di Andrea. Piuttosto che telefonate, quelle di Andrea erano mugugni e la voce gli tornava limpida solo quando chiedeva che gli venisse passato il fratello. E così fu anche quel tardo pomeriggio. Sentii Cola che gli suggeriva di fare un po' di musica con Margherita, dopo cena.

Il sole era tramontato. Antonio e Matilde dormivano già e i figli di Cola erano stati accompagnati in paese a comprare dei pezzi duri di gelato. Con la bella stagione la piazzetta di Gramignana si animava: i ragazzini giocavano all'aperto, al calar del sole arrivava spesso a intrattenerli l'uomo del cunto e a volte, quando faceva buio, dalla chiesetta muovevano processioni che riempivano stradine e finestre di fiori, lumini e drappi colorati.

Sorseggiavamo una limonata fredda. In una ciotola, dei pistacchi ancora nel loro mallo. Non li avevo mai visti, i pistacchi freschi. Cola ne prese uno e me lo fece toccare. "Senti com'è morbido il mallo! Sembra la guancia di un neonato, così delicato e roseo." Mise rapidamente a nudo il guscio: lucido e umido, lasciava intravedere il frutto di un rosso vermiglio e profumato. Fece leva con l'unghia per aprire il guscio e me lo porse. "Ecco." Ne sgusciò un altro. "Anni fa sono stato ad Aleppo, per visitare dei pistacchieti e capire se avevamo qualcosa da imparare dai siriani... O viceversa."

Da giovane, Cola aveva fatto parte delle delegazioni di agricoltori del Mediterraneo che il regime fascista incoraggiava a viaggiare nel Maghreb e in Medio Oriente per conoscerne l'agricoltura e il potenziale agricolo. Cola aveva imparato molto: oltre a studiare da vicino le tecniche di coltivazione locali aveva allargato il suo interesse a tradizioni, culture, persino letterature.

Mi raccontò che nella piana di Aleppo, un tempo fertilissima, erano visibili le rovine di monasteri e città del quinto secolo, che l'islam aveva rispettato. Descriveva i castelli crociati dalle mura merlate, parlava di monaci ed eremiti, e mi sembrava di vedere quei cieli che all'imbrunire si tingevano di rosa, indaco e violetto, e di sentire lo scalpitio degli zoccoli di un esercito di cavalieri che galoppavano nel sole alzando nuvole di polvere. Non avevo mai notato che gli occhi di Cola, frangiati da lunghe ciglia scure, fossero così profondi, e mai avrei pensato che quel cognato solitamente silenzioso potesse essere un conversatore così vivace e affascinante. *Cognato*, appunto. Strinsi il bicchiere con entrambe le mani.

Adesso mi stava raccontando di san Simeone lo Stilita, e mi aiutò, senza fatica, a trarre dall'appellativo l'origine greca, da *stilos*, colonna.

"In cima a una colonna? Per tutti quegli anni? E vertigini non ne aveva?" chiesi tutta concentrata.

Cola scoppiò a ridere e per un attimo potei vederlo ragazzo.

"Sono leggende, Laura! Anche se quell'altissima colonna è ancora lì, visibile a chilometri di distanza." E, vuotato il bicchiere, mi porse la mano per aiutarmi ad alzarmi: "Vieni, andiamo a fare un giro nel pistacchieto".

Mentre camminavamo tra gli alberi, lui parlava. Lo ascoltavo rapita e immaginavo le montagne selvatiche e infestate da belve vicino alle foci dell'Oronte, il monastero che riempiva il deserto di canti e preghiere, i fedeli che scalavano la colonna e portavano il cibo allo Stilita. Faceva proprio i gesti dell'arrampicata, e anche la faccia stupita e devota dei fedeli davanti a san Simeone tutto nudo. "Dalla prima colonna," mi disse, "si era trasferito su un'altra vicino al suo monastero, che ora è distrutto, mentre come ti dicevo la colonna è ancora intatta, altissima, in mezzo alle rovine."

Rallentai il passo, ero in Siria, contemplavo quei paesaggi arcani, esotici, che sognavo da ragazzina, quei paesaggi che mi ero ripromessa di vedere e che le sue parole adesso dipingevano per me. “Un giorno,” mi dicevo allora, e anche ora mi lasciai attraversare da quella promessa fatta a me stessa: *Un giorno.*

“L’altura,” continuò, “la chiamano tuttora Monte dei Miracoli, per via dei numerosi prodigi che vi accadevano per intercessione di Simeone. Alla sua morte volle essere messo nel sarcofago di sua madre Marta, nonostante si fosse rifiutato di vederla da quando era diventato Stilita. Con la partenza dei Crociati nel 1268 il complesso formato dal monastero e dalle chiese fu abbandonato. Da allora, il vento e gli animali sono stati gli unici a visitarlo.”

Cola si fermò in mezzo alla stradella e cambiò espressione: “I denigratori dell’islam non sanno quello che dicono. Non dovremmo mai dimenticare che è stata anche una civiltà tollerante, raffinatissima”. Fece una pausa. E poi continuò: “Pensa alla figura della donna: quanta ricchezza, quanta sensualità, quanta sapienza... Ti ricordi Shahrazad?”.

Era tutto compreso in se stesso, poi calò uno sguardo lungo e soffice su di me. Subito si riscosse: “Andiamo”.

Lo seguii. Gli alberi maturi erano piantati in filari regolari, ma ciascuno col passare degli anni aveva preso una forma tutta sua. Alcuni avevano rami talmente bassi che quasi toccavano il terreno. Altri invece li spingevano verso l’alto, forse per salvarli dai bacchettatori che talvolta li rompevano per staccare i grappoli e farli cadere sui teli stesi a terra.

Cola raccolse un grappolo. I pistacchi erano ciascuno a un diverso stadio di maturazione: rossi a puntini verdi o rosati, bianchi a puntini rossi, gialli senza puntini, bianchi con puntini rosa... e poi quelli maturi, rosa confetto. “Guardali, dall’ascetismo si passa alla vita quotidiana, a quella dei sensi, che piace a me...” E mi fissò dritto negli occhi. “E forse anche a te.”

Si spostò e prese a carezzare dei pistacchi acerbi su cui era caduta della resina. “Se ne vuoi uno te lo offro, e non sarà privo di effetti...”

“Quali?” chiesi subito, curiosa.

Cola si limitò a sorridere.

Restai in silenzio, frastornata dagli odori, dallo sguardo di Cola, dal languore.

Con pollice e indice staccò un pistacchio, profumatissimo, dal grappolo che teneva nel cavo della mano. L'odore di resina era potente, e mi sentii addosso un fremito che non sapevo spiegare. Cola mi porse il frutto con le dita collose di resina. Me lo mise sulla punta della lingua. Poi un altro. E un altro ancora. I grilli frinivano impazziti.

"Vuoi?"

E riparammo nella cupola di un enorme albero i cui rami lambivano il terreno.

Quella sera – ne sono sicura – fu concepito Carlino.

Non ricordo più nulla di quello che seguì, e anche del ritorno di Margherita, il giorno dopo, ho un ricordo annebbiato. So per certo che non mi sentii in colpa, né allora né mai. Tanto più quando nacque Carlino.

Cola e io cercavamo ogni occasione per incontrarci e stare soli. Nei corridoi, o in cucina, nel primo pomeriggio, quando il personale aveva finito di rigovernare e, dopo aver lavato il pavimento con la liscivia, andava a riposare. Ci piaceva soprattutto andare nei magazzini, dove veniva conservata la frutta. Il sapore dei pistacchi e il profumo dell'uva fragola accompagnarono la nostra storia.

Anni dopo, Cola mi disse che la sua vita intima con Margherita era già consumata. Da quando era nata Carmela non avevano più avuto rapporti. Lei, che era arrivata vergine al matrimonio, aveva trovato in Cola un compagno e un maestro, tanto che – mi raccontò lui – non si imbarazzava a fare il primo passo e a chiedere.

La nascita di Rico, il "masculiddu", era stata accolta con grande gioia. Margherita aveva ricevuto da nostra suocera un nodo di brillanti – una spilla appartenuta all'imperatrice Maria Teresa d'Austria – e tanti altri regali dai notabili di Camagni, amici di famiglia e professionisti con cui i Sorci intrattenevano rapporti di lavoro.

Avevano mandato le congratulazioni anche i deputati della Sicilia occidentale: erano stati particolarmente generosi perché il barone Sorci portava i voti degli uomini alle sue dipendenze – impiegati, gabellotti, fittavoli – e quelli dei dirigenti delle sue attività imprenditoriali, come la fabbrica del ghiaccio, la conceria, la miniera di zolfo, il mulino. Inoltre, essendo stato a lungo sindaco di Camagni, controllava anche i voti dei paesani.

In tre anni nacquero le due femmine, Rosamaria e Carmela. Dopo la nascita di Carmela, Margherita era gonfia di soddisfazione. La balia fatta venire dalla Ciociaria, una florida popolana dai capelli scuri adorni di coralli, si era subito affezionata alla neonata, che non aveva ancora compiuto il mese ma, grazie al suo latte grasso, cresceva a vista d'occhio. Margherita era fiera di quanto aveva fatto per Cola e per i Sorci, adesso voleva la meritata ricompensa: una sublime notte d'amore.

Cola aveva continuato a ripetere che gli sembrava troppo presto, poi aveva ceduto alle sue insistenze. Quel che so da lui è che l'amplesso non appagò né l'una né l'altro. Mi disse anche che da allora aveva aumentato la frequenza delle sue visite alle donne dell'Albergheria e che aveva avuto più di un'amante tra le signore della buona società palermitana.

I rapporti coniugali si raffreddarono sempre più, e poi finirono. Per lui fu una liberazione, per Margherita no.

È passato tanto tempo da allora. E sono passati più di dodici anni dalla sera nel pistacchieto.

Ora Margherita teme che Cola, una volta diventato capofamiglia, decida di vivere alla luce del sole il suo rapporto con me, senza più preoccuparsi di suscitare scalpore. Margherita non sopporterebbe che la gente la sapesse coinvolta, seppure nel ruolo di vittima, in una storia sordida come una relazione tra cognati. Come potrebbe entrare a testa alta nei salotti, andare all'opera e alle riunioni dei comitati di cui è socia, se tutti sapessero che Laura de Nittis, moglie di Andrea Sorci, è l'amante di suo marito? Proprio io, di dieci anni più giovane, che sono stata accolta da lei e protetta dalle angherie che mio marito mi infliggeva. Per Margherita sarebbe un'ulteriore umiliazione.

Adesso la situazione è quella che è, e qualsiasi pettegolezzo sulla famiglia Sorci porterebbe oscurità, impedimenti e contrasti. Sono sicura che nella sua testa si è conficcato un pensiero e intorno a quello fa girare tutte le altre ansietà: Rosamaria è ancora in casa, e quale uomo serio e perbene vorrebbe mai prendere in moglie la figlia di un padre degenerato?

Ero innamorata, non volevo pensare ad altro, tenevo Andrea a distanza e Margherita mi limitavo a salutarla nell'inevitabile costrizione della vita di palazzo Sorci. Cercavo di starle il più possibile lontana, trovando scuse per disertare i nostri pomeriggi di ricamo: una volta mi bruciavano gli occhi, un'altra avevo mal di testa, un'altra ancora mal di schiena. Finché lei smise di farmi domande. E cominciò a guardare Cola con crescente sospetto: da una parte lo evitava, dall'altra sono certa che avrebbe voluto affrontarlo a viso aperto.

Andrea arrivava in camera da letto quando io già ero coricata. Fingevo di dormire, oppure mi mostravo concentrata sulle mie orazioni, che concludevo con grandi segni di croce. Lui mi spiava, incerto: il fatto che non lo avvicinassi con una carezza sembrava sollevarlo dal dovere coniugale e, al contempo, dalla violenza che il sesso – anche quando era soltanto suggerito e non consumato – ormai suscitava in lui. A volte lo sentivo andare avanti e indietro per le stanze del nostro appartamento: anche quelle erano passeggiate, in fondo, ma senza Cola, erano il suo modo di mettere distanza fra l'angoscia che gli corrodeva l'anima e la quotidianità della vita. Io stavo nel letto vuoto e pensavo a Cola, mi sentivo inondare dalla pienezza del suo desiderio e il profumo di uva fragola e pistacchi tornava quasi feroce.

Sospetti veri cominciarono a mordere Margherita quando si accorse che l'interesse di Cola per il giardinaggio sulla terrazza sembrava diventato un'ossessione. Oltre a curare le piante ornamentali, aveva creato un angolo di erbe aromatiche e una bordura di lavanda.

Cola era un solitario e alle piante preferiva dedicarsi da solo. Margherita sospettava che la terrazza fosse anche il luogo dei suoi convegni amorosi e dunque gli controllava sistematicamente le tasche di giacche e pantaloni, alla ricerca di prove. Trovava pizzini con numeri e lettere maiuscole ritagliate da giornali. Ma non c'era modo di risalire all'autore. Margherita frugava anche nei cestini della carta straccia, e anche lì trovava pezzi di giornale tagliuzzati. Quando chiese spiegazioni, Cola le rispose che erano fatti suoi.

Da allora Margherita non ne parlò più, con nessuno.

Cola aveva deciso di creare in terrazza un vero e proprio giardino pensile. Fece installare un gazebo, protetto da tende di mussola, con un'enorme ottomana: il rifugio perfetto per noi, in quel settembre tiepido e dorato.

Siamo sempre stati molto discreti e avevamo escogitato un sistema per comunicare e concordare sotto gli occhi di tutti i nostri appuntamenti segreti – usavamo le posate, mentre stavamo seduti al tavolo da pranzo. Nessuno poteva intuire un nesso tra certi movimenti di forchette e coltelli, apparentemente casuali, e gli improvvisi rossori miei o i colpi di tosse suoi. I rispettivi coniugi erano ignari di quanto avveniva nella loro stessa casa.

Ogni tanto, però, mi sentivo addosso gli occhi pizzuti di Caterina, la moglie di Ludovico.

Non mi accorsi di essere incinta di Carlino fino a quando non svenni. Le cameriere e la lavandaia furono le prime a capirlo: non c'erano più panni macchiati di sangue da lavare ogni mese. Ne accennai vagamente in confessione a padre Parisi, ma lui fece finta di non badarci o di non aver capito esattamente. O meglio, raccolse soltanto l'annuncio di una nuova gravidanza.

Un pomeriggio, subito dopo l'Epifania, mentre prendevamo il caffè nel salone, davanti alla famiglia riunita il prete se ne uscì con un incauto: "E allora saremo più assai, in questo 1930!".

Mentre Filippo alzava la testa di scatto, Margherita guardò prima me e poi Andrea. Andrea fece sciabolare un'occhiata che non sapeva dove posare, ma che certamente continuava ad accendersi ogni volta che cadeva su di me. Cola fissava il prete, interrogativo. Caterina smise di girare il cucchiaino nella sua tazzina e provò con una sola taliata a inchiodare tutti i presenti. Stefania teneva gli occhi bassi.

Cadde un silenzio atroce.

Padre Parisi cercò di rimediare balbettando: "La nascita di un figlio è sempre qualcosa di cui gioire...".

Margherita non attese neppure che smettesse di parlare. Si levò in piedi e sbraitò: "Chi nasce? Chi nasce senza essere annunciato? Da dove nasce?". E scrutò Andrea, che prima arretrò e poi si alzò pure lui, attraversato da visioni e sospetti.

Cola dovette mettersi davanti a lui che veniva verso di me vociando, Ludovico e Filippo non erano stati abbastanza svelti ad afferrarlo da dietro. Caterina passò un braccio attorno alla vita di Margherita e se la tenne stretta, ma solo per cavarle quello che nessuno aveva ancora detto. Stefania era in piedi con le spalle alla finestra, le mani sulle orecchie e gli occhi enormi, dilatati nel viso pallidissimo. Io immobile, seduta sul divano, speravo che tutta quella furia si disperdesse il prima possibile.

Padre Parisi, sconvolto, lasciò il salotto a marcia indietro, barcollava appoggiandosi ai mobili e scusandosi. Cola continuava a tenere Andrea, e anzi quel tenere era ormai diventato un abbraccio, senza dire una parola.

Salvò la situazione donna Beatrice Benso, la cugina di mio suocero, che proprio quel giorno era stata invitata per il caffè: suggerì che i quattro fratelli parlassero subito tra di loro. Soli. Senza le mogli.

Ludovico e Filippo sono in attesa che Cola, come fratello maggiore, prenda la parola. Provano a partire da lontano, dato che tutti sentono che è in gioco il futuro della famiglia e non soltanto quella che sembra una tresca consumata all'interno dei confini del sangue. Il sangue. Già. Forse Andrea è l'unico a pensare in questi termini, e Cola lo scruta temendo gli effetti che la cosa potrebbe avere proprio su quel tanto di sangue malato che si porta dentro. In verità, la discussione non approda da nessuna parte: solo accuse, rancori, insofferenza. Si sentono tutti vinti. Soltanto Filippo sembra ribellarsi a questo destino. Ma lo fa cercando di rimestare nel torbido. Sono tutti sicuri che solo dopo la morte del padre si potrà fare chiarezza. C'è bisogno di un intervento più solido, di una chiarezza pratica che i quattro fratelli non sanno esprimere.

Mio suocero viene a sapere tutto da Elio.

Andrea viene confinato in camera sua. Io sono invitata a trasferirmi in una delle stanze per gli ospiti. E resto lì, mentre le discussioni procedono senza frutto.

La notte Cola mi raggiunge, mi stringe forte e per prima cosa mi dice che è felice. Che non devo avere paura, ci penserà lui a proteggere me e il bambino. "Ti amo," dice, "in mezzo alla tempesta."

E i baci tempestosi di quell'ora notturna entrano nel diario immaginario del mio amore.

L'indomani Margherita, rabbiosa e risentita, prima minaccia di uccidersi, poi decide di sfruttare la situazione a proprio vantaggio: accetterà la tremenda umiliazione di avere un marito fedifrago ed è disposta a trattare il nascituro come fosse un vero nipote a patto che lei, Cola e i figli possano lasciare il palazzo e andare a vivere in un appartamento lontano dalla famiglia. Intende così riaffermare la propria rispettabilità e indipendenza. Infine, sorprende tutti annunciando che questo appartamento lo comprerà lei: gli orti che possiede lungo il fiume Oreto, ereditati da uno zio e considerati di poco valore, sono stati riqualificati come area edificabile e il loro valore è immensamente aumentato. Guarda Cola con disprezzo: "Sono ricca, finalmente, e di mio!".

Donna Beatrice Benso – convocata da mio suocero insieme alle altre due Sagge, come le chiamano in famiglia – la guarda allibita, anche perché non crede a nulla di quanto Margherita minaccia e promette. Interviene zia Sara Imballomeni: assume una posa quasi imperiosa, il mento alto, il petto spinto innanzi, le mani salde sulle ginocchia, e delibera. Dice che è necessario organizzare un incontro delle due coppie – Cola e Margherita, Andrea e io. È urgente arrivare quanto prima a una risoluzione a cui poi tener fede.

E così accade.

Il giorno dopo siamo tutti schierati a tavola, ciascuno al suo posto come se niente fosse. Si parla di argomenti senza importanza, quasi che il terremoto di due giorni fa non fosse mai avvenuto. Dopo la frutta, mio suocero solleva il sopracciglio e guarda Caterina. Lei si alza e poi in silenzio gli altri figli, le nuore e i nipoti più anziani scivolano via diretti nel salone, dove li aspetta il caffè fumante – alcuni tesi, altri consapevoli, altri ancora indignati di doversi ritirare. Altri semplicemente curiosi. Rimaniamo a tavola Andrea e io, Cola e Margherita, mio suocero e le Tre Sagge.

I camerieri ci servono caffè e cioccolatini, poi si ritirano e chiudono le porte.

Iniziamo a discutere per decidere il da farsi. Non è facile patteggiare, e non è facile nemmeno allineare la semplice verità che ci ha portato tutti lì con le mosse che una famiglia come questa esige sulla sua scacchiera.

Mio suocero se ne esce a un certo punto con una dichiarazione appena alleggerita da una sfumatura di ironia: "Non c'è Congresso di Vienna che si concluda senza una carta di delibere e provvedimenti a cui attenersi. Dunque carta e penna, signore e signori".

Zia Sara Imballomeni, in qualità di Saggia anziana, verga sulla carta intestata gli accordi presi:

Il silenzio resterà sovrano.

Cola e Laura, d'ora in avanti, non si incontreranno mai più da soli.

Laura continuerà a vivere con Andrea e i figli: il nascituro sarà considerato a tutti gli effetti figlio di Andrea.

Cola e Margherita lo battezzeranno e, in quanto padrino e madrina, lo seguiranno, assisteranno e sosterranno fino al compimento della maggiore età. Potranno andare a vivere in un'altra casa – come chiede Margherita –, ma l'unità famigliare dev'essere preservata a ogni costo e dunque dovranno continuare a pranzare tutti i giorni a palazzo Sorci.

Laura sarà trattata dai Sorci con il rispetto dovuto alle altre nuore.

Quando il bambino compirà tredici anni Laura andrà a vivere, sola, in un appartamento di sua scelta, affittato per lei da suo suocero, e con un dignitoso appannaggio. Il bambino rimarrà con i fratelli e il padre; Cola e la sua famiglia manterranno buoni rapporti con Andrea e con Laura.

Al compimento dei ventun anni il bambino dovrà sapere di essere figlio di Cola, e che Cola e Margherita lo accetteranno nella loro famiglia.

Da un certo punto di vista, la carta degli accordi fu un vero capolavoro. Quando ci penso, a distanza di tanto tempo, mi chiedo se – mentre consigliavano e disponevano – le Tre Sagge si ponessero il problema di che cosa sarebbe successo nel chiuso di ciascuna famiglia, se tenessero conto del fatto che saremmo stati tutti, e dico tutti, protagonisti di una commedia che rischiava ogni momento di trasformarsi in tragedia. O in farsa.

Cola poi mi spiegò il suo pensiero: la politica non è soltanto cosa di corti reali o parlamenti, la politica è ciò che tiene assieme qualsiasi aggregazione umana, e non c'è nulla di più politico di una famiglia.

Non avevamo forse noi stessi goduto di quel linguaggio cifrato che i servizi segreti usano per comunicare fra governi, partiti, persino eserciti, all'interno di una nazione e tra una nazione e l'altra? Noi siamo le nostre passioni, non siamo altro, ma sappiamo di doverci rimettere a coloro ai quali affidiamo il compito di sottrarci non tanto al dominio quanto alle conseguenze di queste passioni.

E nella mia mente prendeva forma un dipinto misterioso in cui il pistacchieto incrociava le sale del Congresso di Vienna così come erano state rappresentate nella pittura del tempo. I deliberanti e gli amanti. L'aria soffocante dell'assembramento umano e il profumo della pelle. La notte dell'Europa e la notte dell'amore.

Tutto è continuato come prima, fino a oggi.

Cola e Andrea hanno mantenuto la loro quotidiana routine dopo pranzo: una passeggiata lungo via Maqueda e viale della Libertà. Ero curiosa di sapere cosa si dicessero durante la passeggiata e Cola me l'ha spiegato. Non si dicevano niente, ma superata piazza Croci, passando davanti al Giardino Garibaldi – di fronte al Giardino Inglese –, avevano l'abitudine di sibilare "Tu ci curpi!" rivolti al monumento equestre dell'Eroe dei Due Mondi, e di sputare a terra: una maledizione per l'annessione della Sicilia al Regno di Sardegna. Adesso non lo dicono più, c'è più gente per strada, solo a volte Andrea borbotta: "Tu ci curpi", e Cola incassa silenzioso.

Nell'agosto del 1937, l'arrivo del re e del duce per le Grandi Manovre del Regio Esercito nella Valle del Belice – la prima visita congiunta in Sicilia – ebbe un grande riscontro sulla stampa e suscitò entusiasmo nella popolazione locale. Mio suocero era stato invitato al ricevimento in prefettura, ma alla sua età non faceva più vita mondana e chiese che il suo invito fosse trasferito a Cola e Margherita. Per Margherita era la prima volta; poté ammirare l'opulenza dei salotti del prefetto e l'eleganza degli ospiti che vi circolavano, oltre alla dovizia e alla varietà dei cibi, in particolar modo quando arrivò il momento dei dolci: i cuochi non si erano persi d'animo per la mancanza di ricotta – che li costringeva a rinunciare allo sfavillio multicolore delle cassate, alla sensualità barocca delle sfincie, all'irresistibile contrasto di croccante e morbido dei cannoli – e avevano allestito una tablattè di gelati, granite e sorbetti. Oltre a essere particolarmente indicati alla stagione estiva, erano un omaggio alla tradizione araba, recentemente onorata dagli scambi gastronomici tra la Sicilia e la Libia, annessa al Regno d'Italia nel 1911.

I camerieri servivano dunque gli ospiti attingendo da burnie di gelato (scurzunera, gelsomino e cannella), di granite (limone, mandorla, gelsi e caffè), di sorbetti di frutta dai colori invitanti. Sontuose cupole di gelo di mellone, decorate con gelsomini, pistacchi e scaglie di cioccolato, ricordavano con il loro rosso polveroso quelle – così struggenti al tramonto – di San Giovanni degli Eremiti.

Cola e Margherita rividero Maria Sala insieme a Giosuè Sacerdoti, l'amico d'infanzia che da militare era diventato deputato; sembrava che facesse anche da tramite con gli Stati Uniti d'America.

Conobbero poi una giornalista di fuori, Lucia Graziosi, che alloggiava – insieme a Sacerdoti e ad altri notabili al seguito del duce – al Grand Hôtel des Palmes di Palermo. Margherita si era accorta che Cola era molto incuriosito da quella signora vivace, che palesemente godeva nell'essere una delle poche in grado di conversare con gli uomini da pari a pari, ma si sforzò di non dare troppo peso alla cosa. Lui poi mi spiegò di questa Graziosi: era una donna spregiudicata, che solo in forza di tale spregiudicatezza ingolosiva i maschi.

Il giorno seguente Andrea era andato a Camagni per un impegno. A pranzo si parlò a lungo delle intollerabili imposizioni del governo ai latifondisti: l'intero raccolto doveva essere portato all'ammasso voluto dal duce subito dopo la trebbiatura, per poi essere diviso "equamente" tra lo Stato e il legittimo proprietario. Andrea non aveva voluto accettare quello che considerava un furto e un sopruso, ed era andato a discuterne con il podestà di Camagni, persona di fiducia dei Sorci.

Filippo montò su tutte le furie: la rimostranza era stata inopportuna, in tempi difficili come quelli. Andrea probabilmente aveva pestato i piedi a qualche potente, e anche alla mafia, apparentemente debellata dal fascismo ma in realtà in piena espansione, con il beneplacito del governo. Io ascoltavo preoccupata, comunque mi dispiaceva vedere Andrea sgridato come un bambino.

Cola non rimase per il caffè, disse che doveva andare di sopra, "Ho cose da fare". Sembrava a disagio e sbirciava spesso l'orologio.

"E quando penseresti di tornare?" gli sibilò Margherita, provocatoria e sprezzante.

In casa Sorci, come in tante altre famiglie siciliane, la moglie non chiede mai al marito a che ora tornerà: è una regola non scritta inderogabile, uno dei primi insegnamenti del padre ai figli. E Cola ripeté a Margherita la ben nota frase paterna: "Torno quando torno".

Quello che successe dopo mi fu raccontato da Cola, che a sua volta era venuto a saperlo da Rico e da Caterina, la loro dirimpettaia.

Margherita si era ritirata nel loro vecchio appartamento al piano di sopra, convinta che Cola avesse mentito. Era salito in camera, si era cambiato in fretta e furia prendendo uno degli abiti che teneva a palazzo Sorci per ogni evenienza e aveva lasciato giacca e pantaloni sulla dormeuse ai piedi del letto. Margherita aveva frugato nelle tasche; aveva trovato, appallottolato, un bigliettino: *Sulla terrazza*. Aveva visto uscire anche me, in effetti. E adesso? Ci immaginava nel gazebo, distesi sull'ottomana, le tende tirate, la luce che scendeva dall'alto... Menzogne e lussuria!

Probabilmente era indecisa: Salgo in terrazza? Che succede se li colgo in flagrante? E se invece in terrazza non c'è nessuno? E se invece Cola fosse uscito, magari per andare a comprare degli anicini o quei deliziosi chicchi di caffè rivestiti di cioccolato di Rageth&Koch, per regalarli a quella puttana? Forse è soltanto andato a fare una passeggiata... Ma se Cola è lì, da solo, e magari sta curando le piante... cosa gli dico? Che penserà di me? Rimango con lui? Ma come mai si è cambiato?

Così doveva essere andata nella sua mente, ma alla fine Margherita si era rassegnata ad aspettare. Aspettare per colpire, al momento opportuno.

Prese il piccolo telaio che portava sempre con sé e trascinò una sedia sul balcone della camera da letto, lo sguardo che guizzava dal ricamo alla strada, poi dalla strada al ricamo, e poi di nuovo alla strada, nel caso in cui Cola fosse davvero uscito a passeggio.

Caterina aveva sentito i movimenti nel balcone vicino e la osservava non vista attraverso le stecche della persiana.

Margherita era ambidestra. Ricamava foglioline di edera a punto pieno, e mentre ricamava di certo ricordava. Con la destra tuffava l'ago sulla tela ben tesa nel telaio, la sinistra lo prendeva da sotto, tirava il filo e poi lo faceva risalire pungendo la tela; la destra allora riprendeva l'ago e tirava su il filo, e continuava così, sopra e sotto, sopra e sotto. Avrebbe voluto pungere Cola, pungergli il volto, le labbra, questo avrebbe voluto fare!, e legarlo alla sedia ogni volta che annunciava: "Vado in terrazza". Finì per pungersi un polpastrello. Si portò rapida il dito alla bocca per non macchiare la tela, e mentre succhiava il sangue immaginava la sua vendetta. Avrebbe ordito una di quelle scenate di quando erano giovani, che si sentivano in tutto il vicinato. Tutti dovevano sapere che razza di porco era suo marito! Non soltanto la gente di casa, ma anche chiunque passasse di lì, e che si sentisse tutto pure al bar Luce!

E i figli? Rico, il suo preferito, adorava il padre: solo una volta aveva tentato di metterglielo contro e se n'era pentita amaramente. Quanto a Rosamaria e Carmela – che sperava si maritassero al più presto –, meno sapevano e meglio era.

Poi pensò alle Tre Sagge: immaginò di rivolgersi a loro, che rileggessero la carta degli accordi alla luce di quello che – ne era sicura – continuava ad accadere, e per di più nella stessa casa in cui abitavano anche i figli dei due fedifraghi. Ma la punizione peggiore per Cola, decise, sarebbe stata la sua magnanimità: lei, Margherita, avrebbe continuato ad accogliere Carlino a casa, persino a trattarlo con affetto. Il piccolo bastardo. Certo, lo avrebbe fatto a modo suo. Avrebbe definitivamente rivelato la sua effeminatezza. E Cola ne sarebbe stato straziato.

Esaltata da quel pensiero, non resistette più. Appuntò l'ago sulla tela e salì in terrazza.

Sul momento non vide nessuno. I fiori bianchi e cerosi delle pomelie erano in pieno splendore, e così gli ibischi, gli oleandri, le portulache variopinte e le cascate rosa di mandevilla che si spingevano a carezzare il pavimento a strisce bianche e verdi. A quell'ora la terrazza era ancora al sole, ma il caldo era mitigato da un vento fresco che faceva ondeggiare le tende di mussola del gazebo. E fu allora che vide. Vide due che si baciavano e si stringevano forte, e lui faceva scivolare a terra la gonna di lei.

Margherita scese di corsa in casa e si buttò sul letto, il cuore in gola. Non ne avrebbe parlato con il marito, no, sarebbe stato troppo penoso, troppo umiliante. Ma si sarebbe vendicata.

Non ero io, però, quella donna. E quell'uomo non era Cola. Glielo disse poco dopo Rico.

"Mamma, scusa..."

"Di che?" disse lei mettendosi a sedere di scatto.

"Eri tu in terrazza poco fa, vero?"

"Di che parli?" Margherita non ci capiva più niente. Cosa c'entrava Rico?

"Avevo un appuntamento..." Rico era a disagio. "Insomma, volevo dirti..."

"Non mentire! Sta' zitto!" gridò lei mettendosi le mani sulle orecchie.

"Mamma, ascoltami!" Rico si era seduto sul bordo del letto, le aveva preso i polsi e le teneva ferme le braccia per costringerla ad ascoltarlo. "So che cosa pensi, ma ti assicuro che non sai di che cosa stai parlando. In questo preciso momento papà è sulla terrazza dell'Hôtel des Palmes insieme a Lucia Graziosi, la giornalista amica di Giosuè Sacerdoti, e ad altri notabili al seguito del duce che avete conosciuto ieri sera in casa del prefetto."

Margherita lo guardava con gli occhi sbarrati. E si accasciò sul letto svenuta.

Io non ero affatto gelosa della giornalista. Roba del Continente. Lei non se lo sarebbe portato via, né sarebbe mai rimasta per lui in una città come Palermo, "bella e inutile", come aveva avuto modo di dire. Forse Cola neppure ci ebbe a che fare. Era troppo innamorato di me. E non era come suo padre. Di femmine ne aveva abbastanza. Io avevo imparato a portarlo dentro il piacere con la semplicità della guida amorosa.

Avevamo un figlio che, per quanto fosse vicino, guardavamo da lontano quando eravamo insieme, e se questo da una parte ci intristiva, dall'altra ci dava la strana visione di una creatura che non era ancora nostra ma lo diventava progressivamente. Carlino e io giocavamo spesso assieme, e nel mezzo di un gioco o di una favola mi capitava di abbracciarlo, di tenerlo stretto fin quasi a soffocarlo. Spesso lui mi carezzava le guance. Spesso indagava il mio volto come vi cercasse qualcosa, come vi cercasse la meraviglia di essere vivo. Io già allora gli raccontavo del nonno de Nittis, gli raccontavo del collegio, gli raccontavo della vita che facevamo. Una volta accennai anche a mia sorella Adele. Volle sapere tutto. "Ma dov'è adesso questa mia zia?" mi chiese. Io gli dissi che me la immaginavo in una grande città del Nord, che d'inverno portava pellicce morbidissime, mentre d'estate prendeva il sole sulle spiagge della Romagna dove andava il duce, e durante la stagione dei teatri si vestiva come una signora e andava alla Scala di Milano, un teatro meraviglioso come il Massimo ma dove passavano tutti i più grandi artisti del mondo. Gli raccontai che i nonni Sorci una volta ci erano stati alla Scala, tanti anni prima.

Dove fosse finita Adele, avrei voluto saperlo anch'io. Non era morta. Questo me lo sentivo. E poi, quand'ero al mio ultimo anno di collegio al Maria Adelaide, era arrivata una scatola con un suo regalo, un foulard di seta blu pavone che conservavo religiosamente.

Carlino mi chiedeva perché non mi mettevo elegante anch'io, per uscire con gli zii. Non nominava Andrea perché di lui sapeva che non era portato per il mondo. "Sai," mi disse una volta, "quando eravamo in campagna papà mi ha insegnato a pregare. Ci siamo inginocchiati insieme al prete nel salotto dove teniamo l'altarino della Madonna e abbiamo detto le preghiere." Mi diceva che ero bella, come sanno dirlo i bambini. E una volta mi domandò come mai ero senza rossetto. Io presi la mia borsetta e gli mostrai l'astuccio.

"Perché non andiamo davanti a uno specchio e te lo dai?"

"Io me lo do così, a memoria," e presi a stendermelo sulle labbra con cautela, lui estasiato a guardarmi.

Carlino si trovava, sensibile com'era, in un paradiso di femmine – se non stava con me voleva stare con Mariolina, e quando, raramente, scendeva a giocare nel cortile del palazzo, era sempre accompagnato dalla bambinaia –, ma potrei ben dire anche in un inferno di femmine.

Non andava ancora a scuola quando Margherita si era resa conto, prima di me, prima di tutti, della sua natura effeminata. Fu Carlino stesso, nella sua ingenuità, a raccontarmi che la zia aveva in camera da letto uno specchio bellissimo, a tre ante, in cui ci si poteva vedere di fronte e di profilo: "Come sto?" mi disse la prima volta che me lo vidi tornare a casa profumato e con i capelli arricciati. Era affascinato dai vasetti delle creme, dal piegaciglia, dal morbidissimo piumino della cipria che la zia gli passava sul naso e sulle guance, ma erano soprattutto le boccette di cristallo dalle forme stravaganti e il loro contenuto ambrato a eccitare la sua sensibilità: "Questo si chiama Vol de Nuit... senti che buono!" e mi porgeva il polso destro, "E quest'altro L'Heure Bleue... sa... sa di stelle, sa di quei fiori che ci sono sulla terrazza di Bruccoleri, d'estate," mi diceva sognante, con gli occhi lucidi, e io capivo che quei profumi mettevano nel suo corpo bambino come una nostalgia di sensazioni mai conosciute e una gran voglia di piangere.

Non riuscii a oppormi, anche perché tutto quello che Margherita ordiva lo faceva forte del suo diritto di zia che – bontà sua – aveva accettato quell'incresciosa situazione. Anch'io tuttavia avevo un potere, di cui forse non mi rendevo neppure conto. Cantavo. E quando cantavo sentivo che la mia voce lo andava cercando di stanza in stanza, e Carlino subitamente mi arrivava davanti: "*Chi siete io non lo so,/ chi siete io non lo so...*", cantavo, e lui dietro a me: "*Ma so che gli occhi ardenti/ hanno la forza di strapparmi il cuor...*".

Ma non bastava. Margherita era più forte. Ed era più forte perché aveva un obiettivo e lo perseguiva con determinazione. Io facevo notare a Cola come andavano le cose e lui soffriva in silenzio: si adoperava per tenere Carlino lontano da Margherita, ma non era facile perché il bambino era buono di cuore e voleva sinceramente bene alla zia, la cercava. Lei gongolava, sentiva che accettando il tradimento di Cola e il frutto che ne era nato aveva legato a sé il marito con lacci persino più robusti del vincolo matrimoniale e questo serviva almeno in parte a placare la sua sete di vendetta.

Quando infine Rico cercò di persuaderla che non era giusto giocare in quel modo con Carlino, gli fece una sfuriata. Gli disse che non ne poteva più di essere criticata dai Sorci, e gli ricordò che un figlio non ha il diritto di dire alla madre cosa può e non può fare, è esattamente il contrario. E poi lei non faceva alcun male a Carlino, anzi! Era meglio se il bambino si divertiva con i suoi trucchi, in casa, dove tutti gli volevano bene, anziché altrove! Cominciò allora, per ripicca, a imbellettargli le guance, a passargli il mascara sulle ciglia. "Stai fermo!" gli ordinava alzandogli il mento con due dita. E Carlino aspettava immobile e fiducioso che lei gli scurisse l'attaccatura delle ciglia con la matita: solo quando aveva finito, e dopo un velo di rossetto rosa, aveva il permesso di rimirarsi nello specchio a tre ante. "Che sapurito!" gli diceva allora Margherita con un gran sorriso e gli occhi gelidi. E poi: "Aspetta, non ho finito". Tirava fuori dall'astuccio dei gioielli un filo di perle e glielo agganciava al collo, quindi gli permetteva di andarsene in giro per la stanza con i piedi dentro le sue pantofoline col tacco. Quando poi lo struccava, con un batuffolo di cotone e il latte detergente, faceva sempre in modo di lasciare un'ombra scura sugli occhi e un tocco di rosa sulle labbra. Lo guardava sculettare via e di certo esultava: il figlio dell'amore fedifrago era già un precoce invertito!

Una volta lo sorpresi mentre offriva i cioccolatini alle amiche di Margherita venute a giocare a canasta: con in testa una crestina inamidata, faceva girare il vassoio d'argento, felice, e porgeva tovagliolini ricamati.

Qualche mese prima di morire, mio suocero mi mandò a chiamare – non si muoveva già più dalla sua stanza, ma non era ancora inchiodato al letto. Mi disse che lui teneva a me e a Carlino. Di quanto avessi patito era ampiamente consapevole, ma io gli dissi che no, meno di quanto pensasse avevo patito, ché i veri patimenti sono altra cosa. Sono sicura che tanta certezza sul non aver patito suonò come un'ammissione di colpa – era come se gli stessi confessando che, contravvenendo agli accordi stilati insieme alle Tre Sagge, Cola e io avevamo continuato a incontrarci in segreto. Lui fece un cenno con la mano come a dire che non voleva sapere altro. Ora il futuro era di Carlino e non si fidava dei suoi figli, neanche di Cola. Mi disse che aveva lasciato precise disposizioni perché si provvedesse a me, quando Andrea e io ci saremmo separati: avrei avuto un appartamento e un appannaggio mensile, come era stato stabilito nell'accordo. Concluse dicendo che gli sembravo pallida e che dovevo darmi un po' di rossetto. Proprio come suo nipote, pensai. Quei due così diversi, uno anziano e l'altro bambino, uno donnaiolo e l'altro effeminato, la vedevano allo stesso modo.

Elio, davanti alla porta, sorvegliava e aspettava di essere comandato. Com'era solo, mio suocero. Pensai a tutte le donne che doveva aver conosciuto e mi immaginai che fruscio di sete, che baldanza di cappelli, che fragranza di vesti e sottovesti, me lo vidi baciare ed essere baciato, ma mi accorsi di non poter spingere più in là la mia visione. "Voi siete maestoso," dissi, senza neppure sapere perché avessi scelto quell'aggettivo. Ma lui lo gradì, lo gradì tanto che allentò un sorriso e mi allungò una mite carezza. "Maestoso," ripeté. "Mai nessuno me lo aveva detto."

Adesso che è morto, Margherita è la padrona del piano nobile. Ma Cola mi ha riferito che non intende trasferirsi immediatamente. Per il momento rimarranno nell'appartamento sul Cassaro: soltanto allo scadere del contratto di affitto lei, e non lui, valuterà se le conviene tornare. Vuole che prima io vada a vivere altrove, dopo il tredicesimo compleanno di Carlino. Solo allora lei diventerà la signora e padrona di palazzo Sorci. Non dovrà aspettare molto.

Così è passata la giornata delle esequie. Come tutte le morti, anche questa – anzi, questa forse più di tutte – ha risvegliato la memoria, e insieme ai ricordi vecchie abitudini. Tutti sono tornati indietro. Purtroppo anche Andrea, con quelle odiose crudeltà in carrozza dalle quali da tempo non si lasciava tentare.

Sottrarmi per mezz'ora con Carlino al clamore e al gran ciarmulio delle visite è stato un toccasana.

Quando, esausti, ci siamo ritirati in camera ho guardato Andrea con sospetto se non con paura. Si nascondeva gli occhi. Camminava sulle punte. Non mi parlava dalla mattina e continuava a non rivolgermi la parola. Aveva saltato la passeggiata quotidiana con Cola e senza quel punto fermo della giornata sembrava una lumaca rintanata nel guscio, dove doveva aver covato livore contro di me, tutto il tempo.

Ci siamo coricati in silenzio: lui stava rincantucciato dal suo lato dandomi la schiena. Si era coperto la faccia con il lenzuolo, fino agli occhi, come fanno spesso i bambini. Stava in posizione fetale, come sempre, ché per lui ogni notte doveva farlo tornare indietro e poi farlo rinascere. Era il suo rito.

Ho detto le preghiere e spento la luce. Nel buio, la voce di Andrea è risuonata forte: "Puttana!".

6.
Dice Cola Sorci

Un calabrone è rimasto imprigionato nella sala da pranzo. Per tutto il giorno ha cercato una via di fuga, e continua a farlo. Mi perdo dietro al suo volo irregolare, rabbioso, disperato – tutto uno spingere verso l'alto e poi un precipitare verticale lungo la parete –, quasi confondendo il suo frullo nerastro con i disegni della carta da parati. A volte non lo vedo neppure, ma sento il suo ronzio funesto e allora cerco di individuarlo. Quello che non fa è infilarsi nel varco leggero delle tende bianche e approfittare dei finestroni ancora aperti per uscire nel primo buio della sera.

Le nove sono l'ora in cui solitamente ci si ritira nel proprio appartamento, o si prende la strada di casa. Negli ultimi tredici anni, Margherita e io abbiamo cenato qui solo in occasioni particolari, e comunque il meno possibile, ma abbiamo pranzato qui ogni giorno – nel rispetto della clausola da lei imposta nel corso di quello che mio padre chiamò "il Congresso di Vienna di casa Sorci".

Oggi non c'è stato un vero pranzo. Di ritorno dal cimitero, bambini e ragazzi hanno trovato nella stanza da pranzo piccola pasta al pomodoro e polpette di carne con contorno di melanzane fritte; noi adulti e i giovani abbiamo avuto una tablattè su cui era stato disposto il consòlo mandato dai parenti. C'era qualcosa di osceno nella vista di tutti quei timballini, tutte quelle arancine, tutto quello sfincione. Tutti quei dolci. Ho preso soltanto del pane e, mentre gli altri si sparpagliavano tra la sala da pranzo e il salone, mi sono seduto vicino a una portafinestra. Non volevo parlare con nessuno.

E poi, nel primo pomeriggio, sono arrivate le visite.

Più numerose del previsto, sono finite alle otto passate. Adesso finalmente siamo soli, adesso siamo soltanto famiglia: i sette figli Sorci con i rispettivi congiunti e le Tre Sagge.

Sembrava che – come accade in simili occasioni – dolore, sgomento e stanchezza ci avessero tolto l'appetito, finché poi il corpo, d'improvviso, ha reclamato i suoi diritti. Don Peppe Zuppardo ha imbandito una cena con i resti riscaldati del pranzo dei ragazzi e del consòlo.

Io vago per la stanza e la vedo questa famiglia mia, tutta insieme; provo un sentimento di compassione. Non sarà facile prendere le redini di tante personalità diverse, ciascuna chiusa in una sua cupa speranza, in un suo sogno oscuro. Farlo mentre, intorno, la guerra rende insicure le vite di tutti aumenta il mio senso di oppressione.

Non sono un temperamento portato alla filosofia, avrei voluto essere un ingegnere e sono finito ad Agraria, ma queste figure che piano piano occupano il loro posto intorno al tavolo mi fanno pensare alla vanità degli sforzi umani, alla solitudine di cui è impastata questa finzione di società che ci inventiamo ogni volta che la famiglia si raduna. Guardo Andrea, la faccia tirata dell'uomo che non ha saputo diventare, e mi rattristo come se fossi stato io a disegnare le sue rughe nervose, il suo astio, il suo abisso di spavento che si colma solo quando ce ne andiamo assieme lungo via Maqueda, via Ruggero Settimo e poi viale della Libertà, a passo sostenuto, salutando e non salutando, certi del nostro isolamento, del nostro chiuderci in noi stessi, come se solo così, fratelli malati del nostro essere fratelli, potessimo placare il tormento di essere al mondo. Già, la nostra passeggiata quotidiana, la nostra routine, la passeggiata che cancella anche il mio essere l'amante di sua moglie e il padre di suo figlio. Oggi non l'abbiamo fatta, e ora Andrea è l'unico a non spiccicare parola.

Ronza ancora il calabrone, alto su di noi, ma soltanto io

me ne sono accorto, o forse per un attimo pure Andrea. Forse pure lui lo ha visto.

Seduti intorno al tavolo anche in mancanza di posti apparecchiati, parliamo delle visite ricevute: vecchi impiegati, i pochi parenti rimasti in città, gli amici intimi e i professionisti a vario titolo collegati alla gestione dei nostri beni, che già avevamo visto in chiesa; e perfino la gente del quartiere con cui non abbiamo alcun rapporto non dico di amicizia ma almeno di consuetudine – hanno approfittato delle condoglianze per venire a curiosare in casa nostra, di cui conoscono solo la facciata. Alcuni erano saliti all'epoca della morte di mamà e volevano vedere che cosa è cambiato, altri vent'anni fa erano troppo giovani: nessuno si è lasciato sfuggire l'occasione.

Pratica antica, pratica vitale, il pettegolezzo si prende il suo spazio. Non c'è lutto che lo possa arginare: semmai il contrario. Tutti hanno voglia di far sapere con quanto acume sono riusciti a leggere nei gesti degli altri, con quale raffinatezza hanno colto ipocrisie e ossequiosità.

"Non me li aspettavo, i Ruoppolo, dopo la malafigura che fece l'avvocato alla prima udienza! Che faccia tosta ebbe, di venire!" cuttulìa mio fratello Filippo.

"Nessuno dei Rizzuto venne. Forse non lo hanno saputo... oppure sono in campagna?" dice livida mia moglie Margherita.

"Brava gente, i Bonanno. Tutti sono venuti, magari la nonna," le fa eco Laura, la mia dolce Laura, che non parla mai male di nessuno.

"L'avete vista come si taliava intorno, la giovane moglie dell'ingegnere Crapanzano? D'altra parte, viene dalle Madonie," commenta Ludovico.

A volte, dopo tutti questi anni, mio fratello mi sorprende: credevo che le fimmine nemmeno le vedesse, e invece eccolo lì a rammentarci come la bella, scura madonna di Polizzi Generosa si muoveva curiosa dentro il mondo dei Sorci.

Rico porta, con una sorta di dignitosa sofferenza, i segni della sua smaniosa virilità: di tanto in tanto mi osserva pensoso. E sento in quelle occhiate una preoccupazione per me, per come mi dispongo a considerare il futuro della famiglia.

Ora si è alzato e si prepara a rientrare in caserma. Da quando è scoppiata la guerra, il congedo dalla famiglia è spesso lacrimoso, soprattutto da parte delle donne – prima tra tutte sua madre, naturalmente, che gli si è appesa al collo ed è scoppiata nel primo vero pianto della giornata. Io invece sono fiero di mio figlio: altri avrebbero approfittato della situazione e chiesto un permesso speciale per rimanere con i parenti fino a tardi, o addirittura per rientrare in caserma domattina. Rico no. Rico sa che quando arrivano i bombardamenti, la notte, il suo posto è in caserma. Non è solo senso del dovere, è anche senso del giusto. A lui piace che ci si rispetti in ciò che siamo e per ciò che valiamo, gli piace che la considerazione delle azioni sia espressa non in maniera assoluta, ma misurata in rapporto alle risorse che uno ha per agire. La vita militare, che avrebbe potuto esacerbare una visione ristretta del valore, e dunque anche della giustizia, ha invece stimolato in lui una maggiore sensibilità. Fra le sue letture c'è stata, come per tanti giovani della sua generazione, l'opera di Nietzsche, e io so come il nome del poeta e filosofo balzi fuori in ogni occasione in cui si debba celebrare o giustificare la supremazia. Rico mi disse una volta che si sentiva provocato – diceva proprio così, "provocato" – e mi ripeteva una frase mandata a memoria: *Fratelli miei, non vi consiglio ad amare il prossimo: amate quelli che son da voi più lontani*. Non c'era niente di facile in quel suggerimento, c'era semmai la premessa a fondare una visione complessa della giustizia, un accrescimento della morale cristiana.

Già, il senso del giusto, dicevo. Devo ritenere che sia un'espressione desueta? Faccio fatica a stare in questo nostro mondo. Ci sono state tante trasformazioni, ma negli ultimi vent'anni abbiamo assistito a un allentarsi, a una caduta delle grandi tensioni morali di inizio secolo. Lo ripeto, non sono un filosofo, eppure so che sempre più saremo chiamati a interrogarci sul male, sulle ragioni del male. Morire è del tutto naturale, e il problema non è la ricerca dell'immortalità: il vero obiettivo è diventare signori di se stessi.

Ascolto i miei fratelli, le mie sorelle, ed è giusto che io lo faccia, ma è ancora più giusto il sentimento che mi spinge fuori di qui. A volte mi sento soffocare. Viviamo tempi bui, chiusi. E nel chiuso maturiamo il male, il piccolo male dell'incomprensione, il grande male dell'odio.

Sognavo di costruire ponti, di essere l'ingegnere che avrebbe contribuito a cambiare i connotati alla mia isola. Ancora adesso mi trovo con il lapis in mano a disegnare progetti arditi, a pensare un assetto viario che finalmente possa far guadagnare tempo, che tolga ignavi amministratori del territorio ai loro alibi. Mi perdo dentro le mappe militari che mi faccio portare da Rico, riconosco poderi e paesi abbandonati: so immaginare dove l'abbandono potrebbe essere al contrario cura e ripristino. Quando, giovane, fui invitato a studiare agraria, provai per un po' a pensare che in fondo avrei potuto lavorare nella stessa direzione, ma non fu così, non può essere così. Quanto più imparavo su come mettere a frutto la terra, quanto più imparavo sul modo di difendermi dagli impedimenti di burocrazia e antica stagnazione, tanto più capivo che i miei progetti impallidivano.

Il calabrone è ancora lassù, ostinato, impazzito.

Dov'è il giusto nelle leggi razziali del fascismo che da cinque anni sono diventate operative? Gli ebrei non possono più frequentare le scuole del Regno né tanto meno le università, sono esclusi dal diritto di voto, non possono partecipare alla vita politica, e naturalmente non possono concorrere per gli impieghi statali. E quelli che erano cittadini italiani, che sono diventati medici, ingegneri, docenti, avvocati, devono lasciare la loro professione. Il senso del giusto. Mi atterrisce l'abisso in cui la società italiana è precipitata. E di questa nostra isola, che dire? C'è stato chi, come Sidney Sonnino, si è sforzato di capire, ha provato a chiedersi, da parlamentare, come mai in Sicilia, dopo l'Unità d'Italia, le cose siano andate di male in peggio. E la sua analisi sui guasti portati alla nostra economia dal latifondo e dall'irresponsabilità dei grandi proprietari terrieri è stata determinante per chi, dopo di lui, quei guasti ha cercato di correggerli.

Rico si vergogna del fascismo e di Mussolini; non lo dice, consapevole del dovere dei cittadini verso la Patria in tempo di guerra e della sua posizione nell'esercito. Ma non ha ricevuto formalmente la laurea in Giurisprudenza perché si è rifiutato di indossare la divisa fascista. Adesso è militare: a differenza di tanti di nostra conoscenza, si è rifiutato di brigare per farsi riformare, in casa Sorci questo comportamento scorretto non sarebbe accettabile.

Non so se vivrò abbastanza a lungo da conoscere i suoi figli. Ma sono certo che li alleverà nel rispetto della giustizia. Rico è un bravo ragazzo. Ha delle debolezze? Sì, anche lui ne ha. Prima di andare via mi ha chiesto se sua madre e io intendiamo trasferirci al piano nobile: "In ogni caso, potrei avere l'appartamento in cui vivevamo quando abitavamo qui?... È rimasto vuoto da allora".

Quando abitavamo qui. È delicato il mio Rico, non ha accennato ai mesi di inferno con sua madre, quando si scoprì che Laura aspettava un figlio da me.

"Hai qualche programma di cui vuoi mettermi al corrente? Ci sono novità? Una donna?" gli chiedo ansioso.

"No, davvero... non ancora, papà." E poi sbummica, timido ma senza arrossire: "È solo che sento il bisogno di essere indipendente".

Commosso, lo abbraccio. "Farò il possibile per aiutarti," gli dico. "Ma bisognerà attenersi alle ultime volontà del nonno." Faccio una pausa. "E semmai correggerle con il consenso di tutti."

Anche se davvero tornassimo a vivere qui – adesso che, oltretutto, Carlino sta per compiere tredici anni e dunque Laura se ne andrà altrove –, di sicuro Margherita non si accontenterebbe di avere Rico al piano di sopra: è il suo unico figlio maschio e lo vorrà ancora in casa con noi, il più possibile, finché non prenderà moglie.

Cerco di spiegarlo a Rico e vedo che un velo di tristezza cala sui suoi occhi a mandorla. Non credo sia dovuto alla morte del nonno. Credo piuttosto che la sua richiesta di indipendenza abbia a che fare con il desiderio di portarsi dentro qualche fimmina, se gliene capita l'occasione.

Le donne. Torno a guardare la tavolata, la guardo e basta, non sento il frusciare delle parole che pure continua. Vedo le donne della mia famiglia. So quanto sono signore del loro destino, certo che lo sono, alla maniera loro lo sono sempre state.

Quasi a comporre un quadro a sé, le Tre Sagge pizzuliano ciliegie e osservano: non perdono né un gesto, né una parola. Zia Sara dice che papà si è preparato come meglio non poteva alla dipartita, dice anche che Elio dovrà ricevere un regalo sostanzioso dalla famiglia: "Non se lo aspetta," dice, "ma sa che gli siamo tutti grati per avere accudito papà vostro fino all'ultimo, non solo con scrupolo ma addirittura con devozione. D'altro canto, picciotto era quando entrò in casa... io me lo ricordo bene".

Zia Rachele cala la testa, e ogni tanto la scuote impercettibilmente, ricordando anche lei.

Mentre le conversazioni continuano, mi metto alle spalle delle zie e dico sottovoce che avrò bisogno di loro perché non si facciano imbrogli sulla lettura del testamento, e soprattutto perché il futuro di Carlino sia al riparo da qualsiasi intrusione. Sento levarsi dai loro vestiti di seta un concerto di fragranze che sono insieme – anche alla fine di questa giornata calda e difficile – un miscuglio di sapone, di essenze dolci, placide, di biancheria fresca lasciata riposare fra cuscinetti di lavanda prima di essere indossata. Beatrice raccoglie il consenso delle altre due, che è consenso tacito, complice. E io so di poter anche fare cenno a Laura, di poter sussurrare nell'orecchio di zia Sara: "Io senza di lei non ci so vivere". Lei non dice niente e con severa dolcezza appoggia la mano sulla mia.

Laura siede composta, fa scorrere le perle della collana tra pollice e indice, e ascolta; non sembra, in questo momento, l'estranea che a volte è costretta a sentirsi. Vedo una sequenza di regine, una sequenza di donne che hanno governato il mondo. So che avranno sempre più voce e potere. E sarà un bene per tutti.

Per il momento basterà attenersi al codice approvato quest'anno, che assicura la legittima anche alle figlie femmine. Saranno trattate come i fratelli. Checché ne pensi Filippo. L'ho già sentito agitarsi, chiedere di aspettare che le nostre sorelle intentino un'azione legale contro di noi. Vuole imbrogliare le carte, ha qualcosa in mente, e da lui mi devo quartiare. Partecipa al chiacchierio, si impiccia, fomenta, ma, se ben intendo, quello che in questo momento gli interessa davvero è fare i conti in tasca a chi è venuto in visita. Basterebbe chiedergli per sapere con ragionevole esattezza la percentuale dei beni messi al riparo dalle traversie della guerra da tutti i condolenti che hanno reso omaggio a papà nostro. "Salvatore Amenta ha fatto acquistare alla moglie tutta la buona terra svenduta da certi cretini di mia conoscenza, convinti di fare buoni affari." E qui Filippo si guarda intorno, cercando la nostra attenzione. "Solo carta sarà la carta moneta, da qui a due anni, carta buona per il fuoco, e lui invece ulivi avrà, e agrumeti profumati."

A Filippo piace parlare di denari, gli viene magari caldo quando ne parla, e il caldo aumenta se pensa a quelli di nostro padre.

Ora si curva in avanti e dà un morso alla sua genovese, facendo piovere sul piatto briciole di pasta frolla. Maria Teresa lo guarda con soddisfatta compassione.

E Andrea? Dov'è? Infine lo vedo, nell'angolo vicino alla finestra, dall'altra parte della stanza, leggermente piegato in avanti. Si è portato le braccia al petto, ma non vedo le mani.

Mi avvicino. Chiedo che cosa sta facendo. Sembra riscuotersi da un pensiero. Si volta verso di me e mi mostra le mani chiuse a coppa, come contenessero qualcosa di fragile.

"L'ho preso," dice.

E io ora so che è riuscito a catturare il calabrone, glielo sento ronzare dentro le belle mani, custodi, carceriere. Sorride, si avvicina alla finestra, fa per liberare il prigioniero ma poi serra, secco, i palmi. Si affaccia sulla strada e si libera dell'insetto giustiziato.

Parte seconda

DICEMBRE 1942-AGOSTO 1953

7.
Dal diario di Mariolina Sorci

Uffa! Un altro Natale a Palermo!

Prima della guerra si andava a Camagni, dove la sera del 24 dicembre la famiglia presenziava alla messa della mezzanotte nella Madrice, di fronte al palazzo, nella piazza del paese. Davvero *presenziavamo*: la chiesa era piena di gente e gli zampognari, a lato del presepe, aspettavano che entrassimo noi per suonare *Tu scendi dalle stelle* e *Astro del ciel*.

Anche nell'androne del nostro palazzo si allestiva il presepe. Un presepe magnifico dovuto in parte ai maestri figurinai della zona – ed erano terrecotte rivestite di sottili strati d'argilla colorata – e in parte ad acquisti napoletani: pupi rivestiti di stoffe, a volte preziose, che non si capiva davvero come ci avessero potuto ricamare sopra con tanta abilità. E poi le luci. C'era don Vito che distribuiva lumi di cera per tutto il paesaggio del presepe, e appena calava il sole uno per uno li accendeva allungando pazientemente anche nei punti più lontani l'asta dell'accensorio. I paesani venivano nel pomeriggio per vedere il nostro presepe e per ascoltare la novena. Il vero spettacolo era quando si accendevano i moccoli nascosti. Carlino e io guardavamo dall'alto, dai balconi interni della scala di fronte alla guarderia: il presepe era meraviglioso e i camagnini si erano conzati una specie di palco per ammirarlo con tutta calma, con sedie e seggioloni.

Alla fine della novena la famiglia offriva mustazzoli e buccellato.

Era bello il Natale in paese! Qui a Palermo invece mi annoio. E poi c'è la guerra. La notte si sentono gli aerei che passano e le bombe che cadono. Il presepe l'hanno fatto pure qui, ma è una cosuzza rispetto a quello di Camagni.

Adesso scrivo, anziché affliggere mia madre. Lei dice che quando i tempi sono tristi come adesso scrivere fa bene: scrivere la confortò moltissimo durante il lutto per il suo primo marito, "vittima della guerra d'Africa e dell'ambizione del duce" – è così che dice.

Ho quasi undici anni e frequento l'istituto del Sacro Cuore di Gesù, in piazza Camporeale. Sono l'unica figlia femmina di Filippo Sorci e di mia madre Stefania Rizzo, che erano vedovi quando si sposarono. Ho due fratelli da parte di mio padre, Enrico e Luigi. Loro sono grandi, hanno ventidue e ventun anni. Mio padre non voleva risposarsi perché aveva paura che Enrico e Luigi – che all'epoca erano picciriddi – si sentissero messi da parte, che pensassero che lui si era dimenticato della loro madre e che si sarebbe occupato soltanto della moglie nuova e dei figli che avrebbe avuto da lei.

Ma poi mio padre conobbe mia madre e cambiò idea. Quando la vide la volle subito perché era bellissima, e mi racconta che gli era apparsa così, "con un corpo da Venere e capelli biondi che parevano seta". Mi piace farlo parlare di come si sono conosciuti. I miei nonni la diedero a lui, il terzo figlio del barone Sorci, perché si diceva che i Sorci erano ricchissimi, e lei riceveva solo la pensione da vedova di guerra ed era dovuta tornare in casa dei nonni. Aveva fatto le magistrali ma non era diventata insegnante come mio nonno Luigi, aiutava i suoi fratelli e sua sorella a crescere i loro bambini.

Il momento migliore per fare domande a mia madre è quando ricama vicino alla finestra. "Avevo una vita spenta di passione, ma piena d'amore per i nipoti e la famiglia," mi dice con un sorriso malinconico. "Poi, a un matrimonio, tuo padre mi vide." E a questo punto il sorriso si apre. Mia madre abbassa la testa e ricomincia a lavorare.

"E ti volle?"

Sì, la volle perché era bella e perché aveva bisogno di una moglie che accudisse i figli orfani, tanto che all'inizio non voleva altri figli. "Ma poi venisti tu," mi dice ogni volta mamma dandomi un bacio sul naso, il nostro bacio segreto. "Tu sei la mia gioia, e lui, lo sai, ti adora."

Sono arrivata io, però ci sono voluti tre anni per convincere mio padre. Non ho mai capito bene che cos'era, questo "convincere", ma così si dice in famiglia: convincere. È stata zia Caterina, la mia madrina di battesimo, la prima ad accennare a questa "convinzione" in uno dei suoi racconti. Lei sa tutte le storie di famiglia dei Sorci – è entrata in casa tanti anni fa, perché zio Ludovico è stato il primo a sposarsi – e le piace raccontarle. Viviamo nello stesso palazzo e io entro ed esco dal loro appartamento come se fosse casa mia. Quando ricamo insieme a lei e a mia cugina Rosarietta, che è già sposata anche se figli non ne ha, la zia parla tantissimo, e alla fine conclude sempre: "Bedde mie, ricordatevi che le figlie femmine valgono come e più dei maschi. Oggigiorno, se volete potete studiare e perfino lavorare, e poi siete voi che vi occuperete dei genitori anziani... una nuora certe cose non le fa! Anche se io mia suocera l'ho amata e rispettata come una figlia vera". Poi appunta l'ago sulla tela, ci guarda dritto negli occhi e sentenzia: "*Mater semper certa est, pater numquam,* dicevano gli antichi romani. Solo i figli delle figlie femmine sono di sicuro sangue del tuo sangue!".

Mi piace scrivere. Ma certe volte mi accorgo che i ricordi si mescolano e l'ordine vero non è quello dei fatti che mi tornano in mente. Altre volte mi viene voglia di descrivere una faccia, o meglio, non una faccia ma l'espressione che aveva stampata sopra in un determinato momento, ed è difficile.

Quando i miei fratelli partirono militari sentii molto la loro mancanza. Un pomeriggio, avevo nove anni, ricamavo con mia madre al balcone; le chiesi perché non mi avevano dato un fratello o una sorella con cui giocare. Mia madre parla poco, e mai di getto. Quella volta invece rispose subito, gli occhi sul telaio, mentre il sole del mattino risplendeva forte su di noi e sul lino bianco del nostro ricamo: "Tuo padre non voleva altri figli. Lui aveva già i tuoi fratelli, ero io che volevo una picciridda... e poi venisti tu! E ci hai fatto felici". Mi guardò: aveva gli occhi tristi. Riabbassò le palpebre, lenta, come se le sue ciglia mi volessero carezzare, e ritornò al ricamo. "Ci era voluto tempo per convincerlo che avevo bisogno di un figlio..." la sentii mormorare, come se parlasse da sola. E ripeté: "E poi venisti tu!".

"E come hai fatto a convincerlo?"

Mio padre è cumannero e molto testardo, per questo ero curiosa di saperlo. Ma mia madre non volle dire altro.

E così ero tornata al "convincere" della zia, ero tornata a quel piccolo mistero che la "convinzione" conteneva, come un gioiello in un astuccio che non si può tenere aperto.

Di certo so che mio padre stravede per me e mi vizia, ma non mi dà libertà. E che mia madre è una vera santa a sopportare le sue vuciate.

Enrico e Luigi mi vogliono bene, e anch'io gliene voglio. Sono ambedue militari, qui in Sicilia, ma non a Palermo; è merito di papà, che grazie alle sue conoscenze è riuscito a farli rimanere nella nostra isola.

Carlino dice che la gente si sposa per piacere e per consuetudine. Perché bisogna farlo e perché è bello farlo. Mi sembra di capire, ma non so esattamente perché "bisogna" e perché è "bello". Vorrei proprio saperlo.

Il piacere, va da sé, è bello averlo e darlo agli altri. Quando la mamma e io prepariamo i dolci in cucina, da sole, nel pomeriggio, mentre le persone di servizio riposano, noi due lavoriamo con piacere, per il nostro piacere – ci divertiamo a impastare, mescolare, decorare – ma anche per il piacere degli altri, e di nuovo per il nostro, quando quei dolci li mangiamo. Che male c'è a godere di questi piaceri? "L'ingordigia e la ghiottoneria sono un peccato," dice padre Parisi. Me lo ha ripetuto tante volte l'anno scorso, quando il nonno ha voluto anticipare la mia cresima e quella di Carlino; gli era venuta paura che i nemici sbarcassero in Sicilia e voleva che la nostra cresima fosse un momento di gioia e di serenità per tutti.

In quanto alla consuetudine – ma Carlino ha usato anche un'altra parola più misteriosa: "conformismo" –, non la capisco bene. Per me significa comportarsi come gli altri. E a scuola, per esempio, è giusto comportarsi come le altre compagne. Anche a tavola, e in chiesa. Io a tante cose religiose non credo, a cominciare dall'ostia che diventa corpo di Gesù. Nemmeno mio padre ci crede; ma lui non crede in tante altre cose di Dio e dei santi. L'ho capito da sola, in più una volta l'ho sentito parlare con i suoi fratelli e diceva che la Chiesa non ha nulla da insegnarci, che si è inventata Dio e i santi perché così ci comanda meglio.

A tavola dobbiamo comportarci secondo le buone maniere, esattamente come fanno gli altri. Con gli estranei e pure in famiglia bisogna parlare bene anche del duce, dovunque. Lo facciamo tutti. Duce, ci hanno insegnato a scuola, significa "condottiero", dunque il duce ci conduce, e se ci conduce saprà bene dove vuole portare tutti noi e perché. Ha una faccia quadra, il duce. Ho visto tante fotografie sue. Sul giornale ma anche nei cartelli per strada. *Dux* c'è scritto sotto, che è parola latina.

Carlino dice che bisogna sposarsi, che è piacere e consuetudine, ma per essere proprio come si deve bisogna sposare gente come noi, siciliani che possiedono terreni e miniere.

Mio padre non è stato "conformista" sposando la mamma, lei non era ricca. Si è sposato per amore, così mi racconta lei con un piccolo sospiro, e questo mi piace. Anch'io voglio sposarmi per amore, anzi per passione: sento tante canzonette romantiche che mi piacciono da morire. È bello essere figli d'amore.

Secondo Carlino invece ci si sposa per avere figli, non per amore. Ma ci si può amare anche senza avere figli. Mi dice che il papà mette il seme nella mamma. Ne parliamo, noi due, di queste cose, siamo più che fratelli, siamo identici nel pensiero e attaccati uno all'altra come i gemelli siamesi che abbiamo visto una volta su una rivista illustrata. Ma zio Cola ci chiama Castore e Polluce. Potendo scegliere io preferirei essere Castore, che doma i cavalli.

Comunque la so pure io questa cosa del seme, il seme passa

dalla bocca del papà a quella della mamma, quando si baciano; so anche che il seme è una pillolina che galleggia sulla saliva. Me l'ha detto Luisa, una mia compagna di scuola, mi ha spiegato che per questo una ragazza che si lascia baciare sulla bocca non è più una ragazza perbene: potrebbe avere un bambino! E per questo perfino i fidanzati ufficiali non devono baciarsi sulla bocca, mai. Il seme potrebbe uscire per caso dalla bocca del fidanzato.

Carlino mi corregge, lui dice che il seme non esce dalla bocca, ma dalla *pipi*. Esce per istinto e di foga, non soltanto per amore e passione. "Come gli animali," mi dice. Ha detto proprio *pipi*. E io non l'avevo mai sentito. Ne discutiamo. Io non ci credo; forse, pensandoci meglio, il semino esce dall'ombelico del papà che si strofina su quello della mamma. Una volta, quando ero piccola, lo vidi fare a mamma e papà, a letto. Un brutto sogno mi aveva svegliata ed ero corsa in camera loro. Ma mi fermai dietro la porta, perché sentivo rumori strani. Poi la aprii piano piano: il papà era nudo sulla mamma, si strofinavano gli ombelichi, ne sono certa. Ebbi paura e ritornai in camera mia.

Carlino e io abbiamo il permesso di fare passeggiate da soli, anche se una delle guardie del nonno ci segue sempre, a distanza. Da quando Rico è diventato militare, Carlino sente la mancanza della passeggiata che loro due facevano dopo pranzo. Copiavano quella dei loro papà, zio Cola e zio Andrea. A volte Carlino mi chiede di uscire con lui. La nostra meta preferita è l'Orto botanico, accanto a Villa Giulia. Siamo seguiti a distanza da una delle guardie del nonno rimaste a Palermo, ma non ci dispiace. A volte, sulla via del ritorno ci compra un gelato.

Ci sono fontane, vialoni e tante piante, ciascuna con il proprio nome scritto su una targhetta. Sembra un giardino di gente ricca, altro che orto. Non è mai affollato perché bisogna pagare per entrare, a meno che non si sia gente canusciuta. Il nonno dà denari all'Orto botanico, per mantenerlo in efficienza, quindi basta che la nostra guardia faccia un cenno ai custodi e Carlino e io entriamo gratis.

Palermo capitale di un'isola, non più isolata, una città diventata città del mondo attraverso il mondo delle piante. Questa filastrocca l'ho inventata io – mi piacciono gli scioglilingua, gli indovinelli e i giochi di parole –, e anche se è inventata dice la verità: all'Orto botanico ci sono piante che provengono da tutto il mondo. Carlino e io passiamo sempre dalla collinetta della Dracena Draco. DD. Il nome doppio ce l'hanno molte piante e molti alberi, ma pochi hanno la doppia consonante uguale: già da questo si capisce che la Dracena Draco è un albero importante. Ha un tronco grosso e massiccio, da cui partono tanti rami a V che formano un ombrello perfetto. In cima ai rami ci sono pennacchi di fiori bianchi con un po' di giallo, che ricordano le campanule: sembrano i bouquet che si danno alle debuttanti, ma sono dieci volte più grandi. La Dracena è particolare per due motivi. Il primo è che i fiori sono ermafroditi: ciascun fiore è metà maschio e metà femmina e non ha bisogno di insetti per l'impollinazione, fa tutto da solo. Il secondo è che, se si incide il tronco, la linfa a contatto con l'aria si ossida e diventa una specie di cristallo di un rosso bellissimo. Dai cristalli poi si ricava una resina che viene usata per preparare i colori dei pittori, e credo anche i rossetti delle donne. Me l'ha spiegato Carlino.

E poi c'è il viale degli alberi di kapok. Il nome scientifico è Chorisia Speciosa: CS, come Carlino Sorci. Sono alberoni grigio chiaro con un tronco veramente bizzarro: molto alto e molto robusto, nella parte bassa ha la forma di un bummulo in cui raccoglie l'acqua per i mesi di siccità, come una cisterna. Sono tante e bellissime, le Speciose, in fila ai lati del viale come sacerdotesse parate a festa. La corteccia è piena di grosse spine pungenti: nessun animaletto può arrampicarcisi sopra, per vedere il panorama dall'alto o mangiare qualche foglia. Le bacche infatti non sono commestibili: dentro, invece della polpa, c'è una fibra asciutta, soffice e molto costosa, il kapok appunto, che serve per riempire i cuscini e i materassi. Carlino è un vero pozzo di scienza, ma non si dà arie: infatti quando gli ho chiesto come faceva a sapere cosa c'è dentro i materassi mi ha detto che lo sa solo perché questo albero è originario del Brasile, dove vive suo nonno Antonio. Anche se non ha mai conosciuto i suoi nipoti siciliani, evidentemente ogni tanto questo nonno pensa a loro perché ha mandato a zia Laura una balla enorme di kapok per i loro letti. Mi sembra un pensiero molto gentile. Dev'essere simpatico il nonno Antonio, anche se di lui in casa non si parla mai: nella lettera che accompagnava la balla ha scritto che in Brasile questo albero lo chiamano *palo borracho*, "albero ubriaco", per via del fatto che quello che a me pare un bummulo ai brasiliani pare un fiasco di vino.

Carlino confida in me, e in me soltanto, in famiglia. È il fratello maggiore che avrei voluto, un fratello grande proprio mio mio, non come Enrico e Luigi; e io, forse, per Carlino sono la sorellina che non ha avuto, dato che sua sorella Matilde è grande, ha due anni più di lui.

Un pomeriggio, stavamo camminando nel viale degli alberi ubriachi. Sopra di noi gli uccelli gridavano come forsennati, poi all'improvviso c'è stato un gran silenzio. Ci siamo guardati perplessi, come se fosse per noi quella magia, e ci siamo seduti su una panca lunga lunga e alta alta, tanto che sembravamo perduti in una favola in cui tutto cresce e i protagonisti restano quel che sono, bambini. Come Alice nel Paese delle Meraviglie. È stato allora che Carlino mi ha raccontato una cosa strana che gli è successa in casa del professore che gli dà ripetizioni di matematica, all'Albergheria.

Quel giorno il bombardamento era iniziato in anticipo, a sorpresa. "Dalla finestra vedevamo le bombe luminose che calavano. Tremavo, non riuscivo a concentrarmi. Avevo paura."

"Perché me lo racconti?" ho chiesto impaziente.

"Ti ricordi che quest'estate parlammo dell'amore tra maschi e tra femmine?"

Gli ho risposto con un vago "sì", ero imbarazzata.

Lui ha continuato: "Il professore mi portò al pianterreno in un bugigattolo, un vero e proprio rifugio fatto in casa: divanetto, tavolo e due sedie, lampada a petrolio, candele, un cantaro coperto e un attaccapanni. Un filo di luce scendeva da una feritoia schermata da un vetro. Ci siamo seduti sul divanetto. Io ho alzato gli occhi e ho visto sul soffitto fotografie di uomini nudi, attaccate con puntine da disegno. Tante. Ero a disagio". Carlino ha fatto una pausa, esitante. Poi ha ripreso: "Le bombe sembravano vicinissime. Tremava tutto. Luce-buio-luce. Non so che successe, né come, ma mi trovai tra le braccia del professore, che mi baciava tutto". Carlino è stato zitto. "Fu bello," ha detto poi sottovoce, "era la prima volta."

Non sapevo cosa dire. Io non avrei mai potuto fare come lui, a me faceva un po' senso, e poi forse per le femmine va in maniera diversa.

Comunque, una sera di bombardamenti annunciati siamo scesi in molti nei magazzini sotterranei, diventati rifugi antiaerei: poi di bombe non ce ne sono state, ma Carlino e io siamo rimasti giù vicini, sempre più stretti man mano che la paura delle bombe passava e lasciava il posto a un'altra paura, più sottile e più morbida, quella dei corpi appiccicati l'uno all'altro. Non ci allontanavamo, e anzi, al contrario, Carlino mi ha passato il braccio intorno alle spalle e ha stretto, stringeva sempre più forte. "È così che faceva il professore?" gli ho chiesto. Allora lui mi ha preso la mano e l'ha messa dentro i suoi pantaloni. Non so cosa ho sentito, ma qualcosa ho sentito. Poi zia Caterina ci ha chiamati.

"Quando sarò grande voglio conoscere il mondo," dico spesso a Carlino, "non sono mai stata fuori dall'Italia, e dell'Italia conosco soltanto Napoli e Roma. Mi piacerebbe andare a Parigi... studiamo francese a scuola."

"Io invece voglio andare in due posti molto lontani. Prima in Africa, quella nera, per vedere le cascate più grandi del mondo. Ho letto in un libro che lì i popoli sono organizzati in piccoli gruppi famigliari, non esistono nazioni come la nostra: vivono in armonia e non si fanno mai la guerra, come invece succede da noi. Non conoscono Gesù Cristo e hanno due stagioni soltanto: quella delle piogge dura due mesi, gli altri dieci sono di estate. Inoltre, non sanno leggere né scrivere, e non hanno abiti: stanno sempre nudi, coperti soltanto di tatuaggi. Si nutrono di caccia e di quello che riescono a coltivare. Il capo del villaggio fa da re, sacerdote, medico e giudice. Le loro case sono capanne di rami e foglie, e i villaggi sono nel mezzo della savana.

"E poi voglio andare in America! Mi piacerebbe assai vivere lì: Nuova York, la California, le Montagne Rocciose... Vorrei conoscerli tutti, gli Stati Uniti. Diventeranno il paese più ricco e importante del mondo. Gli americani sono l'opposto degli africani, provengono da tante nazioni diverse, è tutto un miscuglio di religioni e di popoli. I neri, discendenti degli schiavi, cantano e suonano meravigliosamente. C'è un cantante che si chiama Nat King Cole. Te lo faccio sentire?"

Mi affascina, Carlino. Sa quello che vuole, e sa tanto del mondo. Io invece sono ignorante. A scuola vado così così. Lui però, oltre a volermi bene, sa farmi immaginare il mondo e le cose che non conosco. Sinceramente non avevo mai pensato di andare in Africa o in America. Poco tempo fa, però, ho conosciuto un avvocato americano: tornavo da scuola e ho visto papà seduto a uno dei tavolini all'aperto del bar Luce, con questo signore tutto allicchettato. Papà mi ha chiamato e mi sono seduta con loro. Ho preso una iris come quella che stavano mangiando loro. Io mangiavo la iris e guardavo questo signore, bello era, e con lo sguardo fiero: aveva l'aria di essere un uomo importante, in lui c'era qualcosa che un po' mi piaceva e un po' mi spaventava. "Mariolina," mi ha detto mio padre, "questo è l'avvocato Peppe Vallo, viene dall'America." Non sapevo cosa dire, ma subito ho pensato a Carlino: forse l'avvocato aveva qualche parente a Nuova York o sulle Montagne Rocciose che poteva ospitare mio cugino.

8.
Dice Rico Sorci

Faccio segno a Elio di aprire gli scuri, l'orologio sulla parete di fronte segna le otto. Lui è appena entrato con il vassoio del caffè, lo posa sul comodino e si accuccia ai piedi del letto, raggomitolato sullo sgabello che teneva in camera di mio nonno. Da quando sono tornato dall'ospedale militare si è assunto il compito di badare a me, e lo sgabello se l'è portato quatto quatto su per le scale, senza domandare il permesso a nessuno.

Mio padre mi ha raccontato che, quando ha saputo che avrei passato la fine della convalescenza a casa, Elio gli ha chiesto di parlargli in privato. Sempre deferente e rispettoso, gli ha detto: "A 'u baruneddu ci penso io, Voscenza può stare tranquillo". Detto. E non chiesto.

So che c'è stata una lite tra i miei genitori, e alla fine l'ha spuntata Elio, il mite Elio. Adesso sto bene e non avrei più bisogno delle sue attenzioni, ma non oso dirglielo. Sarebbe crudele. Lo osservo ancora mezzo addormentato, seduto in pizzo allo sgabello, pronto ad alzarsi sulle gambe sempre un po' più storte. Non gli ho chiesto di riportare quello sgabello al suo posto, nell'anticucina. Non ha alcuna importanza che stoni con l'elegante suite color miele di Ducrot, il mobiliere più famoso di Palermo, che arreda la mia camera; e d'altronde, Elio non si siederebbe mai sulle sedie riservate ai "baruna".

Adesso mi guarda. So che sta pensando a mio nonno, a cui assomiglio. È stato al suo fianco, come un soldato, ha preso ordini perché la sua morte diventasse un appuntamento preparato, organizzato, impeccabile, e ora prende ordini da me perché io, al contrario, la morte me la dimentichi: vedo nei suoi occhi che il nonno e io siamo accomunati, forse ci vede distesi come certe statue di condottieri sui loro sepolcri, uno accanto all'altro, uno dipartito l'altro rinascente. A volte mi chiama con l'antiquato "Voscenza", ma più spesso con il carezzevole "Voscè" che riservava al nonno quando erano soli.

Da tempo ormai sono qui, più ospite che padrone. La questione ereditaria è dura a risolversi, ma mio padre ha fatto in modo che io stessi nel palazzo, proprio per avere Elio al mio servizio, come se il nonno fosse ancora qui e le consuetudini fossero quelle di sempre, e come sempre rispettate.

Fuori il mondo trema. Le forze nemiche continuano a bombardare lo Stretto, Reggio e Messina. Si sentono talmente certi di vincere che colpiscono anche di giorno.

Palermo ha subìto sessantanove incursioni. I bombardamenti del 18 aprile e del 9 maggio sono stati i più disastrosi. Il 18 aprile le bombe hanno centrato il rifugio di piazza Sett'Angeli, vicino alla Cattedrale, e centinaia di donne, bambini e anziani sono rimasti sepolti sotto le macerie; il 9 maggio, due distinte ondate di Liberator hanno fatto più di tremila morti. Il numero esatto non lo sappiamo, i corpi non sono mai stati recuperati.

Messina di incursioni ne ha avute cinquantotto, ma è stata la città più bersagliata per la sua posizione strategica: solo nei primi sei mesi dell'anno, 2056 tonnellate di bombe. Ridurre Messina *a mess*, così avevano detto gli "Alleati". E io ero lì, mentre il *mess* promesso dagli Alleati diventava una terribile realtà.

La mia guerra è cominciata a giugno e a giugno è finita.

Avevamo raggiunto Messina in treno, ancora funzionava la tratta da Palermo. Parte delle forze armate erano state dirottate nella Sicilia sud-orientale, fra Gela e Siracusa, un'altra parte a nord-est. L'atmosfera tra i soldati era ancora insolitamente febbricitante. Sentivo fra i miei uomini l'ansia dello scontro, si erano lasciati sedurre dalla propaganda della facile vittoria, erano giovani pronti a immolarsi quasi con gioia. Io no, io ho sempre sentito nel rigore della vita militare una risposta al disordine e al caos, ho sempre sentito la mia efficienza come un servigio reso allo Stato. Era ancora troppo diffuso il fascino della divisa, il gusto della marcia militare, della parata. Io stesso avevo preso parte a tante parate, ma anche quelle, lette in una certa logica, erano la manifestazione sensibile di una vita organizzata secondo regole precise e di un'inflessibile disciplina che poi si rivelava nella scenografia della marcia. Vivevamo in un regime a cui dovevamo aderire senza discutere, ma io continuavo a pensare che l'esercito – quando sarebbe stato il momento – avrebbe dovuto difendere la Patria, la Patria fatta dal popolo, e non da un partito.

Sul treno per Messina ascoltavo le sbruffonate di quei ragazzi e mi si stringeva il cuore. Ho preso in disparte un sottufficiale e ho cercato di spiegargli che non ci sarebbe stato uno scontro vero e proprio. Dovevamo temere gli attacchi aerei, perché la Luftwaffe non sarebbe bastata a reggere l'attacco degli Alleati. Gli ho detto che Messina, Reggio e tutto lo Stretto erano un obiettivo prezioso per i nostri nemici, ma non ci sarebbe stato un combattimento tradizionale. Il sottufficiale guardava me, guardava il mare dal finestrino, o forse aveva in mente solo un ovale di donna. Anch'io tenevo alla divisa – doveva essere sempre in ordine, pulita, perfetta, i bottoni lucidati –, ma facevo fatica a riconoscermi nella frivolezza da moribondo di quel ragazzo che avrebbe dovuto veicolare ordini, comunicare autorità, guidare uomini armati verso l'oscurità di uno scontro che non si sapeva come sarebbe stato combattuto.

Questa guerra non è una parentesi, questa guerra è una catastrofe. Possibile che se ne accorgano così in pochi? Quando mia madre mi si avvinghiava alle spalle per non farmi partire, non capiva che quella che stiamo vivendo è una commedia antica come i poemi omerici. Quando guarda con odio zia

Laura, non capisce che mio padre ha deciso da troppo tempo di chi è il suo cuore.

Avrei dovuto stargli vicino, molto più di quanto non abbia fatto durante le ultime licenze.

In guerra si uccide. In questa guerra in Sicilia, dove non ci sono stati eserciti e non c'è stato combattimento, tutto il male è venuto dall'alto: bombe inglesi e bombe americane sono cadute giorno e notte, a tappeto, sui porti, sulle ferrovie, sulle strade cittadine e sugli aeroporti. Noi militari dell'Asse abbiamo ucciso solo i puvirazzi affamati che entravano a rubare nelle case lasciate incustodite da chi era corso nei rifugi, o che frugavano tra le rovine ignorando l'ordine di venire fuori, con le mani in alto. Sparavamo soltanto per intimidirli, ma a volte qualcuno ci rimaneva. Erano pochi, tutti uomini.

Dopo i bombardamenti ci univamo ai civili e cercavamo i superstiti. Ho visto troppi corpi squartati dalle bombe, troppe madri morte con i figli stretti al seno, troppe famiglie tra le macerie, e tante altre cose che voglio dimenticare.

Ho dimenticato tanto nei miei ventiquattro anni. Questione di sopravvivenza. E così anche le mie sorelle.

Il matrimonio dei miei genitori era diverso dagli altri matrimoni combinati, in cui esigenze, aspettative e inclinazioni dei futuri sposi erano considerate e valutate.

Non ho ricordo di una fugace carezza, di un sorriso, anche solo di uno sguardo affettuoso tra loro. Erano sposati, certo, ma conducevano vite separate. Mio padre andava spesso in campagna e a Camagni, il paese di cui i Sorci per generazioni sono stati sindaci e, di recente, podestà. E quando era a Palermo, pur dividendo ufficialmente la camera da letto con mia madre, spesso dormiva sul sommier dello studio, che era a tutti gli effetti la sua stanza. Ogni giorno i Sorci – il nonno e i quattro figli maschi e le rispettive famiglie – pranzavano e cenavano insieme al piano nobile, e ogni giorno dopo pranzo papà e zio Andrea, il fratello minore, uscivano a fare una passeggiata. Da soli. Mia madre trascorreva più tempo con zia

Laura che con le altre cognate. Noi giocavamo con i cugini. Questa era la nostra vita.

Mia nonna era morta prima che zio Andrea e zia Laura si sposassero e mia madre, in quanto moglie del primogenito, si era assunta l'incarico di aiutare la zia a destreggiarsi nelle complessità di casa Sorci. Il matrimonio degli zii era stato celebrato nel '24: io avevo cinque anni, ma ricordo ancora il profumo di incenso e rose e lo sfavillio di candele nella chiesa di Santa Ninfa dei Crociferi, con la zia, misteriosa dietro il velo, che avanzava lungo la navata centrale al braccio di un cugino di suo padre.

Zia Laura è ancora oggi molto bella, figuriamoci come doveva essere a vent'anni. Sorrideva sempre, era sempre gentilissima. Scendeva da noi ogni mattina per il secondo caffè, la vedevo chiacchierare con mia madre nel salottino, la tazzina in mano. In tarda mattinata andavano a fare una passeggiata in via Maqueda, per guardare le vetrine e fare compere; nel pomeriggio si rivedevano in casa dell'una o dell'altra, ma più spesso da noi, per il ricamo e per il tè, rito introdotto dalla zia e a cui mia madre teneva molto.

Zia Laura era la sola nuora nobile del nonno, suo padre era il marchese de Nittis: mia madre scialava, quando usciva con lei e la zia le faceva conoscere il principe di Questo o la presentava alla duchessa di Quell'Altro. Poi raccontava di quegli incontri, con dovizia di particolari, alle altre cognate e alle amiche.

Quando la zia ebbe un bambino volle chiamarlo Antonio. Mio nonno aveva già due nipoti che portavano il suo nome – senza contare Enrico Merlo, il figlio di zia Maria Teresa – e lei voleva rendere omaggio al padre: era andato a vivere in Brasile, per questioni personali di cui lei non parlava mai ma che si intuivano poco onorevoli, e si temeva fosse scomparso in Amazzonia. Due anni dopo nacque un altro maschio, ma nacque morto; mia madre fu molto vicina alla zia, la spronava a tenersi occupata, a riprendere il ricamo, a salire in terrazza con Antonio invece di lasciarlo solo con la bambinaia.

Capivo, dal poco che dicevano i miei e dal tanto che murmuriavano le persone di servizio, che zio Andrea non si comportava bene con zia Laura. Alzava spesso la voce con lei. Scoprii in seguito che alzava non soltanto la voce ma anche le mani: sulla zia e a volte persino su Antonio. E non sopportava di sentir piangere Matilde, che era nata nel frattempo. Spesso la zia scendeva da noi con gli occhi gonfi, Antonio per mano e la picciridda in braccio. Rosamaria, Carmela e io non abbiamo mai avuto vuciate o scapaccioni da nostro padre. Ci ha sempre voluto bene, anche se non si occupava di noi. La mamma invece, era tutto un altro discorso.

Di recente, durante la mia prima convalescenza, complice la febbre, complice il silenzio che Elio si preoccupava di creare intorno a me, sono stato visitato da un ricordo cattivo, una sfuriata di mamma che è rimasta avvitata nella mia memoria.

Era l'inverno dei miei undici anni, erano finite da poco le vacanze di Natale. Era, per la precisione, il 12 gennaio: per anni, poi, ogni volta che camminando in viale della Libertà incrociavo la traversa che si chiama proprio così, via XII Gennaio – data di inizio della rivolta della città di Palermo contro il governo borbonico, nel 1848 –, sentivo una specie di malessere, non riuscivo a scacciarlo.

Zia Caterina mi aveva portato al cinema Modernissimo con Enrico e Mario a vedere Buster Keaton. Dopo lo spettacolo zio Ludovico aspettava i cugini per riparare insieme un orologio nella cosiddetta officina, lo stanzone delle caldaie dove lui e zio Andrea trafficavano con pinze e martelli. La zia allora, invece di stare sola in casa sua, venne da noi. "Margherita, me la offri una tazza di tè?"

Mia madre era tesa in quei giorni, ma adesso pareva contenta di avere compagnia. Mi mandò a chiamare mio padre: "Digli che è venuta la zia a prendere il tè. La zia *Caterina*". E poi insistette perché mi sedessi con loro a mangiare i biscottini di mandorle.

"Allora, bello fu il film?" chiese dopo aver riempito le tazze e servito la zia e papà. E poi, senza aspettare risposta: "Caterina, gliel'hai raccontata a Rico la novità?".

La zia sollevò la tazza con un gesto esitante. Pareva spaventata, lei che non aveva paura di niente e di nessuno. Bevve un sorsetto di tè e se ne andò.

"Rico, lo sai cosa ha fatto tuo padre?" continuò mia madre in tono leggero.

Il boccone mi si fermò in gola. Feci segno di no, scuotendo la testa. Guardavo mio padre, il cuore mi batteva forte. Impassibile, lui prese un sorso di tè e ci guardava come se fossimo lontani da lui, lontanissimi, perduti nella distanza che ci separava.

Decisi che avrei continuato a masticare anch'io.

Mia madre, con gli occhi pieni di lacrime, le gote abbrucciate dalla collera, continuava a ripetere: "Tuo padre". E poi: "Ha un'altra donna! Tuo padre ha un'altra donna!". Era un fiume in piena. Chi l'avrebbe mai fermata? C'era quest'altra donna che le montava in gola e lei me la sputava addosso. La sputava addosso a me. Non reggevo il suo sguardo di brace. Mi buttai sui biscotti, mi rimpinzavo di biscotti, e allora la sua voce mi arrivava ovattata, come se avessi le orecchie piene d'acqua. "E questa donna, lo sai? Lo sai chi è?" Mi si avvicinava, mi stava quasi faccia a faccia, avrebbe potuto schiaffeggiarmi e invece ripeteva: "Indovina! Non vuoi indovinare chi è questa donna?... No?... È zia Laura!" gridò alla fine singhiozzando. "È lei!"

Soltanto allora mio padre si levò in piedi, colpì forte la superficie del tavolo e se ne uscì con un "Adesso basta" che non avrebbe ammesso repliche.

Per fortuna, a quel punto vomitai.

Da allora mio padre ha avuto un solo amore: zia Laura, a cui è stato fedele per il resto della vita.

Nonostante l'accordo con le Tre Sagge, oltre al marito mia madre ha perduto il rispetto di suo figlio.

Con la morte del nonno è cambiato tutto. Noi Sorci siamo rimasti soli davanti a chi, da fuori o da dentro, vorrebbe mettere le mani su quello che della famiglia è rimasto.

Ogni volta che parlo con zia Laura sento una vicinanza

che non saprei veramente spiegare ma che è forte, e in fondo si annoda all'affetto che provo per Carlino; siamo diversi, eppure in sintonia, da sempre. Siamo in verità tante cose differenti e lo siamo tutte in una volta sola. Fratelli. Fratelli di sangue da parte di padre, ma fratelli che si guardano attraverso la geometria sbilenca di padri che come noi sono pure fratelli. Ma soltanto uno dei due ha interpretato, per Carlino, la parte del padre istituzionale. Come nostro padre e zio Andrea, anche noi facevamo passeggiate estenuanti, solo che noi avevamo scelto la Marina. Eravamo e siamo tuttora compresi in un gioco di specchi dove a volte facciamo fatica a riconoscerci, eppure questo non ci ha impedito di maturare un bene radicato, profondo. Carlino è ancora troppo giovane, ma è già abbastanza esposto agli affetti sguinci della famiglia, lui stesso essendo fatto d'una sostanza porosa, permeabile, che gli consente di cedere ai giochi maldestri di mia madre. Mia madre, sua madre. Due donne così diverse, un uomo in comune. Dovremmo entrambi tagliarci fuori da questa imbrogliata matassa. Lui ce la farà. So che Carlino ce la farà.

I Sorci sono un mondo di vecchi, una catasta di storie che vengono da troppo lontano per poter sprigionare le energie giuste con cui guardare al futuro. E a proposito di questa prospettiva, mi sono visto arrivare incontro, fatta più d'ombra che di sentimenti, la figura imperiosa e maldestra di zio Filippo. È venuto a farmi visita. Mi chiedeva come stavo. Esplorava la stanza. Si muoveva agitato tra la finestra e la porta che dà sul corridoio. Si assicurava che Elio aspettasse fuori. Voleva interrogarmi: sapere quali sono le mie intenzioni, se ho in mente di prendere moglie, e se ci sarebbe stata una moglie anche senza una brillante carriera militare o se quella moglie alla mia carriera militare non teneva affatto. Domandava vago, incerto – che c'entrava la carriera militare? Sembrava volesse farmi pesare il braccio quasi perduto, la mia condizione di invalido! In verità valutava, in termini di beni, quanto un mio eventuale matrimonio avrebbe pesato sull'immediato futuro.

A Messina sappiamo com'è andata. È stata una rovina. Trentacinque anni fa il terremoto, adesso le bombe. Io ho rischiato di perdere l'uso di un braccio, e ho avuto il torace quasi sfondato. Mi hanno rimesso insieme all'ospedale da campo di Cefalù. Sono rimasto semincosciente per due giorni: una giovane monaca, gentilissima, mi prendeva la temperatura, controllava la ferita al torace e palpava con delicatezza là dove muscoli e tendini erano stati ridotti a brandelli. Cercavo di parlare, ma dalla bocca mi uscivano solo rumori e lei mi inumidiva le labbra con una garza bagnata. Quando, delirando, ho cominciato a chiedere delle mandorle – "per favore," dicevo, "mandorle", ma avrei potuto dire anche fior di verbena –, lei si è data da fare per trovarle e me le metteva in bocca, anzi me le appoggiava sulle labbra, e lì restavano perché in realtà non riuscivo a masticare e a mandarle giù. Ne sentivo il profumo, però, e mi pareva di essere imboccato da un angelo.

Poi mi hanno portato a Palermo e, mentre gli Alleati attaccavano e occupavano la Sicilia, io giacevo quasi immobile in questa camera di palazzo Sorci. Elio sedeva accanto al letto attento come un sergente di giornata. Quando la cameriera portava il vassoio con il pranzo glielo toglieva dalle mani senza tanti complimenti, ci teneva a essere lui a servire: il piatto me lo porgeva solo dopo avermi coperto il petto con un enorme tovagliolo di Fiandra con il monogramma del nonno; e il vino lo versava nel bicchiere soltanto se lo chiedevo.

Elio rimaneva in camera anche quando tutti scendevano nei magazzini per sottrarsi al pericolo dei bombardamenti, che sono arrivati portando morte e distruzione. Il rumore era spaventoso, quasi intollerabile. Io non avevo paura di morire, e forse neppure lui – di sicuro, non mi avrebbe mai lasciato solo. A volte, di notte, si appisolava ingobbito sullo sgabello, il pugno puntato sul mio letto per non cadere. Pareva una creatura mitologica, un'antica semidivinità immobilizzata da giovani dèi, perché custodisse la vita futura. Nella fattispecie, la mia.

Mio padre arrivava silenzioso e un pomeriggio ha detto a Elio di attendere fuori.

"Che c'è, papà?" ho chiesto a occhi socchiusi. Volevo vedere che faccia aveva. Non avevo mai pensato a lui in termini di bellezza virile, ma in quel frangente mi sono reso conto che mio padre è un bell'uomo, che porta i suoi anni con onore e non teme quelli che ha davanti.

"C'è che voglio vedere se sei tutto intero."

"Quasi," ho risposto. "Ma è abbastanza."

"Messina..." ha detto pensoso. "Messina è distrutta. Per la seconda volta."

"Già, e io sono qui."

Avrei voluto aggiungere "inutile", ma non l'ho fatto.

"Avevo degli amici a Messina, quando avevo la tua età."

Ho fatto finta di essere curioso, ma lui sembrava perso in un ricordo che gli faceva male.

"Hai mai sentito parlare di Riccardo Casalaina?"

Ho fatto no con la testa.

"Era un musicista, un compositore. Si era fatto notare. Qui e nel Continente. Dicevano che sarebbe stato il nuovo Puccini, ma io di lui ascoltai soltanto pezzi per pianoforte, struggenti."

Gli ho chiesto se era appassionato di musica, dato che non mi pareva di aver mai notato in lui una particolare inclinazione. Ha risposto che no, ma che ne capiva. Domandargli cosa ne era stato di quel Riccardo Casalaina, dato che non ne avevo mai sentito parlare, è stato quasi automatico. Se lo aspettava. Ci teneva. Era diventato suo amico. Dopo la bellissima affermazione al Conservatorio di Napoli aveva avuto offerte da Milano, ma Riccardo, nato a Novara di Sicilia, era tornato a lavorare sull'isola. Aveva ventidue anni quando era andato in scena un suo idillio, prima a Messina e poi al Massimo di Palermo. "Che successo, Rico. Lo portammo in giro per la città felici."

"Non ti ho mai sentito raccontare questo episodio della tua giovinezza..."

"L'ho raccontato solo a zia Laura," gli è sfuggito, e non

sono riuscito a capire se quel che gli era sfuggito di più era la destinataria di quella confidenza o averla chiamata "zia" in un contesto dove non veniva menzionata come tale.

"E dunque?" ho ripreso subito, per non lasciarlo in quella sorta di imbarazzo.

"Si mise a scrivere quello che sarebbe stato il suo primo grande melodramma, *Antony*, ispirato a un'opera di Alexandre Dumas. Intanto, prese a frequentare la famiglia del barone Lucifero di Milazzo. E in casa Lucifero c'era Dora, la figlia del barone, attrice."

Mi ha raccontato dell'amore nato fra Riccardo e Dora e lo ha fatto con una delicatezza che non rammentavo, si attardava sulla dolcezza di lei, sulle attenzioni di lui, sull'intesa profonda che li legava e che non sfuggiva a nessuno. Mi ha detto dei progetti che avevano in mente, mi ha fatto intravedere la lucentezza di questa coppia che avanza lungo i viali di Messina, giovani ed eleganti, e leggeri, e illuminati di futuro. "Si amavano davvero," ha detto a un certo punto, e mi è sembrato all'improvviso che non stesse parlando di Dora e Riccardo, ma di sé e zia Laura.

"Andarono a vivere a Messina. A fine dicembre sarebbe andato in scena l'*Antony*, Dora era incinta, e poi... e poi il 28 fu la catastrofe. Li trovarono sotto le macerie, abbracciati."

Mi è venuto naturale prendergli la mano appoggiata sul mio lenzuolo.

"Non ci si dimentica mai, vero?" ho detto.

"Mai, Rico. Mai."

"Quanti anni aveva?"

"Era giovane. Giovane come te. Amala, questa tua giovinezza."

Se n'è uscito poco dopo, e per un attimo mi è parso provato da quel racconto, curvo, rapito da un'impalpabile nube di malinconia.

Nel giro di una settimana mi sono ripreso e ho cominciato a ricevere visite: qualche volta mi facevano piacere e qualche altra mi infastidivano – in quei casi accusavo sonno o malessere. Ho visto volentieri le Tre Sagge, soprattutto zia Sara, che è entrata nella stanza con il fare di chi deve valutare se è tutto in ordine, se manca qualcosa, se il servizio al malato è garantito. Mi guardava con i suoi bellissimi occhi castani, e la sua dolcezza si manifestava nel continuo rassettare il lenzuolo, nel chiedermi di sollevare la testa per sprimacciare i cuscini, nel prendermi il polso come se volesse sentirmi i battiti. Mi ha detto che non devo preoccuparmi, che con la cugina Beatrice e zia Rachele si vedono spesso e ragionano, ragionano sul modo migliore per far sì che la famiglia rinsaldi i legami e i più deboli siano protetti. E io me le vedevo, in qualche villa in mezzo alla città distrutta, che ragionavano, filosofe e sante protettrici, sulle nostre sorti.

Zia Rachele, timida e raccolta, avrebbe volentieri recitato una preghiera se glielo avessi consentito, ma si è limitata a raccontare le disgrazie che la città sta patendo e quel racconto in verità è stato come una preghiera, la più bella che potesse dire, perché contemplava il dolore, le ferite inferte ai palermitani, e sembrava che quel patire, come in certa pittura del nostro Seicento, facesse sanguinare l'azzurro del cielo, alto sopra di lei. Si è data il cambio con zia Beatrice, e per un attimo sono rimaste in piedi, schierate di fianco al letto, vestite – era evidente – dalla stessa sarta, istruita perché il decoro andasse di pari passo con la dignità dell'eleganza. Zia Beatrice continuava a dare dei colpetti sulla giacca del tailleur di lino rosa, e dall'ossessività di quel candido gesto comprendevo che per le strade ci si muoveva attraversando la polvere ostinata che alzano le macerie. La zia mi ha fatto l'elenco dei morti, che spesso avevo a malapena sentito nominare, persone anziane uccise non dalla guerra ma soltanto dall'età.

A volte, mentre si preparava a portare via i piatti, ho cercato di interrogare Elio sul nonno, ma ho avuto solo monosillabi: i monosillabi della lealtà, li ho chiamati dentro di me. Elio è in questo un paradigma quasi militare, dove tuttavia l'onore non è rappresentato dalle armi imbracciate per la Patria ma dalla dedizione alla casa, alla grandezza del nome – e che quel nome sia davvero grande oppure no gli è del tutto indifferente.

Non potrò mai più servire il mio esercito. Sono un uomo che ha perso l'abilità per compiere il suo dovere. Elio si era preoccupato di farmi lavare, stirare e persino rammendare la divisa: i primi tempi stava, accuratamente piegata, su una delle sedie a lato della portafinestra. Ogni tanto un raggio di sole faceva luccicare i bottoni.

"Portala via," ho detto una mattina a Elio. Che non ha capito, o forse semplicemente non mi ha sentito. Allora gliel'ho indicata e gli ho fatto cenno di darmi tutto, anche lo spadino: e a quel punto io gliel'ho consegnata, gliel'ho messa sulle braccia tese, proprio come si consegnano le armi quando ci si arrende. "Nascondila!" ho gridato.

E lui finalmente l'ha portata via.

Mio padre era vicino alla quarantina quando nacqui; sono figlio di un uomo di mezza età. In più, sono l'erede del nome e del titolo di mio nonno. Lui e la nonna, che ricordo appena, hanno sempre vissuto al piano nobile. I figli maschi, con le loro famiglie, negli appartamenti al secondo e al terzo piano – o meglio, noi ci abbiamo vissuto finché non si è scoperto che mio padre aveva una relazione con zia Laura. Mia madre ha puntato i piedi: non avrebbe dato scandalo, ma lei sotto lo stesso tetto dell'adultera non voleva più viverci. Adesso che il nonno è morto, e che si avvicina il tredicesimo compleanno di Carlino (e con quello l'uscita di scena della zia, che andrà a vivere in un appartamento fuori dal palazzo), mio padre e mia madre prenderanno possesso del piano nobile.

Quando rimase vedovo, nel 1920, mio nonno cominciò a soffrire di solitudine. Decise che i figli e le loro famiglie avrebbero preso tutti i pasti con lui, e – per impedire anche solo una fantasia di disubbidienza – dopo aver comunicato il suo volere fece smantellare le cucine dai loro appartamenti.

Io avrei agito con lo stesso rigore: questo impongono le tradizioni. In Sicilia le tradizioni di famiglia si rispettano, come e più della legge, perché la legge è dettata dai padroni – dopo i Borbone spagnoli sono venuti i piemontesi Savoia, dal 1861 re d'Italia –, mentre la tradizione è nostra. Quante volte in questo forzato esilio da convalescente sono tornato sul tema. Le tradizioni, le consuetudini. Quel che appartiene a noi siciliani e quel che non ci appartiene. Quel che siamo riusciti ad assimilare e quel che ci resta estraneo.

Anche la lingua siciliana appartiene soltanto a noialtri. Nel secolo scorso Giuseppe Pitrè cercò di dimostrare con i suoi studi che il siciliano era davvero una lingua, non un dialetto; la politica e gli intellettuali, però, considerarono quel tentativo non soltanto inutile ma addirittura pericoloso per l'unità della nazione. Quindi, ufficialmente il siciliano è un dialetto. Non importa: per noi è e rimane una lingua, ed è parte di noi non meno delle tradizioni.

Adesso, a ventiquattro anni, ufficiale del Regio Esercito in congedo, mi sento italiano ed europeo. Ho una laurea in Giurisprudenza, il primo laureato della nostra famiglia, e ho imparato molto dalla vita militare. Alcuni dei miei amici e parenti l'hanno evitata fingendosi malati e corrompendo; io considero la difesa della Patria un dovere e un privilegio. Siciliano e italiano, sono.

Mi sarebbe piaciuto proseguire la carriera nell'Arma in Continente, facendo fruttare anche la mia laurea; ma adesso sono contento di essere ritornato qui. Quel che accadrà, accadrà. Al Nord si preparano alla guerra civile, si preparano a seppellire – se mai sarà possibile – il fantasma del fascismo. Non è portando la divisa come la porta lui che si rende onore a un esercito nazionale: quel "mascella quadrata" ci ha condotti allo stremo, ha fatto perdere le coordinate delle ultime teste pensanti che gli stanno intorno e si è lasciato umiliare dal suo alleato e padrone tedesco.

Come che sia, dopo la guerra qui riaffioreranno i vecchi poteri: mafia, banditismo e quel che è rimasto di noi, gli antichi proprietari terrieri. E la Chiesa in mezzo, non solo per fare da paciera. Vedremo gli americani, che faranno.

La convalescenza è stata lunga e a tratti impegnativa. Essere in famiglia, dopo mesi passati fuori casa, non è stato del tutto gradevole; ho dovuto respingere le cannonate amorose di mia madre; cercavo di non sentire le lamentele e le frecciate contro mio padre, che nell'immobilità forzata facevano riaffiorare in me certi ricordi tristi e amari di quando avevamo lasciato palazzo Sorci.

Per fortuna, quasi ogni pomeriggio mi sgusciavano in camera Mariolina e Carlino, e allora era un fiammeggiare di risate, di chiacchiere, di canzoni. Mariolina imitava Maria Jottini e si metteva a cantare "*Maramao perché sei morto,/ pane e vin non ti mancava,/ l'insalata era nell'orto...*" come fosse davanti ai microfoni dell'Eiar. Sul più bello Carlino, che non aspettava altro, le si metteva alle spalle annunciando l'ingresso immaginario del Trio Lescano e controcantava "*Maramao Maramao, fanno i mici in coro,/ Maramao Maramao, mao mao mao mao mao*". E finivano per rovesciarsi a terra ridendo. Insomma, uno spettacolo, e loro – incoraggiati dai miei applausi e dai miei "Bis! Bis!" – non si lasciavano pregare. Mariolina si atteggiava, come si diceva facesse Wanda Osiris, una mano sul cuore e l'altra tesa davanti a sé a indicare una presenza nell'aria: "*Tu musica divina,*" intonava, "*tu che m'hai preso il cuore,/ non sai che il canto d'un violin,/ può far di un sogno il mio destin...*".

Tra un numero e l'altro mangiavamo i biscotti e la frutta portati da Elio. Quando Carlino e Mariolina se ne andavano, uscivano dalla porta e poi si sporgevano di nuovo in camera uno dopo l'altra, agitando il braccio leggiadri come nelle uscite di scena delle riviste.

Mia madre era convinta di accelerare la mia ripresa coprendomi di regali e facendomi preparare le pietanze e i dolci di cui ero goloso, evitando quelli più pesanti ma cercando comunque di stuzzicarmi l'appetito. C'era qualcosa di aggressivo in questo suo tenermi legato a lei a forza di gnocchi di semolino, biancomangiare e riso al latte. Dalle profferte amorose – "Ho cercato le nespole dappertutto, eccole qui, gli ho tolto la buccia e il nocciolo!", "Amoruzzu mio, ho fatto comprare tutte le triglie rimaste dal pescivendolo: sono sfilettate e senza spine, mangiale che ti fanno bene!", "Dai, prendi ancora un po' di gelo di mellone, di là ce n'è un altro intero" – al ricatto morale – "Quella camicia di lino l'ho comprata al mercato nero: ne cercavo una per me, poi la vidi ed era così bella che mi sono detta: 'Costi quello che costi, questa del mio Rico deve essere!'. Non sai quanto l'ho pagata! Un occhio della testa! E tu non te la metti mai!" – il passo era breve, ma in mezzo c'era posto anche per le accuse ("Se non prendi un altro po' di pasta coi tenerumi vuol dire che non ti è piaciuta! Allora dillo che non ti piace più!") e per le recriminazioni ("Voi Sorci non mi avete mai voluto bene. Tuo nonno, tuo padre, e adesso tu, mio figlio, sangue mio! Non fai che dirmi di andarmene, che Elio ti accudisce bene, che ti senti stanco, che preferisci stare da solo!"), che poi sfociavano in nuove profferte d'amore: "Ma io ti chiedo soltanto di farmi stare seduta qui in un angolino, zitta zitta, e guardarti, beddo mio... sempre bello sei, anche malato!". E si ricominciava, in una girandola estenuante.

Grazie alla fisioterapia sono riuscito a recuperare in gran parte l'uso del braccio; a vedermi da fuori sto bene, anche perché delle emicranie e dei dolori non parlo mai. Vorrei riprendere la vita di prima, ma non è semplice.

Mio padre mi ha affidato dei compiti in amministrazione e ho imparato in fretta. Mi sono reso conto che, anche se il nonno è morto un anno fa, c'è ancora tanto da decidere e non si può più tergiversare. Il primo nodo riguarda la posizione patrimoniale delle zie, le sorelle di mio padre: secondo il nuovo codice civile, le figlie femmine sono equiparate ai maschi, pertanto anche le zie hanno diritto ciascuna alla sua quota di eredità.

Papà ha convocato i suoi fratelli con i figli maschi maggiorenni. Eravamo, inclusi lui e io, soltanto nove: zio Ludovico con Enrico e Mario, zio Filippo con Enrico e Luigi, zio Andrea da solo.

Zio Filippo ha voluto parlare per primo: "Finora non hanno chiesto niente, e tra l'altro non si capisce cosa avissero a chiedere! Sono ricche, vivono con le rispettive famiglie in un palazzo che gli ha dato papà e sembrano contente. Perché dobbiamo scuncicarle?".

Mio padre ha ribadito, in palese disaccordo: "Perché il nuovo codice civile dice espressamente che le figlie femmine hanno gli stessi diritti dei figli maschi...".

"Ma quando mai!" lo ha interrotto lo zio, e allora papà ha alzato la voce: "Filippo, statti zitto! Sappiamo benissimo tutti e quattro di aver avuto più di loro!".

Zio Filippo taceva, nervoso. Poi è sbottato: "Bene, allora ti ricordo che non soltanto i mariti delle nostre sorelle hanno dei patrimoni considerevoli, ma anche che noi, che pure poveri non siamo, abbiamo sulle spalle la causa della Zarrone, la vedova del farmacista, che dal 1910 ci muzzica ogni tre, quattro anni... cambia avvocato, si addormenta, poi riprende, e come sai l'anno scorso il giudice le diede ragione. Si parla di un risarcimento di milioni! Adesso aspettiamo la data dell'udienza alla Corte d'Appello. Se la perdiamo, ciascuno di noi dovrà pagare la sua quota di spese e il risarcimento dei danni. Io non farei niente con le sorelle, starei zitto. Ci basta 'sta fimmina Zarrone, per portarci in miseria!". Le cose non stavano esattamente così e la vedova Zarrone di cui si rammentava solo lo zio, o chi per lei, aveva già accettato di patteggiare: il negozio di cui rivendicava la proprietà le aveva fruttato un capitale, il marito era morto, il passato era passato e il giudice che l'altr'anno le aveva dato ragione aveva già avviato una risoluzione che non avrebbe danneggiato i Sorci.

I fratelli stavano in silenzio, e zio Filippo si guardava attorno. Eravamo nella quadreria, sulle cui pareti si alternavano ritratti di antenati e vedute. "Taliate 'sti quadri... vi piacciono? A me, no! Quelle sarebbero felici se ce ne diamo due per ciascuna, e magari glieli facciamo pure scegliere!" ha suggerito, sprezzante.

"Già, i quadri... A chi interessano?" La voce bassa di zio

Ludovico ci ha sorpresi tutti, era la prima volta che prendeva la parola. "Gli orologi, però, no! Gli orologi non si toccano!"

"Aggiungici qualche candelabro, per le sorelle. Se ne rimangono... perché mi pare che vanno scomparendo," ha concluso zio Andrea con uno scatto della testa.

A quel punto ho preso la parola io. Ho suggerito di rinviare la decisione e ho spiegato che ero d'accordo con mio padre sulla necessità di rispettare la legge. "Bisogna fare i conti con esattezza, avere una stima aggiornata dei beni dotali e sapere se questi beni dotali sono stati alienati. Cosa che ora, in tempo di guerra, è impossibile. Dobbiamo riprendere il discorso quando la guerra sarà finita, e comunque non prima del prossimo anno."

Gli zii hanno accettato la mia proposta, non perché fossero d'accordo ma perché era evidente che non ne potevano più di stare lì a discutere. Del resto, procrastinare le decisioni non era una novità, in casa Sorci. Zio Filippo – ne ero sicuro – aveva intenzione di trovare scorciatoie e probabilmente le avrebbe trovate.

Ero convalescente e, per la prima volta in vita mia, schiffarato. Non avevo niente da fare e non avevo voglia di niente. Fimmine non ne avevo; frequentavo con gli amici uno dei bordelli eleganti di Palermo, ma anche quello mi lasciava scontento, il rito di entrare nei salotti a piano terra, di aspettare le belle ospiti che erano sempre meno convinte del loro mestiere e sempre meno invitanti. Soprattutto, non ne arrivavano di nuove. Per quanto meno squallidi dei bordelli per soldati e marinai, anche quelli eleganti avevano perso lucentezza, i velluti erano impolverati, divani e divanetti avrebbero avuto bisogno dell'intervento del tappezziere. Persino i bei pavimenti di ceramica dai colori sgargianti sembravano patire. La Fedora, una monumentale bellezza di Romagna, mi lavorava senza passione, professionale nei gesti, ma priva della sua ben nota irruenza. Mentre si rivestiva, mi raccontava preoccupata delle lettere che riceveva dall'alta Italia. Lo sapevo che aveva un bambino a Faenza, in casa di una cugina che se n'era presa cura? Voleva vederlo. Ma non si poteva attraversare l'Italia. E poi attraversarla da sola era ancora più complicato. Certo, se avesse potuto contare su un accompagnatore come me... e allora tornava seducente e mi accarezzava il braccio sano, indugiava sul petto, ricominciava a toccarmi. Poi capiva che non era il caso e riprendeva a rivestirsi e ad aiutare me.

Ero stufo di quella vita. Ero cambiato. Le cicatrici non erano solo quelle che mi portavo sul petto e sul braccio. Mi sentivo così diverso dal Rico di appena un anno prima.

Non avrei mai creduto che la guerra potesse togliermi tutte le certezze. Il figlio del barone Sorci, sicuro di sé e del suo posto nel mondo, era regredito in un adolescente confuso, incapace di immaginare il futuro: la guerra mi aveva portato via speranze, progetti e desideri. Anche quello per le fimmine. Allora subentrava la malinconia.

Quando mia madre mi ha proposto di accompagnarla alla Cucina dei Poveri della signora Savoca, l'ho seguita come un cane – per obbedienza e per mancanza di alternative. Del resto la conosco troppo bene. A lei piace imporsi con quel suo vittimismo aggressivo che molti interpretano come mera cattiveria d'animo. Quel che le dispiace o che sente come un rifiuto le strappa la pelle del volto, le fa montare smorfie che la intetriscono, quando addirittura non aprono all'isteria, alla scenata plateale, al pianto senza lacrime in cui si produce con dispendio di fazzoletti martoriati, pugni stretti, oggetti distrutti. Meglio non farla arrivare mai a tanto, soprattutto da parte mia. Dunque obbedisco, e la vita militare mi ha insegnato che si può anche obbedire strategicamente, rimandando a poi il dispiegare le proprie ragioni. Nel caso specifico, d'altro canto, non ho fatto fatica. La Cucina dei Poveri era un posto che volevo comunque visitare, anche per prendere atto di quanto la città popolare abbia bisogno di carità, in questo momento così difficile.

Conoscevo inoltre la coppia Savoca; ammiravo l'ingegnere, uno di quelli che hanno contribuito alla rinascita di Palermo a cavallo del secolo, ed ero lieto di fare visita alla sua vedova. Sapevo che alla Cucina dei Poveri lavorava anche Maria Sala, nipote della signora Savoca, e soprattutto che ci lavorava sua figlia Rita.

Rita Sala, che avevo intravisto al funerale del nonno, era diventata bellissima. Aveva le forme piene della fioritura femminile. Aveva i capelli sciolti, tenuti indietro da un fermaglio, e un velo di rossetto rosa sulle labbra. Al solo pensiero di rivederla mi era tornato il rimescolio provato al funerale del nonno, quando lei, avvicinandosi all'altare per prendere la particola dell'eucaristia, mi era passata davanti.

Quando siamo entrati ha lasciato il suo posto dietro il lungo bancone di legno della cucina dove stava raccogliendo le ciotole sporche ed è venuta verso di noi, madida in volto, un fazzoletto passato velocemente intorno al collo sottile per asciugare il sudore, il petto appena ansimante. Vederla arrivare mi ha subito acceso il sangue. Mia madre l'ha avvicinata e si è messa a raccontarle di me, delle mie disavventure durante il bombardamento di Messina e del mio ritorno a casa.

"Dunque adesso non potranno richiamarti più?" mi ha chiesto Rita guardandomi negli occhi.

Più la guardo, più il desiderio aumenta. Me ne sto appena discosto. Ascolto: Rita – che mi dicono ufficialmente fidanzata al giovane console americano – è informata sull'avanzata degli americani, indica distanze, menziona i mezzi con cui si muovono le truppe, sa approssimativamente su quanti uomini gli Alleati possono contare. "Non sarà facile," dice, e mi guarda come guarderebbe un interlocutore che può aiutarla a essere ancora più consapevole di quanto già non sia. Fa gesti che, senza intenzione, rivelano sempre meglio la sua schietta natura di donna. C'è soltanto intelligenza in lei, nessuna malizia, ma proprio perciò il corpo testimonia il suo ardimento, la sua presenza, in mezzo a quel teatro devastato. Spicca fra sua madre e la mia, e fra le giovani donne che si muovono nella mensa, pulendo e rassettando con furia. Il giovane console frequenta la villa di Altarello, dove la madre di Rita vive con Giosuè Sacerdoti. Troppo intimo, troppo intimo. Quando riesco a trovarmi solo con lei, e mi interroga direttamente, mi chiede della mia salute, delle prospettive dell'esercito italiano davanti al dispiegamento di forze degli americani: capisco subito che il suo interesse per me non è in sintonia con la mia attrazione e provo a non guardarla. Dico che no, non sarà facile, ma in quel momento non è facile non guardare il braccio nudo da cui lei sta cercando di stropicciare via un grumo di farina. Vedo le dita che lavorano su quella traccia appena visibile di bianca polvere impastata e devo fare uno sforzo per non allungare la mano ad aiutarla.

Dico qualcosa sulla fatica che sta facendo alla Cucina dei Poveri, e lei alza le spalle: "Non è gran cosa," dice. "C'è tanto da fare in città."

Mi piace questa sua dignità, ma non riesco a distogliere gli occhi dal braccio, né riesco a cacciarlo dalle immagini che mi riaccompagnano verso casa, mentre mia madre parla, parla, parla, anche se io non le do conto.

In Rita ho visto la fimmina: avrei potuto corteggiarla, ma il desiderio – così forte, così impetuoso – mi ha distratto. L'ho salutata senza garbo per sottrarmi all'impellenza di quell'inatteso sovvertimento dei sensi. Mi piace, e certamente la voglio. Console o non console.

La notte del 10 luglio una telefonata del direttore della miniera Ciavola ci ha informato dello sbarco di militari americani a Licata. Mio padre ha deciso immediatamente di mandare a casa i minatori e di chiudere la miniera. Da quella notte in poi, è stata una sfilza infinita di telefonate e di dispacci.

Il nonno era stato tra i primi a volere il telefono e a farlo installare in tutte le sue proprietà. Da padrone, considerava importante poter interloquire con i portieri dei palazzi in paese e in città, con i massari, con il personale delle case di villeggiatura e con i direttori delle miniere. Ora le telefonate che riceviamo o che noi stessi facciamo sono la nostra fonte privata di informazione sull'avanzata delle forze alleate in Sicilia. Il generale Patton ha fatto sbarcare la Settima Armata Americana a Licata con un dispiegamento impressionante di forze, con ogni sorta di strumenti, risorse e veicoli militari, comprese le nuovissime Jeep che vanno sulla terra arata, attraversano fiumi e si arrampicano sulle montagne. Contemporaneamente a Scoglitti, nel golfo di Noto, ha toccato terra l'Ottava Armata Britannica al comando del generale Montgomery.

Altri soldati e altri veicoli sono sbarcati a Licata nelle settimane seguenti. La loro missione è invadere la Sicilia e abolire il fascismo. Lo sbarco, l'insediamento e il dominio sono stati preordinati nei minimi dettagli. Licata è la prima città fascista a passare sotto l'amministrazione dell'AMGOT, l'Allied Military Government of Occupied Territories, che deve garantire il funzionamento dell'apparato amministrativo provinciale e comunale. Ci hanno raccontato che, destituiti i podestà fascisti, sono subentrati nuovi sindaci, e che l'amministrazione della giustizia è affidata a giudici corrotti che nemmeno capiscono l'italiano, buoni solo a incassare multe.

Al di là dei dispacci e delle telefonate dei massari, abbiamo informazioni anche da Palermo e io non devo andare molto lontano per averne di decisive, insieme a quelle sull'avanzata degli Alleati: basta scendere al bar Luce.

Palermo chiacchiera anche quando ci sono di mezzo segreti militari. E un segreto militare è quello che concerne la presenza dell'avvocato Peppe Vallo alla Conferenza di Casablanca dello scorso 14 gennaio.

Peppe Vallo? Il Peppe Vallo che zio Filippo frequenta regolarmente? Così pare. E si dice che lì, a Casablanca, presenti Roosevelt, Churchill e De Gaulle, si fosse stabilito di procedere con lo sbarco in Sicilia.

Più di una volta torna il nome dell'avvocato, e anche quello del suo collega Anselmo Puccini. E si dice che entrambi abbiano avuto voce in capitolo a Casablanca e nella conferenza di Algeri, quando, il 2 maggio, è stato approvato lo sbarco a Licata, sulla costa meridionale. Lo ha voluto Montgomery, per coprire gli inglesi che sarebbero sbarcati sullo Jonio, dalle parti di Siracusa. Americani e inglesi avrebbero poi puntato insieme da Ragusa verso Palermo.

Al bar Luce c'è chi sa e parla; magari con circospezione, ma parla.

L'attacco in Sicilia ha bisogno di personalità addestrate dal punto di vista diplomatico perché il Territorio Occupato possa essere amministrato senza troppe resistenze, e soprattutto con l'appoggio di chi ha attraversato il regime fascista forte di altre e ben più radicate protezioni.

Sono diventato un habitué del bar Luce. C'è molto da imparare. La direzione dell'AMGOT sarà affidata al generale Patton, "il cowboy". Lo chiamano anche "il sanguinario", perché ha fama di ordinare ai suoi soldati di non fare prigionieri, di uccidere chi, dei resistenti, si arrende, senza poi ammettere mai quelle esecuzioni a freddo. Un'altra voce gira, terribile. Che il cowboy neghi gli stupri compiuti dai suoi soldati o dai marocchini del Corpo di Spedizione francese.

Mio padre riceve almeno due telefonate al giorno dalle campagne e abbiamo saputo del procedere dell'armata ben prima che fosse comunicato da radio e giornali.

Io scendo mattina e sera al bar Luce, dove di Peppe Vallo non c'è traccia, ma arrivano comunque sue notizie. C'è chi racconta – stando a informazioni passate nei mesi precedenti dall'avvocato a certi suoi clienti che frequentavano regolarmente il locale – che la conquista della Sicilia era stata pianificata da tempo, che c'era un fortissimo interesse per l'isola da parte degli Stati Uniti; in particolare, da parte della mafia trapiantata a New York e diventata "americana".

Molti dei militari sbarcati a Licata sono italoamericani, e non a caso. C'è anche una minoranza di neri per terrorizzare la popolazione civile e cadere al primo fuoco nemico, mentre dopo gli italoamericani dovranno creare consenso. Del resto, le nomine di sindaci mafiosi nei paesi fortemente fascisti sono state il frutto di anni di lavoro, a conferma del fatto che i rapporti tra i siciliani di Sicilia e i siciliani americani sono sempre stati ben saldi.

Quel che apprendo al bar Luce si riverbera nel murmuriare dei nostri impiegati, dei nostri campieri, che dicono e ripetono che l'avvocato Vallo è un uomo dei servizi segreti americani, che ora sarà viceconsole americano a Palermo, che è conosciuto e "rispettato", e ha contatti in tutta la Sicilia occidentale. A Palermo è un uomo di successo, certamente in America ha fatto fortuna. E nelle nostre campagne? Perché i contadini lo rispettano? C'è in lui qualcosa che non mi convince, e che non mi piace. Adesso ancora di più.

Che zio Filippo lo frequenti, ora suona davvero inquietante. L'avvocato Vallo è venuto al funerale del nonno. L'ho visto per la prima volta proprio quel giorno, in chiesa, alla fine della messa... si aggirava intorno a noi mentre ricevevamo le condoglianze. Perché se n'è andato senza salutare almeno lo zio?

La mafia è lo specchio del gangsterismo di New York; hanno attività in comune: l'estorsione, il mercato nero, il contrabbando, la droga, i sindacati, la prostituzione e la politica. Ah, la politica è il loro fiore all'occhiello. Per avere successo bisogna avere il rispetto del popolo, e il rispetto più saldo e di maggior durata è quello che nasce dalla violenza, dalla punizione a chi non cala la testa e non fa come gli è stato detto di fare, e dai premi a chi invece acconsente senza chiedere perché.

Intanto gli americani avanzano, terrorizzano i contadini e si guadagnano il rispetto della mafia locale. Senza perdite umane, come se qualcuno di qui li proteggesse e spianasse la strada per loro.

Un nostro contadino era fuggito dalla fattoria durante l'avanzata dell'esercito americano; aveva lasciato nel baglio il cane, una mucca, qualche capra e due asini. La notte aveva dormito nel cavo di un ulivo saraceno, non lontano dal baglio dove nel frattempo erano arrivati gli americani. All'alba sembrava che i soldati se ne fossero già andati. Nei campi non c'era anima viva. Non si sentiva un raglio, un belato, un muggito. Niente. C'era solo un gran silenzio, mentre lui si avvicinava all'ingresso del baglio. Dalle barre di ferro del portone pendeva qualcosa che non riusciva a distinguere.

Avanzava cauto, 'nsamai gli americani fossero ancora lì. Poi si nascose dietro i fichidindia ai lati del sentiero, e proseguì camminando piegato dietro le pale cariche di frutti. E vide. Il baglio era vuoto. Una capra era stata impiccata sul ferro al centro del portone. Lontano, molto lontano, un cane abbaiava. Si avvicinò: prima di impiccare la capra l'avevano seviziata, le zampe posteriori erano state amputate e quelle anteriori sanguinavano ancora. Forse l'avevano addirittura costretta a camminare strascicando i monconi.

La capra era gravida, i crapuzzi pinnuliavano fuori.

Gli altri animali erano stati sgozzati nella stalla.

Il contadino è venuto a Palermo – un viaggio lungo e pericoloso – per raccontarcelo e per scusarsi di non aver protetto gli animali, che peraltro appartenevano a lui. Piangeva mentre parlava.

Non gli è stato di alcun aiuto sapere da me che noi italiani durante le guerre d'Africa abbiamo fatto lo stesso, se non di peggio, anche a esseri umani.

"Non a una capra gravida..." ha detto lui scuotendo la testa desolato, il volto umido. "No, no..."

Non ci è sembrato il caso di insistere che si sbagliava.

Mio padre gli ha dato dei denari e gli ha detto: "Fai quello che vuoi, comprati gli animali che ti servono... ma il baglio tienilo chiuso, giorno e notte".

Altre storie altrettanto orripilanti arrivano alle nostre orecchie quotidianamente.

Siamo in attesa dei liberatori.

9.
Dice Cola Sorci

Mi trovo molto spesso a fare e rifare i conti insieme a un giovane assistente che lavora alle dipendenze del nostro amministratore, don Ciccio Puma. Chiedo, mi informo. Passiamo insieme intere mattinate nel mio studio. Lo vedo rimpicciolire davanti a faldoni immensi. Gli giro attorno. Vedo il tessuto consumato della sua giacchetta, le unghie mal curate, e noto l'insieme di deferenza e sospetto con cui torna con la penna sulla colonna dei passivi. E i passivi ci sono. Il controllo sulle campagne è difficoltoso. I traffici commerciali all'interno dell'isola, faticosi o quasi inesistenti. E poi la legittima. La legittima che ho pagato alle mie sorelle ha prosciugato il mio capitale. Ma così bisognava fare e così ho fatto.

Se Filippo entra sempre più nell'orizzonte famigliare con le sue pretese – e soprattutto con la sicumera che volentieri esibisce in società, di chi crede di tenere in mano il mondo –, nondimeno avanza nell'ombra anche Caterina. Caterina, che tanto si portò con generosità durante la malattia di entrambi i miei genitori, sembra ora immiserita, morsa da sentimenti meschini e da una bruciante ambizione di essere e di avere. In realtà ladra lo è sempre stata, una ladra di murciglie prima, ora di beni di valore. La guerra ha fatto male a tutti.

Quando ha capito che per mio padre non c'erano più speranze, si dice che Caterina non abbia fatto che salire e scendere dentro palazzo Sorci, ammucciando in soffitta o nei magazzini biancheria e piccole suppellettili, sottratte con rapidi gesti furtivi dopo aver ispezionato cassettoni e ripostigli. I candelabri d'argento – quelli grandi, a quattro bracci – sono un altro capitolo, perché più preziosi e perché c'era questa leggenda che mamà glieli aveva espressamente regalati. Un pomeriggio Laura e io eravamo nella camera da letto di papà, lei ha spiato dalla porta socchiusa, ci ha visti uno sopra l'altra, invasati. È rimasta a gironzolare nei salotti e infine si è mostrata, volutamente, con la sua pesante refurtiva. A quel punto, i famosi candelabri erano suoi: non potevamo permettere che i suoi curtigghi girassero fra i parenti, che Laura e io fossimo messi alla berlina come quelli che non avevano tenuto fede ai patti di famiglia. E soprattutto, Caterina avrebbe potuto continuare a curtigghiare su di noi, ben oltre i confini di palazzo Sorci. Che tenesse pure quei candelabri, che tenesse tutto ciò su cui ha messo gli occhi.

Me la vedevo vagare su e giù, da un piano all'altro, a volte rasente i muri, a volte imperiosa negli spazi vuoti, contemplare quadri e arredi, aprire cassetti, sentire la consistenza dei tessuti... Me la vedevo valutare con più competenza del mio amministratore a quanto ammontino i beni dei Sorci. Averla vista con i candelabri in mano mi ha dato l'esatta misura della sua meschinità, certo, ma soprattutto della sua rapacità: il volto affilato tra quei bracci d'argento, appena un po' impolverati, le mani piccole e tozze chiuse intorno alla base riccamente sbalzata. A chi li avrebbe affidati non sapevo, ma quell'ansia di possesso mi impressionava: anche se rischiava di farli cadere, tanto la ingombravano, la stretta era così forte che non sarebbe accaduto.

Uscivano i candelabri ed entravano gli americani.

Avremmo dovuto trasferirci al piano nobile, ma Margherita è stata lapidaria: "Io non voglio mangiare ogni giorno con i tuoi fratelli e le loro famiglie. O si ripristinano le cucine nei rispettivi appartamenti, o io rimango qui".

Che abbia sentito di aristocratici che lo hanno già fatto o che sia stata imbeccata da qualcuno, Margherita mi ha anche suggerito di affittare il piano nobile a un circolo o a un'organizzazione straniera. Era una buona idea. E l'occasione si è presentata presto, una volta cominciata l'occupazione.

Attraverso Filippo, ormai faccendiere degli americani, e l'avvocato Peppe Vallo, diventato viceconsole statunitense per la Sicilia, ho conosciuto il colonnello Hill, responsabile della città per conto dell'AMGOT: un uomo di potere. Hill parla bene l'italiano ed è molto interessato alla Sicilia. Ci siamo incontrati da noi. Il colonnello è alto, con uno spavaldo portamento da sportivo (è un nuotatore provetto, dice), sempre impeccabile nell'uniforme candida. Siede sul canapè verde, allarga le braccia sullo schienale e guarda verso il soffitto: riconosce certe scene mitologiche. Racconta di quando visitò il Metropolitan Museum di New York e si imbatté nel ritratto di giovane uomo di Antonello da Messina. "Una rivelazione," dice. Appena arrivato a Palermo si è precipitato a vedere tutto quello che poteva, nei palazzi offesi dalle bombe. Adesso si protende verso di noi, seduti di fronte a lui: "Tutta questa distruzione ci fa dimenticare quanta *brotherhood* corre sotto l'opera dei grandi artisti".

"Dobbiamo presentarti nostro nipote Leonardo Ponte," dice Filippo, "è lui l'intellettuale della famiglia."

"Lo conoscerò volentieri," dice il colonnello, e intanto contempla i volti dei presenti. "Voi siete i rappresentanti di una civiltà magnifica, di un grande *melting pot* di civiltà, tutte arrivate da lontano, tutte assimilanti e assimilate, una civiltà in cui, se guardi bene, vedi anche il nostro presente, anticipato e incastonato come una tessera di mosaico nel suo passato. *That's what we call vertigo.*"

Abbiamo certamente la postura alla quale i secoli e le consuetudini ci hanno abituati, gli abiti sono disegnati sui corpi secondo tradizioni sartoriali antiche, i gioielli delle donne sono appariscenti, ma ciononostante in quel primo ricevimento il padrone è già lui, il brillante colonnello dagli occhi verdeazzurro. Sembriamo manichini, o meglio, è come se ognuno spingesse avanti a sé un manichino per difendere la propria persona. Solo Filippo si muove con scioltezza.

“Si gioca ancora a tennis, a Palermo?” chiede Hill.
E Filippo: “Un campo lo troviamo, un bel campo, sulla strada per Monreale”.
“Staremo molto bene, qui,” continua Hill, per arrivare presto a un accordo finanziario. “E mi auguro di poter accedere liberamente alla vostra biblioteca. Chissà che non serbiate stampe antiche. Mappe, magari, di cui sono goloso.” Si corregge subito: “Non si dice goloso, in questo caso. Goloso forse non è la parola giusta”.
Sono io a contraddirlo: “Un buon italiano può ben essere goloso anche di cultura, non soltanto di cannoli...”.
“Faremo un po’ di musica, magari,” continua intanto Hill. “I giovani ufficiali ne hanno bisogno. Musica americana. Jazz, blues, boogie-woogie. Voi potreste invitare qualche pianista o qualche cantante. Come si fa a resistere a un’aria di Puccini?”
E sorride portandosi la mano al petto, come se stesse soffrendo.

Ho dato disposizione di prendere le suppellettili e portarle nei magazzini, e ho controllato i domestici mentre lo facevano. Ho scoperto che nei magazzini, oltre alle provviste che abbiamo continuato a conservare – proprio come ai tempi di nostro padre –, ci sono anche delle misteriose casse sigillate, e bottiglie di vini e liquori che di certo non appartengono a noi: il riposto è diventato un covo di merce da vendere sul mercato nero. È stato uno choc. Chi ha organizzato tutto questo? Sospetto di don Totò, il portiere, visto che gli avevamo affidato le chiavi, o forse di don Ciccio Puma, che lavora principalmente da Camagni ma ha un ufficio anche a Palermo. E non escludo l’influenza dell’avvocato Vallo.
Ci siamo riuniti per parlarne, tutti: noi fratelli con le mogli e i figli adulti. Voglio guardare in faccia Filippo e Caterina.
E infatti.
Caterina mi prende da parte e mi chiede di parlarmi in privato. Le dico di sì, naturalmente, ma sono infastidito al solo pensiero delle pretese che di certo avanzerà. Cado dalle

nuvole quando mi comunica come se niente fosse che don Totò, insieme alla moglie e a un nipote di Bagheria, ruba sistematicamente dalle nostre riserve di cereali, olio e vino, e anche la roba fresca che viene dalle campagne, per fare affari al mercato nero. Lei stessa ne ha approfittato, e il prezzo del suo silenzio è stato la prelazione sul ben di dio custodito nel riposto. Don Totò le fa trovare in casa tutto quello che chiede. Non è imbarazzata, Caterina. Si sente forte per via del tacito accordo stretto con me e con Laura, è certa del mio silenzio. Quindi, non soltanto ritengo che abbia goduto di approvvigionamenti – ai quali peraltro avrebbe potuto accedere da sola, senza la mediazione di don Totò, e chissà poi per farsene cosa, visto che non ha nemmeno la cucina –, deduco anche che abbia lucrato lei stessa su questo passaggio di risorse sottobanco.

Anche Elio è coinvolto nella truffa: è cugino di don Totò da parte di moglie, e lo aiuta. Riceve un piccolo "regalo", una percentuale sul ricavato. No, Elio no, penso. Com'è possibile? Il più leale. Il più devoto. Temo che quando si mettono in moto questo genere di transazioni si perda presto il raziocinio e, eccettuati quelli che sanno come governarle, gli altri passano le merci di mano in mano senza magari nemmeno ricavarne granché, si ritrovano solo implicati. Non pensassi in questi termini, non riuscirei più a guardare in faccia Elio.

Dopo varie discussioni e ripensamenti, decido di fingere di non sapere. La presenza degli americani al piano nobile renderà quasi impossibile altri furti di qualsiasi tipo. Ma voglio almeno qualcosa in cambio. Sono sempre stato un appassionato fumatore di pipa, pipe di radica calabrese e Meerschaum, di schiuma di mare, ma da quando ho finito l'ultima scatola di Three Nuns non ho più fumato. Non senza imbarazzo, ho chiesto a don Totò di procurarmi del tabacco inglese. Era come se lo inchiodassi alle sue responsabilità, anzi gliel'ho proprio detto: "So di non doverti niente per questo tabacco, e tu sai che io lo so. Non è così?".

Pochi giorni dopo ho potuto riaccendere la pipa.

Nel giro di pochissimo tempo i nostri saloni si sono trasformati in un club elegante, al quale peraltro tutti i Sorci possono accedere – stranieri in casa propria – in occasione di incontri, feste, proiezioni di film. Aspettiamo l'inaugurazione.

E intanto siamo arrivati alla separazione concordata di Laura e Andrea. Per quanto fosse attesa, lui fatica a lasciare che accada, o almeno che accada senza resistenza. Ha smesso da tempo di trattare Laura come entrambi sappiamo – e non c'è bisogno che io gli faccia di nuovo cenno alle torture, alle deliberate sopraffazioni –, ma all'improvviso la prospettiva di perdere il suo potere sulla moglie lo fa sentire impotente. Prega molto. Frequenta le sue chiese. Mi dice che si rifugia spesso nella sacrestia della chiesa del Carmine Maggiore, a Ballarò, davanti a un Cristo risorto, le spalle appena coperte da un panno bianco che gli scende fino ai piedi, e chiede perdono. Chiede perdono ma sa che si tratta di un perdono ammaccato, che non sa di buono, come d'arancia rimasta troppo al sole.

Si va alla ricerca di un appartamento per Laura. Lo trovo in via Bandiera, non lontano da San Domenico, poco prima di palazzo Alliata di Pietratagliata con la sua sequenza di slanciate bifore quattrocentesche – una ad angolo, singolare e bellissima. Un secondo piano: sei stanze non troppo grandi ma ben esposte, che subito mi preoccupo di far arredare perché siano accoglienti e confortevoli. Laura ha ricevuto da una zia un tavolo appartenuto ai de Nittis, imponente, con zampe leonine e angoli a becco d'aquila: una volta che gli operai lo hanno issato al secondo piano, a vederselo occupare quasi tutto l'ingresso Laura ride, ride forte ma leggera: "Ecco qui. Tutto quello che mi resta di mio padre, cittadino brasiliano," e aggiunge più mesta: "Siamo così poca cosa, e invece ci piace apparire imponenti, massicci, regali". La spingo contro il tavolo e la bacio tanto che lei vi si abbandona sopra, come su un letto di nozze.

Quello stesso pomeriggio, esco da via Bandiera e raggiungo mio fratello a San Domenico per la nostra passeggiata. Non sarà facile, ma voglio affrontare il tema della separazione – non ne abbiamo mai parlato lui e io, ai tempi fu solo davanti alla famiglia riunita. E le nostre riunioni famigliari sono l'esibizione di una diplomazia che quando non è menzognera si affida a regole in apparenza salde, ispirate a severi criteri di giustizia ma in realtà facili a sfaldarsi. Soltanto l'armonia delle Tre Sagge sa, non sempre, tenerle assieme.

Oggi cambiamo strada, oggi prendiamo per il mare, in mezzo alle macerie del bombardamento del 9 maggio.

"Ti ricordi, Andrea? Il bombardamento a tappeto! Le bombe al fosforo che non smettevano, dopo che le fiamme erano state spente, di provocare incendi, e le nostre case, le nostre chiese, che bruciavano, bruciavano..."

Lui mi cammina a fianco, grave come un gesuita: ascolta, annuisce, ma si astiene dal commentare. "Non è ancora un ricordo, Cola," dice infine. "Stiamo ancora patendo."

"È vero, hai ragione: siamo ancora prigionieri degli eventi che abbiamo attraversato."

Andrea accelera il passo. Capita di tanto in tanto, mentre camminiamo, che sia preso da qualcosa di simile a una furia e faccia diventare la nostra passeggiata quasi una corsa. Io gli sto appresso, né peraltro lui vuole lasciarmi indietro, ma di fatto sembriamo due uomini in fuga, anzi un uomo in fuga seguito da un altro che cerca di tenere il passo. "Cola," mi dice adesso quasi gridando, dato che non rallenta e neppure si volta per farsi capire meglio, "Cola, che cosa ne è stato della nostra vita?" Accelera ancora. "Ho fatto figli che conosco così poco, e ho una moglie che non conosco affatto." Tira una brezza profumata, che tuttavia è impestata da altri odori, forti, crudi, acerbi, che salgono dalle macerie. Poi la brezza diventa vento e il cielo si oscura rapidamente. Andrea si ferma, i capelli spettinati, la mano sulla nuca come se dovesse trattenere un cappello che non porta. "La conosci meglio tu mia moglie, e conosci meglio suo figlio."

Ho temuto che tanta verità potesse scatenare una reazione nervosa incontrollabile. Lo ascolto allibito, perché è come se la conversazione che avrei voluto avviare io l'avesse in testa tutta lui e me la stesse ammannendo, con l'impeto e il furore di chi vuol disfarsi di un carico troppo pesante. "Sono troppi anni, troppi anni."

Comincia a piovere, gocce rade e grosse, che via via aumentano in scrosci violenti. Siamo tra mare e macerie come due disperati. Pochi minuti e ci infradiciamo come più non si potrebbe. Trascino Andrea in un androne semidiroccato dove si sono dati convegno cani e picciriddi. Il cielo da nero che era si è fatto d'acciaio, rotto, scheggiato, percorso dall'arancio dei fulmini, macchiato di inquiete schiarite. Uno dei cani si avvicina ad Andrea e gli si struscia contro. "Mischinello," dice lui. I capelli bagnati gli stanno appiccicati alla testa e quando si sporge in avanti lasciano cadere rivoli di pioggia. "Sai una cosa, Cola? Io avrei dovuto prendere i voti, farmi prete. Forse così avrei conosciuto la pace."

"Non sappiamo mai," dico finalmente io, "quale avrebbe potuto essere il nostro vero destino." Allargo le braccia come volessi invitarlo a specchiarsi in me: "Vedi un po' come siamo ridotti... La nostra passeggiata ha ricevuto una gran benedizione!".

Sorride. Appena appena, ma sorride. "Questo vuol dire che posso cominciare a vivere da solo?"

"Proprio così," mi affretto a rispondere. "Senza dimenticare che io ci sono sempre."

Chiudo le braccia intorno a lui e lo tengo stretto a lungo, anche perché ha cominciato a piangere e non voglio che si veda: lo tengo come si tiene un vecchio amico in disgrazia. Siamo rimasti così, due fradici brandelli di fratellanza dentro lo spettacolo della nostra città distrutta. Cani e picciriddi sono corsi fuori dall'androne, gettando voci e abbaiando. Ha smesso di piovere. O almeno così sembra.

"Ti riaccompagno a casa," dico, e questa volta sono io a dare il ritmo, a condurre.

Carlino continuerà a vivere con lui, e con gli altri suoi figli, Matilde e Antonio. In verità Antonio ha cominciato a fare vita a sé e ha proposto alla sorella, che lo adora, di occupare un appartamento che sia soltanto loro, dei giovani Sorci.

Andrea dovrebbe tenerlo d'occhio, questo figlio. Non mi piace la vita che conduce. Credo mi detesti, come del resto schifia l'effeminato Carlino. Per una di quelle torsioni della nostra mente – o del nostro cuore, chi lo sa? –, Antonio mi guarda protervo e al contempo esprime una strisciante ammirazione nei miei confronti, che emerge quando considera le vicende della madre e che si manifesta, anche in pubblico, se Laura e io ci troviamo vicini. Ritenevo, subito dopo la morte di mio padre, che ci fosse nella sua considerazione un provocatorio dileggio, un che di spavaldo e irridente, tipico dei giovani nei confronti degli adulti. E invece no. Credendo di farmi una confidenza gradita, una volta mi ha detto di aver imparato molto da me. "Tu, zio, ci sai fare con le donne." Alludeva certamente alla seduzione di sua madre. Ma che cosa intendeva? Che avevo approfittato di una condizione di debolezza? O che era evidente la gioiosa pienezza di Laura quando stava al mio fianco?

Fatto sta che questo diciottenne gonfiato, zigomi alti, sguardo infossato, capelli sugli occhi, ha cominciato a ritagliarsi la parte del casanova – un casanova particolare. La guerra per molti è stata una cattiva maestra e a lui ha insegnato che c'è uno stuolo di vedove, di donne che per inclinazione o per destino non sanno badare ai propri interessi. Si è messo a frequentarle, trasformando progressivamente una disposizione in una professione. Sta diventando uno scaltro amministratore di ricche vedove. Si avvicina alla donna quando ha sentore che il marito stia per passare a miglior vita, va a trovarla spesso e si rende utile in mille modi, anche sbrigando commissioni se necessario. Durante le visite di lutto è presente e discreto, si offre con delicatezza di aiutare e di parlare con notai e amministratori, di recarsi in campagna e trasmettere ordini. All'inizio si trattava di vedove avanti negli anni e tutto funzionava alla perfezione, perché succedeva che, morendo, lasciavano la nostra valle di lacrime piene di gratitudine per lui che in realtà le aveva derubate. Ed erano grati anche i figli. Ma da qualche tempo Antonio si dedica alle vedove più giovani o alle cugine separate. Suo padre non vede, non capisce, o lascia fare.

E così arriva l'inaugurazione del Circolo degli americani. Il piano nobile è stato solo parzialmente riadattato: ci sono tavoli da biliardo nei salotti, mentre nel salone sono stati montati un grande proiettore e, sul lato opposto, un telone bianco in seta da paracadute. Il bancone arriva forse da un bar del centro, trafugato o acquistato dopo essere rimasto parzialmente sotto le macerie dei bombardamenti. Nelle cucine lavora ancora il personale di casa, anche se don Peppe Zuppardo ha seguito mia sorella Maria Teresa in via delle Repentite: per i liberatori lui non vuole lavorare.

Gli inviti per l'inaugurazione sono stati fatti in parte per telefono e in parte su cartoncini scritti a mano. I Sorci maschi sono membri onorari. Ho comunque deciso di portare con noi Carlino e Mariolina, per un tocco di leggerezza.

Quando entro la sensazione è quella, straniante, di tornare in un luogo ben noto ma destituito delle funzioni e dell'identità a cui eravamo abituati. Il colonnello Hill mi viene incontro con la mano tesa. "Finalmente," mi dice, e io penso Finalmente cosa?, ma sorrido. Presento i fratelli che non ha ancora incontrato: Ludovico che penzola dalla sua alta statura come una frasca senza vento, e Andrea, anche lui più alto di me, costantemente a braccia conserte, come per difendersi dalla calca di ospiti di questo ricevimento a cui non sarebbe voluto venire. Filippo, sorridente e disinvolto, la fa da padrone accanto a Peppe Vallo. Poco più in là scorgo il mio Rico e Leonardo Ponte, entrambi giovani brillanti che in società spiccano anche senza aprire bocca. È evidente che gli americani hanno avviato relazioni con i mafiosi dell'entroterra: c'è infatti gente che si dice abbia un posto nella mafia palermitana e riconosco perfino un mafioso delle terre dei Sorci, uno che nostro padre riceveva sulla soglia dell'amministrazione, senza farlo entrare. Ci sono famiglie dell'aristocrazia, molti preti, il segretario del cardinale, professionisti e docenti universitari. Riconosco Giosuè Sacerdoti, finalmente rientrato nella società civile dopo la lunga permanenza forzata dai benedettini. Ora vive in una villa ad Altarello, non lontano da Monreale, insieme a Maria: si dice che vorrebbe finalmente sposarla, dopo un amore tenerissimo durato tutta una vita. Ebreo ma nondimeno iscritto per lungo tempo al Partito fascista, Giosuè è un uomo per cui nutro un certo affetto. E un certo affetto mi sembra che lui nutra nei riguardi del fidanzato americano di Rita, Ruben, che frequenta casa loro, porta 78 giri a Maria e sembra contemplare un ritorno negli Stati Uniti dopo il matrimonio.

Ma stasera Ruben non c'è.

Ufficiali e sottufficiali delle forze armate americane si muovono vagamente intimiditi in quegli spazi dove, comunque sia, pesa un passato che a loro è per forza di cose poco familiare. Un giovane ufficiale si siede al pianoforte e attacca un motivo che qui nessuno conosce ma che entusiasma i suoi connazionali: "*I'll be seeing you/ in all the old familiar places/ that this heart of mine embraces/ all day through*". Ha voce da *crooner* come quella di Bing Crosby, di cui persino io ho notizia. Eppure, è quando smette di cantare e improvvisa sulla tastiera che l'entusiasmo si accende veramente. Gli si fanno tutti intorno e, mentre chiude il motivo con uno sgocciolio di note, tutti gridano e battono le mani. Viene invitato a continuare, e allora ecco un altro motivo che sembra pensato per il pubblico presente: "*Amor, amor, amor,/ this word so sweet that I repeat/ means I adore you*". I camerieri circolano reggendo vassoi carichi di bicchieri pieni.

"Ottimo vino," dice il colonnello, "viene dai vigneti della famiglia Sorci?"

"Non è l'annata migliore," dico io, "ma migliorerà."

Il pianista cantante lascia il posto a un altro che suona ritmi ballabili, un boogie che ci siamo già abituati a riconoscere. Qualcuno balla, altri si limitano a guardare. Andrea si ritrae fino a raggiungere il corridoio che conduce allo scalone. Gli faccio cenno di restare. Lui congiunge le mani, come a pietire una veloce sparizione. Ed è proprio allora che arrivano Mariolina e Carlino. Arrivano di corsa, pipitiando, ma appena si sentono in prossimità degli ospiti ammutoliscono, rallentano, e procedono appaiati, quasi con un'andatura militaresca.

"Ah, la gioventù promessa!" esclama il colonnello, e con un cenno dice agli ospiti di fare spazio per accoglierli. Poi continua: "O invece la promessa della gioventù?". Sorride, li fa avvicinare. Mariolina si esibisce in una riverenza. Carlino si limita a chinare il capo. "State imparando l'inglese?" chiede il colonnello Hill.

"Poco e male," risponde sin troppo svelto Carlino.

Io gli rammento pubblicamente che i suoi insegnanti fanno il meglio che possono, non sono anni in cui l'istruzione può essere garantita come in tempo di pace.

"Ma adesso la pace è cominciata," dice Hill.

Carlino sembra raggiante, come fosse stato premiato. Si passa una mano sui capelli, si sente sciolto, senza impedimenti. Non l'ho mai visto così attrivito. E mi rendo conto che questo stato d'animo viene colto da tanti degli ospiti, militari e no, che si spostano pigramente per il salone.

Il pianista attacca *Chattanooga Choo Choo* e tutti vanno in visibilio, ma sono Mariolina e Carlino che si lanciano per primi e si muovono scatenati in mezzo agli adulti, finché questi cedono a loro il centro della sala: Castore e Polluce si muovono perfettamente all'unisono ripetendo passi concordati, dandosi la mano per tendersi in figure aeree, tornando appaiati per mimare in perfetta sincronia lo stantuffare del treno in corsa, incrociando un piede davanti all'altro, per poi roteare e tornare a braccia tese, e piegarsi come per raccogliere nuova velocità. E mentre danzano provano anche a cantare: "*Pardon me boy, is that the Chattanooga Choo Choo?/ Hey would you give me a shine?*". È evidente che non sanno tutte le parole a memoria, ma di tanto in tanto si sente la loro voce che scandisce: "*You leave the Pennsylvania station 'bout a quarter to four*", e più avanti: "*Then you know that Tennessee is not very far*". Quando dal piano arriva l'accordo finale, è un trionfo. Tutti applaudono. Persino il serissimo Leonardo Ponte si lascia andare. Rico abbraccia Carlino. E l'avvocato Vallo sembra voler fare altrettanto con Mariolina, ma lei, felice dell'atmosfera che si è creata tutto intorno, non ci bada, gli scivola accanto e mi viene incontro, mi prende per mano e mi trascina alla tablattè dei dolci. "Abbiamo provato tante volte," mi dice ansante, "dopo aver visto *Serenata a Vallechiara* al cinema. Ma *Chattanooga Choo Choo* l'abbiamo vista ballare anche in un cinegiornale."

"Glenn Miller, che non era stato arruolato," dice Hill, "ha chiesto di partire volontario per intrattenere le truppe: è in Europa, si muove fra l'Inghilterra e le aree del fronte dove è possibile suonare. L'ho incontrato. Era in divisa. Non faceva certo venire in mente Broadway, né New Orleans."

Carlino sente un altro motivo venire dal pianoforte, ma questa volta si limita a ondeggiare sui piedi davanti a noi. Hill se lo mangia con gli occhi. Non capisco se anche in questo caso, come in altri, ci sia in gioco quella strana attrazione che suscita la sua virilità effeminata, non saprei come chiamarla altrimenti. Rico mi ripete che è semplicemente una fase della sua vita, che purtroppo sua madre – lo sappiamo entrambi – lo ha sottoposto a giochi che sanno di perverso e che noi non siamo riusciti a impedirle. Rico sa che Carlino può piacere molto alle ragazze, e che comunque – se mai avessimo avuto bisogno di una prova, l'abbiamo appena avuta – Carlino è portato per lo spettacolo, strappa l'applauso. E infatti Rico me lo ripete sottovoce, all'orecchio: "Hai visto, papà? Quel ragazzino ha stoffa".

Sento che Leonardo si intrattiene con un ufficiale che ha studiato storia contemporanea a Yale e che mastica un po' di italiano accademico – quanto basta perché Leonardo si lanci in una sintesi dell'operato di Antonio Canepa, dal suo bizzarro *Sistema di dottrina del fascismo*. Non so quanto il giovane storico statunitense assimili, delle ragioni dell'indipendentismo siciliano, di certo non è impreparato sulla fisionomia molto particolare della nostra isola e del suo popolo. "La Sicilia ha messo il suo valido contributo alla costruzione degli Stati Uniti," dice, ma non sa quanto Leonardo apprezzi quella valorizzazione troppo generica.

Lasciamo il piano nobile che è notte fonda. Siamo stati invitati a ritornare quando vogliamo. Cosa che in realtà si verifica molto presto.

A un incontro successivo, siamo già nell'autunno del 1944, sono ancora fresche le conseguenze della strage del pane in via Maqueda, davanti a palazzo Comitini, quando il popolo affamato aveva invocato pane ed era stato trucidato dai militari. Giosuè Sacerdoti ha chiesto un incontro al capo dell'esercito americano a Palermo ed è tornato deluso e sconfitto. Non sa Hill come si sia schierato in questa vicenda, ma è convinto che gli americani vogliano controllare l'isola – così mi confida – e trovare il modo di fare denari grazie ai futuri scambi commerciali tra Sicilia e Stati Uniti. Forse, perfino, di staccare la Sicilia dall'Italia. Hanno bisogno dell'aiuto della Chiesa e della mafia, che terrà la popolazione sottomessa e impaurita e che ricompenserà chi li ha aiutati. Si respira un po' di tensione al piano nobile, ed è come sempre l'arrivo di Carlino e Mariolina a scaldare l'atmosfera.

Noi Sorci in verità ci sentiamo sempre più ospiti, sempre più estranei, e gli americani sono sempre più "gli occupanti" che in queste stanze vedono solo una sofisticata hall dove si fa musica, dove si guardano film, dove si gode la vita e si incontra la crema della crema di un mondo antico e illustre, che purtuttavia alcuni di loro guardano con superiorità venata di sfida.

Carlino vuole sapere tutto sui film americani messi al bando dai fascisti, ed è stato invitato, insieme ai cugini Sorci, a partecipare alla vita culturale del circolo.

"Evviva l'America e gli americani!" dice a gran voce. Lui "adora" – "*I adore*," dice spesso – il loro teatro, la loro musica, il loro cibo, perfino la lentezza con cui mangiano. "Mio zio Ludovico," dice agli astanti, "ha collezionato tutti i numeri della rivista 'Cinema', che fra un servizio su *Scipione l'Africano* e l'altro non ha fatto che parlarci di Greta Garbo, Marlene Dietrich, Errol Flynn, Gary Cooper, Clark Gable, e dei film di Frank Capra. C'era gente che impazziva per il cinema americano lì dentro, altro che."

Ludovico non sa da che parte guardare: si rende conto che Carlino sta rivelando qualcosa che potrebbe anche ritorcersi contro di lui, ma in verità la sua unica colpa è di aver collezionato, per l'appunto, la rivista solo perché gli piacevano le copertine, senza averne mai letta una riga. Non solo: da buon babbasone, non si rende conto che, anche se per caso "Cinema" passasse davvero per antifascista, il fascismo sta sgocciolando via, e quindi di nulla deve preoccuparsi se non della sua ignoranza.

Rico, che in passato ha corteggiato Rita Sala, ci ha levato mano: non è riuscito a non confessarmelo. Ora ci riprova. Ma, come già alla Cucina dei Poveri di palazzo Savoca, non sa come agganciarla. Se le rivolge la parola lei gli sfugge o semplicemente lascia cadere il discorso. Quando il pianista non si esibisce, c'è un Elektro-Feder-Motor per mettere i dischi. E con i dischi si balla. Rita si muove con sontuosa scioltezza. Tutti le chiedono un giro di vecchio fox-trot, di quickstep, e di boogie, naturalmente. Ingelosito dagli americani che ballano con lei, Rico si fa aggressivo, anzi torna padrone di casa. Si mette di lato, la guarda ridere e agitarsi. Infine intercetta un cameriere e gli ordina di togliere il disco al termine della canzone e spezzarlo; i pochi che se ne accorgono ammutoliscono. Rico rimane nella sala da ballo fino a quando la musica ricomincia e la sala si riempie di nuovo di gioventù danzante. Allora, prima che il cameriere venga ripreso, si avvicina al caposala, gli bisbiglia due parole ed esce. Io sto a guardare la scena e patisco per questo figlio mio, fimminaro ma incapace di conquistare il cuore di Rita. Ho avuto ben modo di osservarlo vagare come un predone intorno a lei, sostare, tentare, ritrarsi, darle le spalle, tornare a seguirla, impettirsi davanti a lei, stornare lo sguardo avvilito, ricolmarlo di desiderio e di rabbia. E ancora più forte era lo stupore di fronte alla ragazza che si ritraeva, che non gli dava conto.

Di un altro uomo in caccia sono testimone, al piano nobile dei nostri locatari americani, ma questa volta senza provare compassione né curiosità.

Vedo in un angolo della sala Peppe Vallo nel suo elegante abito inglese. Il sigaro appeso fra indice e medio, sembra un vero signore, e giustamente. La sua storia la conosco bene. Lo vedo seguire i passi lesti di Mariolina sia quando balla, sia quando cerca il cugino e si apparta con lui, sia quando con fare da piccola signora si lascia avvicinare da una dama o da un ufficiale. Porta un abito di velluto blu sul quale cade leggera una sciarpa verde chiaro. Ha i capelli raccolti e ogni tanto si aggiusta il fermaglio sulla nuca: quando leva il braccio disegna nel vuoto una curva di sfumante eleganza. La vedo io quella curva, ma soprattutto la mette a fuoco Peppe Vallo. La chiama a sé, e io prendo al volo l'occasione di andare a scambiare due parole con Sacerdoti che si è ritratto nel vano di una finestra, non lontano dalla poltrona dove siede l'avvocato Vallo.

Peppe Vallo – lo sento distintamente – racconta a Mariolina della sua adolescenza a Chicago, dei locali che frequentava da giovane immigrato, delle cantate con cui intratteneva il pubblico, di operai prima e di famiglie borghesi poi. Lei ascolta rapita, si direbbe. Quando dal giradischi arriva la melodia di *The Piccolino*, Mariolina balza in piedi, prende la mano di Vallo e gli chiede di essere il suo Fred Astaire. Occupano la sala, volteggiano, non tengono il ritmo assieme ma creano egualmente un vortice che somiglia a una danza anche se non lo è. La sciarpa verde chiaro di Mariolina si muove nel vuoto come una bandiera, e quando Ginger Rogers comincia a cantare Mariolina la sovrasta con la sua voce: "*Drink your glass of vino, and when you've had your plate of scallopino,/ make them play the Piccolino, the catchy Piccolino*". Ride Mariolina, fa una riverenza all'avvocato Vallo e gli raccomanda di essere un Fred Astaire migliore la prossima volta.

Dice "la prossima volta" perché in verità sente che ci sarà.

Carlino è indispettito. Se ne sta immusonito fra il salone e il corridoio. Quando la gente comincia a scemare, Peppe

Vallo chiede un fox-trot e invita di nuovo Mariolina, ma questa volta senza cedere al riso e al disordine, pretende e sa pretendere passi e figure da grande ballerino quale è stato. La fa piroettare da sola e la trae a sé con un guizzo degli occhi. Girano veloci, lui le tiene il braccio intorno alla vita, lei abbandona il suo sulla spalla di lui.

Mariolina è rapita dal fascino di quell'uomo che ha soltanto sei anni meno di suo padre.

Dobbiamo salutare. Mi preoccupo che tutti i Sorci si muovano insieme a me. La cordialità che abbiamo dovuto trovare dal giorno dell'inaugurazione del circolo si è trasformata per me in qualcosa di più torbido, di ambiguo, di artificioso. Non mi ero mai calato fino a questo punto nella parte di capofamiglia.

Torneremo in altre occasioni. Carlino è in attesa insieme agli americani delle pellicole che dovrebbero arrivare con i transatlantici militari. Non solo: il colonnello vuole impartirgli lezioni di inglese. Le frequentazioni si infittiscono. C'è qualcosa che manca. C'è qualcosa che in questa vacua parentesi di intrattenimenti che è diventata la frequentazione del circolo ha compromesso la saldezza della nostra famiglia, o comunque ne ha lasciato affiorare le fragilità.

Soltanto Filippo si trova a suo agio, e così facendo si dimentica di noi.

Siamo rimasti Rico, Carlino, Mariolina e io. Il colonnello Hill, che non ha smesso di essere un impeccabile anfitrione e ha chiacchierato con tutti per tutta la serata, si lascia cadere su una poltroncina foderata di seta a righe – ah, quella poltroncina, mi sembra di vedere la mano grande di mio padre che ne stringeva forte la spalliera quando era nervoso. Si lascia cadere e ci contempla tutti e quattro. Ha preso il berretto da ufficiale sotto il braccio, pronto per uscire, e non lo abbandona, come se tutto a un tratto dovesse rispondere a un saluto militare, e quindi calcarlo in testa e portare il palmo della mano sopra la tesa. Invece no. Si alza, guarda Carlino, accenna *Non più andrai, farfallone amoroso* e gli chiede: "Ti piacciono le divise?".

"Tanto!" risponde Carlino, che non conosce il Cherubino di Mozart ma ha colto in quel "farfallone amoroso" una sorta di ameno omaggio alla sua persona.

"Mettiti in ordine!" comanda con severità il colonnello.

E lui si liscia le maniche della giacca, controlla se la camicia è infilata nei pantaloni, si raddrizza tutto, alza il mento e, quasi gli fosse sfuggito e volesse rimediare alla dimenticanza, si passa la mano a pettine fra i capelli. Se ne sta impalato, dritto come un fuso, gli occhi liquidi di stanchezza illuminati dalla nuova attesa, le labbra appena socchiuse.

"Eccoti qua," fa il colonnello, e tenendo il berretto con entrambe le mani glielo appoggia sulla testa.

Carlino, ora capisco, non smette mai di giocare, ma una volta di più, come i rossetti di Margherita, come le favole che gli racconta Laura, anche questo cappello lo incorona e lo condanna.

Il colonnello Hill sa di averlo conquistato, sa di potergli chiedere molto, molto di più, e io vorrei che questo figlio d'amore, nell'amore rinascesse tutto in una volta.

10.
Dice Laura de Nittis

Abbiamo avuto così tanto gli americani in casa che quasi non sappiamo distinguere il nuovo clima che si è imposto da quando gli americani hanno approvato gli aiuti economici all'Italia. Americane le bombe, americani i denari che adesso ci dovrebbero salvare. Americana la musica che dal '43 non abbiamo smesso di ascoltare al piano nobile, ma anche per le strade. Il piano di aiuti che garantirà la ricostruzione del paese si chiama Marshall; ma non ci saranno denari, e nemmeno ricostruzione, se alle elezioni politiche italiane i comunisti otterranno troppi voti. Così mi ha detto Cola, raccomandandomi di votare per la Democrazia cristiana il 18 aprile, cent'anni dopo i moti contro il sovrano Borbone. E io ho acconsentito, senza sapere esattamente che cosa ci sia in gioco, ma che questo partito abbia deciso di dirsi cristiano mi conforta, come del resto conforta Andrea e molti dei Sorci – Filippo, soprattutto, speranzoso che tra tutti quei denari ce ne siano anche per lui e per le sue imprese.

L'America si avvicina, dunque. Tanto più per Carlino che si prepara a partire. Quell'America che ha continuato a entrare nei suoi pensieri, a scatenare la sua immaginazione, in questi ultimi anni. E ora va. Va con la benedizione mia, e forse anche quella di suo padre. Andrea sarebbe stato ben contento di vederlo partire già molto tempo fa. Magari insieme a me – che scomparissimo dalla sua vista. C'era stato un momento, nella stagione dei ricevimenti al Circolo degli ufficiali americani, che il colonnello Hill aveva messo gli occhi su di me. Chi non lo conosceva bene pensava che si fosse innamorato, e che magari avrebbe ottenuto per me un matrimonio americano. Il suo corteggiamento era assiduo ma non pressante, e sempre in assenza di Cola. Hill sapeva che vivevo separata da mio marito, ma di Andrea non temeva la presenza, semmai la incentivava. Andrea lo riconoscono tutti molto presto, vedono i suoi pensieri torti, le sue manie, le sue ostilità.

Al colonnello piaceva che lo accompagnassi in giro per Palermo. Mi offriva caffè e dolci nelle migliori pasticcerie. Cominciavo a pensare che farsi vedere in mia compagnia gli desse piacere, perché gli ero simpatica (parlavo un po' l'inglese e ridevo alle sue battute, inoltre vivevo da sola in un piccolo appartamento), ma anche perché si era informato sulla mia famiglia: aveva saputo che appartenevo all'aristocrazia siciliana e il fatto che i de Nittis fossero caduti in disgrazia aggiungeva sapore alla sua frequentazione pubblica. Mi chiedeva spesso di raccontargli di mio padre, della sua grandeur, della sua passione per le automobili.

C'è stato un attimo in cui il pettegolezzo generale mi dava per fidanzata al colonnello, pronta a partire per l'America insieme lui e a Carlino, che già faceva l'americano e cantava come Bing Crosby. Margherita aveva addirittura architettato un piano che prevedeva un matrimonio fra me e il colonello. Si dava da fare perché, al di là delle uscite per monumenti e pasticcerie, si organizzassero, in modo goffo e imbarazzante, incontri più formali. Andrea, invece, probabilmente pensava già all'annullamento del matrimonio con me e mi immagino la faccia di padre Parisi, trasecolato: "No, no, no... E come si fa, con tre figli?". Ma Andrea credeva che un americano potesse tutto, e che i Sorci potessero tutto con la Curia, anche ottenere l'annullamento di un matrimonio palesemente consumato. "Fussi la volta bona che m'allibirto di moglie e figlio," pare avesse detto, "se 'stu colonnello se li porta tutti e due a casa sua, mani e piedi ci vaso!" E poi avrebbe sussurrato: "E macari altro!".

Sono ormai un fantasma nella sua testa, questo è ovvio,

come tanti altri che abitano dentro di lui, Carlino compreso. Per tanta parte degli anni che abbiamo vissuto insieme ho provato a comprendere mio marito, ho persino taciuto delle cattiverie che mi faceva, in pubblico e in privato, ma a comprenderlo non ci sono riuscita. Mi ha sempre colpito come quella sua faccia tirata si rilassi quando è con suo fratello, il mio Cola. Quante volte ci siamo incrociati, tutto sapendo ognuno degli altri, e non ci siamo mai traditi, come se fosse proprio Cola a distrarre lo sguardo annientante di Andrea, perché quando lo vuole è davvero annientante. L'intimità con Andrea era povera, elementare: mi si buttava addosso come una bestia, oppure pareva un caruso inesperto e arrancava dentro di me, incerto e asciutto di baci. Allora, se lo carezzavo, come per consolarlo, perdeva il controllo e diventava violento. Io sono un brutto ricordo per lui, come del resto Carlino. Perciò avrebbe voluto vederci sparire entrambi insieme al colonnello Hill.

E invece no.

I ricevimenti al piano nobile sono finiti: da almeno due anni i Sorci siedono tutti intorno allo stesso tavolo come una volta, ma Cola e Margherita non hanno voluto trasferirsi nell'appartamento dei miei suoceri. E intanto il piano nobile, non vissuto e usato soltanto per i pasti, si immiserisce; il palazzo rischia la decadenza come tanti altri palazzi del centro, diventati luoghi dell'abbandono. Non ancora segnato dal degrado ma non lontano dal poterlo patire. Il colonnello Hill è sempre più presente nella nostra vita, anzi, ai Sorci chiede di adottare Carlino, per rendergli più semplice il trasferimento negli Stati Uniti. L'offerta trova molti ostacoli. Sono state consultate le Tre Sagge, e tutte e tre si oppongono: Rachele, la più dolce, è anche la più determinata. "Ma che sente dire questo colonnello? Ma quale adozione?" ripete. "Carlino la famiglia ce l'ha, e anche numerosa." Qualcuno spiega che si tratta di un atto più formale che di sostanza, ma alla dichiarazione fa seguito un diniego corale: tre teste che s'impennano, il mento bene in vista, e calano dopo lo schiocco della lingua che non vuole replica, la negazione, il no. "Se parte, parte figlio di Andrea Sorci."

E ora mio figlio parte davvero, sul *Vulcania*, parte con il corredo, parte da signore, e al porto tutti ci sono, Sorci e non Sorci. Non è una partenza, è un plebiscito di affetti. Non parte da puvirazzo, parte da visitatore del continente americano. Lo vedo da lontano, dal transatlantico saluta tutti, e io mi sposto sulla banchina, cerco di sottrarmi agli addii dei salutanti e ai suoi. Preferisco vedermelo da sola, in disparte. Ed è lui che all'improvviso cerca, ed è me che cerca con gli occhi socchiusi per vederci meglio, e quando mi trova, fra una gru e un barcone rovesciato, solleva il braccio più in alto che può e lo sventola, che quasi sembra strapparsi. Grida qualcosa. Io gli faccio segno di no, poi mi porto l'indice davanti alla bocca come per dirgli di fare silenzio, che non ha senso in mezzo al vapore, agli scampanellii, al cedere di catene nell'acqua, alle urla dei tanti che sulla banchina si spingono sin dove è possibile per lasciare un segno di sé nella memoria di chi parte. Mi copro il volto umido con le mani, mi difendo, e lui mi saluta di più, ancora più forte, e non mi resta che levare, ma piano, il braccio e agitare la mano, nel vuoto. Mai mi sono sentita sua madre come adesso, mai mi sono sentita gonfiare così tanto di gratitudine, mai così poco ha contato lo sguardo dei Sorci su di me. Sono sola, sono donna, sono madre.

Tornata in via Bandiera, mi sono seduta davanti alla finestra del salotto e sono rimasta lì a lungo, lo sguardo perduto sulle case di fronte, sul fondo della strada, sul raro passaggio dei cristiani. Ero ancora parata come una madonna con gli splendidi coralli trapanesi, dono di Cola, che avevo indossato per salutare Carlino. Glieli aveva suggeriti il proprietario della gioielleria Fecarotta: si era accorto che mi fermavo spesso ad ammirare quella parure antica, esposta nella sua vetrina. Il vocio della strada mi arrivava appena, come se la vita fosse altrove e non lì. Cola, che spesso passa a trovarmi il pomeriggio, non è passato, e ha fatto bene. Sola volevo stare, tutta chiusa nella mia pelle, irraggiungibile da altro sentire che non fosse quello provato al porto. Sono una donna amata. E la mia felicità prende vento come una vela.

Ho pensato anche a Rico, che credo non riesca a dimenticare Rita Sala. Due settimane fa c'è stato il funerale di Maria, morta proprio quando per lei e Giosuè – dopo tanti patimenti – sembrava potesse iniziare una stagione felice.

Un pomeriggio, a casa mia, mentre seduto sull'orlo del letto iniziava a rivestirsi per andare via, fu Cola a parlarmi di quella vicenda così struggente; si abbottonava lento la camicia, la testa girata verso di me distesa tra i cuscini, il lenzuolo tirato fino al mento, e disse che la nostra storia somigliava alla loro, che noi avevamo raccolto il testimone. Mi erano salite agli occhi lacrime silenziose; Cola se ne accorse e ritornò da me. Mi piacciono, i nostri incontri pomeridiani in via Bandiera. La stanza è piena di luce. Il bianco di coperte e lenzuola ci acceca. A volte, se sentiamo fresco, ci drappeggiamo in tutto quel bianco, e più ci copriamo, più ci viene voglia di disfarci di quegli impedimenti. E si ricomincia. L'amore breve del pomeriggio. L'amore dei veri amanti.

Maria è morta seduta in poltrona, all'aperto. Ed è morta felice.

Cola si danna per quell'unione senza consacrazione, e più volte ha stornato il discorso, forse pensa a noi.

Molti mi considerano una donna leggera. Sbagliano. Sono un'adultera, ma non una che svolazza da un uomo all'altro. Non mi conoscono, e non conoscono Andrea. Non sanno. Ho vissuto tutte le traversie dei de Nittis e quelle dei Sorci senza essere importuna o lamentosa, senza frignare, senza giocare a fare la vittima o la donna bisognosa di protezione. Non ho denunciato la violenza di Andrea, ho celato i lividi, le ferite e le cicatrici. Soltanto Cola lo sapeva. Ho ereditato dal mio padre disgraziato il senso dell'avventura, quello sì. Per il resto, cerco di vedere con lucidità tutto quello che mi accade intorno. Non voglio contare sull'astuzia e sul ricatto, come certe fimmine.

Dal giorno del pistacchieto, altro uomo non c'è nella mia vita che Cola.

Matilde, mia figlia, fin da bambina ha mostrato di possedere un suo magico equilibrio: è amata dalle amiche e si fa apprezzare dai loro genitori. Come suo zio Cola, Matilde ha in sé una pace, un'umiltà e una chiarezza di giudizio che hanno su Andrea un effetto tranquillizzante. Non c'è bisogno che io la protegga da lui. Sono sicura che Matilde si farà presto una vita sua, magari nel Continente.

Carlino invece è vulnerabile, non sa difendersi dal padre che gli è stato assegnato, e nemmeno da suo fratello. Dopo la morte di mio suocero, chi li ha tenuti più? Antonio, diciassettenne, si sentiva in diritto di manifestargli l'astio e il disprezzo che provava per lui: chiamava Carlino "morone", "idiota", a tavola e anche in pubblico.

Nel '43, l'anno in cui le scuole restarono chiuse, Andrea si rifiutò di pagare le ripetizioni di matematica per Carlino, essenziali per essere ammesso, come dicevano le Tre Sagge, alla Regia Scuola Agraria a Messina, la stessa in cui aveva studiato Cola e in cui Andrea non era arrivato alla fine del primo anno. Ho scoperto tempo dopo che fu suo cugino Rico a pagarle, le lezioni private, dicendo ad Andrea che il professore era un suo amico che non voleva alcun compenso. Carlino accettò e Andrea acconsentì.

Il risultato fu ottimo: Carlino superò con buoni voti l'esame di ammissione, ma alla Regia Scuola Agraria di San Placido Calonerò non venne iscritto. Andrea era superstizioso: ne aveva conservato una memoria talmente oscura che la riteneva un luogo infausto, quella scuola non avrebbe fatto altro che peggiorare il ragazzo, e inoltre sarebbe stato uno spreco di denari. Che bisogno ce n'era? Inoltre, non era un corso di studi per il quale Carlino sembrava portato. Ce lo vedevamo, a occuparsi delle terre? Magari di ricami, forse. E condivideva grevi risatine con Antonio; o meglio, porgeva ad Antonio il destro per infierire.

Durante un pranzo nell'appartamento di Cola, che nel periodo del Circolo ufficiali degli americani ospitava il pasto di mezzogiorno delle famiglie Sorci, la questione della scuola tornò a galla e ancora una volta fu Rico a prendere in mano la situazione. Inchiodò gli occhi in quelli di suo zio Andrea e gli rimproverò l'insistenza con cui si rifiutava di aprire a Carlino la strada per l'istituto messinese: anche se in realtà l'obiettivo veramente importante era la formazione universitaria, alla quale Carlino avrebbe potuto accedere anche frequentando un altro liceo.

Andrea lo guardava di sbieco; poi, strozzando il tovagliolo nella mano, disse untuoso e implacabile: "Tu appartieni alla prima generazione dei Sorci moderni, che contemplano l'istruzione universitaria e il lavoro. Io preferisco il passato, noi Sorci viviamo di rendita". Rico allora guardò Antonio, che gli diede una taliata minacciosa. E poi insistette: "Zio, il futuro sarà diverso: bisogna averlo un titolo di studio".

Antonio ascoltava teso. Carlino era imbarazzato. Intervenne Cola, infastidito: "Andrea, fai come vuoi. Io sono ben contento di aver mandato Rico all'università".

Di fronte al fratello maggiore, Andrea calò la testa e cercò di argomentare il suo rifiuto. Sorpresa e sgomento degli altri, chi gli credeva, chi lo considerava un bugiardo. La tavola si animava di opinioni, in un frenetico botta e risposta. Andrea rimpiccoliva man mano che riceveva domande ed era costretto a rispondere.

Alla fine Carlino in collegio a Messina non ci è mai andato. Ha studiato dai gesuiti, al Gonzaga.

La verità stava altrove, una verità della quale io rimasi all'oscuro fino a molto tempo dopo. Me la confidò Cola durante uno dei nostri pomeriggi in via Bandiera.

Antonio aveva lasciato la scuola a sedici anni, di sua volontà. Era geloso del fratello e pretendeva dal padre una somma pari alla retta della Regia Scuola Agraria e alle spese connesse all'educazione di Carlino, un ricatto vero e proprio che risaliva a un episodio increscioso dell'anteguerra: Andrea e Antonio stanno andando in automobile a Camagni, Andrea a un certo punto fa cenno all'autista di fermarsi perché vuole mettersi lui alla guida. Come tutti i ragazzi della sua età, Antonio ha imparato a guidare in campagna, sulle strade di terra battuta che attraversano le proprietà di famiglia. Dopo un po' si mette a sbraitare, vuole a tutti i costi che il padre gli ceda il volante sulla provinciale. L'autista, immobile sul sedile posteriore, non osa parlare. Una curva dopo l'altra ed eccoli nell'abitato di Lercara, Antonio continua a gridare e si butta sul padre per prendere il volante, l'automobile sbanda e inchioda contro il muro, uccidendolo, un uomo che stava rientrando a casa.

Andrea si assunse tutta la responsabilità, per evitare che Antonio fosse coinvolto.

Il fatto fu ammugghiato grazie ad "amicizie" mafiose e fasciste, in cambio di un risarcimento alla vedova e ai figli del morto. Ma poi ci fu la guerra e Andrea decise che, nello sconvolgimento generale, quel debito poteva essere ignorato. "Tanto, una puvirazza era!" Ora Antonio, senza vergogna, tiene il padre in pugno. Sa che quello sgarro può costargli caro, e di tanto in tanto, persino quando gioca con lui a mettere in croce Carlino, lascia cadere un accenno: "La puvirazza di Lercara...". E Andrea si rincantuccia tutto.

I fantasmi di Andrea. Anche questi, e che fantasmi! Il morto e la vedova puvirazza che scivolano lungo i corridoi della sua mente. Me lo vedo sporgersi dall'auto, a terra l'uomo immobile con la faccia piena di sangue, la gente che spunta dalle finestre e poi le finestre che si chiudono, la corsa della donna sulla strada di polvere. E sull'auto, Antonio. Poco ci vuole a immaginarselo attonito e curioso, più che spaventato, osservare, osservato, poco ci vuole a vederlo complice, più di un crimine che di un incidente. Dov'ero in tutto questo non lo so, né molto avrei potuto fare. Di certo, mio marito e mio figlio hanno stretto una micidiale alleanza contro Carlino, e di conseguenza contro di me. Ho saputo che si sono messi in casa una domestica toscana, una donna alta alta e secca secca di nome Ersilia, con la faccia larga da contadina, che si arrabatta come può per tenere testa alle manie di Andrea. Lui le fa dispetti, per esempio lascia cadere la tazzina del caffè per poi rimproverarla, metterla al muro e magari minacciarla con una scheggia, con una forchetta, con la canna da passeggio. E Antonio segue l'esempio del padre.

Ogni tanto incontro Ersilia alla Vucciria, se ne va veloce chiusa dentro uno scialle come una siciliana, più di una siciliana.

"Mi scusi, lei è Ersilia, che lavora presso Andrea Sorci?" attaccai discorso una volta.

"E voi chi siete?" mi chiese spaventata.

"Sono la moglie separata del cavaliere Andrea."

"Ah," fa lei, e continua a guardarmi.

"Come stanno i miei figli?"

"La signorina Matilde è una giovane educata." Fa una pausa. "Vi somiglia, sapete?"

"È una brava ragazza."

"Sì, ma la vedo poco, e poi quello è un palazzo in cui ci si perde per quanto è grande."

"E si sta svuotando."

Ersilia non ebbe una risposta.

Passando davanti a una bancarella, all'angolo della strada, si fermò. Poi si guardò intorno e mi sospinse nel vicolo. Lì, in piedi, mi raccontò la malagrazia del padrone, la perfidia del figlio ("Perdonatemi, perdonatemi... è figlio vostro!") e prese a piangere stringendosi i lembi dello scialle davanti alla faccia. Poi mi lasciò, con un cenno del capo e la borsa della spesa ancora vuota.

Nella spavalderia e nell'incoscienza di Antonio c'è qualcosa che mi ricorda mio padre e mia sorella Adele. In più, è privo di scrupoli. È diventato un professionista della truffa: da anni circuisce vedove, preferibilmente di mezza età. Loro gradiscono la sollecitudine di questo giovanotto di buona famiglia, di bell'aspetto, con la fama di cauto amministratore dei beni propri e altrui, e quando lui – dopo aver fatto passare un po' di tempo ed essersele lavorate ben bene – comincia a fare il galante, si sdilinquiscono.

Antonio è amico di tutti e di nessuno. Dichiara di non voler prendere moglie: lui le rimarrebbe fedele, sempre, ma non avrebbe mai la certezza della fedeltà di lei... E spiega la sua ritrosia in termini vaghi, struggenti, che alludono al mio adulterio con lo zio. Le vedove lo considerano un giovane maturo al di là della sua età, di nobilissimi princìpi, che ha sofferto enormemente in famiglia.

Antonio recita anche con me la parte del gentiluomo e ha sempre tenuto alto il nome di suo padre.

"So che frequenti una certa signora..."

"Non insinuare, mamma, so quello che faccio."

"Ti voglio felice, perché ti voglio bene. Tutti ti vogliamo bene. Quando il nonno manda i suoi pacchi dal Brasile, c'è sempre qualcosa per te."

"Un giorno ci vado anch'io in Brasile... Vorrei conoscerlo il nonno, dev'essere un grand'uomo!"

"Lo fu. Quando lo demmo per morto, per me era morto davvero. Adesso si limita a risarcire ciò che ormai non è più risarcibile."

"Non essere melodrammatica, mamà!" E mi congeda con un mezzo sorriso sornione che in realtà è una smorfia.

Ciascuna delle vedove che Antonio ha derubato era certa tanto della sua onestà quanto di essere l'unica donna amata. Lui rifiuta immancabilmente di avere una procura: si descrive come un uomo scrupoloso, onesto e un po' all'antica, e insiste sussiegoso che la vedova firmi di proprio pugno qualsiasi documento. In realtà impara a imitare la loro firma a meraviglia, con gli stessi svolazzi. Adesso, con una vedova più giovane, ha avuto qualche problema, ma alla fine è riuscito ad abbindolare persino i periti grafologi del Tribunale, convocati dall'avvocato della signora. Se l'è cavata, ma ha rischiato la galera, e non soltanto lui: ha aperto conti in banca a nome del padre e dei fratelli, ignari di tutto, dove ha depositato i denari sottratti alle vedove.

Questo figlio mi causa dolore e vergogna, di lui e di me stessa. Agli occhi del mondo me lo merito, ma non avrei potuto essere una moglie migliore di quello che sono stata: c'erano dei limiti.

Un pomeriggio andai al cinematografo con le mie cugine a vedere un film americano, *Piccole volpi*: la protagonista, Birdie, è un'alcolizzata, mal tollerata dai fratelli pronti a tutto pur di avviare affari con industriali del Nord. Il marito la insulta, la cognata la considera con sufficienza, le sue qualità sono avvilite. Il figlio di Birdie è uno scimunito disposto a collaborare con il padre e gli zii nei loro progetti: in un momento di fragilità, di abbandono doloroso, la madre confessa di non provare nulla per lui, come se non le appartenesse. Mi venne da piangere.

Lo raccontai a Cola e lui capì subito che pensavo ad Antonio e me. "No, tu non sei Birdie," mi disse sottovoce, "tu non sei una perdente, e l'alcol non sai quasi che cos'è."

Aveva ragione. Non mi sono mai sentita come quell'americana che aveva imparato a non amare suo figlio. Voler bene a Matilde e a Carlino è facile, ma io amo anche Antonio, e lo amo anche se mi fa soffrire.

Palermo è tempestata di storie e pettegolezzi. E io sono una di quelle storie. Chi parla è parlato e chi non è parlato è parlato lo stesso. Ci si racconta quello che si sa e anche quello che non si sa, ci si racconta chi sono gli altri e ci si racconta chi siamo. La memoria è spesso così debole, o i fatti sono così deboli, che poi dimentichiamo tutto e il giorno dopo ricominciamo non da dove eravamo arrivati ma da dove avevamo preso le mosse. Siamo bauli di memoria, bauli come quelli dei magazzini dei Sorci, da cui poi si ruba e si toglie, e restano "cianfrusaglie", come dico spesso a Cola.

"Beni o cianfrusaglie che fossero, avrebbero dovuto garantirci un po' di benessere," dice lui. "Ma ricchezza è anche quel che resta, quel che sempre finisce per restare."

Io penso a quel che ci trasciniamo dentro di noi, agli spiccioli che nessuno può rubarci che sono la piccola luce della nostra quotidiana presenza nel mondo dei vivi.

Anche Rosarietta, la figlia di mio cognato Ludovico e di Caterina, è entrata in uno di quei depositi. L'abbiamo vista passare, la storia di Rosárietta Sorci. A diciott'anni sposò Pietro Sillitti, maggiore di tre anni: un vero matrimonio d'amore, uno dei pochi in casa Sorci. I genitori avrebbero preferito per Rosarietta qualcuno di una famiglia imparentata con i Sorci, ma tra lei e Pietro fu un colpo di fulmine irresistibile. I Sillitti sono una famiglia di proprietari terrieri del Messinese: da diversi anni si erano trasferiti a Palermo, città della madre, e vivevano allora in una villa sulle pendici di Monte Cuccio, vicino a Boccadifalco. Proprio lì si stava costruendo il nuovo aeroporto: quello vecchio, un semplice campo di terra battuta alle falde di Monte Pellegrino, era inadatto alle esigenze dei velivoli moderni. Furono abbattute sei ville che ricordo bene, ne conoscevo i proprietari che vi trascorrevano i mesi estivi: Villa Alfonsetta, Fondo Abate, Villa Bellacera-Tarallo, Villa dei Principi di Buonriposo, Villa Massa-Corsetto e Villa San Gabriele ad Altarello.

Pietro aveva il brevetto di pilota militare e assistette con la famiglia all'inaugurazione dell'aeroporto e all'atterraggio del primo aereo, il 17 luglio 1931. Lì incontrò Ludovico e Caterina con i figli. Fu un colpo di fulmine tra Pietro e Rosarietta. Erano ambedue alti e magri, chiari di capelli e di occhi: sembravano fratelli. Si sposarono tre mesi dopo. Pietro affittava un aeroplano e portava con sé la sua bella moglie. Dalla villa osservavano gli aerei ad ala fissa che rullavano veloci sulla nuovissima pista e si libravano come gabbiani nel cielo. Nel 1937, in concomitanza con la visita di Mussolini in Sicilia, l'aeroporto venne ampliato e dotato di nuove infrastrutture. Fu allora che Pietro, ventisettenne, con l'eredità ricevuta da una lontana zia volle comprare un biposto a turbogetto. Volare, per lui e Rosarietta, diventò una specie di ossessione. Anche perché di figli non ne venivano.

I due giovani scandalizzarono tutta Palermo andando in aereo insieme, nonostante la disapprovazione dei rispettivi genitori. Si diceva che lui le desse lezioni di guida: c'era chi giurava di averla vista seduta ai comandi, con il marito accanto. Per il resto, erano una coppia normale e tradizionale. Si amavano immensamente, e Pietro era un marito fedelissimo.

Una volta soltanto Ludovico si era risentito, quando vide la foto di un viaggio in Libia: la giovane coppia era stata fotografata ai piedi dell'aereo e Rosarietta indossava un paio di pantaloni. Mai Ludovico aveva visto una fimmina in pantaloni e lanciò una bestemmia – "Maledette le mani di Dio!" – nel silenzio attonito dei presenti. I Sillitti smisero di parlare dei loro viaggi in aereo e da allora Rosarietta non portò più i pantaloni davanti a suo padre.

Secondo Ludovico la figlia non concepiva proprio per questa passione di volare: lo strantuliamento dell'aereo impediva allo sperma di attaccarsi forte alle pareti dell'utero, era evidente. Caterina era d'accordo: nello specifico, era convinta che fossero i vuoti d'aria attraversati dall'aeroplano a impedirle di concepire.

Carlino, che allora era bambino, divenne il figlio che Pietro e Rosarietta non avevano avuto; spesso lei gli cedeva il suo posto in aereo accanto al marito.

Nella primavera del '46 Rosarietta stette male. Non si capiva cosa avesse e la madre la accompagnò nel solito giro di medici a Palermo. Poi, con i genitori e il marito, Rosarietta andò a Roma per un consulto con uno specialista. Problemi respiratori? Gravi intolleranze alimentari? No. Non c'era spiegazione.

Il 13 dicembre, giorno di Santa Lucia, dopo aver mangiato la cuccìa Rosarietta divenne scura in volto e febbricitante. Non si riprese: le mancavano le forze e dormiva sempre. Passò a letto le feste di Natale e l'Epifania. Poi la sua pelle cominciò a spaccarsi, come se avesse delle piaghe. I medici erano sgomenti. Pietro, fuori di sé dalla preoccupazione, l'aveva curata e assistita; non si allontanava mai dal suo capezzale.

Rosarietta morì il giorno dopo l'Epifania, il 7 gennaio 1947. Suo padre non riusciva nemmeno a piangere. Caterina non si dava pace. Voleva anche un'autopsia, per accertare se Rosarietta fosse morta di una malattia ereditaria che avrebbe messo a rischio anche fratelli e cugini. Pietro e la sua famiglia non lo consideravano necessario, ma Caterina non desisteva.

Quando Pietro si impuntò e rifiutò esplicitamente e categoricamente il consenso all'autopsia, per tutta risposta Caterina si presentò in casa dei consuoceri, dov'era stata allestita la camera ardente, con il medico legale del Comune e i suoi assistenti. I Sillitti dovettero cedere. Pietro, pallidissimo, si ritirò nel suo studio e disse che non avrebbe ricevuto nessuno.

Non si trattò di una vera e propria autopsia, ma certamente la aprirono, la violarono. E poi la salma di Rosarietta fu traslata nella cappella di famiglia in attesa del referto. L'indomani il medico legale convocò il vedovo e le due coppie di genitori: "Devo riportare che la deceduta era *virgo intacta*," annunciò ai cinque davanti a lui. "La causa della morte rimane misteriosa. Ma escludo una morte per cause non naturali."

Pietro, il capo chino, gli occhi puntati sul pavimento, gelò. Nessuno fece domande.

Ludovico, che si era sciolto in lacrime per la prima volta da quando era morta sua madre, non aveva capito. "Ma che sente dire?" bisbigliò alla moglie.

E lei, livida: "Zitto, babbasone! Poi te lo spiego!".

Dai Sillitti nessuna reazione. Nessuno seppe dell'autopsia, né si accorse della freddezza subentrata fra le due famiglie. Ludovico, mutanghero di natura, se incontrava i consuoceri per strada si univa a loro e li accompagnava in silenzio fino a quando ciascuno andava per i fatti suoi. Era un modo per condividere il dolore e rispettare le opinioni degli altri.

Pietro si era chiuso in casa. La gente lo ammirava, commossa dal dolore di quel giovane marito innamorato. Alla messa del trigesimo i Sorçi e i Sillitti camminarono a testa alta, in formazione compatta.

Pochi giorni dopo, Pietro andò all'aeroporto di Boccadifalco, voleva riprendere a volare. Era la prima volta dalla morte di Rosarietta. Tutti l'avevano trovato triste ma tranquillo: dopo aver ricevuto con dignità le condoglianze dagli amici e dal personale dell'aeroporto aveva fatto i soliti controlli con i meccanici, e perfino sorriso a quello che, commosso, lo aveva accompagnato fino alla scaletta dell'aereo.

Non fece mai ritorno a Boccadifalco. Non si seppe dove

l'aereo fosse andato a finire. La zona venne battuta palmo a palmo, e le ricerche continuarono per giorni, ma di un aereo schiantato non c'era traccia.

L'opinione pubblica decise che, innamoratissimo della moglie, Pietro Sillitti si era suicidato sprofondando in picchiata nel Tirreno: il suo unico desiderio era riunirsi a Rosarietta sua. Erano la coppia perfetta, tanto da non aver voluto figli a distoglierli dalla reciproca adorazione.

Caterina era in un baratro di disperazione. Ma si erano amati davvero, quei due? Che Pietro fosse impotente? O forse non amava le donne? Oppure a Rosarietta non piacevano gli uomini? Non trovava requie. Si confortava solo intrattenendo conversazioni immaginarie con l'adorata figlia e cercava di soddisfarne tutti i desideri espressi in vita.

Perché Rosarietta, chissà, forse aveva avuto delle premonizioni e più volte le aveva fatto discorsi strani: "Se muoio giovane, vorrei che tu dessi dei denari alle Dame del Ponticello... quelle che preparano i corredini per i neonati di ragazze povere o svergognate, così che quei bambini non siano indicati come i figli di una poco di buono". Ora Caterina rubava alla grande in casa Sorci, senza alcuna vergogna e – immagino – con una certa voluttà, per dare alle Dame del Ponticello. Il suo operato aveva assunto un fine nobile, il furto era quasi gioioso. Di certo non avrà avuto remore a chiedere a don Totò di aiutarla a spogliare il piano nobile: tende di pizzo, servizi da tavola, maioliche, argenti... tutto veniva venduto a negozianti e antiquari.

"Chi è nel giusto," ripeteva Caterina, "deve farsi giustizia da sé."

Chi è nel giusto. Come si fa a capire quando lo si è?

La tragica storia di Pietro e Rosarietta è rimasta in me, come una grandissima storia d'amore, diversa da quella fra me e Cola, e da quella fra Giosuè Sacerdoti e Maria Sala. Una storia che mi ha costretto a prendere in considerazione un mondo differente.

Ho chiesto una piccola foto dei due innamorati e la tengo sul cassettone in camera mia, insieme a una della mia povera mamma accanto al marito sperperatore, a quella di Carlino che guarda il mare e a quella di mia sorella Adele vicino al suo Vittorio, l'autista di papà. Il mio presepe. La mia collezione di amori. Non c'è stato un disegno preciso in tutto ciò. Quando infine ho visto le piccole foto incorniciate (soltanto quella dei miei genitori sovrasta le altre, ma non certo in termini di importanza – era l'unica che avevo), mi sono resa conto di aver inconsapevolmente costruito un altare all'amore.

Sono rimasta una donna sentimentale. Credo che la verità di una storia d'amore sia più grande di qualsiasi avversità. E non ho mai avuto paura, neppure nei periodi peggiori con Andrea, perché dalla sera del pistacchieto la mia vita ha avuto il profumo della pelle di Cola. Ed è per lui che sto in questa casa a vivere quasi come una mondana dei miei romanzi francesi. Va bene così. Quando passo dinanzi al mio altarino di fotografie, e vedo come ho lasciato incrociare in questa temporanea convivenza vite tanto diverse, penso che la mia disposizione ad accettare il mondo per la sua varietà, e non solo per la sua verità, diventa sempre più ampia, ospitale, piena di vento.

11.
Le lettere di Carlino Sorci a Mariolina Sorci

PRIMA LETTERA
9 settembre 1948

Ti scrivo dal *Vulcania*. È mezzanotte e sono appena rientrato in cabina. Domani, un breve scalo nel porto di Napoli per prendere a bordo altri passeggeri, e poi un altro scalo a Genova. Da lì, tutta una tirata fino a New York.

Partire è un po' morire, si dice. Ma io non ero triste, mentre il piroscafo si allontanava dalla banchina; vi vedevo rimpiccolire, tutti vicini, eravate il gruppo più numeroso e anche il più silenzioso tra quanti erano venuti a salutare i viaggiatori del *Vulcania*. Da lontano formavate una macchia scura – nessuno di voi indossava abiti colorati, nemmeno una cravatta, una sciarpa... come se foste a un funerale. Invece per me questo è l'inizio di un'avventura meravigliosa, a cominciare dal piroscafo. Avrà anche vent'anni, ma dopo che è stato ricondizionato e riallestito sembra nuovo. La mia è una bellissima cabina di prima classe con pannelli di rovere, soffitti decorati di figure marine e tanto di balcone privato sul mare. Ma non ci sono rimasto a lungo: volevo andare sul ponte più alto, e da lì vedere Palermo e Monte Pellegrino che si allontanavano da me – e non io da loro. Alle spalle della città il cielo al tramonto, anziché prendere i toni del fucsia, del viola e dell'indaco, era di un arancio luminosissimo, quasi abbagliante. Il vento mi batteva addosso, forte, come forte anzi fortissima era questa sensazione che fosse la mia isola a ritirarsi lentamente da me, per non lasciare l'abbaglio del sole morente, anziché io ad allontanarmi per un viaggio all'altro capo del mondo, senza biglietto di ritorno. La cattivissima, ingrata Palermo, ah!, mi abbandonava.

Recitavo. Tu lo sai che recitavo, come un eroe del cinema muto che porta il braccio alla fronte e declama senza voce parole di dramma.

Parto per trascorrere qualche anno a Chicago, dove vive il colonnello Hill, di cui sarò ospite. Forse mi iscriverò all'università. A Chicago ce ne sono ben quattro – se n'è parlato in casa, e lui ha voluto che mio padre lo sapesse –, e un'altra è non troppo lontano, nel Kansas, da dove ha origine la sua famiglia. Oppure lavorerò con lui, che si è congedato dall'esercito ma vuole intraprendere una nuova carriera, cominciare una nuova vita. Ha una vitalità e un'energia incredibili, il colonnello Hill... Ormai colonnello non è più, ma io lo chiamerò comunque così, il mio amico colonnello Hill: CH.

La sala da pranzo del *Vulcania* è sensazionale, opera di Coppedè – un prestigioso studio di architetti e decoratori, mi hanno detto a bordo –, tutta arredata in stile classico, con statue, colonne, ghiribizzi. La cena era squisita. Ho mangiato da solo, ma un cameriere mi ha chiesto se desidero un compagno di tavola; ho detto sì, chissà domani con chi mi metteranno.

Poi sono andato a vedere la piscina – il fiore all'occhiello degli armatori, mi ha spiegato il maggiordomo che mi segue come un'ombra –, rifatta in stile pompeiano. I saloni sono tutti un luccichio di legni dorati, specchi alle pareti e statue di bronzo di donne e uomini nudi su piedistalli di marmo. Una vera esagerazione. In tutti i sensi.

Adesso vado a dormire e domani darò la lettera al maggiordomo, che la imposterà, mi ha assicurato, con le sue mani. Cosa vorrà dire "impostare con le sue mani", dato che siamo in mezzo al mare?

In verità credo che esista un centro di raccolta della posta cartacea che riparte con il primo transatlantico di ritorno in Italia. Mi è venuto in mente che potrei farti mandare un messaggio telegrafico! Pensa: *Come stai Mariolina? Stop Io in piscina Stop Bevo champagne Stop Stop*. Ti piace, eh? Ti piace!

SECONDA LETTERA
24 settembre 1948

Mentre ti scrivo, ho di fronte a me la Statua della Libertà, che da Ellis Island sembra dire a chi arriva: Vieni, non aver paura!

Sono diventato *Vulcania*, il transatlantico e io siamo un tutt'uno dopo due settimane di mare, mi sento a casa mia qui. Ho anche fatto qualche conoscenza, tra i duecentoquaranta passeggeri di prima classe... il doppio della scolaresca del liceo Gonzaga, che ci è sempre sembrato affollatissimo. Ho parlato poco con gli americani e gli altri stranieri: non li capisco. Eppure credevo di saperlo l'inglese... Era tutto un *Please*, *Thank you*, *Good morning*, *I come from Palermo*. In effetti, se sono partito è anche per questo, per imparare bene la lingua della nazione più potente del mondo.

Sono impaziente di rivedere CH, ma mi tocca aspettare. Arrivato a New York dovrò prendere il treno per Boston, e lì lo troverò ad aspettarmi. È ospite in casa di sua sorella Mary, che vuole farmi conoscere.

TERZA LETTERA
30 settembre 1948

Siamo in treno da dodici ore, e ormai non si vede una collina, un'altura... Il Nord America mi sembra totalmente piatto. È coltivato a grano, e il sangue Sorci mi ribolle nelle vene quando immagino il giallo dei campi di frumento! Mi mancano le nostre colline e i nostri campi tutti diversi, minuscoli a paragone di queste distese immense di un'unica coltura.

Siamo rimasti a Boston per tutta una giornata. La sorella Mary è una donna non sposata che vive in una bella casa di mattoni rossi. Ma non ho fatto in tempo a prendere confidenza, né con lei né con la città. Avevamo un treno stamattina presto. Appena salito mi sono appiccicato al finestrino e non ho smesso mai di guardare.

Credevo che la piana di Catania fosse molto grande. Be', mi sbagliavo. Mariolina mia, vorrei che tu fossi qui con me. Pianure, sì, ma poi tanti fiumi, laghi, e il treno a volte passa su ponti così alti da far paura. CH non smette di parlare, sa intrattenermi: è sempre bello ascoltarlo, sa tante cose... e mi fa ridere.

Dormiamo in cabine separate, anche queste – come quelle del *Vulcania* – modernissime. Ero uscito in corridoio per cercare la toilette. Mi sono fatto due vagoni, e non ne vedevo. Ho chiesto a uno *steward* – così si chiamano i camerieri sui treni –, che mi ha invitato a tornare in cabina: il cesso era incorporato in quello che mi era sembrato un semplice sedile. Che figura pietosa!

Il letto, invece, è attaccato alla parete: è bastato premere un pulsante perché si aprisse. Davvero ingegnosi, questi americani.

QUARTA LETTERA
23 ottobre 1948

CH vive in una fantastica villa sul lago, un lago che sembra mare perché non si vede dove finisce. Nelle vicinanze, altre ville sono quasi identiche alla sua. Mancano negozi, caffè, gabinetti e giardini pubblici, uffici, scuole. Non capisco come si possa vivere così, ma CH mi ha detto che mi abituerò, e che per andare in città ci sono gli autobus; qui comunque si viaggia soprattutto in treno, anche treni sotterranei.

Ma tu hai capito *dove sono*?! In America! Tutta quest'acqua che sembra mare ma non lo è ha qualcosa di gelido. Mi ci sto abituando. Come mi sto abituando al cibo, alla gente. Sono rimasto un quarto d'ora con il naso in aria a guardare il Monadnock Building, non alto come i grattacieli di New York ma possente. "È un forte di civiltà!" mi ha detto CH. Ci sono tanti locali, e la sera luci sempre accese. Non ci sono tutte queste luminarie, da noi. Pare il Festino di Santa Rosalia, però ogni sera. Non prendermi in giro. Sto imparando e sono contento di essere accanto a CH.

È una persona meravigliosa: se chiudo gli occhi e lo ascolto, mi sembra di sentir parlare un mio coetaneo.

QUINTA LETTERA
11 novembre 1948

Credevo che in America non ci fossero ladri: le ville non hanno persiane robuste a protezione delle finestre, e chiunque potrebbe saltare i bassi steccati che le separano una dall'altra. Sul fronte strada c'è un po' di prato fra lo steccato e l'ingresso di casa, a cui si arriva per un sentiero di sassetti. Qualche villa ha anche un po' di verde intorno – li chiamino pure giardini, se vogliono, ma per favore non davanti a noi che veniamo da viale della Libertà, dall'Orto Botanico, e dalla Conca d'oro. E comunque è tutto aperto. CH mi ha raccomandato di stare attento: i ladri ci sono, e ci sono anche gli imbroglioni. Non devo fidarmi di nessuno. Ha preso in custodia i miei denari e i polsini di smalto che mi ha regalato Rico, e persino la cornice d'argento con dentro la fotografia di mamma che mi ha regalato lei, con le lacrime agli occhi – "per ricordarti di me," aveva detto, ed erano spuntate le lacrime pure a me, ma poi ci eravamo messi a ridere. Come se potessi dimenticarla! Papà invece sì, credo che potrei dimenticarlo... E forse è quello che desidero.

CH mi chiede della famiglia e io di tanto in tanto racconto qualche episodio. Soprattutto, racconto delle nostre campagne, che lui non ha mai visto. Gli ho detto del Natale a Camagni, e di certe giornate sonnolente d'estate, del frinire di grilli e cicale, del profumo che c'è nei magazzini a seconda delle stagioni.

Lui dice che anche nel Kansas, da dove viene la sua famiglia, è così, che ci sono sterminate pianure, ben più grandi di quelle che ho visto dal treno venendo a Chicago. Quando si arriva oltre Kansas City cominciano quelle che loro chiamano Great Plains, che il duro lavoro dei *farmers* ha trasformato in veri e propri granai. Ci voglio andare. Ma prima, lo sai, alle Rocky Mountains!

CH ha voluto pure il mio passaporto, adesso anche quello è conservato in cassaforte nella sua stanza da letto. Per sicurezza, mi dice, perché i ladri rubano soprattutto agli stranieri. Be', allora ci sono dei punti in comune tra americani e siciliani: da noi i turisti sono spesso presi di mira da ladri e imbroglioni.

SESTA LETTERA
9 dicembre 1948

Ho conosciuto alcuni amici di CH, ha organizzato un drink apposta – mi sono sentito molto importante.

Volevano drink, e drink hanno avuto! CH aveva preso un cameriere per servire da bere e far circolare i vassoi con i tramezzini e certi pezzi di salsiccia fredda che agli americani piacciono assai, intinti nella senape. Disgustosi. Ho pensato con nostalgia alle nostre panelle, con uno spruzzo di limone sopra...

Comunque, drink qua e drink là, salsiccia qua e salsiccia là, ci siamo ubriacati tutti... e io più degli altri, perché non sono abituato a bere tanto. Poi abbiamo riso e ci siamo divertiti... in modo *inverecondo*. Non male, eh?, questo aggettivo. Ma con te non posso rischiare di essere volgare.

Mi scrive zio Cola, chiede, si informa. CH e io abbiamo letto la lettera insieme, perché lui gli è affezionato ma anche perché non gli dispiace mettere un po' il naso nei nostri affari di famiglia! Mi chiede sempre che cosa ne sarà del palazzo dove si è goduto la confidenza della bella gente di Palermo. Potrebbe scrivere direttamente allo zio, ma non lo fa e non lo farà. È stato stabilito un tacito accordo: CH mi porta in America, pensa alla mia educazione, magari mi adotta, ma la famiglia resta fuori. Di chi sia stata l'idea di questo muro non lo so, ma c'è. L'importante è che io sia contento di essere qui. Zio Cola manda dolci delle monache, cioccolato di Modica allo zenzero, confetti. Che CH apprezza. Ma non commenta.

Mariolina, non avevamo mai passato il Natale separati: sarà il mio primo Natale americano, niente messa di mezzanotte in Cattedrale, niente giochi di fuoco. Speriamo che CH non faccia preparare di nuovo il tacchino, non ho ancora digerito quello del Giorno del Ringraziamento, che qui si chiama *Thanksgiving*.

Mi manchi.

SETTIMA LETTERA
15 gennaio 1949

Domani andiamo a Chicago, a visitare la casa di un architetto famosissimo che ha disegnato almeno venti case dello stesso quartiere, Oak Park. Ha costruito abitazioni moderne, comode e dentro la natura. Vorrebbe che tutto il mondo fosse così. CH dice che Frank Lloyd Wright – questo è il nome dell'architetto – abita lui stesso in una di queste case, lo sa perché lo conosce personalmente.

Qui a Chicago non sono formali come da noi, non ci sono riti, regole da seguire minuziosamente. CH dice che invece a Est – sulla East Coast, come la chiamano –, dove si trovano Boston e New York, sono formali e allicchettati come da noi. Ci sono famiglie molto ricche che hanno segnato lo spirito della città e che si sentono molto europee. Se vai ospite in una casa sulla East Coast si torna da capo ai riti, alle regole, ai salamelecchi. La sorella di CH, a Boston, aveva in effetti un portamento impeccabile; forse un po' più che impeccabile, era un manico di scopa vestito di nero.

E questo Lloyd Wright, invece, ha costruito moderno. Sono curioso. Curiosissimo. Poi andremo a visitare un museo. Qui in America i musei piacciono molto, e sono pieni di roba europea o orientale. È come se loro non si considerassero bravi artisti, e cercassero sempre modelli diversi. Mah! Un po' come noi siciliani. O siamo i migliori, o i peggiori. La via di mezzo non ci piace.

Infatti accettiamo l'atteggiamento di superiorità degli altri italiani, soprattutto se vengono da Roma in su, e li ammiriamo. Non ho mai conosciuto un siciliano trapiantato in Continente che non cerchi di imitare l'accento del posto in cui vive e lavora e che non usi parole del dialetto locale. Mentre non ho mai incontrato un italiano che lavora in Sicilia che abbia preso una tanticchia di accento siciliano, o qualche parola dal nostro dialetto. È strano.

Qui sono gli indiani – i discendenti di Toro Seduto, per capirci, non gli indiani dell'India – a parlare un'altra lingua; gli americani si guardano bene dal conoscerla e non si preoccupano di avere a che fare con loro. Gli indiani non si vedono, per strada. Sono invisibili, oppure li tengono chiusi nelle riserve, come una mandria di vitelli.

Quando saremo in città cercheremo una scuola dove io possa studiare l'inglese – devo farlo se voglio andare all'università. Anche se CH dice che non ho bisogno di studiare e di laurearmi: posso lavorare lo stesso, e comunque sono ospite suo.

OTTAVA LETTERA
4 febbraio 1949

Non ti ho detto di Chicago. *The Windy City*. La Ventosa, diremmo noi. E lo è. Eccome. Non solo. Il vento taglia le orecchie. Noi proprio non abbiamo idea di questo gelo che quasi non ti lascia respirare. Oak Park è meravigliosa. È quasi una città a sé. Ci sta tutta gente di riguardo. Conservatrice. Ci si muove in mezzo a edifici eleganti, bassi, domina il mattone rosso, ma ci sono anche certi marciapiedi in pietra blu che, una volta visti, non puoi più dimenticare. Sai chi è nato qui? Ernest Hemingway, uno scrittore di cui mi parlava sempre Leonardo Ponte, perché ha combattuto in Spagna contro i fascisti. Leonardo mi ha anche regalato un suo romanzo, *Per chi suona la campana*, uscito da noi poco dopo la guerra. Hemingway è il tipo di americano che non vuole avere confini – l'Italia, la Spagna, l'Africa... CH me ne parla senza troppo entusiasmo, ma d'altro canto non trascura nulla della mia educazione.

Che dire? CH è buono, e la sua compagnia davvero piacevole. Non mi lascia mai solo. Senza di lui non ho fatto nemmeno una passeggiata lungo il lago. Io gliel'ho detto che posso muovermi anche per conto mio... Secondo me ha paura che mi perda. Si preoccupa. Forse dovrei proporgli di cucirmi sulla giacca un'etichetta con il mio nome e l'indirizzo di casa. Qualche volta mi gira intorno come se mi prendesse le misure. Ti ricordi da La Parola come il sarto mi stava addosso, gli spilli in bocca, il metro di cuoio al collo, le forbici lunghe in mano, e tutto per non farsi scappare un'imperfezione, perché uno doveva andarsene proprio contento? Ecco, così. Mariolina, lui mi guarda. E forse gli piace davvero stare con me, non si stufa mai della mia compagnia. In effetti passiamo praticamente tutto il tempo insieme: leggiamo insieme libri inglesi, e facciamo conversazione, tanta di quella conversazione che, se non fosse per le lettere che scrivo a te, avrei paura di dimenticare la mia lingua. Io dico "Che camurrìa!" e lui traduce "*What a bore!*", allora io gli faccio il verso "*bore, bore, bore*," e lui a me "camurrìa, camurrìa", e poi sbottiamo a ridere. E così passano le giornate.

Parlo anche con Miss Fosley, che sembra una signora di buona famiglia e non una cameriera: si veste con decoro, anche se ha un cappello orrendo che sembra un vaso da notte, ed è molto gentile con me. Ha un'autentica venerazione per

Hill, e a me mi chiama *the golden nephew*, "il nipote d'oro". Viene dalla campagna, ha sempre lavorato nelle case degli ufficiali perché suo padre, un agricoltore che aveva perso la sua terra durante la Great Depression (la Grande Depressione, per te che sei a Palermo), si era poi arruolato e aveva fatto il soldato finché è morto, in campo di addestramento, prima di partire per l'Europa.

NONA LETTERA
3 marzo 1949

Chicago è una città piatta e immensa. I treni – non ci sono autobus, soltanto treni – vanno dappertutto su binari sopraelevati, così non intralciano il traffico; anche le stazioni sono sopraelevate. Ci sono pochissimi passaggi a livello.

Fare il giro della città a cinque metri da terra, come se si volasse, è meraviglioso. E dall'alto si vedono bene i diversi quartieri. A Palermo ne abbiamo quattro, qui invece sono moltissimi, ciascuno abitato da gente di nazionalità differente: c'è il quartiere dei polacchi, quello degli scozzesi, quello dei cinesi, e degli ucraini, e degli irlandesi, e dei norvegesi, e poi il ghetto dei *niggers*, i negri. Ci sono tanti negri, e dal ghetto escono soltanto i pochi che hanno un lavoro. CH mi racconta storie di tutti questi popoli, mi ha spiegato che esiste una grande discriminazione razziale. A volte fa cenno ai "nativi americani", che se ne stavano qui in santa pace prima che venissero i francesi e gli inglesi: della loro esistenza sappiamo solo dai film western, perché come già ti ho scritto i "pellerossa", i *redskins*, non si vedono e di loro non si parla. I francesi comunque adesso sono tutti nel Québec, che fa parte del Canada. E poi – dimenticavo! –, ci sono gli ebrei. Tantissimi, sparsi dappertutto, nei diversi quartieri.

CH mi spiega, mi dice, mi parla. Non mi fa mancare niente. E non smette di investigare su di me e dentro di me. Vuole sapere soprattutto di mio padre e di mia madre.

"Non stanno più insieme, vero?"

"Vero," dico io.
"Ti dispiace?"
"No."

Mi ha chiesto anche di te. Vorrebbe leggere le tue lettere. Si inquieta se gli dico di no. E io le distruggo.

CH è sicuro di sé, come lo era dentro la cornice del piano nobile, e tutte le volte che lo seguo in società – sia tra i suoi amici, sia tra le conoscenze che non ha smesso di coltivare – mi ritrovo a pensare che è un uomo misterioso. Ora vuole che leggiamo insieme i versi di Walt Whitman: mi chiede se sento che forza ha saputo esprimere l'America, persino nella poesia.

Ho chiesto a CH se a Chicago c'è un quartiere italiano, come a New York. "È meglio non andarci," mi ha detto lui, "e comunque lì siciliani non ce ne sono, quelli sono tutti sulla costa." Mi piacerebbe parlare un po' nella nostra lingua. CH però preferisce che non vada nel quartiere italiano, e io lo accontento. Ma a te ti scrivo, Mariolina mia, e allora sono tutto italiano, un italiano perfetto che vuole giocare a fare l'americano perfetto.

DECIMA LETTERA
16 giugno 1949

Questa sarà una lettera molto lunga, e anche un po' triste. Siediti e prenditi una limonata. Capirai poi il perché di questa richiesta.

Sono a Chicago da quasi nove mesi e mi annoio (*what a bore*); sta arrivando l'estate e finora ho conosciuto soltanto gli amici di CH, nessuno che abbia la mia età. CH è buono e ha capito. Mi ha spiegato che appena avrò imparato bene l'inglese mi manderà in un college qui a Chicago o nelle vicinanze, un'università dove alloggerò con altri studenti della mia età.

Nel fine settimana mi ha portato a Lawrence, dove c'è

l'Università del Kansas. Qui abbiamo incontrato John Denver, un suo amico professore. Lawrence è una cittadina in una zona collinare, nata insieme all'università e alla scuola agraria. L'università è moderna, in aperta campagna, e si sviluppa su due diverse colline. All'interno del campus ci sono due chiese, dormitori, case in cui vivono studenti di entrambi i sessi: quelle dei maschi si chiamano *fraternities* e quelle delle femmine *sororities*, i loro nomi sono formati da tre lettere dell'alfabeto greco, tipo "Pi Kappa Ni" o "Alfa Tau Omega". Poi ci sono edifici per ciascuna facoltà, e in più un teatro, un cinema e tutte le attrezzature sportive possibili e immaginabili. Il campus è circondato da inferriate e muretti. La cittadina, in basso, è formata da un pugno di case e da una strada piena di negozietti, ristorantini e caffè.

Sulla collina di fronte c'è un palazzone squadrato con due cortili: mi sembrava un monastero di clausura o un carcere, invece è una scuola agraria per gli indiani d'America.

A Lawrence ci sono pizzerie, ristoranti greci, francesi, polacchi, messicani. Tutto per far felici gli americani, che sennò si devono accontentare di un pezzo di carne con patate bollite. John, CH e io abbiamo mangiato in un ristorante "italiano" – non un granché, ma io mi sentivo a casa, finalmente! Gli spaghetti al pomodoro, il pollo arrosto e il caffè di italiano avevano quasi soltanto il nome, comunque ci siamo scolati un litro di vino in tre. CH ha badato bene che non esagerassi con il vino, sa che poi mi lascio andare ed era meglio che non capitasse con il suo amico presente. Agli altri tavoli mangiavano ragazzoni alti, biondi e muscolosi. Io, che pure sono alto più di un metro e ottanta, parevo un pigmeo. Un pigmeo deperito!

CH e il suo amico John mi hanno spiegato che, per mettere da parte i denari per la retta e l'alloggio, dai dodici anni in su gli studenti più poveri lavorano – durante le vacanze e il fine settimana – nei campi: il Kansas viene chiamato "il granaio d'America". (Questa storia del granaio d'America l'ho già sentita, dev'essere come "la Sicilia crocevia di popoli".)

Per la prima volta ho passato l'intera notte nella stessa camera di CH. Da quando siamo picciriddi, io sono il tuo Polluce – e tu il mio Castore –, dunque so che sai, e lo sai con quella delicatezza del sapere che è proprio tua. Non abbiamo mai avuto bisogno di parlarne. Adesso mi tocca essere un po' più chiaro e mai vorrei che tu, la mia sorellina, la mia più cara amica, la mia anima gemella, il mio tutto, ti disgustassi di me. Insomma, io sono l'amore di CH.

Ci eravamo portati *Leaves of Grass*. Continuiamo a leggere le poesie di Whitman secondo la linea di lettura di CH e infatti, quella sera, prima di spegnere la luce, ha chiesto la mia attenzione e mi ha letto questi versi: "*O ragazzo delle praterie, col tuo volto abbronzato,/ prima che tu arrivassi al campo, doni graditi giungevano e frequenti,/ lodi e omaggi e cibo buono, finché, fra le reclute,/ arrivasti tu, taciturno, senza niente da offrire./ Ci scambiamo uno sguardo,/ ed ecco, tu mi hai dato ben più di tutti i doni del mondo*".

Cosa intendeva dirmi? "*When lo! More than all the gifts of the world you gave me*," ha ripetuto. E mi ha dato un bacio.

Non riuscivo a prendere sonno, con questo *tan-faced prairie boy* che forse ero io. E siccome poi CH ha cominciato a russare, mi è sembrato di aver passato tutta la notte sveglio. Un inferno. Finché non ho più resistito: all'alba mi sono alzato e ho deciso di approfittarne per fare un giro del paese, con l'idea di tornare in tempo per la prima colazione.

Lawrence era piena di "nativi americani" della mia età, tarchiati e con la pelle rossiccia, scura. Avevano zigomi alti, occhi piccoli, capelli lisci e neri. Portavano abiti dimessi e scarpe sfondate. Erano solo maschi. Gironzolavano per il paese e mi sembravano più insicuri di me.

Dai marciapiedi davanti ai ristoranti erano scomparsi i tavolini rotondi con le tovaglie a scacchi e il vasetto di fiori di plastica in mezzo, come anche i cartelloni a tre piedi con i menu. Nelle vetrine dei negozi erano esposti biscotti bruciacchiati che sembravano pezzi di pane, pacchetti di chewing-gum, mele macchiate e banane stramature.

I ragazzi mi guardavano. Non sapevo chi di noi fosse più intimidito e spaventato. Mi sono rifugiato nel ristorante dove avevamo cenato ieri. Appena entrato, mi sono sentito nel posto sbagliato. Anche lì, niente più tavolini con tovaglie a scacchi. I tavolini, uno attaccato all'altro, formavano adesso banconi "nudi": non c'erano nemmeno sale, pepe e tovaglioli, e le stoviglie – impilate al centro – erano di plastica, anziché di ceramica e di vetro. Il menu era stato ridotto a una pagina plastificata con due primi e due secondi, e per dessert una scelta tra gelato alla napoletana – non oso immaginare il sapore... che cosa ne sanno qui di come si fa il gelato? – e frutta. Il prezzo era esattamente il doppio di quello pagato ieri sera per un ottimo pasto.

Il cameriere mi ha riconosciuto, e come i suoi colleghi mi guardava apprensivo, quasi impaurito. Ho ordinato una limonata, l'avevo presa la sera prima ed era buona.

"Non ce n'è," ha detto lui.

"Finita?" ho chiesto.

"No, oggi non è in vendita."

"Cosa posso ordinare?"

"Caffè o Coca-Cola."

Si è avvicinato il gestore, anche lui mi aveva riconosciuto. Ha puntato le mani sul tavolo e mi ha detto: "Conosco da anni il colonnello Hill. Lui non sa che sei qui, vero?".

Ho annuito.

"Ti consiglio di andare via, oggi qui ci sono i ragazzi della scuola agraria, tra poco verranno a fare colazione, e poi torneranno per pranzo. È meglio se oggi non ti fai vedere a Lawrence."

Quando sono uscito, i ragazzi di prima erano diventati tantissimi. Si scostavano per cedermi il passo, come fanno i contadini nelle nostre campagne, ma – a differenza dei nostri contadini – sembrava che lo facessero per paura, non per rispetto.

"Dove sei stato?"

CH mi aspettava impaziente, in albergo con il suo amico John, e mi sono preso una bella lavata di capo, da tutti e due.

"Non devi andare nei posti dove ci sono i *niggers* e i *redskins*! È gente di cui non ci si può fidare, e comunque sono inferiori a noi. Ricordatelo sempre."

John poi mi ha spiegato che i *redskins* hanno il permesso di uscire soltanto la domenica e il pomeriggio di mercoledì. Agli studenti dell'università è fatto espresso divieto di frequentarli.

Forse è bene che a questa lettera tu non risponda. Teniamo per noi queste confidenze. Ho sempre paura che lui mi chieda di leggere le tue lettere.

Superiori. Inferiori. Ci avresti mai creduto?

UNDICESIMA LETTERA
16 luglio 1949

Sono a Edmonton, nell'Alberta. Non ti scrivo da un mese esatto. CH mi ha portato in Canada, e poi in Alaska: ho visto foreste, ghiacciai, orsi bianchi, foche e balene. CH mi ha regalato *White Fang*, il romanzo di Jack London che noi conosciamo con il titolo *Zanna bianca*. Lo leggevo la sera in certi cottage persi in mezzo agli alberi, e stupivo pensando a come quello scrittore aveva saputo entrare nella testa dei lupi. Alla fine di uno dei primi capitoli c'è una frase che mi ha lasciato proprio a bocca aperta per quanta verità mi stava dicendo, adorata Mariolina. Diceva di come il cucciolo impara la legge della carne e tante altre leggi a cui obbedire, che il mondo è pieno di sorprese, e che battersi è solo un piacere, ed è piacere stare al sole o buttarsi alla caccia dell'ignoto, e poi diceva che ogni atto semplicemente lo soddisfaceva: *they were expressions of life, and life is always happy when it is expressing itself*. Te lo traduco: erano espressioni della vita e la vita è sempre felice quando si esprime. Capisci, Mariolina, questo pensava il cucciolo di lupo. E io così pensavo, come quel cucciolo che stava cominciando a vivere.

A volte eravamo soltanto noi due, CH e io, altre volte in comitiva. La natura qui è meravigliosa e sorprendente! Mi porto *White Fang* sotto il braccio, e capita che CH mi interroghi di tanto in tanto. È stato un viaggio stupendo ma io sono felice di tornare a Chicago, la settimana prossima.

Ho ricevuto la tua lettera. Sei stata magnifica. Hai capito come scrivere e di cosa scrivere. “Che ragazza meravigliosa, la tua Mariolina!” ha detto CH ripiegando il foglio. “Che calligrafia elegante.” Secondo me pensa che abbiamo una storiella. E sai che ti dico? Meglio così!

DODICESIMA LETTERA
29 agosto 1949

Siamo a Chicago. Guardo le fotografie del nostro viaggio e di nuovo mi meraviglio di essere stato al Polo Nord. Se qualcuno me lo avesse detto anche soltanto un anno fa, lo avrei preso per pazzo!

Non ci crederai, ma ho guadagnato dei denari. E sai come? Ho fatto il modello. Mi ricordo che una volta mio padre mi parlò di un pittore, si chiamava Francesco Camarda, aveva fatto un ritratto da una fotografia di zio Sebastiano, lo zio morto ragazzo, in guerra. Tutte le volte che entravo nella camera che era stata del nonno Enrico, quella figura di giovane ardente e melanconico mi stringeva il cuore. Chissà dove finirà quel ritratto.

Ebbene, io, qui, sono stato dipinto e pure fotografato da un grande artista amico di CH.

Ho dovuto posare a lungo, in uno studio bianchissimo, e quando non posavo mi gettavo una specie di lenzuolo sulle spalle e mi aggiravo in quello spazio quasi in punta di piedi. Mi drappeggiavo come un senatore romano, poi lasciavo cadere il lenzuolo dietro di me come un manto regale, poi ancora me lo legavo intorno ai fianchi e lo passavo in mezzo alle gambe alla maniera indiana. Mi specchiavo. Mi specchiavo anche nudo. Sai, Mariolina, non sono più mingherlino come mi ricordi tu, sono cresciuto da quando sono in America... Sarà tutta la carne che mangio, sarà la ginnastica che faccio insieme a CH. E adesso non chiedermi di mandarti le mie foto. Non sono più mie, appartengono all'artista. Ma gli chiederò di farmene una per te.

TREDICESIMA LETTERA
16 ottobre 1949

Mariolina! Mariolina mia!

Ho avuto un bisticcio con CH; è sempre più geloso e possessivo. Non vuole darmi le mie cose. Tiene i miei denari in cassaforte, insieme al mio passaporto; dice che non si fida di me. Ha paura che lo abbandoni. Sono chiuso in casa sua, frequento solo le persone che vuole lui: perché si comporta così? È come se non si rendesse conto che lo adoro. Lui mi ha fatto crescere e mi ha fatto conoscere il mondo. La mia gratitudine è immensa. Come ci diceva zia Rachele, quando eravamo piccoli? "Sei la luce dei miei occhi." Ecco, CH è la luce dei miei occhi. Adesso mi dice che verrà sua sorella e che lei farà da paciera.

Siamo in uno stato di tensione così grave che non ho neppure domandato se la sorella è la Mary che ho sia pur frettolosamente conosciuto a Boston. E poi se io dico mia sorella, dico mia sorella Matilde, ci metto il nome, anche se ne ho soltanto una. Lui, che ne ha tre, no. Dice: "Viene mia sorella". E poi perché dovrebbe portare la pace? A noi, Mariolina, che di cose di famiglia ne sappiamo più che a sufficienza, quando ci dicono che qualcuno deve fare da paciere ci si rizzano subito i capelli... O no? Comunque immagino che sarà come le Tre Sagge, questa sorella. Non potrebbe essere diversamente. Adesso CH è seduto sul divano, legge, fuma, fa come se io non esistessi. Tecnica palermitana, non credi? Altro che America.

A proposito: mi scrivevi tempo fa dell'avvocato Vallo. Che ne è di lui? Frequenta sempre casa tua? Prima che il gatto gli mangiasse la lingua, CH mi aveva chiesto sue notizie.

QUATTORDICESIMA LETTERA
24 ottobre 1949

Cara Mariolina,

ricordi quando ci dicevano che tredici è il numero del diavolo? Chissà perché, mi chiedo. Forse tutto deve fermarsi al dodici, il numero perfetto a quanto pare... anche se a me, ti confesso, vengono in mente solo gli apostoli. Oppure è perché il dodici è divisibile in sei parti uguali, mentre il dieci, per esempio, si ferma a due?

Be', sia come sia, la tredicesima lettera che ti ho mandato ha aperto il capitolo delle mie disavventure, che in questa quattordicesima proseguono e magari finiscono. Almeno spero.

Non ti ho mai scritto della salute di CH: soffre di una quantità di malesseri, tra cui *high blood pressure*. Secondo me pochi sono reali, molti decisamente immaginari e tantissimi diagnosticati come tali per l'avidità dei medici americani, che stando a quanto mi racconta CH devono essere dei ciarlatani.

I suoi medici gli dicono che deve fare una vita tranquilla e regolata, che però a lui non piace. E dà la colpa a me, con un sorriso malizioso. Dice che per intrattenermi – "*entertaining you!*" – si comporta da ragazzino, e poi ne paga il prezzo. Non è vero, è che lui è assatanato. "*You bewitched me. I adore you...*" è il suo saluto mattutino. E dopo: "Dove andiamo? Cosa organizziamo per oggi? Non voglio che ti annoi...".

Io preferirei stare di più in casa e studiare l'inglese e leggere libri... ma ormai va così.

Ogni giorno facciamo la passeggiata seguendo il lungolago; poi facciamo la spesa. Certe volte andiamo *downtown* e giriamo nei *department stores*, palazzoni dove si trova di tutto, dai detersivi ai libri, dai materassi ai cassettoni, dagli abiti alle stoviglie. E dove si trovano anche le *domestic appliances*, elettrodomestici a noi sconosciuti: la lavapiatti, l'aspirapolvere, la scopa elettrica, la lavatrice, l'asciugatrice. Con quelli, i lavori di casa si fanno in un baleno. CH è generoso: "*Do you want this? Just tell me and I will buy it for you*," sussurra appena mi fermo a guardare qualcosa mentre passeggiamo nei corridoi in mezzo alla merce.

Io sono affascinato dalla macchina da scrivere elettrica: basta carezzare i tasti per scrivere velocissimo, e si corregge da sola! Ma la vera sorpresa è stato il televisore: è come avere il cinema in casa, in una scatolona grande. Mi piace moltissimo.

Ormai sono in America da più di un anno e la lingua l'ho imparata bene, dai libri e chiacchierando con CH e i suoi amici. Ma non conosco nessuno al di fuori della loro cerchia, e lui mi sta attaccato come un francobollo.

Quella mia passeggiata mattutina da solo a Lawrence – la prima, da quando sono arrivato in America e vivo con CH – lo ha spaventato. E fatto infuriare. Mi aspettava nella camera d'albergo paonazzo, quasi non riusciva a tenere in mano la tazza del caffè. Mi è proprio rimasto inchiodato in testa quell'episodio, perché mi rendo conto che ci sto ritornando sopra, te l'ho già scritto, è una storia di quattro mesi fa. Eppure quella frase, "Guai a te! Non devi mai allontanarti senza il mio permesso!", detta a voce bassa, severo, mi ha davvero gelato il sangue.

Anche perché lui ha continuato a rinfacciarmelo. Sino a qualche giorno fa, quando, mentre rientravamo in treno da Chicago dove eravamo stati a vedere una mostra, mi ha fatto una scenata perché di ritorno dalla toilette del museo mi aveva visto parlare con un giovane scozzese: il simpatico *ginger head* mi aveva domandato cosa ne pensavo della mostra e io avevo risposto "*Beautiful, indeed*". Nient'altro.

CH mi ha chiesto di chiudere la porta scorrevole dello scompartimento, e poi, con il piglio del militare, ha ricapitolato il nostro rapporto: "Ti voglio tutto per me, quando siamo insieme. Lo sai che a me piace così, *and you totally agreed.* Se l'amore passa per il corpo, quel corpo non è più soltanto nostro, appartiene anche all'altro. Il tuo appartiene a me. Credevo di avertelo spiegato bene dopo quella volta a Lawrence, quando sei uscito senza avvertirmi, mentre dormivo, senza nemmeno lasciarmi un biglietto".

Mi sono innervosito. Non avevo fatto niente di male. Non te l'ho mai detto, ma a volte mi sembra di soffocare, con CH sempre alle costole. Non sono una moglie siciliana.

Mi ha ripetuto che mi vuole adottare, appena diventerò cittadino americano, e che allora potrò ereditare il suo patrimonio. Gli ho risposto che i soldi non mi interessano, che voglio vivergli accanto, da pari, non sotto! Non voglio essere un bel cagnolino da portare a spasso, che si può strattonare se solo cerca di guardare cosa c'è mezzo metro più in là! E non voglio nemmeno essere considerato un oggetto di sua proprietà. Credo che finirò per impazzire, mi toglie il fiato!

Mariolina, piccola Mariolina, ti sto inquietando? Spero di no. A te ho sempre detto tutto. E quindi ti dirò anche che secondo lui, per amor suo, dovrei imparare a vendere me stesso, magari traendone ulteriore piacere. Alla sua proposta ho reagito con uno sconfortato stupore. Allora, con gli occhi lucidi e la bocca a beccuccio, come zia Caterina quando è mutriata, mi ha accusato di non amarlo veramente. Del resto, se lo avessi amato come lui amava me, mai mi sarei comportato in maniera così egoista e sconsiderata come avevo fatto a Lawrence. Ma dico! Te lo vedi il nostro colonnello Hill, quello del piano nobile, così masculo e cumannero, trascinarmi nella patetica pantomima del "ma io ti amo-non è vero che mi ami-ma certo che ti amo"? Alla fine mi ha ribadito che, se davvero lo amavo ("Pietà!"), dovevo acconsentire a "giocare un po'" con i suoi amici. E lo diceva senza abbassare la voce, senza fare una piega, e senza preoccuparsi di farsi sentire dai camerieri che ogni mezz'ora si affacciavano allo scompartimento con un "*More coffee?*". È pure sceso in dettagli. Avremmo aperto la casa ai suoi amici *saucy*, a pagamento, non più di dodici per volta. Dopo un ottimo pranzo con vini ben scelti, io li avrei intrattenuti offrendo marijuana, toccando e lasciandomi toccare. Diceva che so farlo così bene.

Tu lo sai, Mariolina, che sono vanitoso. All'improvviso mi ci sono visto, al centro della scena. Mi piace piacere. Mi piace sentire che gli sguardi che si posano su di me non sono innocenti. E quella proposta, che lì per lì mi era sembrata così stramba, per non dire offensiva, mi ha fatto l'effetto di un petardo lanciato in un salotto dove si muore di noia. Così, come fosse normale, come fosse una domanda perfettamente conseguente, ho chiesto: "Come mi vesto?". Avevo avuto una visione di me in giacca di rigatino, come Elio, e mi erano venuti i brividi. Ma CH mi conosce bene: ha subito smontato il beccuccio e ha risposto senza esitazione: "Non hai bisogno di vestirti. Potresti metterti un grembiule da cucina, di quelli con la pettorina davanti e il fiocco dietro!". E mi ha toccato.

Mi ha convinto così, in treno, con una carezza sopra i pantaloni. E mi sono reso conto che ho cominciato a dipendere da lui. Che sto diventando un prostituto di lusso, e al contempo un immigrato illegale.

Tu credi che quest'uomo mi ami? Ma soprattutto, credi che io lo ami? E adesso ti faccio una bella domanda da Mariolina e Carlino schierati insieme nelle cose del mondo: pensi che dovrei fare armi e bagagli e sparire? Sì, forse dovrei.

Ma stai a sentire cosa è successo dopo. CH è entrato in azione immediatamente. Ha invitato Mary, la sorella nubile, a trascorrere il Natale con noi, per renderla partecipe del nostro accordo (dell'adozione e del lascito, non certo dei festini con gli amici *saucy*). "Per lei sarai come un nipote. Quando io non ci sarò più, dovrai prenderti cura di lei." Poi ha aggiunto che erediterò anche i beni di Mary.

Quella Mary me la ricordo bene, lei dentro la sua casa di mattoni rossi. Sono terrorizzato da questa nuova prospettiva. Non voglio finire a fare la governante in casa di quella donna che, a questo punto posso dirlo, ho detestato da subito – peraltro ricambiato, anche se CH ha fatto finta di non accorgersene, di ugual sentimento. Ho deciso di fingere di accettare la sua proposta, ma l'idea di andarmene ha cominciato a frullarmi in testa. Che faccio? Vado? Appena ho un po' di soldi? Mi piacerebbe che tu potessi rispondermi, perché torno troppo spesso su questa fantasia, mi vedo salire su un treno merci, e via!, come nei romanzi di Steinbeck che CH mi ha fatto leggere. Mi sogno la sorella Mary, arcigna e beffarda che arriva a Chicago, vestita come una beghina dell'Ottocento, con il vento dell'inverno che la spinge lungo il lago fino a me.

Adesso mi fermo perché la testa mi crolla letteralmente sul foglio. Lo so che avresti molta voglia di scrivermi, e anch'io vorrei che tu mi scrivessi, ma questa volta non farlo. Non farlo!

QUINDICESIMA LETTERA
14 dicembre 1949

Cara Mariolina,

ti scrivo dal treno per New York. Nelle ultime due settimane sono successe tante di quelle cose che non so come farò a raccontartele tutte. Quindi prendo tempo. Spero che quest'anno possiate trascorrere il Natale a Camagni, anche se muoio di rabbia al pensiero di non essere con te a guardare don Vito che accende i lumini del presepe a uno a uno e a rimpinzarmi di cassata e buccellati.

Mariolina mia. L'avresti mai detto? Te lo saresti immaginato che il nostro colonnello del Circolo ufficiali al piano nobile potesse comportarsi così? Sono sicuro di no. A proposito, ti ricordi quando abbiamo fatto Ginger e Fred? Che spasso.

Dopo la mia ultima lettera, è andato tutto velocissimo. Anche il freddo, che da un giorno all'altro è diventato gelo, con il lago bianco come fosse di neve. Dalla finestra della mia camera si vedevano la città, i grattacieli, le forme dei *buildings* che bucavano l'altra cortina di bianco di quel cielo senza colori. Mi pensavo nudo, come mi voleva sempre CH, vedevo tutto quel freddo e mi prendeva un brivido. Trascorrevamo le giornate insieme, come sempre, ed era tutto molto più tranquillo di quanto non fosse mai stato. Avevo finalmente un po' di tempo per me, da dedicare alla lettura e allo studio. CH passava ore e ore alla macchina da scrivere: con precisione militaresca, compilava i menu delle cene e il programma delle nostre serate, inviava eleganti cartoncini color crema per pubblicizzare (con discrezione) i nostri futuri festini. Anche se aveva detto che sarebbe stata solo una cosetta tra amici. E passava tanto tempo a mettere in ordine le sue carte personali.

Chissà durante la guerra come faceva? A che cosa pensava? Ha sempre avuto cura della sua persona e ogni giorno passa almeno due ore in un circolo militare dove ci sono palestra, piscina, attrezzi. Lo sentivo, quando mi stringeva, che malgrado l'età è un uomo forte, e forse era proprio questo a suscitare la mia attrazione. Mio padre, alto alto, già si piega, quasi molle, e hanno la stessa età.

CH aveva incontrato il suo avvocato e il direttore della banca. Io fingevo di riordinare e intanto sbirciavo tra le sue carte; e siccome conserva una copia di tutte le lettere che scrive, ho scoperto che aveva mandato alla perfida sorella Mary la combinazione della cassaforte in cui tiene anche i miei denari e il mio passaporto. Avevo provato a memorizzarla, ma senza successo. Quindi l'ho ricopiata su un pizzino che ho infilato dentro una scarpa.

Abbiamo iniziato subito i festini, due a settimana. L'idea era di andare avanti fino a metà dicembre, fino all'arrivo della sorella Mary.

Com'erano queste serate? All'inizio sembravano serate come tante altre: cocktail, stuzzichini e chips. Poi io servivo la cena con addosso soltanto un grembiule. A seconda dell'estro mi lasciavo toccare o facevo il ritroso, a volte anche con una certa decisione; oppure ero io a prendere l'iniziativa: sbottonavo i pantaloni del compare, allungavo la mano dentro e vedevo che cosa mi chiedeva lui. La cosa strana è che mentre lo facevo pensavo a Pustorino, ai manichini eleganti, al profumo di tabacco.

A fine cena loro fumavano marijuana e io rigovernavo.

Dopodiché, aprivo le danze. Ballavo nudo con uomini nudi. Ero come i ragazzini che posavano in scenari pastorali o esoterici nelle foto che di tanto in tanto CH mi mostrava: quelle scattate sugli scogli di Posillipo da un nobile tedesco di cui non ricordo il nome e, in anni più recenti, quelle di un inglese che aveva soggiornato a Cefalù – si chiamava qualcosa come Aleister Crowley, e forse ne abbiamo anche sentito parlare.

Mi sono annoiato abbastanza presto di questo teatro. Ma mi offrivo sempre con totale abbandono. La cosa rendeva bene. Il giorno dopo CH divideva equamente i denari, poi li infilava in buste che riponeva in cassaforte.

A Palermo, se uno facesse 'ste cose in casa sua, pensa che scandalo... altro che curtigghio!

Alla fine ho deciso di scappare durante le feste natalizie, mentre c'era sua sorella Mary. Ci avrebbe pensato lei a prendersi cura di CH. Non fraintendermi, Mariolina: ho voluto molto bene a CH, e ancora gliene voglio, ma il suo bene non coincide più con il mio.

Mary, appena arrivata, ha passato in rivista primo e secondo piano; era tutto pulito alla perfezione, e mi ha chiesto se tra i miei compiti c'era anche quello di aiutare Miss Fosley a tenere in ordine la casa.

CH era a letto, intorpidito. Negli ultimi giorni, invece del tonico che prendeva abitualmente gli avevo somministrato un tranquillante: volevo aprire la cassaforte per riprendermi il passaporto e i miei denari, quelli che l'avvocato Vallo mi aveva regalato prima che partissi e quelli che ho guadagnato con le "serate". Potevo farlo soltanto se lui era sedato.

Ma poi c'è stato un intoppo. Mary si è lamentata con CH del fatto che la combinazione della cassaforte era troppo lunga, impossibile da memorizzare. "*I've already reset it,*" le ha risposto lui, palesemente infastidito dal fatto che lei avesse accennato alla cassaforte in mia presenza.

Addio pizzino! Avevo impiegato mezzo pomeriggio a imparare tutti quei numeri, e non era servito a niente. Dovevo inventarmi qualcos'altro.

La mattina CH è metodico, un orologio. Si sveglia, scende ad avviare il caffè, ritorna sopra, apre la cassaforte, prende i denari per la giornata, richiude la cassaforte, va in bagno e scende di nuovo a preparare il *breakfast*.

Io, che di solito mentre accade tutto ciò me ne sto a poltrire a letto, per una volta mi sono alzato e ho chiesto di poter usare il bagno. L'ho detto appena ho sentito che la cassaforte era stata aperta, perché sapevo che la routine di CH implica per il bagno un tempismo perfetto. E infatti è stato così, mi ha detto di aspettare, ci sarebbe andato prima lui, e ha lasciato la cassaforte socchiusa. Io mi sono alzato, ho preso i miei denari e il mio passaporto, li ho nascosti, e poi mi sono messo davanti alla porta del bagno a mimare un'urgenza.

È andato tutto secondo programma. In fondo non siamo in una banca ma in una placida – si fa per dire – casetta della Chicago suburbana. Al Capone è lontano...

La mattinata è passata tranquilla – per CH e Mary, perché io ho dovuto preparare in fretta e furia un minibagaglio con lo stretto indispensabile, che ho nascosto nella dispensa.

Il treno rallenta, sono alla fermata di Syracuse, la prima città dello Stato di New York. Syracuse suona bene, suona forte, suona mio. Ma torniamo alla mia fuga.

D'abitudine dopo pranzo, mentre CH riposava, io restavo giù a leggere accanto al camino. Mary si è mossa per un po' nel salotto, poi ha infilato anche lei le scale, a metà si è voltata e mi ha gettato uno sguardo che lì per lì mi ha raggelato. Ma la zitellona di Boston non mi ha fatto davvero paura. Fra me e me le ho detto: *Abbi cura di lui che mi fu caro*. Al piano di sopra tutto taceva. Il tempo di salire sul bus per la stazione e un'ora dopo ero già sul treno della libertà.

Non voglio saperne più niente di CH. Anche questo l'ho imparato da lui: "*Forget. Never regret. Never revisit. Go ahead*".

SEDICESIMA LETTERA
4 gennaio 1950

Mariolina carissima,

eccomi a New York.

Ti ho fatto mancare mie notizie, ma credo che tu non ti sia preoccupata perché lo sai che Carlino tuo se la cava sempre.

Non ricordo se ti ho detto che l'avvocato Vallo aveva fatto da tramite tra Hill e mio padre, e che era andato anche da mamma, in via Bandiera, per rassicurare lei e me che tutto sarebbe andato bene in America, e che del colonnello Hill ci si poteva fidare.

Aveva parlato degli studi che avrei potuto intraprendere al college – che collegio non è: significa Università – e della quantità di opportunità che l'America offre, sia di lavoro che di divertimento. Ci aveva raccontato del turismo, delle industrie e delle possibili professioni. A New York c'erano molti *attorneys* – ovvero avvocati – di successo di origine italiana. Voleva dire che bastava lavorare sodo, risparmiare e poi investire i risparmi in un'attività commerciale o professionale o in Borsa.

L'avvocato Vallo mi aveva dato una lista delle sue conoscenze di New York, e un'altra di ristoranti, musei e parchi. Inoltre aveva tranquillizzato la mamma sul mio futuro: il colonnello Hill, dopo avermi adottato, desiderava ritornare in Sicilia ogni anno per le vacanze. "Carlino sarà libero di decidere di tornare o di rimanere," spiegò, e poi: "Allora lei non vedrà un ragazzo incerto su che fare, ma un nuovo Carlino, uomo moderno padrone del suo destino".

Quando Vallo disse queste parole, "padrone del suo destino", mi sentii completamente felice. Non avevo chiaro se la mia vita dipendeva dai miei genitori o da zio Cola e zia Margherita, il mio padrino e la mia madrina di battesimo, dato che sino ad allora il mio destino lo avevano forgiato loro. Di sicuro, adesso toccava a me.

Dopo aver parlato del mio futuro in America, Vallo mi

diede una busta chiusa. "Mi permetta, donna Laura," – credo fosse il solo a chiamarla "donna", come dettano le regole di etichetta – "di fare un regalo personale a suo figlio." E mi spiegò che voleva che imparassi a gestire i miei denari. In ogni caso, i suoi conoscenti sarebbero stati felici di offrirmi aiuto o consigli, o anche semplicemente di incontrarmi. Poi, rivolto a me: "Chiamali, se vuoi. In qualsiasi momento".

La busta, ancora chiusa, era saltata fuori a Chicago, in casa di CH, quando avevamo aperto i miei bauli: uno conteneva quello che avrei potuto chiamare il mio corredo di casa, anche se non era esattamente come quello che viene preparato per le spose, e l'altro il mio guardaroba, i libri e gli oggetti a me cari. CH aveva notato la busta con sopra il mio nome in una calligrafia palesemente non mia. Gli avevo spiegato che me l'aveva data l'avvocato Vallo; rassicurato, lui l'aveva aperta senza chiedermi il permesso: conteneva mille dollari – una somma enorme. Aveva contato i denari e poi aveva detto: "Li mettiamo in cassaforte. Insieme alla lista degli amici dell'avvocato. Quando avrai ottenuto la *green card*, potremo aprire un conto in banca cointestato e investiremo tutti questi dollari".

Quella storia di "noi due" come intestatari del conto in banca dove avremmo depositato i *miei* denari non l'ho mai dimenticata. Avrei dovuto capirlo allora che non avrei vissuto a lungo con CH, perché mi avrebbe impedito di crescere ed essere indipendente.

Arrivato a New York mi resi conto che, essendo un fuggitivo, non avrei potuto chiedere aiuto agli amici dell'avvocato Vallo: con ogni probabilità CH li aveva memorizzati, e comunque alcuni li conosceva già. Mi avrebbe rintracciato facilmente tramite i suoi contatti nella polizia e nei servizi segreti.

Non ti nascondo che ho avuto un momento di sconforto. Poi mi è venuto in mente che, chiacchierando, l'avvocato Vallo aveva menzionato il ristorante Caltane: sopra il locale c'erano tre stanze che venivano affittate a prezzi modici, e sotto un magazzino adibito a teatro. E servivano una squisita prima colazione a base di caffè e genovesi con un ripieno di crema di latte profumata di cannella. Sarei andato lì.

Il tunnel ferroviario sotto New York sbucava sulla piattaforma sotterranea della Grand Central Railway Station. Le grandiose scalinate ottocentesche ci portavano alla superficie, al centro della città. Man mano che salivo, la luce elettrica impallidiva e quella del sole diventava più intensa – all'inizio pian piano e poi, sull'ultima rampa, a ogni scalino; arrivato in cima alla scala mi sono trovato davanti a *the real thing*, un sole talmente forte che ho dovuto chiudere gli occhi, abbagliato. New York assolata era magnifica. Ed era come se mi chiamasse.

Mi sono infilato in mezzo al pubblico in attesa dello spettacolo pomeridiano davanti a un teatro. Contemplavo le foto esposte. Leggevo i nomi degli attori. Dovevo avere l'aria così rapita che qualcuno mi ha chiesto se volevo il biglietto di un amico che non si era presentato. Perché no? Mi sono rifugiato nel teatro e mi è parso quasi subito di ritrovarmi in Italia. Davano *The Rose Tattoo*, un dramma di Tennessee Williams la cui protagonista è un'immigrata italiana a New York che scopre il tradimento del marito: sentendosi messa alla berlina, si chiude in casa a cucire camicie finché non arriva un truce camionista che conquista il suo cuore. Un dramma caldo, feroce. Dicevano parecchie parole in italiano. La protagonista si chiamava Serafina Delle Rose. Dicevano che Williams avesse scritto quel ruolo per un'attrice italiana, Anna Magnani.

Quando sono uscito dalla sala avevo dinanzi la notte, quasi più luminosa del giorno. Camminare in una grande città senza conoscere anima viva sgomenta, e può fare paura. Ma la paura si vince anche mangiando.

Ero a Little Italy, il quartiere degli immigrati dell'Europa del Sud – per la maggior parte italiani –, non lontano dal quartiere degli ebrei. Sono entrato in un *diner* e ho ordinato indicando sul menu la foto di un piatto di uova strapazzate con salsicce e patate fritte. "*I want this!*"

"*Adam and Eve on a rock, wreck them!*" ha strillato il cameriere al ragazzo alla piastra, che ha preso due uova e le ha rotte sbattendole tra loro; tuorlo e albume sono caduti sulla piastra caldissima, sui cui bordi erano state spostate le salsicce già arrostite. Poi, con una certa indolenza, il ragazzo ha gettato i gusci nel secchio dei rifiuti ed è tornato alla piastra per completare il lavoro.

Una bontà: uova strapazzate su una salsiccia calda e croccante, il tutto su un letto di pane tostato, con contorno di patate fritte alla perfezione, ketchup e maionese. Ho mangiato con gusto, solo e libero. Perfino l'acquoso *filter coffee* sembrava accettabile.

Trovare il Caltane a Little Italy è stato facile: lo conoscevano tutti. Per fortuna c'era una stanza libera. Dopo avermi accompagnato di sopra, Tony – il proprietario, un uomo di mezza età, smilzo e di poche parole – mi ha chiesto se ero venuto per lo spettacolo.

"*You here for the play?*"

Non capivo a cosa alludesse. "*Please, explain more*," ho detto.

"*The play*," ha ripetuto lui, lentamente, e poi: "Ccà, stasera!".

Durante la cena – menu fisso, vino della casa – mi sono trovato ad assistere al *play* assieme a una folla di italiani. In fondo al locale era stato allestito un piccolo palco su una base di cassette di vino coperte da un tappeto. Sopra, un tavolino e due sedie.

Gli avventori salivano uno dopo l'altro su quel palco improvvisato, ciascuno diceva la sua: era il *warming up*. Un autore e un attore si pizzuliavano rammentando come avevano messo assieme i loro sgangherati talenti, una battuta dopo l'altra, un fuoco di fila che mandava in visibilio gli spettatori; poi era la volta di un monologo, accompagnato da un violinista o da un compare con lo scacciapensieri, e c'era anche il poeta che recitava i suoi versi.

Poi il *play* vero e proprio. Non capivo l'italo-campano degli attori, ma ho intuito che si parlava di un tentativo di sequestro andato a vuoto; il sequestratore poi ritorna a casa e uccide il proprio figlio. Durante il *play*, e nonostante la drammaticità della storia, tutti hanno continuato a mangiare e bere con vigore.

Gli artisti, dopo aver recitato, cenavano ai tavoli loro riservati. Il vino rosso scorreva a fiumi. Erano rilassati. E per tutti era una buona occasione, una volta finito il teatro sulla scena, di far teatro fra i tavoli.

Più tardi, ed era in effetti molto tardi, si è esibita una poetessa siciliana. Di mezza età e rotonda, volto regolare, bocca mussuta e invitante, bellissimi occhi grandi, seno generoso, sarebbe passata per bella se non fosse stato per le gambe molto corte, che penzolavano dalla sedia su cui era seduta e da cui ha declamato:

Cu dici ca l'America
È terra di ricchizza
Nun sanno ca si trova
Anchi la dibulizza.
Lavuri assai pisanti
Travagli sempri, sempri
Li sordi ca guadagni
Nun poi pagà la gente.

Viva l'Italia sempre
La terra mia nativa
Partiri io vurria
E ccà 'un turnari cchiù!

Le sue ultime parole sono state sovrastate da un applauso scrosciante. Si chiamava Rosina Trubia e aveva una voce bellissima; dopo averla ascoltata, ero pronto a lasciare New York e tornare in Sicilia, subito.

"Sono Ciccio. Che fai qui, sei un poeta?"

Un ragazzo poco più vecchio di me si era avvicinato al mio

tavolo e aspettava in piedi che gli rispondessi. Gli ho spiegato che ero arrivato nel pomeriggio, volevo guadagnare denari e poi ritornare in Italia.

"Come vuoi guadagnarli?"

"In qualunque modo."

"Dici sul serio?"

"Sì, ma niente droga, né furti."

"Hai la *green card*?"

Gli ho spiegato che non ce l'avevo, avrei lavorato in nero e *cash*.

"*Sex?*" ha chiesto lui.

Ho fatto un cenno che poteva significare sì, ma anche no.

"Lo avevo immaginato. Ti capisco, siamo simili noi due." E poi: "Alloggi qui, vero? Vengo domani alle nove, va bene?". Una pausa. "Dimenticavo... come ti chiami?"

Non ho voluto dire il mio vero nome a quell'impertinente. "Alfio," ho risposto.

"Ti sta meglio Peppe," ha detto lui. E mi ha dato una lunga taliata.

Ero imbarazzato. Quel Ciccio sembrava saperne troppo sul mio conto.

Mi ha spiegato a bassa voce che Peppe Vallo era il suo padrino di battesimo. "Mi ha mandato una tua foto e mi ha scritto che forse ci saremmo visti. Sono un amico."

Palermo comanda, come vedi. Nella comunità italiana di New York si trovano fratelli, o se non sono proprio fratelli, poco ci manca.

A presto, Mariolina carissima. Ricordati sempre che dopo aver letto le mie lettere devi strapparle a pezzi e poi gettarle nel wc.

PS Vedi come mi sono americanizzato? "Wc", *water closet*, significa cesso!

DICIASSETTESIMA LETTERA
11 febbraio 1950

Cara Mariolina,

in tutto questo tempo ho sempre usato l'accortezza di scriverti indirizzando le mie lettere a Elio e spesso mi sono dovuto privare del piacere di ricevere le tue risposte. Molto meglio non aspettarle nemmeno, che vivere nell'incubo delle intromissioni di CH. Adesso però puoi rispondermi, se vuoi: il proprietario del ristorante è una persona per bene e di sicuro non è curioso di sapere cosa mi scrive mia cugina *from Palermo*.

Mi sono ambientato, a Little Italy. Qui arrivava gente da tutta Europa, poi siamo venuti noi italiani e poi anche tanti ebrei in fuga dal nazismo. Si sta bene, tutti insieme. Appena riescono a mettere da parte qualcosa, gli ebrei vanno via: cercano case più decorose, ma soprattutto scuole migliori. Noi italiani invece, nonostante le nostre chiese e le nostre fontane, i nostri poeti e i nostri scienziati, crediamo molto meno nell'importanza dello studio.

Quasi subito sono stato scritturato (si fa per dire) per lo show che si tiene ogni sera qui al ristorante: già a Chicago ero diventato fanatico del tip tap e qui mi sono perfezionato. Mariolina, ogni volta che ballo il tip tap, ma proprio ogni volta, non posso non pensare a quanto ci divertiremmo tu e io a ballarlo insieme: anzi, sappi che ti ho già comprato un paio di claquette, sono sicuro che diventerai fanatica anche tu appena le avrai messe ai piedi (ti ricordi quella macabra storia delle scarpette rosse che ci faceva tanto piangere quando eravamo piccoli?), e tu e io, insieme, distruggeremo i pavimenti di Palermo a furia di ballare. Oltre al tip tap, nello show ho fatto il mimo e cantato antiche ninne nanne e i canti dei carrettieri. Mi sono divertito e ho guadagnato.

C'era sempre qualcuno che voleva offrirmi un whisky: a volte erano bei ragazzi (o bei signori) e accettavo; altre volte non erano belli affatto e allora rifiutavo. È merito di zia Margherita se non mi sento in colpa nei riguardi di Dio per essere attratto dai maschi. E comunque Cristo lo permette. Lo so perché un'estate, a Scicli, lei mi portò nella chiesa di San Giovanni Evangelista, dove c'era una crocifissione che voleva assolutamente farmi vedere... Te l'ho raccontato che la zia mi permetteva di giocare con i suoi trucchi, e certe volte anche di indossare i suoi abiti: era il nostro segreto. Be', non so esattamente che cosa si fosse messa in testa di ottenere con quei giochetti, ma è inutile rivangare il passato, e alla fin fine è andata bene così. Comunque, il Gesù crocifisso di quella tela anziché il panno sui fianchi indossava una lunga gonna bianca con un bellissimo bordo di merletto. Come una signorina.

Forse il pittore che lo ha dipinto si sentiva come me, e comunque il parroco della chiesa lo aveva esposto sull'altare. Non c'era proprio niente di cui vergognarsi.

Come sai, lavorare con l'ago mi è sempre piaciuto. A cominciare dal rammendo, che sembra una cosa triste, una cosa da mischinelli, e invece è un gesto di coraggio, tenacia e speranza: restituisce vita alla materia. Ma se mi sento triste, allora non c'è niente come il ricamo per tirarmi su: mi piacciono i disegni che sbocciano sulla tela, mi piacciono la concentrazione e la precisione. Anche questo me l'ha insegnato zia Margherita: tutti quei pomeriggi ad accecarmi insieme a lei nel suo salottino scuruso su quelle tovaglie infinite hanno fatto di me un ricamatore provetto – o una ricamatrice, se preferisci. Già preparare la gugliata è un rito, a cominciare dalla misura: "Dev'essere lunga fino al gomito di chi ricama, non di più... non di più, Carlino, 'u capisti? E il filo si spezza con i denti, che sfilacciano il filo, non si taglia con le forbici; poi si lecca la punta per assottigliarla e infilarla nella cruna senza che si pieghi. Dopodiché si tira il filo e si fa un nodino in fondo". Mi sembra ancora di sentire la voce acuta della zia, e di vederla quando spezzava il filo con i denti e poi leccava la punta per infilarlo nell'ago. Mi sono sempre chiesto perché non usasse le forbicine per tagliare il filo, che sarebbe stato così più pratico e igienico, ma tant'è. Io avevo le dita piccole e in fondo al filo facevo dei nodini minuscoli e perfetti.

Mariolina mia, mi sono dilungato su merletti e ricamo e di sicuro ti avrò annoiata a morte, ma ago e filo hanno un ruolo importante nella storia che sto per raccontarti. E poi dovresti imparare anche tu a godere di questi piccoli piaceri alla portata di tutti.

Insomma, è cominciato quando ho comprato una dozzina di camicie di batista da Macy's a Herald Square, Downtown NY, un *department store* che ha più di cento anni e decine e decine di negozi in tutta l'America, molto più grande del nostro palazzo di Palermo e dove si vende qualsiasi cosa. Mancano soltanto le automobili. Per salire e scendere, oltre alle scale di marmo – monumentali, sembrano quelle di un palazzo reale – hanno anche scale meccaniche, dette mobili, che vanno su e giù. Sono strette, su ogni gradino c'è posto per una persona soltanto, che deve appoggiarsi a un corrimano di gomma. La scala sale, o scende, sola sola: si arriva al piano desiderato in poco tempo e senza fatica.

Non ho visitato tutto Macy's, ci vorrebbero giornate intere! Ma, a quanto ho visto, c'è tutto per la casa – tende, mobili, lampade, biancheria, stoviglie, elettrodomestici modernissimi – e anche per la persona, dai vestiti ai profumi, ai libri, ai dolci e ai liquori.

Le camicie che ho comprato *piangevano* per avere le mie cifre. Quindi ce le ho ricamate io. E siccome nella mia camera non c'è abbastanza luce, mi sono seduto a uno dei tavolini esterni del ristorante, sul marciapiede: davanti a me un bicchiere di birra, filo e forbicine, e io con la gugliata in mano e la camicia sulle gambe.

Dopo un po' mi si è avvicinato il proprietario, mi ha chiesto se gli sguardi dei passanti mi imbarazzavano. Tanto non mi imbarazzavano che non me n'ero nemmeno accorto! Gli ho spiegato che ero assorto nel lavoro, lì c'era una luce ideale per lavorare con l'ago. Sedermi fuori a ricamare le cifre sulla mia biancheria e sulle mie camicie è poi diventata un'abitudine, e la gente a poco a poco si è presa coraggio: prima mi guardava e basta, poi ha cominciato a fermarsi e a farmi domande. Sono diventato il beniamino delle vecchie signore e degli uomini come me.

Finché, un pomeriggio, un giovane ha chiesto il permesso di fotografarmi. "Certo," ho detto io. Come sai, adoro mettermi in posa. Qualche giorno dopo è tornato. Con una proposta. Tieniti forte, Mariolina... Un filmetto osé! E mi offrivano molti soldi.

Ho chiesto tempo per rifletterci, intanto Ciccio – il figlioccio dell'avvocato Vallo – mi ha aiutato a prendere informazioni sul produttore, per essere sicuro che fosse una persona seria. Così quando il giovane è tornato, ho potuto rispondere che sì, accettavo, ma volevo più soldi di quelli che mi avevano offerto. E durante le riprese avrei indossato una maschera. Questa cosa li ha fatti letteralmente impazzire! Nel filmetto, che si intitola *Embroider your Initials and dance*, interpreto il ruolo di un sarto. Mentre lavoro ricevo visite dai miei clienti, tra i quali ci sono anche dei femminielli napoletani, e naturalmente faccio fare a tutti un gran numero di prove: quindi è un continuo spogliarsi e, con la scusa di prendere le misure e di vedere come cade il vestito, è tutto un gran toccare. Alla fine c'è sempre un balletto tra me e il cliente. Dimenticavo: il mio nome d'arte è "The Baron" – la buonanima del nonno mi perdonerà, dal Paradiso dove certamente si trova.

Di sicuro il racconto delle mie prodezze di attore ti avrà fatto molto ridere, però intanto io a Little Italy sono diventato una vedette e ho potuto mettere dei denari da parte. Tutto grazie ad ago e filo!

Non vedo l'ora di riabbracciarti. Ed ecco la grande novità. Sei pronta?

Ritorno a Palermo, con lo stesso piroscafo su cui l'avevo lasciata.

È proprio un cerchio che si chiude.

Se mi rispondi subito riuscirò a ricevere la tua lettera prima di partire.

Tuo, sempre

Carlino

PS1 Ricevete tutti, una volta la settimana, le mie cartoline postali con i saluti, vero?

PS2 E mia madre? Ho pensato sempre a lei. Lei mi ha scritto qualche volta. Si immagina un grande avvenire per me. Me la vedo affacciata alla finestra del salotto di via Bandiera, che mi saluta. Tutte le madri salutano, tutte sanno che gli addii di un figlio non finiscono mai. Ma lei è speciale.

DICIOTTESIMA LETTERA
25 febbraio 1950

Cara Mariolina,

è probabile che questa lettera arriverà insieme a me, ma ti scrivo lo stesso.

Non mi aspetto di trovare al porto la folla che mi aveva accompagnato alla partenza, anzi, preferisco che mia madre nemmeno sappia che arrivo: le farò una sorpresa. Manderò i miei bagagli a casa di zio Cola con un taxi e io me ne andrò a piedi in via Bandiera, mi presenterò come se niente fosse!

Non avrò una cabina di extra-lusso sul *Vulcania*, ma la prima classe me la merito: ho lavorato sodo per potermela permettere.

È passato un anno e mezzo da quando lasciai il porto di Palermo; sembra un'eternità. A Chicago come a New York la mia vita è stata un'altalena, dalla felicità intensa alla tristezza più nera. E mai noiosa. Devo molto a CH; sai bene dalle mie lettere quanto mi ha fatto soffrire, ma non riesco a non provare una sorta di gratitudine – in verità sempre meno convinta – per l'opportunità che mi ha dato portandomi negli Stati Uniti. Ogni giorno ho imparato qualcosa, ho fatto delle scoperte, ho ampliato i miei orizzonti.

Apprendere e non dimenticare è il mio motto.

Non dimenticherò le umiliazioni subite, mai, nemmeno quelle che ho perdonato.

L'America, comunque, non è il paradiso che dice di essere. C'è tanta ingiustizia. E spesso la *freedom* è solo apparente.

Soprattutto per gli indiani d'America e per i neri. Mi dicono che nel 1942, su incarico del presidente Roosevelt, l'avvocato e studioso ebreo Felix Cohen aveva redatto un codice delle leggi federali degli indiani, l'*Handbook of Federal Indian Law*, ma poi è stato ammugghiato... Tutto il mondo è paese!

A New York, da solo, mi sono sentito finalmente libero e indipendente. Pochi mesi che sono sembrati anni, senza briglie né divieti. Non sapevo quasi niente dell'emigrazione italiana, a Little Italy mi sono fatto raccontare tutto, e da tutti. E non immaginavo quanto potesse essere facile per me guadagnare a New York, libero dagli amorosi artigli di CH.

Ho guadagnato con gli spettacoli nel teatrino del ristorante dove alloggiavo, e con i *dinner and dance* degli alberghi; e ho guadagnato nei teatri veri e propri con spettacolini di mimo (la galleria degli animali domestici andava veramente forte).

Le mie storielle di immigrato nell'Illinois e a New York hanno animato i café chantant sopravvissuti: il Villa Giulia, la Ferrando's Hall e la D'Alessio Concerto-Hall. Ma soprattutto, mi sono fatto conoscere dai newyorkesi alla ricerca di un femminiello un po' più masculo di quelli di Posillipo. I grossi guadagni erano quelli *one to one*. Ero noto con il mio vecchio nome d'arte, The Baron: arrivavano, mi offrivano da bere, mi davano da mangiare, ma non andavano oltre.

Non mi sono mai mosso dalla cameretta sopra il ristorante a Little Italy, che mi aveva accolto appena arrivato. Il padrone è un po' come Elio: servizievole, attento, accomodante al 99 per cento. Poi fa, e ti fa fare, tutto esattamente come vuole lui.

Ho visto a teatro una tragedia, *Giuseppina Terranova ovvero l'Onore vendicato* di Riccardo Cordiferro, al secolo Alessandro Sisca, un intellettuale calabrese educato al seminario di San Raffaele a Materdei, a Napoli, emigrato con la famiglia a New York, dove partecipò alla vita culturale della comunità italiana. Cordiferro ha scritto anche canzoni, la mia preferita è

Core 'ngrato, che venne registrata da Enrico Caruso. Ho comprato tre copie del disco: per te, per mia madre e per zia Margherita.

In *Giuseppina Terranova* una bambina che vive in casa degli zii viene stuprata dallo zio con la connivenza della moglie, che poi uccide lo stupratore. Una storia che tradisce il nostro retaggio greco; chissà se oltre a Empedocle, Pitagora e Diodoro Siculo non c'è stato tra noi un Eschilo, un Euripide? Rimasto dimenticato, come tante altre eccellenze della nostra isola.

Ma il passato è passato. Guardiamo al futuro, che sarà migliore, qui in America come a Palermo.

Voglio aiutare mia madre. Lo so che riceve una specie di appannaggio, e che zio Cola fa in modo che non le manchi nulla, ma quando lui non ci sarà più penserò io a lei. Comunque, a Palermo mi cercherò un lavoro. Anche in questo senso l'America mi ha aperto gli occhi: nessuno di noi Sorci ha un vero lavoro (nemmeno tuo padre, in fondo), a differenza dei figli delle zie.

DICIANNOVESIMA LETTERA
1 marzo 1950

Cara Mariolina,

tra le tue lettere che ho ricevuto e quelle – molte di più – che non ho potuto ricevere, sono affezionato a quella in cui hai messo due pagine strappate dal tuo diario, quello con la copertina di marocchino rosso che ti ho regalato per i tuoi undici anni.

Le leggo e rileggo... sei proprio tu! Terrò queste pagine sempre con me.

Ti è piaciuto il disegno del fiume Oreto visto dall'automobile, con due ragazzini nel sedile posteriore (noi), diretti in campagna?

Mi sembra che prima della morte del nonno la vita di tutti noi scorresse come il fiume Oreto. L'Oreto nasce sui monti e precipita a cascatelle sulle rocce, procede baldanzoso in collina e raggiunge la piana di Palermo, dove si allarga e scende lento verso la foce. E lì finalmente si mescola con l'acqua salata del Tirreno. Ho una sensazione di "fine" e di "scomparsa" della famiglia Sorci, spero di sbagliarmi.

Hai visto il disegno di due scoiattoli vicini vicini, sul piedistallo della statua di Carlo V in piazza Bologni? Non ti sembra imperioso, Carlo V?

Noi due siamo legati uno all'altra come e più di fratelli di sangue, più di tutti gli altri figli dei Sorci. Unici. Come gli scoiattoli che ho disegnato.

I miei fratelli maggiori, Enrico e Luigi, erano al collegio Pennisi di Acireale quando è morta la loro madre. L'ho visto troppe volte, papà nostro, schiaffeggiarli e prenderli a calci se esitavano prima di dire "mamma" a mia madre, la sua seconda moglie. "Disgraziati, chiamatela mamma!" urlava.

Voglio bene ai miei fratelli, perché crediamo che sia "normale" e "giusto" volersi bene tra fratelli e sorelle, ma non c'è comunanza di interessi, non c'è spontaneità. Ci unisce e immobilizza la paura di "volerci bene" e al tempo stesso quella di incorrere nelle ire di nostro padre, oltre al disperato desiderio di fuggire da lui. E di dimenticare.

Mia madre, che tanto cerca di essere accettata dai miei fratelli, ha fatto di tutto per accontentarli e farli sentire amati. Ma Enrico e Luigi erano ritrosi, anche nei miei riguardi. Spesso andavano a trovare i nonni materni, e a me sarebbe piaciuto moltissimo andare con loro. Ma non mi ci hanno mai portata. Cercavano di non affezionarsi a me, ora è lampante!

Questo è il disegno della bicicletta che mi ha regalato mio padre. E quello dopo è il disegno di una donna incinta che va in bicicletta.

Mio padre è stato denunciato per inadempienze contrattuali, falso in atto pubblico, furto, usucapione, ma poi in Tribunale ha sempre vinto la causa. Si vanta delle sue vittorie, ottenute grazie a "qualche bustarella" a chi di dovere e al fatto che lui sa "cose che è meglio non far sapere ad altri". Mia madre si imbarazza, quando lui parla così, e mi dice di sopportare. "Non è cattivo," dice, "è che non sa controllarsi." E conclude sempre con: "Ma ti vuole tanto bene".

La signora Celestina, la levatrice, mi ha raccontato che mia madre aveva dovuto abortire due volte, perché mio padre non voleva altri figli. Alla terza gravidanza, lei aveva indossato una guêpière di stecche di balena che l'aveva fatta sembrare magra fino al quarto mese, e a quel punto abortire non era stato più possibile. Ma adesso mio padre mi adora.

Ricordo un'unica volta in cui i miei fratelli e io ci siamo sentiti leggeri e allegri insieme a lui: dopo la vittoria di Gino Bartali al Tour de France del '48, chiamò noi figli, fiero come se lo avesse vinto lui. "Ragazzi, volete una bicicletta, una Lambretta, una macchina? Scegliete voi." E non pose condizioni, potevamo scegliere quello che volevamo. Non un urlo, non uno spintone, per noi, quel giorno.

Mio padre mi adora a modo suo. Vero è che davanti a tutti in famiglia mi prendeva in braccio – lo fa persino adesso –, mi baciava, mi carezzava e mi faceva sedere sulle sue ginocchia: "'U zuccaro mio, sì tu!" diceva, e mi baciava. Se c'erano estranei, esclamava: "La vita è duci con 'sta picciridda!", e poi, con un sospiro: "Che farò quando si marita?".

Però mi picchiava; li hai visti i lividi sulle gambe e sul sedere. Picchia anche mia madre, e credo che picchiasse anche la sua prima moglie. Enrico e Luigi sono decisi a dimenticarlo quel passato, a qualsiasi costo. Non mi vogliono con loro per proteggersi – non da me, ma dal dolore che io, figlia della loro matrigna, rappresento. Adesso che lo so, voglio ancora più bene ai miei fratelli.

Questo è lo schizzo di un nuovo amico di mio padre.

Mi piacerebbe dirti che mi sono innamorata di un bel ragazzo. A te piacerebbe? Invece non sono innamorata di nessuno. Peccato. Ma secondo me ho un corteggiatore, che non mi dispiacerebbe se non fosse troppo vecchio: è l'avvocato Vallo, l'amico di mio padre. Ti ricordi come ti sei seccato quando ballò con me all'inaugurazione del Circolo degli ufficiali americani? È anche venuto a casa nostra, ma non ha mai pranzato con noi.

Lui e mio padre sono "*businessi partners*" – così dice mio padre, che d'inglese non sa una parola. Dell'avvocato mi piacciono soprattutto gli occhi, che guizzano da un punto all'altro della stanza, e secondo me notano tutto. Ha una fossetta nel mento, un po' come la tua. Ai tempi del Circolo degli ufficiali americani ballammo insieme più di una volta. Lui ci sa fare. Lui sa di America e un giorno anche tu avrai quella specie di profumo addosso. Tu, lui, l'America. Qui bisognerebbe disegnare un triangolo.

VENTESIMA LETTERA
10 marzo 1950

Adesso ti dico in fila i desideri che voglio realizzare appena sarò arrivato a Palermo. Prendi nota perché sto arrivando.

Uno! Vorrei andare all'Orto botanico senza mai sedermi, ascoltando il chiacchierio della gente, le voci, e i silenzi. E sciaurando le puzze e i profumi.

Due! Vorrei un pane e panelle caldo caldo e poi un caffè bello forte.

Tre! Vorrei comprare un gelato alla gelateria Ilardo, un cono di limone, un magnifico cono di limone da godermi davanti al mare.

Quattro! E a quel punto voglio guardarlo bene il mio mare, mangiarmelo con gli occhi, ritrovare negli occhi le onde azzurre smeraldo acquamarina e perfino violacee, tutte le gradazioni di colore accese dal martellamento del sole.

Cinque! Vorrei un bel bicchiere d'acqua di cannolo, e andare a piedi a via Bandiera.

Hai capito? Hai preso nota?
A presto.

VENTUNESIMA LETTERA
11 marzo 1950

Cara Mariolina,
secondo me dovremmo continuare a scriverci, anche adesso che sono tornato. Sarà il nostro segreto, ma non rinunceremo mai alle nostre chiacchierate al telefono, al nostro appartarci per ciarmuliare quando ci vediamo con gli altri della famiglia. Dunque eccomi qui, Carlino The Writer... Ti scrivo da casa di mia madre, sono stanco morto e non so domani a che ora mi sveglierò, ma appena avrò finito questa lettera la lascerò sul tavolo dell'ingresso e domattina presto la cameriera te la porterà a casa. Pagherei per vedere la faccia che farai!

Ebbene, all'arrivo i miei piani sono andati per aria. Chi ho trovato ad aspettarmi davanti al portone di via Bandiera? Nientemeno che Rico. C'è stato un gran putiferio con i miei bagagli: li avevo mandati a casa di zio Cola, ma sono stati intercettati da Rico che li ha fatti portare in via Bandiera, pensando che il tassista avesse capito male e che mia madre non avesse annunciato il mio arrivo per tenermi un pochino tutto per sé. Insomma, addio sorpresa! Ma mia madre era comunque fuori di sé dalla gioia, e io anche.

Finalmente ci siamo seduti, mia madre, Rico e io.

"Eccomi qua," ho detto, come se fossi apparso dal nulla proprio in quel momento.

"Il solito, adorabile buffone!" ha detto mia madre, e mi ha stretto la testa fra le mani agitandola. "C'è dentro qualcosa?" ha chiesto a Rico. "Non c'è niente!" Poi mi ha stampato un bacio sulla fronte e mi ha lasciato andare.

Rico ha parlato di "seccature" legate alla successione del

nonno, soprattutto a Camagni, e mi è sembrato vago, cupo. Mia madre lo ha guardato, ansiosa. Non capivo, ma ero stanco e volevo festeggiare.

"Prendiamo uno spumante?"

E abbiamo festeggiato il mio arrivo, dopo il pane e panelle, e il gelato, con una coppa di Dom Pérignon – mia madre è smorfiosa, le dico io, altri direbbero "raffinata" e altri ancora "con la puzza sotto il naso", ma lo spumante piemontese non le piace.

Be', posso dirti che abbiamo quasi finito la bottiglia di champagne, mangiando pizzette portate da Rico.

Ero beato. Poi è arrivato zio Cola. Ha le chiavi di casa, evidentemente, perché non lo abbiamo sentito entrare. Mi sono emozionato, e nell'alzarmi per andare a salutarlo stavo inciampando. Rico – che è forte, anche se mingherlino – mi ha preso al volo. E abbiamo riso tutti insieme. È invecchiato, zio Cola. I capelli bianchi non sono più folti, gli sta spuntando la luna. Mi ha abbracciato, commosso. E guardava mia madre, amorevole.

VENTIDUESIMA LETTERA
17 marzo 1950

Cara Mariolina,

ti scrivo da casa di zia Margherita. Ho deciso di chiamarlo in questo modo, l'appartamento del Cassaro, perché è proprio così, la padrona è lei e non zio Cola. La zia lo fa pesare appena si entra.

C'erano tutti, o quasi, e tu no! Mi sa che sei andata al cinema. Amedeo Nazzari?

Ho rivisto finalmente Leonardo Ponte: mi ha spiegato brevemente, in terrazza, mentre mi mostrava il bel panorama sul Cassaro, che zio Cola si è svenato per integrare la legittima alle sorelle, a cui gli altri fratelli non hanno voluto contribuire. Anziché litigare, lo zio ha preferito fare da solo e si è indebitato con la banca, con il risultato che al momento sua moglie lo mantiene.

"Zio Ludovico non avrebbe potuto permettersi di contribuire: zia Caterina è ricca e ha liquidità, ma non presterebbe mai denari al marito, conserva i propri beni. In quanto a papà tuo, ha dovuto pagare assai anche per il comportamento irresponsabile di tuo fratello... ma immagino che di questo sarai già al corrente."

Non ho voluto dirgli che non ne sapevo niente. Mi avevano tenuto all'oscuro perché tanto, per loro, io sarei rimasto per sempre in America. D'altronde non posso biasimarli, le lettere a mio padre mi descrivevano felice a Chicago e poi a New York. Le loro risposte erano brevi: papà le dettava ad Antonio o a Matilde.

Zia Margherita si è commossa quando ho distribuito alle donne i regali portati dall'America: calze e sciarpette di nylon, la scoperta tessile del secolo. Per lei, anche un bollitore elettrico che ha incuriosito tutti. Con quello ci si può preparare la camomilla e il tè nella propria camera da letto, senza dover chiamare la cameriera e aspettare che arrivi. A zio Cola ho portato tabacco per la pipa e agli altri sigarette. Le sigarette non sono state molto apprezzate: pare che si vendano di contrabbando a ogni angolo della Vucciria e del Capo.

Leonardo, che insegna alla facoltà di Giurisprudenza, è stato il più generoso di riflessioni e di analisi, che ha voluto condividere con me: "Hai fatto bene ad andare in America due anni fa. Il '48, come nell'Ottocento, è stato un anno fondamentale nella politica siciliana. Le ambizioni d'indipendenza non si sono realizzate, grazie al lavoro degli americani che durante il governo AMGOT hanno operato assieme alla mafia, seguendo l'accordo con i mafiosi americani prima dello sbarco degli Alleati del 1943. I princìpi di don Sturzo sono rispettati a parole, ma in realtà sono morti e sepolti".

"Il nuovo partito?" ho detto io. Ero curioso.

"Dalla caduta del fascismo," ha proseguito Leonardo, "la

mafia si è alleata alla medicina e alla politica attraverso il collante della religione. E gli americani hanno giocato un ruolo importantissimo. La Democrazia cristiana è vittoriosa. Questa triade domina l'isola e, ti assicuro, si allargherà in tutta la Penisola. Per la prima volta ha acquisito *gravitas*, rispettabilità e inarrestabile popolarità."

Stefano Bianco, amico come Leonardo del professor Antonio Canepa, il padre del movimento indipendentista siciliano, mi ha rammentato della morte del professore, ucciso dai carabinieri. Poi ha detto: "La Sicilia non ha ottenuto l'indipendenza, ma è una delle poche regioni a statuto speciale. Chi comanda sa di poter comandare senza più nascondersi".

"Stefano, che ne è del dottor Navarra?" ha chiesto zia Margherita.

"Giusto, zia! Dobbiamo aggiornare Carlino sulla saga del nostro medico più famoso!" ha detto Stefano, ironico.

Ti ricordi questo Navarra? Era il direttore dell'ospedale di Corleone ed era stato accusato dell'omicidio di Giuseppe Letizia, un pastore di dodici anni che la notte del 10 marzo 1948 dormiva accanto al suo gregge, nella contrada Rocca Busambra. Era stato svegliato da strani rumori; poi aveva visto degli uomini scaricare un cadavere da un'automobile e gettarlo in un crepaccio poco lontano.

Il poveretto, terrorizzato, capì di aver visto qualcosa che non avrebbe dovuto vedere e temeva per la propria vita. Si mise a vagare per i campi e il giorno dopo fu ritrovato delirante dal padre, che lo portò all'ospedale di Corleone. In risposta a domande specifiche, il ragazzo confermò di aver visto alcuni individui scaricare un cadavere da un'auto e buttarlo in un crepaccio di Rocca Busambra. Navarra visitò il ragazzino, gli fece un'iniezione e, tac!, il poveretto morì poco dopo: ufficialmente di tossicosi, ma molto probabilmente avvelenato.

"Navarra è stato arrestato, processato, condannato e poi assolto in appello," ha spiegato Stefano veloce. "Sorprendentemente, nonostante l'assoluzione fu mandato per un breve periodo in soggiorno obbligato a Gioiosa Ionica, in provincia di Reggio Calabria. Ma continua a essere direttore dell'ospedale e capomafia di Corleone."

Rico si è accorto del mio sgomento e ha cercato di alleggerire la conversazione. "Ma ci sono anche belle notizie in Sicilia. Da quest'anno la lira AMGOT ha cessato di essere moneta legale; il 28 febbraio, il testo dello Statuto Speciale è stato convertito nella Legge Costituzionale numero 2. Questo significa che la Sicilia è autonoma. Ma la Chiesa non sta a guardare."

"Collaborano anche loro?" ho chiesto.

"Certo! La Chiesa collabora e nega. Ma c'è di più: la Chiesa continua la tradizione centenaria di nominare nelle nostre diocesi vescovi e cardinali del Nord, che per barcamenarsi non hanno altra scelta che affermare l'assenza della mafia e dunque la loro ignoranza in materia. Nel frattempo il potere mafioso se li tiene cari, li incoraggia a far venire parenti e 'nipoti' che poi trovano posto all'Università, nelle banche, sposano figlie e nipoti di assessori e deputati e perfino sono eletti deputati regionali all'Assemblea!"

Una sparata, non credi? Ma Stefano e Leonardo sono della razza dei combattenti. Hanno voglia di parlare.

In Leonardo gli anni della morte di Canepa hanno portato una nuova malinconia. Ha fatto cenno alla sensazione che niente sia più veramente possibile, ma poi si è rimangiato la confidenza. Forse pensa che io non capisca. Ma se non capisco l'intrico della lotta politica, capisco quel suo fare quasi arreso.

E allora si passa ai curtigghi, dove le fimmine prendono la parola e non la cedono più.

Guardavo la mia famiglia riunita a tavola per festeggiarmi, contenta di riavermi, gli occhi che brillavano di affetto. Ma io ero insofferente. Avvertivo con prepotenza il desiderio di allontanarmi. Mi sentivo diverso da tutti loro, e lo ero.

Negli ultimi due anni ho vissuto esperienze inimmaginabili, non mi crederebbero se le raccontassi. Ho conosciuto un mondo nuovo. Sono cambiato, e se mi sento così diverso non è soltanto perché sono omosessuale. Una consapevolezza che mi impaurisce.

Di fronte a me sedeva tuo padre. Lo guardavo. E più lo guardavo, più si trasformava, ritornava giovane, ma non era lui, il ragazzo di fronte a me, era Emilio Greco, il mio compagno di liceo, il mio primo grande amore. Non più il bel volto un po' segnato di tuo padre, ma quello liscio e ovale del mio Emilio, il mio innamorato. Tanto ci amammo e tanto ci bisticciammo quando gli dissi che sarei andato in America per scappare da casa (per scappare con il colonnello, in verità). Avrei imparato un nuovo modo di vivere. Poi gli avrei detto di raggiungermi e avremmo vissuto insieme in America; avremmo fatto fortuna, magari lui avrebbe potuto mettere su un pastificio come quello dei suoi genitori.

Non te ne ho mai parlato, non te ne ho mai scritto. Tutto ciò ti suona nuovo, non è vero? Hai ragione.

Emilio è stato il mio segreto.

E quando a Chicago sono salito sul treno, era a lui che pensavo.

Mariolina mia, come siamo fatti strani. Siamo veramente strani animali.

VENTITREESIMA LETTERA
27 marzo 1950

Ed eccomi qui, Mariolina, a raccontarti di Emilio.

Potrei chiamarti, potrei raccontarti a voce. E invece no.

Meglio mettere tutto su carta.

Ho dato appuntamento a Emilio di mattina presto, prima che la città fosse invasa dagli studenti che andavano a scuola, a Villa Bonanno. Lì ci eravamo presi per mano la prima volta. E c'era stato anche una specie di bacio, disordinato, inconcluso. Dato fra le palme. Sotto le palme. Protetti dalle palme. Le palme che tanto mi sono mancate in America.

Tutto è andato meglio di come avevamo previsto, questa

volta all'ombra di una palma giovane con getti di palmette attorno.

La lontananza e le vicissitudini ci hanno trasformati in uomini consapevoli e determinati. Emilio lavora nel pastificio di famiglia, è figlio unico. In casa non dice nulla del suo segreto, ma i suoi genitori hanno capito e ne soffrono.

"Non ho avuto altri," dice Emilio, e stringe virilmente le mani sulle mie braccia. "Da come parli e ti comporti, perfino dal tuo modo di camminare, mi sembra che tu abbia fatto l'opposto." Aspetta la risposta e so che l'attesa lo fa palpitare. La gelosia è pronta a esplodere.

Io non rispondo. Lo mangio con gli occhi. "Non ho amato altri."

Preferisco vivere a palazzo Sorci perché posso incontrare Emilio nell'appartamento di zio Cola e al piano nobile, abbandonato ma non totalmente svuotato di mobili e arredamento. C'è tanta sensualità nel degrado delle case abbandonate. Sono complici. Stanno a sentire, e non restituiscono nulla.

12.

Dice Rico Sorci

Tira un'aria nuova in città. Non sappiamo ancora dove stiamo andando, ma vogliamo dimenticare. Vogliono dimenticare. E a farlo più consapevolmente sono i pochi che hanno saputo come aprirsi una strada, prima tra le macerie e ora verso la ricostruzione e oltre.

Io ho voluto aprire la strada del cuore di Rita, che sembrava sordo, indifferente. Non dimentico la sera al piano nobile, ospiti del colonnello Hill (suona grottesco, eppure era così), quando a più riprese avevo tentato di avvicinarmi a lei, e lei, quasi con metodo, mi sfuggiva.

Ero umiliato, rabbioso. Amaranta, la bella moglie pisana del professor Cucchiara, noto chirurgo dell'ospedale civico, dall'altra parte del salone se n'era accorta e si apprestava a raggiungermi, attenta a non disturbare i capannelli di invitati che chiacchieravano.

Amaranta aveva l'occhio vispo. Nella mano imbrillantata teneva una sigaretta infilata in un lungo bocchino di tartaruga, nell'altra un bicchiere di vino. Avevo deciso di aspettarla, tanto per far capire a quella smorfiosa di Rita Sala che, se per lei io non contavo, ero apprezzato da altre donne ben più affascinanti.

"Che piacere rivederti," così aveva iniziato Amaranta, e poi, non per la prima volta, aveva bisbigliato: "Purtroppo Mario non è riuscito a venire, un intervento urgente. Potresti accompagnarmi a casa... se vuoi". E portandosi il bocchino alle labbra aveva dato una tirata profonda.

Dopo il ricevimento al piano nobile e l'insoddisfacente serata in casa Cucchiara – mai ero stato così riluttante –, avevo cercato di cancellare Rita dal mio orizzonte. Tutte le volte che entrava nella mia memoria, si presentava come mi era apparsa ai funerali del nonno – le grosse trecce castane raccolte a cestino sulle orecchie, le sopracciglia ad arco, gli occhi socchiusi, le palpebre pesanti, le labbra generose. Sembrava una collegiale: e quella collegiale non smetteva di torturare prima i miei sensi e poi i miei sentimenti.

Da quando la mia carriera di ufficiale è stata stroncata dalle bombe di Messina e ho consegnato la divisa agli armadi, sono tornato ai miei studi di agraria e di giurisprudenza. Ho fatto un giro a Camagni e nei possedimenti di mia madre a Misilmeri, ma preferirei non dovermi occupare delle terre di famiglia. Mi interessa il diritto agrario, per favorire la creazione di aziende agricole moderne, e voglio approfondire la materia in Francia, ora che Jean Mégret ha fondato l'Institut des hautes études de droit rural et d'économie agricole. Le nuove idee e le nuove modalità bisogna andarsele a cercare. Così ho fatto e così continuo a fare.

Mi ispiro ai felici tre secoli di dominio arabo che nella nostra isola hanno dato l'avvio a un progresso inaspettato, fiorito fino alla conquista da parte dei Normanni: tolleranza religiosa, assemblee separate di islamici, cristiani ed ebrei che riferivano direttamente al califfo – il migliore e più egualitario sistema sociale e di governo mai conosciuto dalla Sicilia.

L'agricoltura è tuttora la nostra ricchezza. E se abbiamo imparato a lavorare la terra con sapienza lo dobbiamo soprattutto agli arabi: hanno introdotto la coltivazione del riso, del lino e degli agrumi e hanno mantenuto sano e ricco il terreno seminativo attraverso il sistema del maggese – la rotazione quadriennale di tre diverse colture indigene con un anno di riposo per la terra.

Di questo, nell'estate del '50, leggendo per l'appunto un

articolo su Mégret, parlai con Leonardo Ponte. Eravamo in spiaggia, a Mondello, ospiti di amici comuni che avevano una cabina in affitto allo Stabilimento Italo-Belga. Mondello, con la sua risanata piana acquitrinosa, dall'inizio del secolo aveva sostituito per le classi alte di Palermo gli stabilimenti in legno, sospesi sull'acqua come palafitte, lungo la litoranea che da Sant'Erasmo portava a Bagheria. La Società italo-belga aveva costruito i primi stabilimenti in muratura sul mare, che consentivano alle signore l'ingresso in acqua anche da scalette interne, per mantenere intatto il loro pudore. Ormai prosperavano gli accessi al mare, alcuni esclusivi.

Il cortile – il quadrato di spiaggia su cui si affacciano le cabine – era gremito di giovani che prendevano il sole. Era ancora presto, non c'era troppo caldo: pochi erano andati a nuotare, molti facevano capannello e chiacchieravano.

Tranne Rita Sala; sdraiata su un lettino a pancia sotto, non lontana da Leonardo, riposava rispondendo a monosillabi se qualcuno le rivolgeva la parola. All'offerta di una ciambella la sentii dire "sì", un bel "sì" forte da sotto il cappello di paglia.

Io spiegavo a Leonardo come una grande proprietà siciliana poteva essere divisa in colture diverse, cercando di alternare quelle trascurate, magari antiche, di discendenza araba, con quelle locali, più tradizionali. Per rendere meglio l'idea mi misi in ginocchio e tracciai sulla sabbia una sorta di mappa sulla quale doveva essere evidente la diversa percentuale di colture. Lavoravo la sabbia con la mano, scavavo un canale ideale che divideva un frutteto da un'area destinata alle solanacee, citavo un bravo agronomo di Sperlinga che sulle sue montagne aveva avviato qualcosa di simile. E fu mentre insistevo con la mano in mezzo alla sabbia che sentii su di me gli occhi di Rita, il labbro superiore coperto di granelli di zucchero, il cappello che le faceva ombra sul viso.

Era ancora sdraiata sul lettino, teneva in mano una matita e scriveva su un quadernetto. Aveva un suo ritmo: sollevava il volto e si guardava intorno, poi lo sguardo finiva sul mare lontano e ritornava leggero su di me. Talvolta rimaneva – scrutante, perplesso, dolcissimo. Altre volte era veloce, un battito di ciglia, e subito Rita tornava a scrivere. Poco, ma con intensità, la matita ben stretta fra le dita. E continuava così: sguardo vago sul mare, occhio sulla carta, scrittura e taliata veloce a me. E a ogni taliata Rita mi guardava – lo sentivo – come non mi aveva mai guardato.

Ero quasi in imbarazzo.

Non capivo da dove arrivava quello sguardo. Poi Rita si alzò dal lettino, pochi passi sulla sabbia calda e venne da noi. Chiese che cosa stavamo facendo. Leonardo le rispose, ma era evidente che lei non lo ascoltava. Si sedette sulla sabbia, e a un'amica che la chiamava dall'acqua fece segno di aspettare. Mi chiese se avevo progetti per l'estate ormai cominciata. Dissi che non ne avevo. Lasciammo parlare Leonardo, che invece sarebbe andato con la famiglia in campagna. Lo lasciammo parlare del corso che aveva in mente per l'autunno all'Università. Lo lasciammo parlare degli studenti. Poi si accorse che non gli davamo conto e si allungò sotto l'ombrellone con un libro che si era portato appresso. "Mi appassiona," disse, "è un romanzo inglese ambientato nel Galles minerario, protagonista un medico che si batte..." Continuammo a non dargli conto e lui sparì dietro la copertina.

Quasi automaticamente, Rita disse: "Cronin. L'ho letto anni fa".

La conversazione che avviamo noi due, a quel punto, è quasi delirante.

Cerchiamo di mettere in ordine cronologico tutte le volte che ci siamo visti, a partire dalle occasioni in cui lei era una bambina e io un ragazzetto, fino all'ultima volta al funerale di sua madre, due anni fa. Complice l'inevitabile mestizia legata alla memoria di quel giorno, abbandoniamo la folle ricostruzione del passato e io dico: "Sapevo che eri fidanzata con un americano, e che pensavi di andare a vivere oltreoceano...".

"Ruben. Ci siamo lasciati," interviene lei quasi con irruenza, poi, chinato il capo e lasciati spiovere i capelli in avanti, riprende distesa: “È stata una storia importante, ma si è rotto qualcosa, quando lui è tornato in America. Capita”.

“Capita,” le faccio eco. Ma il concetto di “storia importante” non mi è familiare.

“Sai cosa dovremmo fare, Rico?” mi fa lei drizzandosi in piedi, morbida ed elegante come una farfalla.

“Cosa?”

“Buttarci in acqua!” E si mette a correre verso il mare. Si volta solo quando l’acqua le arriva ai fianchi. “Vieni!” grida. In effetti sto correndo, e non mi rendo conto di correre. Ci allontaniamo dalla riva. Rita si immerge e riemerge dando una frustata di capelli nell’aria, mi cerca, mi trova e chiede ridendo: “Possibile che ci vediamo oggi per la prima volta?”. Poi diventa serissima e punta a riva con lunghe impeccabili bracciate. Mi aspetta. Usciamo insieme dall’acqua.

Mentre ci asciughiamo al sole, mi passa il quadernetto: “Leggilo, se vuoi. Sono appunti. Su di me, su quello che mi piace e su quello che non mi piace. E anche sull’uomo che vorrei incontrare e poi sposare”.

Ho letto.

A me piace il ticchettio della pioggia sul balcone, anche quando mi sveglia. È musica.

E a te?

Le gocce ballano, a volte lente e a volte veloci; altre volte ancora scrosciano come un fiume in piena. Quando piove, vorrei aprire la finestra per ascoltare meglio la danza della pioggia.

Mi prometti che potrò farlo?

Mi piace moltissimo ascoltare musica in salotto.

Ti disturba?

Quando vado all’opera o a un concerto, durante l’intervallo mi piace rimanere nel palco o nella mia poltrona, sola o con te, e continuare a pensare a quello che ho visto e sentito. Se vuoi, o

se pensi che sia importante, girare nel foyer per incontrare conoscenti lo farò, ma non dispiacerti se sarò di poche parole.
Che ne pensi?

A me piace cucinare quello che piace a te. E lo farò. Ma non sopporto il rognone e la trippa. Né la vista, né l'odore.
Ti dispiace se a casa nostra si cucineranno soltanto quando io non ci sono?

Io ho due padri. Il mio papà, Pietro Sala, che mi voleva tanto bene ed è morto durante la guerra, e mio padre, Giosuè Sacerdoti, che mi vuole altrettanto bene.
Promettimi che non farai mai domande su di loro.

Se dovessi scegliere tra il tuo bene e quello dei nostri figli, darò la precedenza al loro. Promettimi che farai lo stesso.

La sincerità è importante. Ma certe verità è meglio non dirle. Sei d'accordo?
Per esempio, non voglio sapere se mi tradisci. Ne soffrirei troppo. Ma se dovessi innamorarti, vorrei che questa donna non frequentasse casa nostra. E non voglio essere umiliata in pubblico quando c'è lei. Me lo prometti?
"Non dire" è diverso da "mentire".
Promettiamoci che non mentiremo mai l'uno all'altra.

Se tu dovessi avere un figlio da un'altra donna, vorrei saperlo. Solo a questa condizione potrei accettarlo, e accettare che i nostri figli lo conoscano e lo amino come un fratello.
Sei d'accordo?
Faresti lo stesso se io avessi un figlio da un altro?

Rita e io ci siamo sposati nel '51. Era il 4 gennaio, nella chiesetta costruita all'interno dell'Istituto per ragazzi abbandonati di padre Messina, sul mare di Sant'Erasmo. Lo ha voluto lei, in memoria di sua madre: molti degli affamati ai quali durante la guerra Maria Sala, insieme alla zia Elena Savoca, distribuiva pasti caldi e pacchi di cibo erano protetti di padre Messina.

Ci piaceva che fosse un giorno dopo le feste, e che fosse una cerimonia semplice. Infatti è stato un matrimonio intimo e senza pompa, in una bellissima giornata di sole invernale, come succede a volte a Palermo, senza spreco di fiori e di arredi. E senza regali. Gli invitati potevano fare una donazione all'Istituto; noi, comunque, non lo avremmo mai saputo.

Così ha voluto Rita, quando abbiamo deciso di unire le nostre vite per sempre, nella gioia e nel dolore. E, come lei desiderava, siamo andati a vivere nella villa di Altarello appartenuta ai suoi genitori.

Ci siamo poi raccontati molte volte quel giorno d'estate quando ci siamo innamorati, ma io la correggo sempre: "Quando *tu* ti sei innamorata". Lascio una pausa minacciosa e poi continuo: "Io ero già innamorato".

E a lei piace ricordare come furono le mie mani nella sabbia a svegliarla, dice che ha visto le mani e poi ha visto me, ed era come se mi vedesse per la prima volta. E aveva sentito un languore, un formicolio, che l'aveva stordita. Di tanto in tanto "giochiamo alle mani": facciamo che lei me le guida, me le bacia, se le porta addosso, e poi ci perdiamo. "Giocare alle mani" è diventato sinonimo di "fare l'amore". E noi giochiamo molto, giochiamo spesso.

Non sono più l'ex ufficiale malinconico, o almeno non lo sono più nello stesso modo. Mi è rimasto addosso un velo che talora mi torna sugli occhi e mi fa vedere il mondo storto, come se perdessi l'equilibrio, come se stare al mondo mi facesse male. Magari sono in mezzo alla strada e devo raddrizzarmi per affrontare l'incertezza che si fa avanti e mi ingrigisce lo sguardo. Non so quanto abbia contato la ferita di guerra, e quanto invece la guerra sia quella che l'essere un Sorci scatena.

Non ho avuto "una storia importante" come Rita – e tante volte sono tornato su quell'aggettivo che mi rende geloso, sempre, rimproverandoglielo –, ma ho avuto molte donne che a volte arrivano a infiammare in maniera caotica la mia immaginazione. In quei momenti mi rendo conto che, malgrado l'assalto che la memoria porta ai sensi, la mia vita è qui, e non ha bisogno di essere distratta.

Rita ha, mi dicono in tanti, la casta sensualità della madre e quella avventurosa, forte e prepotente del padre.

Quando la vedo nella loggia, abbandonata come un'odalisca sulla chaise-longue che era stata di sua madre, bastano i suoi ardenti occhi neri e il tremito delle sue labbra piene per sciogliermi.

So poco della mia famiglia, dei Sorci. Di tanto in tanto scendo a Palermo a trovare zia Laura. Le voglio bene. E anche Rita ha imparato a conoscerne la ricchezza interiore. Le piace la storia che ha con mio padre, come gli è stata fedele, come ha saputo accettare un ruolo socialmente diminuito senza mai lasciarsi umiliare. "Non dev'essere stato facile," dice Rita, "avere a che fare con tua madre... soprattutto dopo la nascita di Carlino. Ai tempi di mio nonno i de Nittis erano una delle famiglie più in vista di Palermo, e ora non ce n'è quasi più traccia." Si immalinconisce e aggiunge: "Nulla dura, tutto si sperpera, meno l'amore". E per essere sicura che io abbia inteso bene ripete: "Meno l'amore".

Non avrei mai creduto che sarebbe andata così, eppure ora misuro la mia esistenza proprio secondo il metro dell'amore, e il mio amore è Rita.

Di tanto in tanto, Carlino viene a trovarci ad Altarello. La villa fu costruita nel Quattrocento da una delle tante famiglie di commercianti pisani che avevano magazzini anche a Palermo, usata come casina di delizie; al piano superiore c'è una meravigliosa loggia ad arcate con colonnine di marmo grigio da cui si gode la vista del rigoglioso giardino di alberi maturi, a disegno geometrico, della piana e della città di Palermo, affacciata sul mare di un luminoso blu scuro. La villa era stata comprata, e rispettosamente ristrutturata, da Giosuè Sacerdoti, che "sta" a mia moglie come mio padre "sta" a Carlino.

Rita sa che mio padre è preoccupato per lui, teme che la sua "condizione" – così la chiama – possa rendergli la vita difficile, pregiudicando il suo futuro.

Rita e io vorremmo tanto dei figli, ma non siamo ancora riusciti ad averne.

Quando arriva Carlino è una festa. Ha sempre qualcosa da raccontare o da farsi raccontare.

"Com'era Chicago?" Rita non glielo aveva ancora mai chiesto e glielo chiede questa sera, mentre gli serve la pasta con l'anciova.

"Fredda," dice lui. Un'ombra gli cala sugli occhi. "D'inverno sentivo molto freddo, ma in questi due anni e mezzo l'ho dimenticato." Sorride, e a bocca piena fa: "Ve lo ricordate il colonnello Hill?".

"Certo," dico. "Anche Rita sa che sei stato suo ospite."

"Be', forse qualcosa più di ospite. Meglio non pensarci. Sono scappato."

Gli dico che, quando era a Palermo, l'avevo visto entrare in un bordello maschile. "Ci entrava senza divisa."

"Quelli sono stati tempi in cui tanto, e tanto profondamente, la città è stata offesa e umiliata," dice Carlino con una serietà che non gli conoscevo. "Anche noi ne siamo usciti male. Sapete bene chi, tutto solo, sta a palazzo Sorci. Da quando è morto Elio, è rimasto soltanto don Totò. Rico, la famiglia dovrebbe trovare il modo di vendere quel palazzo, appartiene a un mondo che non esiste più."

Si è fatto buio, accendo i lumi, e Carlino legge per noi ad alta voce. Gli piace, forse ricorda con un po' di tenerezza i teatrini di Little Italy, a New York, in cui si è esibito negli ultimi mesi trascorsi in America. È un lettore vivace e onnivoro, ha scoperto da poco un poema di Byron: racconta la storia di un vecchio gentiluomo alla corte del re di Polonia che si innamora di una ragazza giovanissima, e ce ne legge dei versi: "*Ci vedevamo di nascosto, e l'ora/ di introdurmi da lei costituiva/ il dono di un'accesa aspettativa*". Fa una pausa, lunga, poi ci squadra e ci chiede, quasi ingenuo: "Non abbiamo cercato tutti, non cerchiamo tutti quanti, incontri furtivi, quelli che ci consegnano 'il dono di un'accesa aspettativa'?".

So vagamente di una sua relazione in città, so che altro non può essere che furtiva. "Abbi pazienza," gli dico. Non so perché l'ho detto, ormai però la raccomandazione è sospesa nell'aria.

"Ne ho così poca di pazienza... ma ci proverò."

"Resta qui a dormire," dice Rita, e lui accetta volentieri.

Non è insolito che Carlino si fermi da noi. Come se ci fosse figlio, il figlio che non abbiamo ancora, ma un figlio grande. Come se fossimo suo padre e sua madre e lui avesse finalmente trovato una casa dove riposare, una notte su cento.

"Come si chiama il tuo eroe?" domando, "quello di cui leggevi."

"Mazeppa. Alla fine preferì tornare in patria. Condannabile, riprovevole agli occhi del mondo perché amò la donna d'altri. Ma certe volte non riusciamo a fermarci, quando i sentimenti ci sovrastano."

Spengo la lampada della loggia e ci ritiriamo.

L'amore nostro, il nostro gioco, è oro puro, non abbiamo bisogno di folle né di consensi. Riconosceremo, ne sono sicuro, il momento in cui scenderemo nel mondo. Qui o altrove.

La vita è più larga che lunga, bisogna darle spazio e non aver paura. Mai. La Rita che ha guardato le mie mani giocare nella sabbia e ha sentito che l'uomo che desiderava le era accanto, adesso è con me. E godiamo insieme la bella notte stellata di Altarello, lo sciacquio della fontana ottagonale, il profumo di lavanda. Senza paura del futuro.

Parte terza

MARZO 1954-APRILE 1955

13.
Dice Laura de Nittis

L'amore di una madre non ha limiti, si dice. L'amore della madre per il figlio maschio è il più forte. E quello per l'ultimo nato è enorme e struggente, proprio perché è l'ultimo.

Carlino è molto provato. Pensavo di non poterlo aiutare, e invece no, qualcosa che posso fare c'è. Cola, che ne segue le vicissitudini con fortitudine e saggezza, mi ha persuasa a "fare la mamma", come mi ha spiegato con la sua dolcezza, visto che ancora lui non può fare niente "da papà" nel timore che Antonio se ne approfitti per colpire suo fratello. Suggerisce che io dia la mia approvazione al rapporto tra Carlino ed Emilio Greco in un contesto pubblico e dignitoso: per esempio, una serata importante della stagione lirica al teatro Massimo, in un palco bene in vista, noi tre soltanto.

Il 7 marzo ci sarà un *Trovatore* da non perdere. Molti in città aspettano questo confronto con una delle più grandi opere del repertorio verdiano.

Rico e Rita saranno in un palco in seconda fila non lontano dal Palco Reale, di fronte a quello dei Sorci. Durante il primo intervallo ci incontreremo alla buvette nella rotonda.

Mi sono conzata da "madre dello sposo", anche se l'omosessualità è ancora considerata un reato più grave dell'incesto. Salvatore Cammarano avrebbe potuto scrivere un libretto degno di noi, mi viene da pensare, ma sorrido piuttosto che sentirmi la protagonista di un melodramma. La storia del

Trovatore, si sa, è una delle più complicate, ma in scena, per noi, forse non ci saranno altri che Manrico e Azucena.

Da anni non bado troppo al mio aspetto, ma mi vesto con cura – e spero con dignitosa eleganza, anche in questi tempi grami in cui bisogna risparmiare su tutto. Cola è stato adorabile: mi ha regalato un abito da sera in velluto di seta verde scuro confezionato dalle Sorelle Stassi – io ne avevo scelto uno grigio, non nuovo, anche quello delle Stassi – e mi ha chiesto di indossare la parure di coralli. Sono settecenteschi, quelli che mi ha regalato anni fa, comprati alla gioielleria Fecarotta: la fattura è di gran qualità, la collana ha un motivo di fiori e foglie alternati a lunghe gocce che sembrano lacrime.

Il corallo mi ha sempre affascinato: non è pietra, ma lo scheletro di una creatura marina. Ho cercato di capire come mai sia tanto amato in Sicilia. Si trovava nei mosaici romani di Piazza Armerina, si diceva portasse fortuna. I musulmani d'Arabia ne montavano i grani in collane: ogni grano una preghiera o un'invocazione; una collana di corallo al collo dei morti li accompagnava nell'aldilà. I cristiani del Medioevo copiarono la collana islamica per la recita del *Paternoster*; poi i fedeli della Vergine se ne impadronirono per creare il rosario. L'antica credenza continua: il corallo porta salute e felicità, e allontana gli spiriti maligni.

Ormai mi trucco poco, giusto un tocco di fard e il mascara: inumidisco appena lo spazzolino, quanto basta per sciogliere la pasta nera, e poi do due passate, una per occhio, per allungare e curvare le ciglia. Evito di guardarmi allo specchio con troppa attenzione, trovo sempre una ruga che l'ultima volta non c'era. Si accentuano quando sorrido.

Oggi pomeriggio, mentre mi preparavo, ho tirato fuori dal nécessaire una bustina che non aprivo da tempo: contiene una matita per dare profondità allo sguardo, l'ombretto, una cipria francese finissima, luminescente, un rossetto e un lucidalabbra. C'è pure un fondotinta, regalo di Mariolina, non mi ricordo nemmeno quando l'ho usato l'ultima volta. Si sfuma anche sul collo, per dare omogeneità all'incarnato.

Ho contemplato confusa tutto quell'armamentario. Più mi guardavo, più le rughe mi sembravano profonde, gli occhi stanchi, il contorno del viso incerto. Ma proprio allora un raggio di sole è entrato nella stanza e mi ha riportato alla realtà. Oggi io non sono Laura de Nittis, sono la madre cinquantenne di un giovane innamorato che vuole mostrare in pubblico il suo amore proibito. Proibito dalla legge, dal conformismo, ma non da sua madre. Comincio a stendere con cura il fondotinta di Mariolina, poi passo all'ombretto – stavo persino per mettermi il rossetto, ma poi ho ripiegato sul lucidalabbra. E pazienza per le rughe. Carlino capirà che ho cercato di essere bella per lui, ed è lui che conta. Anche se la mia gente, quella che mi conosce, ancora una volta penserà male di me. Palermo non perdona!

Ho lo stomaco chiuso dall'agitazione, mentre aspetto che i ragazzi passino a prendermi. Ambedue in smoking di La Parola, alti, eleganti, lineamenti forti: i due innamorati sembrano fratelli gemelli, tanta è la somiglianza tra loro. Carlino ha gli occhi lucidi, lo sguardo azzurro di Emilio è più fermo e distaccato.

Mentre saliamo la scalinata del teatro, io tra loro due sento le onde di sorpresa, perplessità, biasimo, scandalo che suscitiamo a ogni passo. Distribuisco sorrisi, rispondo ai saluti di chi mi ha ignorato da quando Andrea e io ci siamo separati. Sento anche quanto orgoglio, coraggio e amore montano nel petto dei giovani al mio fianco. Nel colonnato ci aspetta, in agguato, Peppe Vallo. Lo conosco appena ma so bene chi è, e lo sanno bene anche tutti gli altri che stanno entrando nel foyer: un uomo di potere. Si avvicina rispettoso, e dopo il baciamano gli presento Emilio. "Complimenti," bisbiglia, e abbraccia Carlino come se fosse un parente.

Avrei potuto capirlo prima, ma è stato in quel momento, con quell'abbraccio, che Vallo mi si è rivelato per quello che è: un bastardo di mio suocero. Me ne aveva accennato una volta Caterina, che tutto sa, e quando non sa va a frugare tra le carte di famiglia senza requie e dignità – come una ladra. Peppe Vallo è figlio della cameriera preferita di mio suocero, di fatto uno zio di Carlino. Un bastardo sui generis, perché ha fatto fortuna e la sua fortuna se l'è costruita tutta da solo, prima come commerciante di macchine agricole, poi come avvocato, e poi ancora trafficando con gli americani e con Filippo Sorci. Mi guarda con intenzione, come cercasse una forma di complicità, qualcosa che non riesco veramente a capire. Peppe Vallo è cresciuto lontano dal nome e dall'influenza dei Sorci.

"Le piace la musica?" mi chiede.

"Verdi mi tocca il cuore," dico io.

Sento intorno il dorato frastuono delle grandi occasioni. Mi rivedo al Massimo quand'ero bambina e mio padre mi ci portava soltanto per fare sfoggio di sé. Ora di lui è rimasta solo una pallida traccia, ma nel foyer del teatro non faccio fatica a sentire come i riverberi del passato arrivino sino a questo momento.

Il nostro palco, al secondo piano, è di fronte alla barcaccia del circolo di cui mio padre era socio. Alcuni mi hanno riconosciuto e vengono a salutarmi e a conoscere il nostro ospite. Nessuno potrebbe essere più cortese. Sono commossa.

I pettegolezzi sono rinviati al primo intervallo.

Sembra un matrimonio davanti al pubblico di Palermo. Seduta tra i due, li guardo di sguincio. Quanto è bello il mio Carlino. Ed Emilio non è da meno. Mi dispiace che Cola non sia nel palco di famiglia, dirimpetto a noi, ma ne capisco il motivo: Margherita glielo avrebbe impedito. Ci sono Rico e Rita, e mi bastano. Ma poi vedo anche le Tre Sagge della famiglia Sorci. Hanno preferito la platea per evitare le scale. Mi notano e accennano un sorriso, subito ricambiato. Puntano di tanto in tanto il binocolo sul nostro palco, e sono sicura che osservano i ragazzi per poi commentare dietro i ventagli. Nella penombra le gocce di corallo sprigionano bagliori acuminati, come sangue sul mio décolleté.

Durante l'intervallo andremo a prendere i rinfreschi insieme a Rico e Rita – una perfetta regia.

Penso alla nascita di Carlino, bello e roseo come un angioletto, e lo vedo adesso, un uomo gentile, generoso, consapevole di non doversi vergognare di niente. Esploro il mondo dentro la luce piena della sala. Chi è tutta questa gente di cui sono qui a raccogliere il consenso? Carlino è al mio fianco, entriamo insieme in società. O meglio, rientriamo. Certamente rientro io, che ho passato tante giornate solitarie in via Bandiera. Ora mi mostro. E chi sono io? Un'adultera? Nel mondo di Cristo sarei stata lapidata. Qui non succede, ma ci sono molti modi di lapidare e l'ipocrisia mondana li conosce tutti. Ma non stasera. Stasera c'è una forza più grande e io la porto addosso, come porto il tripudio floreale cavato al bulino dal corallo. Le luci si sono abbassate. Qualche colpo di tosse, e infine il silenzio. E il buio.

Il direttore d'orchestra sale sul podio.

Al primo intervallo, prima di uscire dal palco, mi cerco nello specchio che tengo nella borsetta. "Sei bellissima," mi dice Carlino. Ma il mio lucidalabbra si è spento, le labbra sono smorte. Le percorro con un dito. Lui se ne accorge. "Questo è per te," e mi porge un pacchettino avvolto nella carta di Hugony, il mio negozio preferito. Lo apro, è un rossetto che si intona ai miei coralli. "Vai, mettitelo, è il colore che ci vuole. Non aver paura!"

Al bar ci aspettano Rico e Rita. Lei è radiosa; mi prende sottobraccio e passeggiamo tra la gente chiacchierando come madre e figlia, o come due amiche. Rico e i due ragazzi ci stanno accanto; ai miei occhi sono gli uomini più belli del teatro. "Grande il baritono in *Tace la notte*!" dice Emilio.

Nella Sala pompeiana il pubblico si muove lungo le pareti, c'è qualcosa di circense in questo passeggiare. Di tanto in tanto cadiamo assieme dentro la cornice degli specchi e allora ci moltiplichiamo.

Vedo entrare le Tre Sagge. Rico va loro incontro, si parlano. Io mi lascio trascinare da Carlino ed Emilio, non ho bisogno di scambiare parola con chicchessia.

"Che serata, zia," mi dice Rico sottovoce quando ci raggiunge. "Un vero successo. Papà ne sarà orgoglioso." Poi mi prende sottobraccio e Rita resta con i due ragazzi. "Zia Rachele ha detto che non potevi essere più elegante, che il verde scuro del vestito e il rosso dei coralli erano un segnale: 'Speranza e passione,' ha dichiarato. E zia Sara ha parlato del tuo coraggio, un dignitoso coraggio che ammutolisce. 'Il coraggio di una madre,' ha sottolineato zia Beatrice, 'ha portato il rosso dei coralli come si porta un cuore di madre.' Tutte e tre sostenevano che si vedeva che eri felice, il tuo sorriso cantava. Sull'amico di Carlino, solo un commento: 'Un gentiluomo!'."

La campanella suona e le luci si abbassano. Torniamo al palco. Ora tutti i miei sensi sono concentrati sulla musica e sulla scena.

L'emozione mi monta in petto quando Azucena canta – come non riconoscermi in lei? – "*Qual per esso provo amore madre in terra non provò*". La madre, il figlio. Il carcere. Il rogo. E nel rogo ho visto, con un sussulto, bruciare il mio Carlino garruso. In un impeto che ha coinciso con l'aria *Di quella pira*, con quel fuoco furioso che il tenore appicca al galoppare della cabaletta, ho pensato a un mondo giusto dove si è liberi di amare e di dimostrarlo in pubblico. "*Era già figlio prima d'amarti.*" Il fascismo ha confinato nel silenzio ogni diversità. "*Madre infelice corro a salvarti.*" Quando non ha addirittura arrestato e ucciso. "*O teco almeno corro a morir.*" Quel fascismo è ancora nella testa della gente: non mi illudo che si possa portare negli occhi il proprio amore senza vergogna o spavento. "*All'armi! All'armi!*" Ma da qualche parte bisogna cominciare.

Applausi a scena aperta.

Talvolta cado nell'autocommiserazione. Non stasera. Sono orgogliosa di essere accanto a Carlino ed Emilio. Sento che ho voglia di commuovermi, e mi tengo alla balaustra del palco quando Azucena viene confortata dal figlio: "*Se m'ami ancor, se voce di figlio... alla quiete io chiudo il ciglio... ma se del rogo arder si veda/ l'orrida fiamma, destami allor*".

Manrico vuole morire con lei, vuole entrare nelle fiamme che già furono della madre di Azucena.

Il sipario cala lentamente su tutta quella morte. Poi, il boato di applausi. Guardo i miei accompagnatori: Carlino ed Emilio sono balzati in piedi e continuano a battere le mani, la fronte imperlata di sudore. Sono davvero bellissimi. L'intero teatro se n'è accorto, sono belli fuori e dentro, e li approva. Mi sento bella di loro, e con loro. Non ho più paura del futuro.

Abbiamo osato, ma abbiamo osato con saggezza. Il rosso delle mie labbra e dei coralli rappresenta quello che abbiamo osato dimostrare e che lascia traccia negli occhi di chi, scendendo la scalinata del Massimo, indugia su di noi.

14.
Dice Cola Sorci

Laura e io stavamo andando in campagna, a Bruccoleri. Gliel'avevo promesso. E avevo promesso a Filippo che avremmo rinunciato a quella casa. L'ultima Pasqua che avevamo trascorso lì era stata quella del '38. Le mie sorelle avevano continuato ad andarci, anche se non tutte le famiglie insieme e non tutti gli anni. Il fattore incaricato dei terreni, poco più di venti ettari, diceva che quelli dei Sorci erano gli ulivi più generosi di tutta la Sicilia, anche se di fatto l'uliveto rappresentava solo un terzo di quei venti ettari. Voleva comprarlo, al prezzo che diceva lui. Aveva amicizie potenti, e non c'era che fare: bisognava calare la testa. Filippo, che di campagna non intendeva occuparsi se non per movimentare il resto degli affari, era d'accordo. "Cola," mi aveva detto, "a cosa ci serve la casa di Bruccoleri? Ci vanno a fottere i figli del fattore."

"E allora," gli avevo risposto, "facciamoli contenti questi mafiusazzi. Facciamoli entrare da padroni, con le fimmine loro, non con le cameriere nostre."

Così Filippo aveva concordato il passaggio di proprietà. Ma adesso era primavera, un aprile azzurro e dorato. Avevo chiesto che facessero ordine nelle stanze di un solo piano, e c'era una parvenza di pulizia. Saremmo rimasti lì tre giorni per riposarci e ridare colore al volto pallido di Laura. Lei era voluta salire sulla balconata dell'ultimo piano, che dava sulla valle. Ci arrivammo attraversando stanze in abbandono, cassettoni aperti, armadi senza ante, tavoli, sedie e divani coperti con lenzuoli che ricordavano a malapena di essere stati candidi. La vista era meravigliosa: il verde pieno risaliva dal fiume, su per sassi e poggi, sull'erba alta dei prati spettinati dalla brezza, sui cespugli rigogliosi dalle chiome piene e sui rami fioriti. In alto, le montagne blu; ancora più in alto, il sipario del cielo che si preparava al tramonto.

Rimanemmo lì quasi fino a sera, in silenzio, gli occhi perduti in fondo alle campagne: due adulti, genitori di figli ormai adulti, e innamorati. Lunghe lingue di ombra scendevano sui campi; quando il sole era pronto a cadere dietro le colline, ci avvicinammo uno all'altra, timidi, come adolescenti per la prima volta soli. Feci per baciarla; lei si allontanò: "Guarda," disse, e mi cinse la vita, "anzi guardiamo insieme". Abbagliati dal sole cadente nel cielo incendiato, sentivamo calare sulla terra e sugli esseri viventi una pace robusta.

Per tre giorni, Laura e io dimenticammo il mondo intero.

Laura era nata nel 1904, io nel vecchio secolo, nel 1880.

Sono coetaneo di suo padre, quell'enigmatico personaggio fuggito in Sudamerica quando lei aveva dieci anni, non si sa dove, forse a Manaus, forse a Santiago del Cile. Finché, all'improvviso, aveva cominciato a far avere doni alla figlia – quelle balle di kapok!

Quel padre a Laura era mancato, e più in generale le era mancato un padre, da sempre. Forse anche quello sono stato per lei, oltre che un amante gentile e fedele. Sa di incestuoso, ma non lo è. Nell'Olimpo degli antichi Greci, Zeus giaceva, si sa, anche con le figlie sue.

Si sente tanto parlare di psicoanalisi, ormai. Fra i conoscenti che frequentiamo il discorso spesso cade, con circospezione ma anche con morbosa curiosità, su questo tema. Scienza? Non scienza? Chi lo sa. E comunque è nelle considerazioni in punta di lingua su ciò che accade e non accade nel silenzio di quegli incontri segreti che sono saltate fuori espressioni come "figura paterna", "complesso di Edipo", "complesso di Elettra", "transfert", "interpretazione dei sogni". A Palermo la professione di psicoanalista si è diffusa grazie alla moglie straniera di un nobile palermitano, sfasolato come tanti sono e saranno: ha addirittura fondato un'associazione professionale nazionale insieme a uno psicoanalista del Nord. Ci si va praticamente a confessare. Ci si va a raccontare i fatti propri, e anche i sogni. Non era più che sufficiente un bravo padre spirituale? Comunque, da quando le avevo offerto un pistacchio sgusciato, tra Laura – Lauruzza, come la chiamavo io quando eravamo soli – e me era nata una passione che, con il tempo, non si era affievolita.

Carlino ne è il frutto: bello, buono, dignitoso e al tempo stesso trasgressivo. Lo amo non meno di Rico.

E ho amato Laura più di tutti, più di me stesso, è stata lei a rendermi tollerabile la convivenza con Margherita – moglie infausta, cattiva quando perde la cognizione dei suoi confini –, a permettermi di guardare al mondo con comprensione e bontà. Laura chiedeva poco. Ho speso tanto, per prostitute e per dame titolate e fedifraghe, e così poco per lei. Si accontentava ed era grata di quanto le davo. Una volta andai a comprarle un regalo da Fecarotta. Il gioielliere, dopo avermi mostrato le perle che gli avevo chiesto, andò a prendere dalla vetrina una parure di coralli antichi: "Sono trapanesi, del Settecento". Poi lasciò cadere come per caso: "L'altro giorno passò di qui la signora de Nittis, si fermò a lungo a guardarli". Laura accolse quel dono con un entusiasmo che mi commosse: insistette perché fossi io non solo ad agganciarle la collana e il bracciale, ma anche a metterle gli orecchini ai lobi.

Laura non mi faceva domande, sapeva che Margherita aveva costellato la nostra convivenza coniugale di devastanti interrogatori.

Avevamo inventato un linguaggio segreto per comunicare a tavola: quante volte la forchetta con i rebbi all'ingiù ha indicato che quel giorno non ci saremmo visti?

Quante volte il coltello appoggiato al piatto ha significato piena disponibilità nel pomeriggio?

Era il nostro passato, ma a volte ritornava, e spesso ci scoprivamo a giocare il gioco delle posate anche se non ce ne sarebbe stato più bisogno.

Quante complicazioni abbiamo dovuto affrontare. Ma abbiamo sempre trovato una soluzione.

Talvolta, magari mentre passeggio con Andrea in viale della Libertà, mi vengono in mente le Tre Sagge, Sara, Rachele e Beatrice, e la loro costante opera di salvaguardia dell'equilibrio famigliare. Sono ormai sull'ottantina, ma capita di vederle, assieme, camminare in via Maqueda e arrivare nei pressi di palazzo Sorci. Nei pressi, già, perché è da anni che non ci mettono piede. Loro gli americani non li hanno visti. E soprattutto un nipote come Filippo è fuori dal loro raggio di influenza. Erano state sue ospiti per valutare la nuova situazione patrimoniale, ma in realtà non le aveva fatte parlare. Aveva annunciato che avrebbe esercitato il massimo controllo sui beni della famiglia. Zia Sara aveva provato a chiedere: "Secondo quali criteri?" e lui, con garbo, aveva risposto che un mondo veramente moderno i criteri se li inventa uno dopo l'altro secondo le opportunità che si possono cogliere. Allora zia Sara si era tamponata la bocca col tovagliolo e aveva smesso di mangiare, imitata da zia Rachele e zia Beatrice.

Voleva essere un gesto di protesta? Filippo non lo aveva capito, o meglio, non lo aveva neanche preso in considerazione. Io avevo commentato: "Hai esagerato con tutte queste portate, Filippo... le zie mangiano come uccellini".

E come uccellini avevano presto preso il volo.

Ho sempre pensato che sarei morto prima di Laura, sono tanto più vecchio di lei. Invece no. In maggio aveva avuto dei disturbi. Le fu trovato un fibroma.

Ero andato con lei dal ginecologo, ci aveva spiegato che *sembrava* benigno. E mi aveva guardato. Laura, fiduciosa, non si era accorta dello scambio veloce di sguardi. Era un linguaggio che conoscevo sin troppo bene. Le cose sono andate come sono andate. Laura nascondeva il dolore. Sperava in una cura, nel frattempo faceva di tutto per accontentarmi e rendere i nostri incontri sereni. Era dimagrita, e se ne crucciava. "Ti piaccio ancora?" chiedeva.

"Sempre mi piaci, lo sai. Vuoi che te lo dica mille volte?" E bisbigliavo "mi piaci, mi piaci", e le carezzavo il mento.

Era ovvio che eravamo arrivati troppo tardi, che non c'era più tempo, e Laura non voleva altro tempo. Si accucciava sulla poltrona e soffriva. Il medico mi aveva raccomandato che ci fosse sempre qualcuno accanto a lei e io organizzai due infermiere che si alternavano notte e giorno. Laura aveva capito e le trattava con estrema gentilezza: cercava di metterle a loro agio rispetto al male che la stava consumando. Non voleva che la vedessi soffrire e quando le venivano i dolori mi congedava, mi faceva accompagnare alla porta dall'infermiera. Una sera mi fermai sul pianerottolo e la sentii gridare, gridare forte come una bestia ferita. "Laura," mormoravo, il volto e il palmo delle mani appiccicati alla porta, come davanti alla porta chiusa del destino. Aveva urlato per mezz'ora, e io ero rimasto seduto per terra, sullo zerbino. Poi la morfina aveva cominciato a fare effetto.

Un giorno andai a trovarla insieme a Carlino; lui riuscì a farla ridere. Laura aveva riso perché desiderava che lo sforzo del figlio avesse buon fine, o almeno si potesse ritenere efficace. Ma dopo tanto ridere, Carlino si era piegato sul letto e aveva pianto, e lei, muta, gli aveva accarezzato la testa.

Un paio di settimane dopo Laura chiese all'infermiera carta e penna e scrisse lettere e biglietti per gran parte del pomeriggio. C'erano buste da far recapitare in città, altre da spedire. L'infermiera mi disse che si era molto raccomandata che io non sapessi nulla di questa posta, ma le diede una busta da consegnare a me, quando fosse morta.

Non ho mai visto una preparazione alla morte così puntuale, così scrupolosa.

Una sera di novembre – ero rimasto seduto accanto a lei dal primo pomeriggio, per lo più guardandola dormire – parve svegliarsi, sì, svegliarsi, come se invece di una giornata offuscata dai farmaci avesse passato una notte in campagna: "Sei qui da troppo tempo. Pensi che non lo sappia? Ti ho spiato. Tu credevi che dormissi, e invece io non ho mai smesso di vederti". Si toccò le palpebre e continuò: "Ti ho guardato tutto il tempo con le palpebre socchiuse. Il mondo continua a esserci... E il mondo sei tu".

Volle essere sollevata sui cuscini. Lo feci da solo, senza chiedere aiuto all'infermiera.

"Oh, adesso sì che sto comoda. E mi sento bene, sai? Mi piacerebbe che il tempo si fermasse adesso." Mi prese le mani, e piano se le portò alle labbra e le coprì di piccoli baci. "Una cosa mi dispiace, Cola, e ora te la dico: non abbiamo mai fatto un viaggio insieme."

Avrei voluto replicare, ma lei mi fece segno di tacere. "Sai, è un sogno. Io ti ho sognato spesso in un posto che poteva essere Venezia. C'era un canale, c'erano antichi palazzi, e c'era una luce radente, sull'acqua, che moltiplicava riflessi, barbagli, lame di luce. Io ti tenevo per mano e dicevo che era ora di partire, e allora ecco che vedevo noi sulle Alpi, procedere mano manuzza in un bosco." Parve prendere fiato o semplicemente distrarsi: "Ma no, Cola, niente sogni. Diciamo che mi porti a Vienna. Giuralo!".

Aveva cambiato tonalità. Ora era imperiosa. Dolcemente imperiosa. "Giuramelo!" ripeté. E io dissi che sì, saremmo andati a Vienna.

Morì mentre Margherita era a Roma con la Congregazione Mariana per un convegno, e in quella coincidenza mi parve di riconoscere ancora una volta la sua volontà di essere discreta, di non creare fastidio né imbarazzo.

Aveva lasciato scritto che il suo funerale fosse celebrato nella cappella del cimitero annesso a un monastero fondato da un suo antenato per le figlie da monacare. E sulla lapide aveva voluto soltanto il cognome da nubile. Forse, un piccolo atto di maliziosa alterigia contro i Sorci.

La morte inaspettata di Laura ha avuto effetti imprevedibili.

Il funerale si era risolto in una veloce benedizione. I pochi presenti si erano trovati davanti alla cappella de Nittis, dove la salma era stata tumulata. La sorpresa più grande era stata l'arrivo della sorella Adele, con marito e figli. Prima di morire, Laura aveva dato il loro numero di telefono a Carlino, che li aveva chiamati. La sua preparazione alla morte è stata davvero impeccabile.

Molto tempo prima Adele si era fatta viva all'improvviso: una lunga lettera. Da allora le due sorelle avevano preso a sentirsi con una certa regolarità, ma non si erano mai incontrate: il cognato, Vittorio Davico, non aveva piacere di ritornare in Sicilia. Nemmeno per pochi giorni.

Da bravo autista e meccanico, è diventato direttore di una concessionaria Lancia a Pinerolo. Il figlio insegna a Milano, alla Bocconi, e la figlia, Aurora, ha sposato un proprietario terriero piemontese: il loro Barolo ha ottenuto diversi riconoscimenti; e sembrano di gran lunga più colti e aristocratici dei nobili e nobilotti locali. Carlino ha fatto da padrone di casa nell'appartamento di via Bandiera, dove li ha ospitati per una settimana.

15.
Dal diario di Mariolina Sorci

Ero a casa con papà e Peppe Vallo; sono sempre *business partners* e l'avvocato viene spesso da noi dopo pranzo, per il caffè. Mamma era uscita per andare dal parrucchiere e aveva annunciato che non sarebbe rientrata prima delle sei: "Ho anche la prova dalla sarta," aveva detto uscendo, ma la verità è che oltre alla permanente doveva farsi fare i riflessi. Guai se mio padre lo sapesse, dice che tingersi i capelli è una cosa "da baldracche", e mentre lo dice alza un po' la mano chiusa a pugno – quando fa così si ubbidisce per forza... Oppure si disubbidisce, ma a proprio rischio e pericolo.

Papà e Peppe Vallo parlavano d'affari, come sempre; mi piaceva ascoltarli mentre, seduta nella mia poltroncina, col sole di aprile che entrava a fiotti dalla porta finestra, facevo l'orlo a giorno alla tovaglia che mia madre e io abbiamo in cantiere.

Tra una chiacchiera e l'altra si era fatto tardi e io avevo un appuntamento al cinema Astoria con le mie cugine Angela e Luciana Rizzo. Non ero preoccupata: mi sarebbe dispiaciuto perdere l'inizio del film, ma comunque la maschera mi avrebbe accompagnato al posto riservato per me dalle cugine, accanto a loro. Ero contenta, andare al cinema senza chaperon è una conquista.

Papà ha suggerito che, per fare prima, mi accompagnasse Paolo, il nostro autista.

"Ci penso io," è intervenuto Peppe Vallo col tono di chi non ammette repliche, "per andare in studio passo proprio davanti all'Astoria."

Non ero mai stata sola con lui, tantomeno in uno spazio ridotto come quello dell'automobile, e sono andata a truccarmi con mani tremanti: un tocco di ombretto sulle palpebre, il mascara sulle ciglia e un po' di rouge perché mi vedevo pallida. Mi sono allacciata i sandali con il tacco alto e sono tornata in salotto. Nella confusione avevo dimenticato il rossetto, ma non uno spruzzo generoso di acqua di colonia Roger & Gallet.

Nel vedermi così conzata Peppe Vallo ha battuto le palpebre, due volte, anche se ha mantenuto la sua espressione impassibile; deve aver capito che lo avevo fatto per lui.

Mi ha aperto lo sportello della sua Fiat 1400 blu. Ho molto apprezzato: i miei coetanei la galanteria proprio non sanno che cos'è, e se anche uno di loro mi aprisse lo sportello lo farebbe con l'aria di prendermi in giro. Lui invece era serissimo. Comunque sia, non mi ha accompagnato all'Astoria. Anzi, ha preso la direzione opposta. Io, sempre più emozionata, non osavo parlare: guardavo dritto davanti a me, anche se ogni tanto non resistevo e gli davo una taliata di sguincio... Ha un profilo forte, deciso, col naso dritto, il viso segnato da belle rughe d'espressione.

Dove mi stava portando? Guidava piano, in silenzio; infine si è fermato davanti a un terreno dalle parti della Statua, in fondo a viale della Libertà, circondato da una recinzione di filo spinato. "Qui costruirò un palazzo di otto piani," ha detto.

Non sapevo che dire. Dopo tutto, più che una domanda la sua era stata un'affermazione. "Ogni appartamento," ha continuato, "avrà una terrazza da cui si vedranno il mare e la montagna. Sarà come galleggiare tra il verde e l'azzurro."

Soltanto allora mi ha guardato, come se aspettasse una risposta. Io non ho saputo fare altro che arrossire fino alla radice dei capelli. E lui ha capito.

Naturalmente, quando siamo arrivati all'Astoria il film era già cominciato. Peppe Vallo ha insistito per parcheggiare l'automobile e accompagnarmi al botteghino. Camminavamo vicini, in silenzio. La cassiera mi ha sorriso – sono un'habitué –, poi si è accorta che non ero sola e mi ha detto: "Ho un biglietto soltanto per lei, in quinta fila. Le altre signorine l'aspettano in sala".

Peppe Vallo non si è mosso. Ha guardato fisso la cassiera, finché lei ha capito e ha detto: "Avrei liberi due posti centrali, ma in terzultima fila...". E prima che potesse finire la frase è comparsa sul banco una banconota da cinquecento lire.

Le ultime file erano vuote. Il film era l'attesissimo seguito di *I figli di nessuno*: nemmeno il velo e l'abito monacale riuscivano a mortificare la generosa bellezza di Yvonne Sanson – che interpretava il doppio ruolo di suor Addolorata e della ballerina Lina Marcolin –, mentre lo sguardo vellutato di Amedeo Nazzari era più languido che mai. Mi commuovo sempre quando li vedo soffrire e amarsi sullo schermo, dunque avevo già pronto il fazzoletto. Ma quando, puntualmente, le lacrime sono arrivate, ho preferito usare quello offerto da Peppe Vallo, che subito dopo mi ha passato un braccio intorno alle spalle e mi ha stretto forte. Non l'ho fermato e lui è scivolato piano piano in avanti per permettermi di appoggiare comodamente la testa su di lui.

E mentre Amedeo baciava Yvonne, le sue dita hanno preso a carezzarmi il collo e la nuca, dandomi lunghi brividi.

Non so quanto è durato il bacio sullo schermo, perché intanto la bocca di Peppe si era impadronita della mia e ho dimenticato tutto il resto. Altro che Amedeo Nazzari.

16.
Dice Andrea Sorci

È come se da sempre avessi la febbre. Forse non ho pregato abbastanza. Forse non ho avuto abbastanza fiducia nell'Eterno. Eppure ho pregato, a denti stretti, ho pregato aspettando una risposta. Continuo a pregare. Quando entro in chiesa cerco subito lo sguardo di Cristo, di tutti i Cristi inchiodati in croce, come se dovessero dire qualcosa a me, proprio a me. Ma ora tutti i Cristi con il capo reclinato sembrano sfuggirmi.

Sono rimasto solo a palazzo Sorci. Da quando gli americani se ne sono andati, anche i Sorci hanno cominciato a evacuare. Evacuare, sì, come se ci avessero bombardato, cosa che invece non è accaduta. Filippo sostiene che far ridiventare questo palazzo un luogo decente sarebbe troppo costoso. È troppo grande, appartiene a un tempo in cui avere spazio e riempirlo erano l'obiettivo dell'esistenza. Forse per questo nostro padre volle costruire un altro palazzo, ampio ma più modesto, meno appariscente, più utile insomma, dove stanno le mie sorelle con le loro famiglie. Ludovico e Caterina ne hanno occupato l'ultimo appartamento libero. La manutenzione lì è meno impegnativa, palazzo Sorci invece è un pozzo senza fondo. Ma io non ho nessuna intenzione di spendere, anche perché denari non ne ho. Com'è che finimmo tutti sfasolati?

Filippo lo sa. Ieri l'altro è venuto qui, si è fatto un giro per il piano nobile, in silenzio, dando delle tirate al sigaro di tanto in tanto. Accarezzava la carta da parati, poi ritraeva la mano e se la passava sul fianco dicendo: "Polvere," e cercandomi nel vuoto del salone. "Polvere, caro Andrea, tutto diventa polvere qui dentro."

Sono rimasto muto. Filippo mi fa paura, è uscito ricco dalla guerra. Come si fa a uscire ricchi dalle macerie? Evidentemente le amicizie contano, e lui è bravo a farle, le "amicizie" da cui si ottiene protezione in cambio di fedeltà. Filippo e gli amici suoi fanno progetti. Stringono alleanze. Promettono. E sentono i tempi nuovi.

Quando metto la testa fuori dalla mia stanza, quando esco con Cola e facciamo la nostra passeggiata, ho una sensazione strana, come se fosse una domenica infinita. Come se fosse primavera sempre. Tutti vogliono essere felici, e fanno in modo di mostrarla, questa contentezza. Si vestono da felici, acquistano auto da felici, sentono musica da felici, tingono le loro facce di quella felicità e non hanno paura. E invece no. Per me è il tempo del buio.

Filippo mi ha salutato con una specie di sufficienza ed è sceso per le scale del palazzo. Ecco, forse a lui non interessa più essere un Sorci. Lui appartiene al mondo nuovo, che di Sorci non ha più bisogno. Lui ha investito in Continente. Ha fatto chiudere le miniere. Gli americani gli hanno aperto nuovi mercati, e l'avvocato Vallo gli ha dato e continua a dargli buoni consigli. A Palermo hanno comprato aree edificate e altre edificabili. Ci saranno case nuove, come quelle che si vedono nei film: tanti piani, tante famiglie, tanti locatari. Non mi interessa.

Cola dice che dovremmo essere prudenti e pensare al futuro dei nostri figli. Antonio non lo vedo più, va dietro alle sue vedove. Matilde, ormai moglie del notaio Celato, viene a trovarmi timorosa, si siede discosta e mi dice che sta bene, e mi raccomanda di farmi vedere da un medico. Un medico? "Non hai una bella faccia, papà," dice. E io: "Sto bene, ma mi batte il cuore, mi batte troppo veloce tante volte".

Ho preso una cameriera, viene dalla Toscana, non so come mai sia finita qui. Spesso restiamo soli, io le do ordini da lontano: "Le lampadine, Ersilia!".

Ho riempito la mia camera da letto di lampadine e sopra ogni lampadina c'è un santino: c'è sant'Ignazio di Loyola, c'è sant'Alessio, ci sono i santi Cosma e Damiano, fratelli gemelli, sempre vicini come me e Cola, c'è sant'Angelo di Brolo, c'è san Calogero... tutti masculi, di fimmine c'è solo santa Venera. Voglio che le lampadine siano sempre accese, e le immaginette pulite e rassettate, Ersilia sa dove sono le lampadine di riserva e spolvera sotto i miei occhi. "Santa Venera," le dico, "raccontami la storia di santa Venera." Ma lei non la sa. E se non l'assicuto trascura i miei santi. Lei dice che deve cucinare, o che deve fare la lavata. Fatto sta che poi io vado a controllare e scopro che sant'Alessio è spento. Allora la chiamo e le dico:

"Ersilia, che ti fece sant'Alessio?".

"Niente mi ha fatto."

"E invece qualcosa ti fece, perché l'hai lasciato tutto al buio. Che ci fu? Ti ha trattato male?"

E mentre mi avvicino lei si ritrae, e più si ritrae, più la incalzo:

"Io devo sapere che ci fu, perché se ti ha trattato male vuol dire che tu lo hai fatto arrabbiare. E nessuno deve farlo arrabbiare, sant'Alessio!".

"Non mi ha fatto niente."

La prendo per il mento, stringo, lei cerca di sottrarsi ma non può, poi le afferro il braccio e glielo torco dietro la schiena. "Così ti fece?"

All'inizio non le esce neanche un gemito ma poi, torcendo più forte, sento un mugolio, sento che vorrebbe gridare ma non lo fa. "Sei stata cattiva, Ersilia," e allora insisto spingendola contro la parete. Grida, grida. "Non devi lasciare sant'Alessio al buio, mai più! 'U capisti?!"

La lascio e lei scoppia a piangere, il tuppo disfatto.

"Non farmi arrabbiare," dico, e la lascio lì.

È solo quando cammino con Cola che conosco un po' di pace. Lui sa come sono fatto, mi prende per quello che sono. Da tanti anni facciamo la stessa strada. Siamo diventati leggenda, la leggenda dei due fratelli, quello locco e quello buono, quello cornuto e quello debole, quello scucivolo e quello sorridente, che ormai hanno consumato i marciapiedi a furia di camminare, e così passano la vita. Da come ci guarda certa gente, penso che vogliano sapere che cosa ci firrìa nella testa.

Niente ci firrìa. Io volevo solo essere innocente e invece sono quello che più di tutti, alla fine, ha bisogno di qualcosa per dare un senso alla sua colpa.

E se salissi anch'io su uno di quei bastimenti che prendono il mare e sembrano scomparire per sempre? Se sparissi in qualche grotta di Monte Pellegrino per uscirmene la notte con due grandi ali nere, gli artigli e la bocca sporca di sangue, come un mostro? Ma no. La mia grotta è palazzo Sorci, e la notte sì, il sonno lo uccido, e mi alzo, mi metto la vestaglia della buonanima di papà e mi muovo attento a non fare rumore, anche se l'unica presenza è quella di Ersilia, figlia del sonno, lei sì. Non c'è passo in questo palazzo che non dia un rumore, c'è un'orchestra di rumori. Trantuliano i pavimenti sconnessi alla pressione del calcagno, stridono le porte una dopo l'altra, ma una dopo l'altra in maniera diversa, le cerniere cigolano e anche le maniglie gracchiano sotto la spinta della mano. Non c'è scontro con sedia o poltrona che non dia raschi, tonfi, grugniti. E se sono per le scale, a ogni gradino sento lo strusciare delle pantofole.

Vago per il piano nobile nella semioscurità, lo conosco a memoria, so come e quanto è stato abitato, quanti ciarmulii di fimmine e risate di masculi hanno colmato gli spazi vuoti. Riconosco tutto perché sono cresciuto qui dentro, un bambino infelice forse, e dico forse perché ora non so ricordare di me altro che una sorda sofferenza, da sempre. Mi nascondevo dovunque: non c'è pirtuso che non sia stato un rifugio, una riserva di buio e di protezione. Mentre attraverso il palazzo in queste notti maledette, capita che all'improvviso mi assalgano gli incubi dell'infanzia. Mi sembra di inciampare in piccole figure in fuga, o di percepire un gonfiore, un movimento, nelle tende pesanti dei saloni, come se ci fosse qualcuno lì dietro. Nella stanza da letto dei miei genitori pendono ancora i crocifissi di mia madre e le vedute di mio padre, e il ritratto di Sebastiano, il figlio prediletto che se ne volò via. Lui ha il diritto di abitare qui dentro. Mi stendo piano sul letto, apro le braccia, prego, anzi supplico che il buio poi mi porti la luce.

Queste visite notturne si ripetono spesso, mi capita a volte di arrivare su questo grande letto e di trovare, senza averlo chiamato, il sonno. E allora è come se tornassi dentro mio padre, è come se finalmente avesse, lui cumannero, la bontà di accogliermi tra le sue braccia.

Padre, vedi come sono invecchiato e rimpiccolito, io che ero tanto alto! Padre! Padre! Fammi posto! Lascia fuori di qui le tue donne, tutte quelle fimmine pittate, affamate, 'sperte, a cui hai dato spazio.

Talvolta capita che mi svegli nel letto di mio padre con uno spasmo che mi fa scattare seduto. Come stamattina. Ho la vestaglia ancora addosso, e dagli scuri chiusi filtra una lama timida di luce.

"Ersilia!" grido.

Ma quella non può sentirmi, due piani più su. Mi sente solo quando sono già sulle scale e lei è là, in cima, che mi aspetta davanti alla porta dell'appartamento, le braccia abbandonate lungo i fianchi, le mani nervose perché non sa cosa farne. Salgo in compagnia del fantasma di mio padre e dunque la guardo come se la dovessi possedere, addirittura la desidero. Mi paro davanti a lei, lei sta immobile, attende un ordine, china appena il capo e io sento il ritmo del suo respiro. "Oggi il caffè lo bevo in terrazza," dico infine, e invece che con un gesto violento la libero dalla mia presenza con una impacciata, esitante carezza sulla testa.

Cola ci ha speso tempo ed energie per fare della terrazza un luogo ameno, pieno di vasi, di piante stagionali e di piante grasse. Ora è abbandonata. Tutto cresce alla rinfusa: i tralci nudi del glicine avvinghiati al ferro battuto del gazebo, le spighe secche nella grasta del basilico, i rami – nudi anch'essi – delle pomelie, e tanti gerani, tutto un ramare spoglio. Cola viene di tanto in tanto e contempla sconfortato il suo giardino sospeso sulla città. Lo vedo armeggiare intorno ai gerani che resistono, con pochi boccioli che rischiano di non diventare mai fiori, lo vedo quasi ansimare davanti al sofferente gelsomino, che chissà se riuscirà ad accogliere la nuova primavera. Si conforta solo davanti alle Cycas revoluta, alle palmette nane, alle Strelitzia augusta. Ci sediamo qui, le cupole delle chiese in fiamme dentro l'azzurro, e lui mi racconta di Leonardo Ponte sempre più ripiegato su se stesso, sul suo essere diventato un comunista infelice, dopo la strage di Portella della Ginestra. Leonardo non mi è mai piaciuto, ma lascio che Cola parli di lui, e che parli anche dell'EVIS, l'Esercito Volontario per l'Indipendenza della Sicilia, e di Salvatore Giuliano. Cola legge i giornali, qualche volta me ne porta un fascio, "Così," dice, "hai un occhio sul mondo". Ma io occhi sul mondo non ne voglio. Dice che Margherita è tranquilla, non c'è più traccia degli isterismi con cui si scatenava contro di lui e contro mia moglie.

Mia moglie? Io non rido mai, ma la parola moglie mi strappa un ghigno di insofferenza. La morte di Laura ci ha liberati: al funerale Margherita e io abbiamo sfilato assieme, l'uno accanto all'altra. Lei ha sofferto più di me; lei lo amava, a modo suo, il marito.

A dicembre, alla fine dell'anno, Margherita mi ha invitato in casa loro. Si è fatta comprare da Rico un televisore e la sera del 31 abbiamo visto il veglione di Capodanno 1954-55, dove un nero cantava una canzone milanese, si raccontavano storielle, un intrattenitore nato a New York ma di origini siciliane conduceva la serata e una bella ragazza con lunghi guanti bianchi augurava buon anno a tutta l'Europa. Gente elegantissima si muoveva fra i tavoli davanti agli artisti.

Margherita, contenta e fiera del suo televisore, continuava a chiedermi: "Non è bellissimo?". Io le calavo la testa. Non me ne importava niente. Cola mi racconta che è ormai diventata un'abitudine e che tutte le sere si siedono davanti a quel mobile buffo, con lo schermo convesso.

Arriva Ersilia con il caffè e va via. Tira vento. L'inverno deve ancora finire. Mi chiudo nella vestaglia. Mi piace sentire freddo. Ersilia aspetta dietro le vetrate, per riportare il vassoio in cucina.

La chiamo. Indossa un vestito gramo e grigio, con una fila di bottoncini bianchi che dal collo arrivano fino alla vita. Si indovinano i seni tuttora puntuti, sotto la stoffa. I rami nudi battevano forte e le foglie accumulate mulinavano negli angoli, insieme a polvere, ragnatele, foglie secche accartocciate. "Dovresti darci una spazzata, uno di questi giorni," le dico.

Lei fa segno di sì e indica lo scheletro del gazebo, spettrale nel cielo chiaro della mattina.

"Quello lascialo stare. Lì," e la sbircio, "mio fratello teneva i suoi convegni." Lei fa una faccia stranita. "Convegni d'amore. Con mia moglie." Adesso è sgomenta.

Mi viene non so da dove la voglia di chiamarla più vicino e di spingerla sotto la struttura derelitta del gazebo, dove so che mio fratello si prendeva mia moglie, lì, sopra il palazzo. E sotto il cielo. Devo rifarmi su Ersilia, questa fimmina di fuori, e poi comunicarlo a Cola, mentre camminiamo per viale della Libertà. Gli dirò, quando passeremo davanti alla statua di Garibaldi: "Si dice che il condottiero si futtiva fimmine nobili a destra e sinistra, qua e macari in Inghilterra. Porco fosti con mia moglie, ma perché farlo proprio sul tetto del nostro palazzo, il tetto che doveva proteggerci tutti?".

E poi: "Dopo la de Nittis, adesso tocca a una serva del Continente, di essere fottuta sul terrazzo che tanto ti piaceva, nel gazebo dove tu fottevi mia moglie".

Questa voglia che mi viene così di rado adesso è urgente: devo maniare 'sta cammarera, adesso, è la mia vendetta su Cola.

"Tu niente puoi fare, la tua Laura morta è. Si sarebbe meritata di morire, qui, sulla terrazza, presa a pietrate... l'adultera!"

Ordino a Ersilia di avvicinarsi. Ho preparato le parole, ci ho pensato assai: "Vieni qua, fatti toccare". E lei si avvicina, buona come un cane, e la spingo contro un tavolino di ghisa. Non la spoglio non mi spoglio, la manìo incerto, ma il piacere arriva, sordo, ottuso. Mi raddrizzo ansimando. "Questo è un peccato," dico, e scendo a chiudermi nella mia stanza in mezzo ai miei santi.

Lei rimane sopra, ritira il vassoio e richiude la porta, poi torna giù.

Mi dico che questa donna non deve diventare un'ossessione.

Aspetto il pomeriggio per vestirmi e uscire con Cola. Da quando Laura non c'è più, mio fratello sembra perduto. Lui crede che non me ne accorga, ma è così. Viale della Libertà mi pare più lungo del solito. Comincia a piovere, ma non è la bella pioggia che ci sorprese tanti anni fa alla Kalsa, questa è una pioggia che fa male, è triste, morde. Quando arriviamo al portone del palazzo, lui mi chiede se stasera voglio cenare da loro e vedere la televisione. Dico no, anzi questa volta dico di più, lo prendo per il bavero e gli dico che basta, basta andare in giro il pomeriggio.

"È successo qualcosa?"

Dico no. Ripeto no. Sono uno che gli pare di avere sempre la febbre.

"Vuoi che andiamo dal dottore? Ti accompagno?"

Dico no. Ripeto no. Sto bene così.

Cola sa che ho fatto togliere il telefono e sono isolato, perciò si preoccupa e mi promette che passerà comunque a trovarmi.

Per una settimana passa tutti i giorni. Arriva, si fa annunciare da don Totò, io appaio in cima allo scalone del piano nobile, lo saluto e lui se ne va.

Quante volte resto lì, dove si riuniva tutta la famiglia, dove nostro padre comandava, dove si decideva quando andare in campagna, e dove, e chi invitare e chi non invitare. Il tavolo grande non c'è più. Filippo lo ha fatto vendere da un antiquario. Qui Cola è diventato capofamiglia. Qui ci hanno ballato gli americani, e quando hanno smesso di ballare, i Sorci sono stati congedati.

Vedo un orologio da tavolo rimasto su una console e decido che lo riparerò, devo scendere nell'officina, chissà se ci sono ancora gli attrezzi con cui lavoravo insieme a don Peppe Zuppardo e a Ludovico. La macchina è fissata a una base di marmo, quattro fimmine nude poggiano i piedi su teste di colonne corinzie. Tocco le piccole statue nude e penso che no, questo orologio è sopravvissuto per farmi del male. Immagino che nessuno l'abbia voluto per qualche ragione diversa dalla mia, comunque si condanna da sé.

Polvere, ancora polvere, anche qui.

Prima che faccia buio esco e mi chiudo a San Domenico. Fra una settimana è Pasqua. Gli altari sono coperti di veli bianchi e neri, viola e rossi, tutto è nascosto, tutto è protetto. È stata anche montata 'a Tila, tutta celeste con sopra dipinto un Cristo dolente, il corpo nel lenzuolo, la testa rovesciata fuori. 'A Tila copre tutta l'abside e io ci cammino sotto e mi inginocchio proprio sotto il Cristo. Sento l'odore della canapa dipinta, avverto l'attesa di Gesù risorto.

Mi ci portavano a Pasqua, mi ci portavano a veder calare 'a Tila, tutto d'un colpo, la gente che fa "oooh" e rende lode al Salvatore. Ma quest'anno no. Non ci verrò. Mi basta questo Cristo che, immenso sopra di me, mi dice come muore. Potesse perdonare. Potesse perdonare. Così penso, e poi mi batto il petto, mi dico blasfemo, dato che lui può, dato che lui sa perdonare. Mi inginocchio, cerco di sparire dentro un pentimento. Non c'è spazio per me, in questa chiesa. Mi viene incontro un sacerdote, sulle spalle la stola viola del confessore, forse vorrebbe accogliermi e ascoltare che cosa ho fatto, mi sorride. Io mi sottraggo. Ti porterò un peccato. Te lo porterò. Ma adesso lasciami andare.

Ersilia sta preparando la cena. "Che cosa hai cucinato, Ersilia?"

"Il minestrone."

"Brava, Ersilia," dico. "L'hai fatto come si fa da te?"

Lei si asciuga le mani nel grembiule e dice che neppure si ricorda come si fa, da lei. Lo fa come le hanno insegnato qui.

"Di dove sei precisamente, Ersilia?"

"Di Vecchiano, vicino a Pisa."

"E tu ci andavi a Pisa?"

"C'era una strada lunga tutta bianca, si andava a piedi... o, se qualcuno ti voleva, sopra un carretto. Ci sono andata una volta sola."

Poi era entrata in orfanotrofio e infine qualcuno se l'era portata in Sicilia, a fare la bambinaia.

"Che brutta fine, Ersilia."

Non sa cosa dire, si confonde subito. E infatti tace. Aspetta la mia prossima mossa.

"Stasera ti insegno a pregare."

È passato Cola e ha lasciato un nuovo pacco di giornali. "Buttali via," le dico indicandoli.

Entro nella mia camera da letto. Tutte le lampadine sono accese. Tutti i miei santi vegliano su di me. Cerco sulla scrivania di ciliegio la posta accumulata lì da anni, e non è così tanta. Mi scrivono società commerciali, mi scrivono banche, mi scrivono seccatori dalla campagna, ma ormai tutti o quasi tutti hanno capito che se vogliono scrivere a me è meglio che indirizzino a Cola.

Eppure, fra le buste più recenti ce n'è una che attrae la mia attenzione: *via Bandiera 9* c'è stampato dietro. Cerco il tagliacarte con il manico di cuoio e apro.

Palermo, 4 novembre 1954

Caro Andrea,

abbiamo fatto due figli insieme, perciò non posso non scriverti almeno due righe di saluto. Credo proprio di non avere più molto da vivere e tu sai, sai fin troppo bene, che non sono una donna che piagnucola e si lamenta, quindi ti scrivo in piena coscienza.

Io ho provato a volerti bene, quando ci hanno fatto sposare, ma non era cosa.

Sei stato un uomo violento, un uomo che nessuna donna merita di avere nel proprio letto: lo pensavo mentre subivo le tue torture e lo penso ora che ti scrivo in pace.

Ecco, io ti auguro davvero di trovare un po' di pace. Tuo figlio Antonio è un delinquente: impediscigli di fare altro male. Matilde se la caverà, ma ha bisogno di ricordare che suo padre era solo un uomo tormentato: non altro, non di più.

Cola è stato l'amore della mia vita, Cola ha tratto da me la gioia che ho sempre avuto dentro. La gioia è un sentimento semplice, ma non è semplice da conservare. Cola ha voluto farmi contenta e ci è riuscito. Non abbiamo vissuto insieme come avremmo dovuto. Non importa. Le famiglie sono famiglie, e chissà ancora per quanto impediranno, nasconderanno, confonderanno.

Non farti del male, Andrea, ma soprattutto non fare più del male. Non hai mai voluto bene a Carlino, lo disprezzi. Sbagli: lui è entrato libero nel mondo. Tu sei credente, io molto meno, ma prego Dio che ti veda veramente. Ora non ti vede. Forse lo hai accecato. Invece, che ti veda e ti protegga.

Addio

Laura

Come si permette? Come si permette?, lei che chiama in causa l'Onnipotente! Sollevo gli occhi ai miei santi e mi sembra che stiano murmuriando tutti insieme per darmi ragione. Santa Venera, abbi pietà di lei. Mi ha scritto. Non avrebbe dovuto. Mi vengono in mente le sere in cui la costringevo a camminare in ginocchio in mezzo ai vetri rotti, e se non si feriva io la aiutavo. Quel poco sangue non mi dava piacere, ma la sentivo in mano mia e questo mi bastava. Le leccavo la ferita, la bendavo e la invitavo a coricarsi.

Butto via la lettera e apro l'armadio, il grande armadio in cui tengo il mio povero guardaroba. Lo contemplo e mi dico che dovrei fare come i miei fratelli, e come Rico e Carlino, e rifarmi giacche, pantaloni, soprattutto un cappotto, anche se a Palermo non è che il cappotto si usi spesso. In verità, ne ho ereditato uno da papà: lo tolgo dalla gruccia, ne accarezzo il tessuto morbidissimo. È verde, un verde così scuro che sembra nero. Mi viene voglia di uscire per indossarlo, finalmente.

Ersilia ha apparecchiato in cucina. A questo sono ridotto, a mangiare in cucina. Mi domando quale sarà il prossimo passo. Il minestrone fuma. Ersilia vede che ho gli occhi incupiti, si intimorisce ma io la lascio lì, entro nell'anticucina, mi siedo su uno sgabello davanti alla finestra. Da lì vedo il cortile interno, la fontanella di marmo che da tanti anni è silenziosa. Chiudo gli occhi. "Versa nel piatto, Ersilia, versa nel piatto." Sento che obbedisce. Apro gli occhi e improvvisamente, sul tavolo da stiro, vedo qualcosa che non avrei voluto vedere: un panno copre l'oggetto a cui ho dichiarato guerra. L'orologio da tavolo con le fimmine nude. Avevo detto a Ersilia di sbarazzarsene, subito, e lei non l'ha fatto.

"Ersilia, l'orologio!"

Rimango immobile, lei adesso è alle mie spalle.

"Ho provato a buttarlo via, ma non sapevo dove metterlo," cerca di giustificarsi. "Don Totò mi ha detto che domani se ne occuperà lui."

"Don Totò non doveva neppure sapere!" grido.

E più grido, più so che non riesco a dominarmi. Mi alzo, prendo l'orologio con il panno sopra, guadagno a passo svelto la camera da letto, ordino a Ersilia di raggiungermi, di mettersi in ginocchio, come facevo con Laura, di chiedere scusa, di chiedere perdono. Lei non dice nulla, anzi tenta di uscire scivolando sulle ginocchia. Poso l'orologio, la afferro per i capelli e tiro forte, tanto forte che lei urla, mi prega, mi implora, di lasciarla andare. La lascio andare, prendo l'orologio e glielo sbatto sulla schiena, sulla testa, con tutta la forza che ho.

Si è rotto. Guardo i santi con le lampadine accese. Silenzio. Tutto è precipitato nel nulla. Ersilia ai miei piedi butta sangue dalla testa. Devo fare qualcosa. "Ersilia..." chiamo. Poi infilo la porta di casa e mi precipito giù, devo trovare un medico, devo chiedere aiuto. La corsa rallenta. Mi appoggio alla parete e scendo strisciando contro il muro. "Non è successo niente, non è successo niente," mi dico. Mi cedono le gambe e resto lì sulle scale, al buio, finché non credo che sia giunto il momento di risalire. E rifaccio le scale, questa volta lentamente, ma sempre con una mano contro la parete, per reggermi, anche perché mi sento le tempie pulsare, il cuore battere fortissimo.

Torno in camera, ma già sulla soglia vedo una pozza di sangue che non smette di allargarsi e di allagare il pavimento. Vorrei chiamare Ersilia, ma rinuncio. Entro e vedo il suo corpo immobile, rannicchiato nella posizione di chi cerca di proteggersi. Non avrei immaginato che in un corpo ci fosse tanto sangue. Mi siedo ad aspettare. Per un attimo mi dico, e ci credo, che le sto tenendo compagnia. C'è una stretta al petto sconosciuta che insiste, e più insiste più fa male, ma io sono lì a custodire la mia colpa. Guardo i santi. Mi alzo, prendo la canna da passeggio di mio padre e comincio a menare colpi a santi e lampadine, e tutto va in frantumi. Resta sant'Alessio. Che rimanga. Torno a sedere. Aspetto. E l'alba arriva. C'è una luce, una piccola luce che avanza. Devo andare, mi dico.

Prendo la lettera di Laura e me la infilo in tasca. Metto il cappotto di papà, ci faccio una gran figura, mi cade addosso come la pelliccia di un boiardo. Esco nella città che si sveglia, percorro i vicoli del centro, prendo per la Marina, non c'è altro posto dove io voglia andare. Ogni tanto devo fermarmi perché la stretta al petto è diventata una morsa che sembra venire dallo stomaco e risalire fino in gola. Un carrettiere mi chiede se ho bisogno. "No," dico. "No, grazie." Il carretto continua veloce davanti a me e gli zoccoli del mulo mi battono gentili dentro la testa, battono più giù, nella memoria, dato che subito rivedo campagne, picciriddi, muri a secco, vacche che mangiano pale di fichidindia. Cammino lungo le facciate di palazzi ammaccati e le impalcature della ricostruzione. La ricostruzione infinita. Infinita come il Cassaro, che non è mai stato così lungo sotto i miei passi. Vedo Porta Felice, in fondo, ferita dalla guerra, il sole sta salendo lento. Devo arrivare.

Mi pesa addosso, il cappotto di papà. Cola verrà a cercarmi oggi. Dovrà salire. Dovrà entrare. Dovrà vedere. Io non vedo più nulla. Sono davanti a quel che resta di una panchina dell'anteguerra. Mi siedo. La morsa non ha mai smesso, la sento allentarsi e, gli occhi nella luce, mi perdo seguendo una linea nell'aria. Fa freddo. Sono fasciato da una quiete che i suoni della città non toccano. Sono intoccabile.

Qualcuno si avvicina. "State bene?" Non mi muovo. Non posso. Non so neppure chi sono. Oppure finalmente sono l'uomo che non sono mai stato. "State bene?" Vorrei rispondere "molto bene", ma ormai la voce appartiene a un passato lontanissimo. Sto bene in questo cappotto. Sto così bene.

Vedo un volo di rondini. Sotto quel volo ampio, due figure avanzano sulla Marina. Due ragazzi. Lontani. E uno so chi è, lo riconosco. Carlino. È lui. Tiene per mano un giovane. Passeggiano come abbiamo passeggiato per una vita suo padre e io. Vanno. Forse non si accorgono della gente intorno a me, intorno all'uomo seduto, chiuso in un cappotto fuori misura. Se ne vanno. Hanno l'incedere lento di chi gode il passìo, la mattina ormai piena di luce. Passano oltre. Fin dove mi è consentito il mio sguardo li segue, e chi mi chiede ancora se sto bene si accorge che gli occhi si spostano. Non vedono quel che vedo io. Non vedono il coraggio di quei ragazzi che avanzano nella mattina mano nella mano, e non dovrebbero. A me invece sembra ovvio. A me sembra che non possa essere altrimenti.

Mi ascolto, e dentro il vuoto e l'attesa che hanno preso possesso di me riecheggia la mia stessa voce, *Se il mio nome saper bramate*. Canto. Sono io che canto: *Io son Lindoro che fido v'adoro*. Poi anche quella voce si spegne, si asciuga. Restano quei ragazzi che vanno. Non sarà facile per loro. Ma non hanno paura. Non si voltano da questa parte.

"Chiamate qualcuno!" sento gridare sopra di me, dietro di me, troppo vicino. Li vedo che si allontanano, e più si allontanano, più io mi sottraggo, divento sottile come l'aria, e all'aria mi abbandono. Sono il volo di rondini.

Ringraziamenti

Questo è il secondo romanzo della trilogia siciliana cominciata con *Caffè amaro* e destinata a compiersi con *Punto pieno*. Sono storie di famiglie che hanno occupato la mia immaginazione per anni, in un significativo impasto di riferimenti reali e invenzione.

Ringrazio la Feltrinelli, nelle persone di Gianluca Foglia, Laura Cerutti e Giovanna Salvia, per il sostegno professionale individuale – costante, attento e generoso. Tutti gli uffici si sono prodotti, nonostante le difficoltà ingenerate dalla pandemia, al compimento del lavoro, e per questo il ringraziamento è ancora più sentito.

Ringrazio mia sorella Chiara e mia cugina Maria Papè di Valdina per avermi ascoltata e corretta nei nostri ricordi siciliani di Palermo e sulla storia locale. Chiara e io abbiamo passato giorni bellissimi spulciando quanto salvato dell'archivio Agnello (ne sopravvivono soltanto una quarantina di faldoni), che nostro padre aveva voluto portare in campagna, a Mosè, e conservare in alcune vecchie giare nel magazzino dell'olio. Abbiamo anche letto il contenuto delle due cassette sopravvissute dell'archivio Giudice – la famiglia di mamma –, trovate ad Agrigento in mezzo alle macerie del bombardamento americano del 1943. Archivio Agnello e archivio Giudice si tengono ora compagnia nelle vetrine della sala da pranzo di Mosè, grazie a mamma che lì li ha riposti con cura.

Nel romanzo ci sono alcuni personaggi realmente esistiti e citati nel corso della narrazione, per ragioni diverse, con il loro nome e cognome.

Il primo è il pittore Francesco Camarda, morto nel 1962, l'autore del ritratto della mia nonna materna, Maria Caramazza Giudice – dipinto che è emigrato con me in Inghilterra, a casa mia, e che ora compare sulla copertina di questo romanzo. Nelle pagine che gli ho dedicato, Camarda espime la sua effettiva intensa capacità di carpire l'animo di chi ritrae.

Da giovane Camarda passò lunghi mesi ad Agrigento, ospite dei Giudice, e ritrasse tutta la famiglia, vecchi e giovani, inclusa la sorella maggiore di mamma, zia Teresa, bambina. Una quarantina di anni dopo Camarda fece un secondo ritratto di zia Teresa, a Palermo. Talvolta mamma e io la accompagnavamo. Ero ammaliata dalla profondità dello sguardo del pittore; stavo zitta, seduta sulla mia sediolina, e lo osservavo. Mi sembrava che quel vecchietto bucasse l'animo, vi intingesse il pennello e poi lo trasponesse sulla tela, con un tocco soltanto, oppure con una serie rapida di tocchi, impeccabili. Ho voluto scriverne, di Francesco Camarda, lo merita.

Il secondo è Francesco Fecarotta, titolare di una famosa gioielleria storica di Palermo fondata nel 1866 e rimasta in famiglia per cinque generazioni. Un primo ringraziamento a Giovanna Salvia per avermi messo in contatto con Beppy Fecarotta – uno dei figli dell'attuale titolare –, che mi ha fornito utili informazioni sui coralli trapanesi.

Cito inoltre il politico e docente Antonio Canepa (Palermo 1909-Randazzo 1945), noto anche, con lo pseudonimo Mario Turri, come attivista clandestino del Gruppo Etna di Giustizia e Libertà (ne parla Antonello Battaglia in *Sicilia contesa. Separatismo, guerra e mafia*, Salerno, Roma 2014), e il compositore Riccardo Casalaina (Novara di Sicilia 1881-Messina 1908), solo recentemente riscoperto (vedi Maria Assunta Mufanò, *Riccardo Casalaina. La musica ritrovata*, Edas, Messina 2019). Faccio cenno anche a Joseph Isaac Spadafora, detto Pip, Whitaker (Palermo 1850-Roma 1936), ornitologo e archeologo, figlio dell'imprenditore Joseph Whitaker, e a padre Giovanni Messina (Palermo,1871-1949), fondatore delle case "Lavoro e Preghiera" per i bambini abbandonati.

Tutti gli altri personaggi del romanzo sono inventati, nomi inclusi. Al contrario, i nomi dei politici, dei fornitori, delle ditte di macchinari agricoli e no, e i riferimenti agli acquisti domestici per corrispondenza (che provengono dall'archivio Agnello) sono veri, a cominciare dai meravigliosi cataloghi di E. Frette & C.

Ringrazio Filippo Falcone, giornalista pubblicista, storico della Sicilia in età contemporanea e direttore della rivista "Studi Storici Siciliani" del Consorzio Universitario di Agrigento. È stato lui a informarmi della pratica del "panno freddo" per uccidere le neonate non volute, di cui ha scritto in *Uno sguardo alla condizione della donna nel nostro territorio tra Ottocento e Novecento*, pubblicato su "Archivio Nisseno" (la rivista della Società nissena di Storia Patria) nel n. 19/luglio-dicembre 2016.

Ringrazio Silvia Cocco, che mi ha aiutato nella ricerca storica e nella revisione del testo nei giorni del lockdown londinese.

Ringrazio Alberto Rollo per avermi seguito passo dopo passo (come ha sempre fatto, prima dall'interno della casa editrice e ora, su mia richiesta, da libero professionista) con la competenza, la maestria e l'amicizia di sempre.

Nei difficili momenti dell'isolamento sanitario, e nei non meno avventurosi incidenti dovuti alla mia inettitudine telematica, Alberto è stato fondamentale per tenere insieme il mondo di dentro e il mondo di fuori, e per accorciare una volta di più le distanze fra il lavoro della scrittura e il lavoro sulla scrittura. Io gliene sono profondamente grata, e devo a lui e a Giovanna Salvia se sono riuscita a tenere il timone della mia storia e ad arrivare in porto nei tempi previsti.

Indice dei personaggi principali

Famiglia del barone Antonio Sorci

Barone Antonio Sorci (1827-1899)
sposa nel 1856 Maria Teresa Vitaliano (1832-1890)

Figli

1. Nicola Sorci (1857-1876)
   si fidanza con Mariastella Tripputi (1859-1876)
2. Barone Enrico Sorci (1858-1942)
   sposa nel 1877 Rosaria Lupino Stassi (1860-1920)
3. Sara (1872)
   sposa nel 1894 il barone Ignazio Imballomeni
4. Rachele (1874)
   sposa nel 1895 l'ingegner Riccardo Giaconia.

[Beatrice Benso (1875), cugina, monaca di casa.]

Famiglia del barone Enrico Sorci

Barone Enrico Sorci (1858-1942)
sposa nel 1877 Rosaria Lupino Stassi (1860-1920)

Figli

1. Maria Teresa (1878)
    sposa nel 1898 il barone Ferdinando Merlo
    i) Sebastiano (1899)
    ii) Maria (1902)
        sposa Ugo Moncada Sacerdoti
    iii) Enrico (1904)

2. Marianna (1879; morta alla nascita)

3. Nicola (Cola) (1880)
    sposa nel 1919 Margherita Lupino Stassi (1895)
    i) Rico (1919)
        sposa nel 1951 Rita Sala (già in *Caffè amaro*)
    ii) Rosamaria (1920), zitella
    iii) Carmela (1922)
        sposa nel 1939 Pietro Augeri

4. Ludovico (1882)
    sposa nel 1912 Caterina Degli Esposti (1894)
    i) Rosarietta (1913-1947)
        sposa nel 1931 Pietro Sillitti (1910-1947)
    ii) Enrico (1915)
        sposa nel 1941 Virginia Mutolo
    iii) Mario (1917)

5. Maria Concetta (1883; morta alla nascita)

6. Filippo (1884)
    sposa nel 1920 Carmela Schifani (1900-1928)
    i) Enrico (1921)
    ii) Luigi (1922)
    sposa in seconde nozze, nel 1929, Stefania Rizzo
    iii) Mariolina (1932)

7. Anna (1885)
sposa nel 1904 il barone Peppino Bianco
i) Sandrina (1906)
sposa nel 1926 Giovanni Di Martino
ii) Stefano (1908)
iii) Lucia (1910)

8. Andrea (1888-1958)
sposa nel 1924 Laura de Nittis (1904-1954)
i) Antonio (1925)
ii) Enrico (1927; nato morto)
iii) Matilde (1928)
sposa nel 1953 il notaio Giuseppe Celato
[iv) Carlino (1930); figlio adulterino di Cola e Laura]

9. Sebastiano (1899-1918)

10. Lia (1900)
sposa nel 1920 l'ingegner Giacomo Ponte
i) Leonardo (1921)
ii) Rosaria (1923)
iii) Teresa (1925)

11. Mariangela (1902; morta alla nascita).

Altri personaggi

Elio, cameriere personale del barone Enrico Sorci
Estrella, prostituta
Lucrezia Panzi, mantenuta
Annetta Panzi, mantenuta
Ciccio Campo, ricottaro di Lucrezia e Annetta Panzi
Stellina Panzi, figlia illegittima del barone Enrico Sorci e di Annetta Panzi
Maria Marra, vedova Sala, madre di Rita Sala e compagna di Giosuè Sacerdoti (già in *Caffè amaro*)

Giosuè Sacerdoti, ex deputato fascista, ebreo (già in *Caffè amaro*)
dottor Vadalà, medico del barone Enrico Sorci
padre Parisi, padre spirituale di casa Sorci
Peppe Vallo, figlio illegittimo del barone Enrico Sorci e di Concettina Vallo
Mimmo Inzinna, gestore del bar Luce
don Peppe Zuppardo, mastro di casa di palazzo Sorci
don Ciccio Puma, amministratore di casa Sorci
don Totò Spati, portiere di palazzo Sorci
marchese Antonio de Nittis, padre di Laura
Adele de Nittis, sorella di Laura
Vittorio Davico, autista e meccanico del marchese Antonio de Nittis
colonnello Rob Hill, ufficiale americano
Ruben Goldsmith, console americano (già in *Caffè amaro*)
Emilio Greco, fidanzato di Carlino Sorci.

Indice

PARTE PRIMA
Giugno 1942

PARTE SECONDA
Dicembre 1942-agosto 1953

PARTE TERZA
Marzo 1954-aprile 1955